L'UOMO NERO

UN THRILLER POLIZIESCO AGGHIACCIANTE CON UN COLPO DI SCENA SCIOCCANTE

THRILLER CRIMINALE DELL'ISPETTRICE STEPHANIE BROADBENT

LIBRO 2

JACK PROBYN

CLIFF EDGE PRESS

RIGUARDO AL LIBRO

A volte, per arrivare alla verità, bisogna affrontare gli incubi del passato.

Trent'anni fa, gli abitanti di Guildford erano perseguitati da una figura che si intrufolava nelle camere dei bambini e li guardava dormire.

Quando se ne andava, lasciava dietro di sé un unico palloncino da festa.

E poi sparì. Le visite cessarono.

Adesso sta accadendo di nuovo.

L'Uomo Nero è tornato o c'è un imitatore che sta terrorizzando una nuova generazione di vittime?

Con la pressione che aumenta e il panico che dilaga, l'ispettore capo Stephanie Broadbent deve districare il passato per fermare un predatore che insidia il presente. Ma ciò che scoprirà potrebbe riportarla più vicino a casa di quanto avesse mai immaginato…

CAPITOLO
UNO

Non c'è niente di più bello di un bambino che dorme. Il respiro regolare, quasi angelico, del suo petto che si alza e si abbassa è come le onde di un mare calmo. Il sorriso prezioso sul suo viso immacolato mentre sogna felice i suoi programmi TV preferiti e i momenti di gioco a scuola. Il modo in cui il suo corpo è rannicchiato, profondamente addormentato, ignaro di ciò che lo circonda.

Questa bambina non è diversa.

I poster di Gabby's Dollhouse e Dora l'esploratrice si contendono lo spazio sulle pareti. Anche se c'è un chiaro vincitore per quanto riguarda il suo completo piumone: Dora l'esploratrice e la sua compagna scimmietta troneggiano, abbinati al suo pigiama intero. Accanto a lei riposa un peluche dell'orso Paddington. Vecchio e consumato, forse di seconda o terza generazione, tramandato di madre in figlia. Sul comodino c'è un piccolo globo, che emette un debole ma caldo bagliore giallo. Una luce notturna. Sopra, speciali stelle fosforescenti brillano fievolmente. Stanotte, questa bambina non si è arresa al buio. Non del tutto. Ha le braccia spalancate, le labbra leggermente socchiuse.

È tutto così sicuro, così ordinario.

Ma la serratura della finestra al piano di sotto non era nemmeno chiusa. Non pensano mai che possa succedere qui.

Resto immobile, inspirando a fondo, inalando il profumo di borotalco fresco, bagnoschiuma alla fragola e shampoo. È dolce e delizioso, proprio *come la vista. Non so quanto aspetterò: finché non ne avrò abbastanza, finché non me la sarò goduta fino in fondo.*

O finché non mi sentirò in pericolo, non sentirò un disturbo. Qualunque cosa accada per prima.

La bambina si muove leggermente sotto il piumone. Mi blocco, osservando la piccola contrazione delle sue dita, il fremito delle ciglia, l'inspirazione improvvisa e interrotta che lentamente le sfugge dalle labbra. Ma non si sveglia.

Mi avvicino al letto. La sua mano pende fuori dal piumone e oltre il bordo del letto, con le dita arricciate come se si stesse preparando a lottare. C'è una crosta sulla sua nocca. Due. Tre. La prova di un'infanzia vissuta pienamente. Certo, probabilmente passa molto tempo davanti allo schermo, guardando i suoi programmi preferiti sull'iPad, ma questa è la prova che l'infanzia non è morta. Che gioca fuori, sperimentando il mondo e tutto il dolore che ha da offrire. Sta imparando preziose lezioni di vita fin da piccola.

Rimango lì per altri dieci minuti, nel silenzio, a guardare, ad ascoltare, tenendo gli occhi perfettamente fissi sulla splendida creatura di fronte a me. Non voglio farle del male. Non voglio spaventarla.

Voglio solo guardare.

Come un angelo, un guardiano.

Mentre sono qui, lei è al sicuro.

Quando arriva il momento di andarmene, quando finalmente ne ho avuto abbastanza, metto mano in tasca e tiro fuori un palloncino. Blu, lucido, liscio sotto il mio pollice. Lo gonfio lentamente, in silenzio. Il sibilo dell'aria è appena più forte del ronzio della sua luce notturna. Faccio il nodo con facilità, poi, dall'altra tasca, tolgo il filo. Lo lego intorno al beccuccio del palloncino e lo poso sulla moquette, ancorandolo con uno dei suoi giocattoli in modo che sia proprio accanto a lei.

Un promemoria. Un regalo. Un grazie per avermi permesso di passare del tempo con lei.

Quando si sveglierà, sarà la prima cosa che vedrà. Spero che le piaccia.

CAPITOLO
DUE

Quella mattina, come ogni mattina negli ultimi sei anni e mezzo, in cucina regnava il caos. La televisione era accesa in sottofondo, trasmetteva Bob Aggiustatutto che riparava qualcosa per qualcuno, anche se ancora nessuno la guardava, perché a Becky piaceva trovarla già accesa quando scendeva. La lavastoviglie era a metà ciclo perché suo marito si era dimenticato di avviarla la sera prima. Il rubinetto stava riempiendo rapidamente il lavello e l'acqua schizzava sui piatti ammucchiati alla bell'e meglio. Il bollitore stava scaldando l'acqua per la sua seconda tazza di caffè e il microonde ronzava, riscaldandole il porridge.

Caos.

Le superfici della cucina non erano messe meglio. Una pioggia di briciole e avanzi della cena della sera prima spolverava il piano di lavoro. Una macchia appiccicosa di succo d'arancia luccicava sotto la fruttiera, ignorata per il terzo giorno di fila. Parecchie confezioni di prosciutto, lattuga e formaggio erano posate sul bancone, accanto a un pomodoro tagliato a metà.

Laura si mosse in mezzo a tutto ciò con il pilota automatico, facendo saltar fuori il toast dal tostapane con una mano e frugando in un cassetto con l'altra in cerca di un coltello da burro pulito. Aprì il frigo con una nocca ed estrasse un panetto di burro e un cartone di latte prima di richiuderlo. Mentre lo chiudeva, diede un'occhiata al groviglio di foto, Post-it e biglietti d'invito glitterati per compleanni attaccati con le calamite allo sportello del frigo.

Il compleanno di Kerry era tra due settimane, quindi doveva comprare un biglietto e un regalo.

E Jeremy organizzava un barbecue nel fine settimana. Un altro. In totale contrasto con il tempo. Ma erano altri soldi che avrebbe dovuto spendere per vino e stuzzichini. Per non parlare del fatto che avrebbe dovuto chiamare la babysitter.

Sperò che la sua solita babysitter fosse troppo occupata.

Forse poteva semplicemente fingere. Dire che non era riuscita a trovare nessuno e che quindi non sarebbero potuti andare. Le avrebbe risparmiato un sacco di tempo, soldi ed energie.

Tempo, soldi ed energie che in quel momento stava dedicando a preparare Becky per la scuola.

Laura lasciò cadere il toast sul piano di lavoro, lo spalmò frettolosamente con uno strato spesso di burro e se lo cacciò in bocca mentre versava l'acqua dal bollitore, per poi finire di preparare il pranzo di Becky per la giornata. Proprio mentre infilava il panino di sua figlia in un nuovo sacchetto per alimenti, suonò la sveglia del suo telefono: le sette.

«Becky!» chiamò Laura. «È ora di svegliarsi, tesoro!»

Afferrò la borraccia riutilizzabile sullo scolapiatti, prese lo sciroppo e la riempì fino all'orlo con acqua del rubinetto. Passarono alcuni minuti e ancora nessuna risposta, nessun segno di Becky che uscisse dalla sua stanza. Nessun rumore dello sciacquone del bagno. Nessun rumore dei suoi passi che scendevano assonnati le scale.

«Becky!» chiamò di nuovo.

Di solito a quell'ora sua figlia era già di sotto, appollaiata sul divano, stretta alla sua copertina, a guardare la televisione, aspettando che la mamma le preparasse i cereali.

«Becky! Vieni a fare colazione, cucciola! Altrimenti farai tardi.»

Accigliata, guardò il soffitto. La camera di Becky era proprio di sopra, e avrebbe sentito il pavimento scricchiolare sotto i piedi di sua figlia. Ma niente.

L'immobilità le seccò la gola. Il panico cominciò a farsi strada.

«Becky?»

Mollò tutto e cominciò a salire le scale.

«Becky, se stai ancora dormendo non sarò molto contenta di te, tesoro.»

Quando raggiunse la cima delle scale, con i piedi che si muovevano più veloci del solito, trattenne il respiro mentre si dirigeva verso la stanza di Becky. Appeso alla porta c'era un grazioso cartello che avevano fatto insieme. Sopra, scritto a pastello, c'era il nome di Becky e un piccolo disegno che aveva fatto del cane che lei e Dean le avevano ripetutamente supplicato di prenderle nelle ultime due settimane.

Laura avvolse la mano attorno alla maniglia e aprì la porta. Temette che sua figlia fosse morta, deceduta nella notte, o che in qualche modo fosse stata portata via.

Invece, trovò Becky, ancora in pigiama, seduta sul letto, che giocava con un palloncino blu, colpendolo come un sacco da boxe.

Laura si bloccò sulla soglia. Per un istante, non riconobbe sua figlia. C'era qualcosa di così inquietante, di così spettrale in quella scena che la colse di sorpresa, come se stesse guardando Pennywise il clown del film *IT*.

«Mamma, guarda cosa ho!»

Laura attraversò la soglia con esitazione. Voleva guardarsi intorno nella stanza, assicurarsi che non ci fosse nessuno nascosto nell'armadio, dietro una sedia o sotto il letto, ma non riusciva a staccare gli occhi dal palloncino.

«Dove l'hai preso, tesoro? Te l'ha dato papà?»

Dean non era passato in camera sua prima di uscire per andare al lavoro, vero? Di solito non lo faceva mai durante la settimana. Usciva per andare al lavoro prestissimo, prima ancora che si svegliassero gli uccelli, e non voleva mai disturbare nessuno. Un bacio sulla fronte prima di dormire ogni sera gli era sufficiente.

«No» fu la secca risposta di Becky.

«Chi...» cominciò Laura, mentre la consapevolezza si faceva rapidamente strada. «Chi te l'ha dato, Becky?»

Becky spostò il palloncino di lato in modo che Laura potesse vedere il viso di sua figlia. «Me l'ha lasciato il mostro sotto il mio letto, mamma.»

CAPITOLO
TRE

Gli pneumatici aderirono al fango smosso mentre Stephanie risaliva il sentiero con impeto, le gambe che spingevano sui pedali, il cuore che le martellava nel petto. Il suo respiro si condensava davanti a lei come fumo, per poi svanire quasi all'istante. Il bosco la inghiottì, un groviglio di rami e foglie gocciolanti, con la pioggia che picchiettava dolcemente sul suo caschetto. Era fradicia. Il cielo sopra di lei era di un grigio spento e livido, e gettava su ogni cosa una luce piatta e incolore. Tenne la testa bassa, destreggiandosi tra radici e pozzanghere, a denti stretti. Il fango le schizzava sui polpacci a ogni pedalata.

Era una mattinata deprimente e, come c'era da aspettarsi, il bosco era deserto. Non aveva visto nessun altro ciclista, nessuno a spasso col cane, nessun *essere umano*. C'erano solo lei e il bosco. Lei e la bici. Lei e gli elementi. E lei amava ogni singolo istante. Il brivido della velocità. L'eccitazione che provava ogni volta che si avvicinava a una discesa ripida o a una curva stretta.

Aveva il controllo.

La ruota posteriore slittò leggermente su una chiazza di foglie bagnate, e lei corresse l'equilibrio con un colpo secco del manubrio. L'acqua le aveva inzuppato i guanti. Le dita le dolevano per il freddo.

Superò la cima di una piccola altura. Uno stormo di corvi si levò in volo spaventato quando lei si fermò con una sbandata sotto una quercia pendente, ansimando. Appoggiò un piede a terra e si chinò sul manubrio per riprendere fiato. Mentre allungava la mano verso la borraccia sul telaio della bici, il cellulare cominciò a squillare.

Sobbalzò, fece ruotare il marsupio che aveva in vita e ci frugò dentro. In pochi secondi, lo schermo si inzuppò di gocce, distorcendo la visualizzazione del nome del chiamante. Riconobbe solo il prefisso. Guildford.

Asciugò lo schermo con lo strato asciutto della sua maglia e rispose alla chiamata.

«Pronto, sono Stephanie.»

Sopra la sua testa, la pioggia si intensificò e le gocce si fecero più fitte. Si preparò, poi ripartì a passo lento.

«Signorina Broadbent, buongiorno. Mi scusi se La disturbo così presto. Sono Kieran della HG and Sons.»

I freni stridettero quando si fermò di colpo. «Salve, Kieran. Che ore sono? La fanno lavorare presto.»

«Visto che non ho ricevuto alcuna risposta alle mie numerose e-mail, ho pensato di provare a chiamare fuori orario.»

Fece una pausa, osservando uno scoiattolo attraversare il sentiero.

«Le ha *viste* le mie e-mail, signorina Broadbent?»

Si grattò sotto il mento. «Le ho viste. Non le ho lette.»

«Meno male che L'ho beccata al telefono, allora. Riguarda la successione di Suo padre. Dobbiamo assolutamente far entrare i periti e gli agenti immobiliari per valutare la proprietà per la pratica. Inoltre, ci hanno consigliato di metterla sul mercato il prima possibile.»

«Certo che lo farebbero. Il loro sostentamento dipende da questo.»

Kieran ridacchiò, come se non fosse la prima volta che sentiva un commento del genere. «Quando sarebbe un buon momento per far dare un'occhiata alle parti interessate?»

«Non lo so.» Stephanie si spostò una ciocca di capelli bagnati dagli occhi. «Sono impegnata.»

«Mi piacerebbe fissare un appuntamento con Lei» insistette Kieran. «Forse potrebbe passare in ufficio prima o poi e potremmo discuterne allora? Siamo proprio in centro città e, guardando i miei registri, Lei abita a pochi minuti a piedi, e anche il Suo posto di lavoro non è troppo lontano.»

Sbuffò. «I suoi registri dicono anche che lavoro faccio?»

Lui emise un suono in risposta, ma lei lo interruppe.

«Allora saprà che faccio orari lunghi e irregolari, di rado con del tempo libero. E quando finisco, voi siete sempre chiusi.»

«Sono disposto a prolungare il nostro orario di apertura per venire incontro alle Sue esigenze.»

Si pizzicò la radice del naso. Suo padre era morto da un mese e la perseguitava ancora dalla tomba. Si ritrovò invischiata fino al collo in tutte le procedure legali successive alla sua morte: la successione, il testamento, il suo patrimonio. E lei non voleva averci niente a che fare.

«Non avrò proprio il tempo» rispose.

«Signorina Broadbent, se non risponde a breve, potremmo dover presumere che stia rinunciando alla Sua quota. Mi spiacerebbe che accadesse per una questione di scartoffie.»

«Bene. Non voglio avere niente a che fare con quell'uomo. Lei non lo conosceva, quindi per questa volta gliela lascio passare, Kieran. Ma se lo avesse conosciuto, la penserebbe allo stesso modo e capirebbe perché sono così riluttante a essere coinvolta in questa faccenda. E poi, pensavo che se ne stesse occupando mia sorella.»

Kieran inspirò lentamente. «Questa era un'altra questione di cui volevo discutere con Lei. Mi chiedevo se l'avesse sentita, per caso. Non riesco a contattarla. Ho provato a chiamare, a mandare e-mail, ma niente.»

«Siamo in due, Kieran.»

Un lungo momento di silenzio si insinuò tra loro. In quell'istante, la pioggia sembrò cessare e il suono di un cane che abbaiava in lontananza echeggiò nel bosco.

«Lasci fare a me» aggiunse. «Me la vedo io con mia sorella.»

«E nel frattempo» aggiunse Kieran «tutto quello che chiedo, signorina Broadbent, come minimo, è che Lei e Sua sorella discutiate sul da farsi con la casa. Innanzitutto, la proprietà dovrà essere sgomberata prima che chiunque possa darle un'occhiata.»

Stephanie ghignò. «È fortunato» disse. «Non è più considerata una scena del crimine.»

CAPITOLO
QUATTRO

Era iniziata una pioggerellina leggera, di quelle che minacciavano di trasformarsi in un acquazzone da un momento all'altro. Stephanie si spazzolò via le goccioline dai capelli mentre aspettava che le aprissero la porta. Non aveva problemi con la pioggia e non capiva perché la gente se ne lamentasse tanto.

Era solo un po' d'acqua.

Il problema sorse quando la porta si aprì e lei entrò senza dire una parola.

«Ti dispiacerebbe almeno toglierti le scarpe?» le chiese Jason, suo cognato, mentre le chiudeva la porta alle spalle. «E il cappotto. Sei fradicia. Da quanto tempo stavi lì fuori?»

«Non da molto» rispose Steph mentre si spogliava nel sontuoso ingresso, circondata da piante ornamentali e decorazioni che non avrebbero sfigurato nella villa di una star di Hollywood. «Pensavo fossi al lavoro.»

«Lavoro da casa.» Le prese il cappotto e aggiunse: «Quando *ci riesco*, perlomeno.»

Il disprezzo nella sua voce era palese.

«Mi sorprende che non ti abbiano offerto un congedo.»

«L'hanno fatto» disse lui, appendendo il cappotto a un gancio sulla parete. «Ma ho rifiutato.»

«Oh.»

«Sono troppo impegnato. Non posso permettermi di lasciarmi sfuggire le cose di mano. Non posso permettermi di assentarmi, altrimenti alcuni affari salteranno. Devo lavorare, altrimenti non potremo più permetterci questa casa. E abbiamo una vacanza alle Maldive da pagare. E la ristrutturazione del sottotetto a cui stiamo pensando. E l'ampliamento della cucina. E poi, il mio capo ha bisogno di me. Continua a chiamare e a mandare messaggi ogni ora circa, per chiedermi delle cose. In più ho già saltato la mia valutazione.»

Lei sollevò un sopracciglio.

«C'era la possibilità di una promozione e di un aumento di stipendio, ma me li sono persi perché mi stavo occupando di *lei*.»

Stephanie aborriva il modo in cui si era appena riferito a sua sorella. La riempì di veleno.

«Non fraintendermi» continuò lui. «Sono felice di essere qui e sono felice di aiutare, ma la maggior parte del tempo non so cosa sto facendo. Lei non mi parla. Non risponde alle mie domande. Non ha mangiato nulla, né ha bevuto molto in queste ultime settimane. Si sta consumando, e sono preoccupato per lei. E per il bambino.»

Fino a quest'ultima frase, Stephanie non credeva a una sola parola che gli usciva di bocca. Dal modo in cui parlava, aveva l'impressione che avrebbe preferito fare le valigie e partire da solo per le Maldive, lasciando a Kimberley il grattacapo di pianificare le dispendiose e imminenti ristrutturazioni della casa.

«Ha bisogno di aiuto» replicò Stephanie. «Di un aiuto professionale. Ma nel frattempo, *tu* dovrai bastare. Hai fatto i tuoi voti, le tue promesse. In salute e in malattia.»

Jason si irritò, offeso dalle sue parole. Mantenne un tono di voce basso. «E tu dove sei stata? Sei sua sorella. Sei stata latitante per tutti questi anni, e quando ha più bisogno di te, anche tu sei stata "impegnata" con il lavoro. Hai la stessa identica scusa che ho io. L'unica differenza è che io vivo con lei e tu no.»

Stephanie inspirò profondamente, controllando la frustrazione crescente.

«Hai saputo cos'è successo?» chiese.

«E questo che c'entra?»

«Rispondi alla domanda. Hai saputo cos'è successo tra noi e nostro padre?»

Lui abbassò lo sguardo sul pavimento prima di risponderle. «Sì. L'ho saputo.»

«Allora saprai *perché* non vuole parlarmi.»

«Questo non ha niente a che vedere con me» replicò lui. «Sei tu quella che le ha mentito per tutta la vita.»

Stephanie chiuse gli occhi, ingoiando quella particolare pillola di verità. «E ora ne sto pagando le conseguenze. Ma se scopro che le hai mentito su qualsiasi cosa, dovrai vedertela con me.»

Jason allargò le braccia. «Che cosa dovrebbe significare?»

«Sai cosa significa» rispose lei, riferendosi al sospetto che si era tenuta per sé: che Jason avesse viaggiato così tanto per lavoro nelle ultime settimane e mesi perché aveva un'amante.

Non solo avrebbe ucciso Kimberley un po' di più dentro, avrebbe ucciso anche Stephanie. Per tutta la vita, aveva fatto del suo meglio per proteggere sua sorella da un uomo, il loro padre. Ma se Jason l'avesse tradita, allora l'avrebbe considerato un suo fallimento. Avrebbe deluso Kimberley tanto quanto Jason.

Tra loro si creò un abisso, ponendo fine alla conversazione. Entrambi avevano cose che volevano dire, ma non era né il momento né il luogo adatto.

«Dov'è?» chiese lei.

Entrando in salotto, Stephanie provò una strana sensazione di déjà vu. Trovò sua sorella seduta in poltrona, a fissare lo schermo della televisione. Il suo viso era vitreo, distante, vuoto, come se fosse su un altro pianeta, in un universo completamente diverso. Kimberley indossava un maglione leggero e un paio di jeans, un completo che sembrava aver vissuto con lei nelle ultime settimane. Più preoccupante, però, era la sua drastica perdita di peso: le guance incavate e gli zigomi sporgenti; la perdita di massa grassa e muscolare nelle braccia e nelle spalle; e le gambe secche come stecchini.

Si sentì come se fosse appena entrata nella stanza di suo padre alla casa di cura, e i ricordi di lui seduto sulla sua poltrona le balenarono in mente. L'unica differenza era il piccolo pancione che era diventato più pronunciato.

Stephanie si mosse verso sua sorella, spostando il pouf sul tappeto. In televisione, davano *Loose Women*.

«Non ti facevo una fan» disse scherzando. «Pensavo fossi più un tipo da *Real Housewives*.»

Kimberley si voltò lentamente verso di lei, con disprezzo e malizia nascosti dietro occhi stanchi. «Cosa ci fai qui?»

«Sono venuta a vedere come stai» rispose Stephanie. «Sono preoccupata per te.»

«Ci hai messo solo tre settimane.»

Stephanie guardò il tappeto, iniziando a giocherellare con le mani. Era consapevole di stare toccando la collana di sua madre di fronte a sua sorella. «È successo di tutto» cominciò. «Lo capisco. E volevo darti spazio... per pensare, per elaborare.»

«Mi hai abbandonata.»

«Mi hai detto che non volevi avere più niente a che fare con me.»

«Ed è ancora così.»

Kim riportò lentamente l'attenzione sulla televisione. «Adesso puoi andare.»

«Kimberley, ti prego…»

«Non ho niente da dirti. Mi hai tradita, Steph. Mi hai mentito per tutta la vita. Mi hai fatto credere che un mostro fosse una brava persona. E non potrò mai perdonarti per questo. Sapere la verità sarebbe stato meglio di quello che hai fatto. Sono quasi morta per colpa tua.»

Stephanie portò involontariamente la mano alla collana. Le parole di sua sorella la ferirono profondamente. «*Tu* ci hai salvate entrambe» rispose. «Senza di te, non saremmo qui. Saremmo morte entrambe.»

«Ma tu ti sei assicurata che *lui* lo fosse, non è vero?»

Steph non seppe cosa rispondere. Aveva rivissuto innumerevoli volte quei momenti in cui aveva affondato la lama in suo padre, ancora e ancora. Da quella notte erano nati degli incubi e, nelle ultime settimane, si era svegliata in diverse occasioni sognando suo padre insanguinato in piedi sopra di lei nella sua camera da letto, che si dissanguava sul tappeto, guardandola. A volte si muoveva verso di lei; altre volte restava fermo a sorridere. Altre ancora si estraeva la lama dall'addome e gliela lanciava contro.

Aveva ucciso suo padre – per legittima difesa, ufficialmente – e avrebbe dovuto essere il momento più felice della sua vita. Se n'era andato, morto, incapace di far loro del male. Ma non era così. Ora, era peggio. La perseguitava nei sogni, nelle visioni. Come Freddy Krueger, esisteva nei suoi incubi.

«Dovrò convivere con le mie azioni per il resto della vita. Così come con quello che ho fatto a te» spiegò Stephanie. «Non sono assolta da nessuna colpa. Ma lui non c'è più. Non può più farci del male» disse. «Ho fatto quello che ho fatto per proteggerci. E lo rifarei. Non è l'uomo che pensavi che fosse. So che è tanto da elaborare e affrontare, e spero che un giorno capirai tutto. Ma in questo momento, voglio assicurarmi che tu stia bene.»

Mantenendo l'attenzione fissa sullo schermo, Kim disse: «Sto bene. Non devi preoccuparti per me.»

«Non sarei la tua sorella maggiore se non lo facessi. Fa parte del pacchetto.»

Kim non disse nulla. La sua espressione divenne vitrea, come se fosse davvero andata in un'altra dimensione. Per qualche istante, Steph cercò di intavolare una conversazione – il tempo, Jason, l'indagine – ma sua sorella non prestò attenzione a nulla. Fu solo quando Stephanie toccò il vero motivo per cui era lì che Kimberley cominciò a prestarle ascolto.

«Stamattina mi hanno chiamata gli avvocati» spiegò. «Mentre ero fuori a fare un giro in bici... magari una volta dovresti venire con me, per farti uscire un po' di casa... e mi hanno telefonato per dire che dobbiamo svuotare la casa se vogliamo venderla e metterla sul mercato.»

Kim la guardò di sfuggita, ma la sua espressione non tradì alcuna emozione.

«Cioè, io non voglio proprio andarci, ma non credo che abbiamo scelta.»

Silenzio, se non per il rumore dei passi di Jason che si muoveva nel suo studio al piano di sopra.

«Un'opzione sarebbe sbarazzarci di tutto, buttare ogni cosa in discarica e chiudere la faccenda. Ma ho pensato che lì dentro potrebbero esserci alcune delle vecchie cose di mamma.»

«O qualche altro segreto che mi hai tenuto nascosto per i miei trentatré anni di vita» ribatté Kim prima di tornare a guardare la televisione, spegnendosi di nuovo. «Non voglio andarci. Non voglio essere lì con te. E non ti voglio in casa mia in questo momento. Per favore, se mi vuoi bene come dici, per favore, vattene.»

CAPITOLO
CINQUE

L'agente Giles Swinger era stato in molte case nei suoi anni di servizio. Alcune erano decrepite e quasi fatiscenti, tenute in piedi a malapena dagli sforzi dei proprietari per mantenere un tetto sopra la testa, mentre altre sembravano appena uscite da un catalogo o da un cartone animato. Quella in cui lui e l'agente Fiona Singleton si trovarono quella mattina era nel mezzo. Una casa alla Riccioli d'Oro. Era semplicemente perfetta.

Erano in cucina, in piedi ai lati opposti dell'isola centrale. Le superfici erano un disastro, ingombre del caos di una mattinata intensa. In sottofondo, dalla sala proveniva il suono di voci acute. Dall'altro lato dell'isola c'era Laura Wednesday, una donna sulla trentina con lunghi capelli neri e sopracciglia marcate che davano l'impressione che ci avesse speso una fortuna. Era appoggiata al bancone, stringendosi addosso un cardigan leggero, mangiucchiandosi le unghie e muovendo nervosamente una gamba. Prima di parlare, lanciò diverse occhiate verso il salotto, dove sua figlia stava guardando la televisione.

«Signora Wednesday», cominciò Giles. «Le dispiacerebbe spiegarmi cosa è successo?»

Avevano ricevuto la chiamata poco meno di un'ora prima. Mentre di solito una denuncia per effrazione sarebbe stata gestita da un agente in uniforme, Giles aveva proposto di fare un salto e occuparsene loro. Una morbosa curiosità aveva avuto la meglio su di lui, e senza dubbio il caso sarebbe finito comunque sulle loro scrivanie, quindi voleva anticipare i tempi.

«Non so...», iniziò Laura, continuando a torturarsi l'unghia. «Stamattina era una mattina come tutte le altre. Becky dormiva. Mio marito era andato al lavoro. E io stavo preparando Becky per la scuola. Le avevo preparato il pranzo e stavo per farle colazione. Di solito scende verso le sette, e quando non l'ha fatto, sono salita in camera sua a cercarla.»

«Che cosa ha visto?»

«Becky stava giocando con un palloncino.»

«Che tipo di palloncino?»

«Un palloncino di compleanno. Di quelli da festa.»

«Dov'è adesso?»

Laura guardò il soffitto, rispondendo alla domanda. «Non riesco a sopportare di salire lassù. Appena l'ho visto, l'ho tirata fuori dalla stanza e ho chiamato mio marito.»

«Dov'è lui?»

«Sta tornando dal lavoro. Esce presto, verso le sei e mezza.»

Giles scarabocchiò una nota.

«Chi è stata l'ultima persona a entrare nella stanza di sua figlia?»

«Mio marito», rispose Laura, guardando di nuovo verso il salotto. «Ma non stamattina. Non vuole disturbarla quando esce per andare al lavoro. Le diamo entrambi il bacio della buonanotte e la controlliamo prima di andare a letto.»

«A che ora è stato?»

Il suono di una risata infantile filtrò nella stanza.

«Verso le dieci», rispose Laura. «Andiamo a letto presto.»

«E a quanto pare vi alzate anche presto», commentò Giles. «Presumo non abbia idea da dove provenga questo palloncino?»

Laura scosse la testa.

«E non sa dove Becky possa averlo preso?»

Un altro cenno negativo.

«È possibile che ce l'avesse in camera da un po' e l'abbia gonfiato? O ha partecipato a qualche festa di compleanno di recente?»

«Niente. È semplicemente comparso.» Laura dondolò avanti e indietro contro il bancone, poi lanciò un'altra rapida occhiata al soffitto. «Beh, non è del tutto vero. Becky ha detto che gliel'ha portato il mostro sotto il letto, ma non è possibile. I mostri non esistono.»

Invece sì, pensò Giles. *Ne ho incontrati parecchi ai miei tempi.*

Si sporse in avanti e scrutò attraverso la sala da pranzo open space verso le portefinestre che davano sul giardino. «Ha notato qualche segno di effrazione o di scasso quando è scesa stamattina?»

Laura scosse la testa. Si strinse più forte il cardigan e un'espressione di leggero panico le si insinuò agli angoli degli occhi. «Non ho guardato. Voglio dire, perché avrei dovuto? Non chiudiamo quasi mai a chiave la porta sul retro. Solo quella d'ingresso. E teniamo quasi sempre le finestre chiuse.»

«Perché non chiudete le porte a chiave?» chiese Giles.

«Perché, be', questo è un bel quartiere. Non abbiamo mai avuto problemi prima. Non ne abbiamo mai sentito il bisogno.» Sembrava offesa, come se stesse rigirando l'accusa contro di loro. «Inoltre non abbiamo una gattaiola, quindi se dobbiamo far uscire il gatto nel cuore della notte, possiamo semplicemente aprirgli.»

Giles ne aveva sentito abbastanza. Si avvicinò alla porta sul retro e ispezionò la serratura. Non c'erano segni di scasso, né vetri sul pavimento, né alcuna indicazione che qualcuno avesse cercato di forzarla. Cosa più importante, non c'erano nemmeno impronte digitali sul vetro, nulla che suggerisse che l'intruso fosse stato così stupido da lasciarsene dietro.

Non sapeva cosa credere. Era strano che un palloncino da festa qualsiasi fosse apparso dal nulla, senza alcuna traccia di chi potesse avercelo messo.

Mentre si rialzava, si guardò alle spalle e vide Peppa Pig che saltava in una pozzanghera sulla televisione. Seduta di fronte, accovacciata sul pavimento in una posizione che solo le membra e le articolazioni di una bambina potevano permettere, c'era Becky, che tendeva il collo verso l'amato personaggio con un gran sorriso stampato sul viso.

Giles si voltò verso Laura e chiese: «Le dispiace se parliamo con sua figlia?»

Laura lasciò la cucina. «Becky, tesoro. Becky!»

Alla fine, la bambina si girò.

«Spegni la TV e vieni qui un momento, cara. Queste persone

vogliono farti qualche domanda sul palloncino che hai trovato stamattina.»

«Il mio palloncino!» Il viso di Becky si illuminò al pensiero. «Posso tenerlo, mamma?»

La bambina fece come le era stato detto e si affrettò verso di loro. Si arrampicò su una sedia della sala da pranzo e si appoggiò al tavolo. Alzò il collo verso Giles, guardandolo come se fosse lui il mostro che le aveva dato il palloncino.

«Sei un gigante», disse.

Giles sorrise. «È perché ho mangiato tutta la frutta e la verdura da piccolo, come mi diceva la mamma.» Prese una sedia dal tavolo e si sedette. «Va meglio così? Adesso siamo alti uguali.»

Laura si unì a loro, sedendosi di fronte. Appena si sedette, Giles si complimentò con Becky per il suo abbigliamento. «Adoro quella molletta che hai tra i capelli», aggiunse. «È molto carina.»

«Grazie», rispose Becky, prendendo un peluche dal tavolo e cominciando a giocarci. «Me l'ha comprata la mamma in un negozio.»

«Anche il palloncino che hai trovato te l'ha preso la mamma?»

Mantenendo l'attenzione fissa sull'orsacchiotto, Becky ruotò tutto il corpo da un lato all'altro. «Quello me l'ha dato il mostro che sta sotto il mio letto.»

«Un mostro sotto il tuo letto?» chiese Giles, aggiungendo una nota scherzosa alla sua voce. «Sembra spaventoso. L'hai visto questo mostro?»

Un altro cenno di diniego.

«Da quanto tempo c'è il mostro sotto il tuo letto?»

«Da sempre!»

«Da sempre? E non l'hai mai visto?»

Questa volta, scosse energicamente la testa, infilandosi il pollice in tasca.

«Come fai a sapere che c'è?»

«Lo vedo nei sogni.»

«E pensi che ti abbia dato il palloncino stanotte?»

Un cenno affermativo.

«Hai visto o sentito qualcosa?»

«Mi sono solo svegliata ed era lì», spiegò Becky, poi si girò verso Laura. «Posso tenerlo il palloncino, mamma?»

Laura guardò Giles a disagio.

«Forse dovremo portarcelo via», rispose lui con dolcezza. «Stiamo facendo una ricerca sui mostri e dobbiamo portarlo ad analizzare.»

«Oh!» disse Becky, delusa. «Me lo ridarete?»

«Forse, tesoro», aggiunse Laura, accarezzando i capelli della figlia. «Altrimenti, possiamo prenderne un altro in negozio.»

«Non ne voglio uno del negozio! Voglio quello!»

Prima che Becky scoppiasse in una crisi di pianto, la porta d'ingresso si aprì.

«Becks? Laura?»

«*Papà!*»

Immediatamente, Becky saltò giù dalla sedia e corse verso la porta d'ingresso. Un attimo dopo, un uomo in giacca e cravatta apparve dietro l'angolo, tenendo la figlia in braccio. Si presentò come Dean Wednesday e strinse la mano a Giles.

«Siete della polizia?» chiese, mettendo a terra la figlia.

«Sì, signore», rispose Giles.

«Siete qui per l'effrazione?»

«Non sappiamo se ci sia stata un'effrazione», replicò Laura, correndo al fianco del marito. Il suo tono indicava che stava cercando di calmarlo.

«Cosa vuoi dire? Certo che c'è stata. Quel maledetto palloncino. Non ce l'ho messo io. Tu sì?»

Laura scosse la testa.

«Be', allora, qualcuno è entrato nella stanza di mia figlia e ce l'ha messo. Qualcuno ha fatto irruzione.» Si accovacciò, abbracciò la figlia e poi la tenne a distanza. «Non ti sei fatta male, vero, principessa?»

Becky confermò di no. Quando Dean fu soddisfatto della sua risposta, la mandò sul divano e tornò a rivolgere la sua attenzione a Giles. «Cosa intendete fare?» Il suo tono era severo, ostinato, come se fosse appena entrato in una riunione del consiglio di amministrazione.

«Dovremo valutare quello che ci ha detto sua figlia», cominciò Giles. «Ma al momento, dato che non sembra ci siano segni di scasso, noi...»

«Non farete niente?»

«Non è quello che ho detto.»

«A me sembra così.» Incrociò le braccia sul petto, il viso contratto. «Casa mia è stata svaligiata e voi non avete intenzione di fare nulla. Per cosa le pago le tasse?»

Giles fece del suo meglio per mantenere la calma. Odiava quell'argomentazione. L'aveva sempre odiata e sempre l'avrebbe odiata.

«Con tutto il rispetto, signor Wednesday, se mi lasciasse finire, avrebbe capito che porteremo via il palloncino per analizzarlo. È possibile che chiunque l'abbia lasciato abbia lasciato del DNA sopra, anche se, da quanto ho capito, se Becky ci ha giocato tanto quanto mi è stato detto, non ne rimarrà molto. Ad ogni modo, potrebbero volerci un paio di settimane per...»

«*Settimane*?» esclamarono Laura e Dean Wednesday all'unisono.

«Non è un processo rapido», rispose lui sulla difensiva. «Purtroppo, la vita reale non è come in televisione.»

«Mi sta dando dello stupido? Certo che so che non è come in TV, ma *settimane*?»

«Questi sono i tempi. Non possiamo farci niente.»

«E se succede di nuovo? E se quella persona entra e ne lascia un altro nella camera di mia figlia?»

«Suggerirei di chiudere a chiave le porte, tanto per cominciare», replicò Giles seccamente.

Il veleno divampò negli occhi di Dean. «Dovrebbe essere una battuta?»

No. La cosa divertente è che lei lasci le porte aperte di notte e poi si arrabbi se qualcuno entra.

«Mi scusi. Quello che intendevo dire era: ha delle telecamere a circuito chiuso o dei filmati che potrei visionare? Sarebbe di grande aiuto.»

Lo sguardo duro che Dean stava rivolgendo a Giles si sciolse rapidamente mentre abbassava gli occhi sul pavimento e scuoteva la testa. «Non abbiamo niente. Ma ora vado in negozio e ne faccio installare qualcuna. La prossima volta che succederà, mi assicurerò di prenderli.»

Basta che non li inviti a entrare.

«Quindi tutto quello su cui possiamo basarci è la descrizione di sua figlia, che non esiste, e il DNA del palloncino.» Giles emise un sospiro breve e secco attraverso il naso. «Faremo il possibile.»

Dean si frugò in tasca e tirò fuori il portafoglio. «E se velocizzassimo la cosa?»

«Non funziona così, signore. Questa è considerata corruzione e non siamo disposti a perdere il lavoro per una cosa del genere.»

«Ma siete disposti a lasciare che entrino in casa mia e traumatizzino mia figlia, *di nuovo*.» Rimise in tasca il portafoglio e tirò fuori il telefono. «E se invece andassi alla stampa?»

«Non farebbe comunque alcuna differenza», rispose Giles. «Come ho detto, faremo il possibile. Ha i nostri contatti. La contatteremo quando avremo qualcosa.»

Ai Wednesday poteva anche non piacere, ma non avrebbero ottenuto altro. Quando le persone si comportavano in quel modo, a Giles veniva sempre meno voglia di aiutare, anziché di più.

CAPITOLO
SEI

S teph si riempì i polmoni d'ossigeno mentre scendeva dall'auto. Fuori l'aria era più frizzante e pulita, impregnata della rugiada mattutina che era rimasta dall'alba. Sopra di lei, una cappa di nubi grigie pendeva malinconica, opprimente come un piumone pesante: un tempo deprimente che si addiceva al suo umore depresso.

Lottava interiormente a causa della sorella dalla notte in cui era morto il padre. Kimberley soffriva, stava male. La sua intera visione del mondo, plasmata sulla presunta grandezza del padre, era crollata in un istante. Steph lo capiva; dubitava che avrebbe reagito in modo diverso. Ma che Kim la escludesse del tutto, che si comportasse come se lei non esistesse? Quello le sembrava un passo di troppo.

Kimberley non si rendeva conto che Steph aveva cercato di proteggerla. Dopo che Colin Broadbent uccise sua moglie e fu di conseguenza imprigionato, Kimberley aveva pianto per lui e aveva implorato di vederlo. In quel momento, quando per la prima volta mentì alla sorella, Stephanie si ritrovò incapace di pensare ad altro. Aveva detto a Kimberley che papà andava via per aver ucciso la persona responsabile di aver fatto una cosa brutta alla mamma. Quando si rese conto di essersi scavata la fossa da sola, senza una scala a pioli o un mezzo di fuga, era troppo tardi. I buoi erano scappati dalla stalla. Si era creata quel sudicio letto di bugie ed era stata costretta a giacervi negli ultimi trent'anni.

Tutto a causa di un'unica decisione impulsiva.

Continuava a pensare: e se? E se avesse detto la cosa *giusta* tanti anni prima? Avrebbero potuto rimuovere il padre dalle loro vite del tutto; forse sarebbero diventate più unite come sorelle; magari Stephanie sarebbe rimasta nel Surrey, si sarebbe guadagnata una reputazione migliore con la sua squadra, e gli studenti universitari che persero la vita durante la scia di vendetta del padre sarebbero ancora vivi.

La cosa più sconfortante era che la sua collega e amica, Eve Hope, sarebbe ancora stata lì.

Con un sospiro pesante, chiuse la portiera dell'auto e la serrò alle sue spalle, le spalle gravate dal peso della colpa per tutte le loro morti. Tutto si sarebbe potuto evitare se, tanti anni prima, di fronte a quel bivio, avesse preso la strada giusta invece di quella sbagliata.

Tirando su col naso per scacciare le lacrime, attraversò il parcheggio, strusciando le scarpe per terra e tenendo la testa bassa. Era a metà strada quando qualcosa catturò la sua attenzione con la coda dell'occhio. Una figura che spuntava da dietro un'auto parcheggiata.

Il sergente Devon Lafferty. In ritardo proprio come lei.

Stephanie stava per chiamarlo quando notò i suoi movimenti instabili, barcollava da una parte all'altra.

«Devon!»

Lui si fermò di colpo, girando sui talloni. Le braccia si agitarono come quelle di un pupazzo gonfiabile, raggiungendo il resto del corpo un istante dopo.

«Co-?» farfugliò. Quando riconobbe la sua voce, sgranò gli occhi e abbassò lo sguardo. «Giorno... Giorno, capo.»

Mentre lei si avvicinava, l'odore di alcol che gli proveniva dai pori e dal fiato le arrivò alle narici.

«Nottata pesante, ieri?» domandò lei.

Borbottò qualcosa di inintelligibile prima di dire finalmente: «Solo qualche birra al pub con dei vecchi amici.»

«Questa l'ho già sentita.» Rallentò il passo per mettersi al suo fianco. «Aveva intenzione di avvisarmi del suo ritardo?»

«Io... mi scusi, capo. Non succederà più.»

Lei sbuffò piano. «Anche questa l'ho già sentita. È in condizioni di lavorare oggi?»

«Sì, capo. Perché… perché non dovrei?»

Ebbe un singhiozzo e un'ondata di fiato che sapeva di birra le investì il viso. Solo una volta prima di allora si era imbattuta in un collega con problemi di alcolismo. Un agente che a venticinque anni aveva visto un cadavere martoriato di troppo e aveva trovato conforto in fondo alla bottiglia. Ma Devon era un veterano, un uomo d'esperienza. Sapeva che, se c'era un problema, era più profondo di così. Stava affrontando un divorzio difficile e senza dubbio era in lutto per la fine del suo matrimonio e la potenziale perdita del figlio. Per quella volta, avrebbe chiuso un occhio; era la prima volta che lo notava, ma se fosse diventata un'abitudine, avrebbe dovuto intervenire.

Il lutto faceva fare cose strane alle persone.

Fu allora che si rese conto che sua sorella stava provando la stessa cosa: era in lutto per la perdita del padre e, in un certo senso, stava rivivendo la perdita della madre, dato che la sua morte aveva assunto un significato completamente nuovo.

Forse, come per Devon, avrebbe dovuto chiudere un occhio anche con sua sorella e darle il tempo di elaborare il lutto.

Tenendo la porta aperta per il sergente, lo fece entrare. Lui sgattaiolò dentro come un adolescente colpevole. «Vada a darsi una rinfrescata e salga al piano di sopra entro cinque minuti.»

CAPITOLO
SETTE

Venti minuti dopo, un Devon dagli occhi sgranati la guardò. Il contrasto tra l'uomo che aveva incontrato al piano di sotto e quello che aveva di fronte era impressionante. Appariva quasi fresco, come se avesse dormito saporitamente invece di passare una notte a sbevazzare. Lei si chiese quante volte fosse entrato barcollando nell'edificio con i postumi di una sbornia, per poi presentarsi in ufficio fresco come una rosa.

Prima che potesse rimuginarci sopra, squadrò i visi nella stanza. Giles, Fiona, Olivia, Noah: tutti sembravano riposati e pronti a iniziare la giornata. Una fitta di colpa le attanagliò lo stomaco quando si rese conto che Eve non c'era. Anche se erano passate tre settimane e lei aveva imparato a convivere con la perdita nel giro di pochi giorni, si aspettava ancora di vedere la vivace agente entrare dalle doppie porte, raggiante con i suoi denti bianchissimi e la fossetta sulla guancia.

Invece, fu accolta da espressioni abbattute, eccetto quella di Olivia, il cui viso sembrava sempre accennare un sorriso, anche quando non sorrideva affatto.

«Buongiorno a tutti» esordì. «Scusate il ritardo. Ho avuto delle faccende personali da sbrigare. Non dovrebbe più essere un problema d'ora in poi.» Si schiarì la gola. «Cosa mi sono persa? Chi vuole mettermi al corrente? Vedo molte facce avvilite. Abbiamo bisogno di un po' di energia.»

Olivia fu la prima a rispondere. Aveva di nuovo dimenticato gli occhiali e socchiudeva gli occhi per guardare Stephanie. *Forse è per questo che sembra sempre che sorrida.*

«L'HOLMES è aggiornato» disse. «Sono arrivate un paio di segnalazioni riguardo a una rissa avvenuta ieri sera fuori dal Popworld, ma se n'è occupata la pattuglia.»

«Dobbiamo fare qualcosa?»

Olivia scosse la testa.

«Proprio quello che volevo sentire. Un bel mercoledì mattina tranquillo.»

«Non proprio, capo» giunse la risposta del detective Giles Swinger. L'uomo dal cognome sfortunato era sulla trentina e, nonostante i suoi sforzi, riusciva a farsi crescere una barba a chiazze solo da un lato del viso. Se la grattò prima di continuare. «Stamattina è arrivata una segnalazione piuttosto strana che, secondo me, dovremmo approfondire.»

«Strana? Non sono sicura che qui ci piaccia lo 'strano'. Ne abbiamo già abbastanza con Noah e il suo abbigliamento eccentrico.»

Una piccola risata echeggiò nel gruppo. Un'altra battuta. Un'altra occasione per integrarsi nella squadra.

«Stamattina, la centrale ha ricevuto una chiamata da una madre molto angosciata che sosteneva che qualcuno si fosse introdotto in casa sua nel cuore della notte e avesse lasciato un palloncino nella camera di sua figlia.»

«Lasciato un palloncino? Tipo un palloncino da *compleanno*?»

«Sì.»

«Magari la figlia ha dato una festa e i genitori non erano invitati.»

«Se così fosse» disse Noah, giocherellando con i polsini di una vistosa camicia cachemire, «vorrei ingaggiare questo intruso per organizzare il prossimo compleanno di mio figlio. L'animatore dell'anno scorso si è perso per strada ed è finito a fare animaletti con i palloncini a una veglia funebre a Woking.»

Un'altra ondata di risate si diffuse nella stanza.

Stephanie si appollaiò sul bordo del tavolo e inarcò un sopracciglio. «Quindi, abbiamo un criminale che fa irruzione, ignora tutti gli oggetti di valore e lascia... un palloncino. D'accordo. E già che c'era, ha anche lavato i piatti?»

«Purtroppo no» rispose Giles. «Ma la madre era spaventata. E sua figlia era convinta che glielo avesse dato 'il mostro sotto il letto'.»

Stephanie si raddrizzò.

Olivia intervenne. «Magari il mostro sotto il mio letto mi facesse dei regali. Io ci ho guadagnato solo un trauma. La prossima cosa che verremo a sapere è che la fatina dei denti gestisce un giro di droga.»

Noah si inserì finalmente dalla sua scrivania, sempre giocherellando con i polsini della camicia cachemire. «Beh, se il mostro del letto fa dei lavori extra, ho un figlio che ha perso due denti la settimana scorsa e ha ricevuto solo una sterlina. Esige una rappresentanza sindacale.»

«Poverino» disse Fiona. «Il bambino, intendo. Non il braccino corto di Noah.»

Seguirono altre risate, questa volta più sciolte e sonore. Stephanie fu lieta di vedere una parvenza di allegria e gioia tornare sui loro volti. Tuttavia, era consapevole che quel momento non poteva durare a lungo.

«Tornando seri» esordì, «quali sono i vostri prossimi passi?»

Giles lanciò una rapida occhiata a Fiona, poi di nuovo a Stephanie. «Il padre era un vero stronzo.»

«E quindi?»

«Diciamo che non ho molta voglia di aiutarlo.»

Lei inclinò la testa. «Magari funzionasse così. Ma dobbiamo comunque fare il nostro lavoro.»

«Si è offerto di pagare per accelerare l'analisi del DNA. Ha aperto il portafoglio e ha dato per scontato che bastasse quello per far succedere le cose.»

«Ah, uno di quelli? Avevano telecamere a circuito chiuso?»

Giles scosse la testa.

«Molto utile. Suggerirei di mandare una pattuglia a parlare con i vicini e magari di chiedere alla scientifica di prelevare dei campioni.»

«Già fatto» confermò Giles, gettandosi una gomma da masticare in bocca.

«Eccellente» disse Steph. «Se è così, allora per il resto della giornata posso anche mettermi comoda.»

CAPITOLO
OTTO

Stephanie mantenne la promessa: si era messa a riposo per il resto della giornata. Be', non alla lettera. Il resto della mattinata e del pomeriggio trascorsero senza incidenti. Alla squadra erano state assegnate le proprie responsabilità ed era più che in grado di gestire i suoi compiti. Aveva usato quel tempo – quella pace – per mettersi in pari con le e-mail, approvare le note spese e i bilanci, e pianificare il resto della settimana senza l'ispettore capo McGowan, che era in ferie.

Non vedeva l'ora di passare una piacevole serata da sola davanti alla televisione, gustandosi un chilli con carne fatto in casa, quando ricevette un'altra telefonata dall'avvocato, che le ricordò ciò che doveva fare.

Dopo venti minuti di macchina, fermò l'auto davanti a casa, incapace di risolversi a parcheggiare nel vialetto. Riusciva a malapena a guardare l'abitazione. Una parte di lei sperava che sarebbe stato più facile al buio, che, non potendo vedere la casa con la stessa chiarezza del giorno, le visioni e le immagini nella sua testa non sarebbero state così vivide o debilitanti. Scese dalla macchina e si rese subito conto che non faceva alcuna differenza.

La pioggia scendeva in un velo sottile e costante, fredda e insistente, che le infradiciò rapidamente il cappotto e le inumidì il colletto del maglione. Rimase ferma sul marciapiede, con gli occhi fissi sulla sottile striscia di nastro della polizia che pendeva dalla porta d'ingresso, sventolando debolmente nella brezza. Non era più considerata una scena del crimine ufficiale, eppure il nastro serviva a ricordare che i veri crimini erano avvenuti molto prima che venisse apposto.

Si avvicinò di un passo, le scarpe che scricchiolavano sulla ghiaia bagnata. Fermandosi vicino al primo gradino, si ricordò di quando, prima di andare a scuola, fingeva che fosse una fune tesa o una trave di equilibrio.

Un'auto le sfrecciò accanto con un *sibilo* mentre lei alzava la chiave e la inseriva nella serratura. Quando la porta si aprì, ne uscì un'aria umida e stantia che quasi la colse di sorpresa. L'ambiente era nero come la pece e aveva un disperato bisogno di luce, ma lei entrò e si chiuse la porta alle spalle, immergendosi nell'oscurità. Era abituata al buio di quel posto, costretta da bambina a muoversi per casa in piena notte, camminando in punta di piedi verso il frigo in cerca di cibo per sé e per sua sorella.

Alla fine, dopo qualche istante, i suoi occhi si abituarono alla scarsa luce, rivelando macchie scure sulla moquette e sulle pareti. Sangue. La prova della sua morte.

Rivisse quel momento: la lama che affondava nel suo stomaco, la vita che lentamente abbandonava i suoi occhi.

Allungò la mano verso l'interruttore del corridoio e lo accese. Una luce gialla e intensa inondò l'ingresso e il vano scale. Con la luce, il sangue assunse una nuova tonalità e un significato completamente nuovo: divenne più reale. Eppure la sua reazione nel vederlo rimase la stessa: ambivalente.

«Dovrò pulire se voglio avere una qualche possibilità di vendere questo posto» borbottò tra sé.

Percorse il corridoio evitando il sangue secco. In cucina, notò l'odore di freddo e di umidità. Una piccola pozzanghera d'acqua piovana si era formata sul bancone. Una perdita. Da qualche parte.

Quel posto stava cadendo a pezzi. Avrebbe voluto raderlo al suolo, insieme a tutti i ricordi che si portava dietro. Dubitava che ci fosse qualcosa che valesse la pena tenere. Aveva già tutto ciò di cui aveva bisogno.

Tuttavia, una scintilla di curiosità la trattenne lì.

La mamma.

Forse Colin, l'uomo che si rifiutava ancora di chiamare papà, aveva conservato alcuni degli effetti personali di sua madre. Stephanie afferrò la collana della madre e ne disegnò il contorno sul proprio collo. Si spostò verso il primo gradino delle scale e guardò fino in cima, proprio come faceva da bambina. La scalinata si ergeva davanti a lei come una spina dorsale. La moquette, un tempo di un color bordeaux sbiadito, si era scurita con il tempo.

Non voleva salire. Non voleva rivivere il trauma. Anche adesso, decenni dopo, il suo corpo ricordava prima della sua mente. I muscoli le si contrassero. Lo stomaco le si attorciglò. Il respiro le venne meno.

Ma andò avanti comunque, muovendosi lentamente e con cautela, posando il piede sul punto più silenzioso di ogni gradino che non faceva rumore, come faceva un tempo per non disturbare Colin.

In cima alle scale, si fermò davanti alla prima stanza: la sua camera da letto e di Kimberley. Trattenne il respiro mentre apriva la porta.

Appariva esattamente come la ricordava, eppure non le assomigliava per niente. Come se tutti i mobili presenti si fossero dissolti e fossero stati sostituiti dal letto, dalla carta da parati, dal comò della sua infanzia. Un tempo la stanza era stata piena di colore e di vita, evidentemente appartenuta a una bambina. Ora, le pareti erano di un noioso e anonimo color crema, e i mobili sembravano provenire da un mercatino dell'usato. Una pila di giornali pendeva sbilenca contro il muro. Un ventilatore di plastica impolverato giaceva a faccia in su, le sue pale un cimitero per le formiche e le mosche che vi erano rimaste intrappolate. Una vecchia libreria, simile a quella che aveva avuto lei, era appoggiata in un angolo della stanza. Vuota.

Quella vista le procurò un'inaspettata fitta al cuore.

Fece un altro passo dentro e si accovacciò accanto al letto, ignorando lo schiocco delle ginocchia, e passò una mano sotto il materasso. Cercando, pregando, chiedendosi se *quella cosa* fosse ancora lì.

Non trovò nulla.

Ritirò lentamente la mano, inspirò profondamente, poi rivolse la sua attenzione al comò dall'altra parte della stanza. All'interno, scoprì una collezione di trofei, premi e attestati che aveva guadagnato a scuola, prima che lei e Kimberley venissero affidate alla casa famiglia. Uno di questi era della sua prima giornata sportiva. Ricordò di aver partecipato alla corsa dei cento metri e di aver visto suo padre che la guardava da bordo campo, facendo il tifo per lei.

Chiuse il cassetto prima che il ricordo potesse completarsi, poi ne aprì un altro.

Si bloccò, gli occhi che si sgranavano nel posarsi su una scatola di latta. Piccola, rettangolare e macchiata di ruggine lungo i bordi. La riconobbe immediatamente; era appartenuta a sua madre. In origine una scatola di biscotti, non la vedeva da anni.

La tenne con entrambe le mani come se potesse andare in frantumi o urlare.

Poi, senza sedersi, tolse il coperchio e all'interno trovò dei frammenti. Ciocche dei suoi capelli e di Kimberley, dal loro primo taglio; una fotografia sbiadita di Stephanie seduta in grembo a sua madre sullo scalino posteriore in giardino. La mamma era nel bel mezzo di una risata, con la mano di Stephanie che si allungava verso il suo viso. Non aveva mai visto quella foto. Sua madre sembrava così bella, diversa da come la ricordava. Le lacrime salirono agli occhi di Stephanie mentre rimetteva la fotografia sotto la scatola e passava all'oggetto successivo: un braccialetto con ciondoli, vecchio e ossidato, ma alcuni dei ciondoli conservavano ancora la loro lucentezza: un gatto, un libricino, un cuore con il buco della serratura. Stephanie se lo ricordava. Era stato suo. Pensava di averlo perso durante una gita scolastica al Castello di Dover. Ma era lì. Sua madre doveva averlo trovato e tenuto al sicuro.

Ricacciando indietro le lacrime, Stephanie chiuse la scatola di latta e se la strinse al petto. Poi si allontanò dalla stanza, scese le scale, uscì dalla porta e salì in macchina. Per quel giorno aveva finito. Aveva tutto ciò di cui aveva bisogno: qualcosa di sua madre e qualcosa di suo, e la speranza che ci fossero altre reliquie.

CAPITOLO
NOVE

La prima cosa che fece una volta tornata a casa, lottando contro il vento e un violento acquazzone, fu riporre la scatola di latta nel cassetto del comodino. Era il posto più sicuro, ben nascosta e protetta dal suo amato orsacchiotto, Bart, che aveva fin da bambina e che vegliava su di lei come una guardia del corpo. Il suo pelo era macchiato, strappato e mostrava i segni del tempo, ma era uno dei pochi oggetti che possedeva che provenivano da sua mamma o che erano stati suoi. Ora, come per miracolo, aveva aggiunto qualcosa ai suoi averi.

Prese in considerazione l'idea di condividere la scoperta con sua sorella, inviandole una fotografia della scatola nella speranza di convincerla a farle visita per scoprire altri manufatti di persona. Eppure, era talmente incazzata nera con Kimberley – anche se non ne aveva alcun diritto – che pensò che sua sorella non meritasse di saperlo. Se Kimberley voleva comportarsi da bambina, che facesse pure. Dopo tutto quello che aveva fatto per sua sorella, tutti i sacrifici che aveva compiuto? Lo strazio emotivo, fisico e mentale che aveva sopportato e continuava a subire?

No, per il momento la scatola sarebbe rimasta esattamente dov'era.

Stephanie sistemò Bart sul letto prima di scendere al piano di sotto. Nelle ultime settimane era finalmente riuscita a rimettere ordine nella sua vita. Letteralmente e metaforicamente. Non c'erano più scatoloni sul pavimento, né pile di vestiti ammucchiati gli uni sugli altri. Dalla morte di suo padre, si era sentita sollevare un peso dalle spalle e, mentalmente, si era rimessa in carreggiata.

Aveva ricominciato a dipingere, ad andare in bicicletta, a correre, a fare arrampicata: viveva la vita liberamente, senza i vincoli che aveva sentito quando c'era lui.

Per la prima volta da molto tempo, aveva ricominciato a sentirsi in controllo.

Controllo del suo tempo. Controllo della sua mente. Controllo del suo corpo.

Ai piedi delle scale, entrò in cucina e cominciò a preparare da mangiare. Qualcosa di sano, con carboidrati, una spolverata di spezie e una buona dose di proteine. Una cena come si deve. Non qualcosa che le sarebbe venuta voglia di vomitare venti minuti dopo. Per la prima volta da ancora più tempo, aveva la sua bulimia sotto controllo. Era ancora presente e alzava ancora la sua orribile testa in fondo ai suoi pensieri, ma lei l'aveva domata, messa dietro le sbarre e chiusa a chiave.

La chiave era ancora saldamente nella sua mano, e non l'avrebbe lasciata andare.

Di conseguenza, aveva notato un cambiamento in sé stessa. Dormiva meglio, si sentiva meglio. Non si svegliava più intontita e stanca. Anche la sua pelle, i suoi capelli e il suo viso apparivano più luminosi e radiosi. Certo, il suo viso sembrava più pienotto, ma era meno gonfio, e i segni esterni del suo disturbo alimentare stavano svanendo. Il danno interno rimaneva, ma per il momento era lei ad avere il controllo, ed era determinata a mantenerlo.

Dopo aver cucinato un pasto sano ed equilibrato, passò la serata a dipingere. Il suo ultimo progetto era un dipinto a olio della cattedrale di Guildford su una piccola tela, ispirato a una fotografia che aveva scattato con il cellulare. Non era una Picasso, né una Dalí, né una Bosch, ma stava migliorando, imparando e affinando la sua abilità con il pennello a ogni opera. Non le importava che nessuno l'avrebbe mai visto; era solo per i suoi occhi, e si godeva l'esperienza catartica. Quel tempo le permetteva di staccare la spina, di concentrarsi sulla pennellata successiva e su quella dopo ancora.

Prima che se ne rendesse conto, era passata la mezzanotte. La pioggia era cessata, eppure il vento continuava a sferzare il fianco dell'edificio e a fischiare per tutta la casa, insinuandosi da una piccola fessura nella finestra del bagno al piano di sopra. Il tempo aveva preso una brutta piega, e dubitava che ci sarebbero state effrazioni quella notte. Tuttavia, prima di salire di sopra per andare a letto, controllò rapidamente le finestre e le porte del piano inferiore, assicurandosi che tutto fosse chiuso a doppia e tripla mandata.

Aveva incontrato abbastanza mostri nella sua vita; non aveva bisogno che un altro le facesse visita durante la notte.

CAPITOLO
DIECI

Il tempo offre la copertura perfetta. I genitori non sentono nulla mentre armeggio con la serratura. Sono troppo occupati a preoccuparsi della pioggia che si abbatte sulle finestre e del vento che soffia a raffiche, o del rumore degli alberi che sbattono l'uno contro l'altro. Non mi sentono aprire la porta sul retro e richiuderla alle mie spalle, né si accorgono di me mentre mi tolgo le scarpe e attraverso in punta di piedi il bellissimo pavimento in pietra. Anche il fruscio del mio cappotto è attutito. Gli unici suoni che emetto sono il mio respiro regolare e l'acqua che gocciola sul pavimento.

L'unica cosa che potrebbe tradire la mia presenza sono gli scricchiolii della loro casa: l'assito, il corrimano e le scale, i cardini della porta.

Ma ce la faccio. Sono dentro, fradicia e sferzata dal vento, e sento il freddo penetrarmi nelle ossa. Eppure, la vista che mi si para davanti mi riscalda, e fa sì che ne valga la pena.

Dorme così serenamente sotto il suo piumone di Frozen, con la testa che spunta da sotto il busto di Elsa, come se fosse lei stessa il personaggio. I suoi bei capelli biondi le incorniciano il viso pallido. Il salire e scendere regolare e ritmico del suo petto sembra rallentare il mondo intorno a me. Mi scopro a calmarmi mentre la guardo, il mio respiro che torna a un ritmo normale. La prima volta fu difficile, piena di adrenalina, paura e sensi all'erta. Ma ora mi sento rilassata, sicura di me, a mio agio.

Il rumore dell'acqua che gocciola riecheggia sul davanzale, ma non è forte come il suo russare. È nel pieno del sonno profondo. Mi chiedo cosa sogni. Unicorni? Principesse? Qualcosa di entusiasmante, o forse qualcosa di banale come i compiti?

Mi avvicino. La moquette attutisce i miei passi. Ogni cosa nella stanza è soffice: le pareti sono decorate con toni rosa e lilla, una poltrona a sacco è posata davanti alla televisione. Una lampada di lava ribolle accanto alla sua testa, lenta e ritmica come il suo respiro.

Si muove leggermente, le labbra che si contraggono in un sorriso.

La sua stanza è più disordinata di quella dell'altra bambina. Adesivi scollati a metà dall'armadio che sembra essere in famiglia da generazioni. Pastelli sparsi su una minuscola scrivania, posati tra le coste di album da colorare aperti. C'è una foto appuntata al muro. La sua famiglia. Mamma, papà e lei in mezzo, tutti che sorridono all'obiettivo, godendosi la loro visita al castello di Dover sullo sfondo.

Le dita mi si contraggono lungo i fianchi. Faccio un altro passo, volendo avvicinarmi il più possibile senza svegliarla. È questo il gioco che facciamo. Loro non lo sanno, ma vincono sempre.

Ecco perché ricevono il palloncino.

Mentre mi avvicino al suo fianco, sento un trambusto dal pianerottolo. Una porta di una camera da letto si apre, seguita da dei passi. Mi immobilizzo, con il cuore che mi sale in gola. Il rumore dei passi si avvicina rapidamente. Eppure non riesco a muovermi; qualsiasi suono potrebbe allertare i suoi genitori della mia presenza.

Trattengo il respiro, irrigidisco il corpo e tengo lo sguardo fisso sulla bambina, pronta a usarla come scudo, se necessario.

Per fortuna, i passi superano la camera da letto e proseguono verso l'altro lato della casa.

Si accende una luce. Il rumore di qualcuno che urina rumorosamente nel water, seguito da un verso roco, una scoreggia e poi lo sciacquone, il rubinetto e la luce che si spegne.

Rimango perfettamente immobile. Non ho espirato per tutto quel tempo, e solo quando sento la porta della camera chiudersi rilascio lentamente l'aria dai polmoni, in modo costante e leggero, per non disturbare la bambina di fronte a me.

Ora devo aspettare. Cinque minuti. Dieci. Abbastanza a lungo perché suo padre si riaddormenti, così da poter sgusciare fuori.

Va bene così. Non mi dispiace passare altro tempo con questa cosina preziosa. Più tempo ho, meglio è.

Quando arriva il momento, quando penso di essere rimasta anche troppo, metto la mano nella tasca del cappotto e tiro fuori il palloncino, cullandolo tra le mani guantate. Con cautela, comincio a gonfiarlo, assaporando il momento mentre si espande e si espande, finché non diventa così grande che non riesco più a vedere il corpo della bambina dietro di esso.

Mentre lego il nodo al filo, mi accovaccio accanto al suo letto. L'asse del pavimento scricchiola mentre mi inginocchio, e per un attimo temo che possa svegliarsi. Ma lei si limita a sbuffare, a leccarsi le labbra e a sistemarsi di nuovo, rotolando leggermente sull'altro fianco.

Aspetto.

Quando so che è ripiombata nel sonno, mi sposto verso la lampada di lava e ci posiziono vicino il palloncino. La miscela di colori si riflette sul palloncino blu, tingendolo di una sfumatura rosata.

Poi mi alzo.

Prima di andarmene, do un'ultima occhiata al dolce, prezioso sorriso sul suo volto. Il sorriso che è beatamente ignaro degli orrori e delle ingiustizie del mondo, un sorriso che non sa cosa sia il vero dolore.

Ovviamente, non è colpa sua.

È di tutti gli altri.

CAPITOLO
UNDICI

I bidoni carrellati le parvero pesanti mentre ne trascinava in fretta uno per mano attraverso il cancello laterale e lungo il fianco della casa. Il bidone verde della raccolta differenziata sbatté contro la recinzione, sbilanciandola. Imprecando contro l'oggetto inanimato, li spinse fino al limite del vialetto, giusto in tempo; sentiva i netturbini che si avvicinavano lungo la strada.

Odiava essere in ritardo. Non era da lei; ci teneva sempre a essere puntuale. Il suo vecchio capo le ricordava sempre che se non arrivava in anticipo, era in ritardo.

Ma la dormita era valsa la pena. In qualche modo, aveva dormito più del dovuto, rimandando la sveglia e godendosi troppo il comfort del suo piumone e del suo orsacchiotto per alzarsi dal letto. Era anche convinta che la scatola di latta l'avesse aiutata in qualche modo, come se sua madre fosse lì vicino, a vegliare su di lei e a proteggerla mentre dormiva, scacciando i mostri sotto il letto.

Alla fine, Stephanie posizionò i bidoni in fondo al vialetto. Proprio mentre stava per rientrare, una folata di vento si infilò in casa, sbattendo la porta d'ingresso.

«Merda!» sibilò, pietrificata sul posto.

Si frugò freneticamente le tasche, ma sapeva che era inutile. Immaginò le chiavi sul bancone della cucina, poggiate dentro la fruttiera che si stava rapidamente riempiendo di polvere.

Aprì la bocca per imprecare, ma si fermò quando notò il suo vicino che usciva di casa.

«Buongiorno, Stephanie!» la salutò Jimmy, con un sacco nero dell'immondizia in mano. «Meno male che ti sei ricordata dei bidoni questa settimana! Per un pelo!»

Era un vero tormento, e rimanere chiusa fuori rendeva il tutto esponenzialmente meno piacevole.

Jimmy sollevò il sacco nero che aveva in mano come se contenesse rifiuti a rischio biologico e lo lasciò cadere nel bidone. Poi si voltò verso di lei. Quella mattina era in pigiama, pantofole e cardigan, e sembrava fosse appena saltato giù dal letto, un posto in cui Stephanie avrebbe desiderato potersi rintanare. Trovò strano il suo abbigliamento; di solito era sempre vestito di tutto punto ogni volta che lo incontrava.

«Che è successo?» le chiese, percependo il suo sgomento.

«Sono rimasta chiusa fuori, maledizione. Le chiavi sono dentro.»

«Oh, caspita.»

«Già.»

Il rumore dei netturbini che si avvicinavano si fece più forte, e fu grata di non essere lei quella in pigiama.

«Pensavo che voi detective foste persone organizzate» la prese in giro lui.

Anche se non era il momento adatto, non se la sentì di rispondergli bruscamente. «Solo quando siamo in servizio. Fuori servizio, siamo un disastro. Come puoi vedere…»

Jimmy incrociò le braccia e si avvicinò, con gli occhi fissi sulla porta d'ingresso di lei. «Hai una chiave di scorta?»

Lei scosse la testa. Non aveva neanche iniziato a pensare a cosa avrebbe fatto. Doveva ancora prepararsi per andare al lavoro. La sua borsa era dentro. Le chiavi della macchina. Tutto.

«Vuoi entrare per non stare al freddo?»

«Non ho molta scelta» rispose lei. «Dovrò chiamare un fabbro.»

Era la prima volta che entrava in casa di Jimmy. L'aveva invitata diverse volte per un tè o un caffè, ma lei aveva sempre rifiutato. Non perché lui le fosse antipatico o non si fidasse, ma perché, il più delle volte, il lavoro si metteva di mezzo e, quando tornava a casa o era pronta a fare un salto da lui, era troppo tardi per la caffeina oppure era sfinita e voleva solo escludere il mondo. I loro impegni non si erano mai sincronizzati fino a quel momento.

La sua era una casa modesta, ben tenuta e curata per una persona della sua età che viveva da sola. La condusse in cucina, sul retro della proprietà, e accese il bollitore. La disposizione era quasi identica alla sua, e provò una strana sensazione di familiarità muovendosi per la stanza. Anche se, naturalmente, tutto era speculare, così quando si avvicinò a quello che pensava fosse il frigorifero, trovò invece il forno.

«È meglio che telefoni subito al fabbro» disse lui, con la sua voce sommessa appena udibile sopra il rumore del bollitore. «Potrebbero volerci ore prima che riescano a mandare qualcuno.»

«Conosci qualcuno? Altrimenti, dovrò semplicemente cercare su Google.»

Lui si grattò la nuca. «Posso provare a chiamare mio figlio. È bravo con queste cose. Magari conosce qualcuno che conosce qualcuno, e si assicurerà che non ti facciano fregare.»

Non voleva disturbarlo. «Non ti preoccupare. Sono sicura di poter trovare qualcuno. Internet esiste per un motivo.»

Dopo qualche minuto di ricerca e telefonate a vari fabbri, alla fine ne trovò uno che sarebbe potuto essere alla sua porta entro un'ora.

«Ti dispiace se aspetto qui?» chiese, prendendo un lungo sorso dalla sua bevanda. «O hai da fare?»

Jimmy controllò l'orologio. «Veramente avrei un incontro di bocce alle nove, ma sono sicuro di poter rimanere.»

«Sei sicuro? Mi offrirei di sedermi in macchina, ma non ho neanche le chiavi di quella.» Posò la tazza sul bancone e gemette sonoramente. «Che frustrazione. Scusa per tutto questo.»

«Tutto accade per una ragione.»

«E quale sarebbe questa ragione?»

Lui fece spallucce. «Magari hai evitato un incidente per strada, o magari hai evitato di cadere dalle scale. Non si sa mai.»

Lei ridacchiò. «Hai guardato troppi film dell'orrore.»

Il suo volto si aprì in un piccolo sorriso. «La vita è già abbastanza spaventosa di per sé. A volte è bene ricordarsi che può sempre andare peggio.»

Come se lei non lo sapesse. Aveva visto i lati più oscuri dell'umanità e, a ogni svolta, si chiedeva se si potesse mai diventare più malvagi, più letali. E ogni volta si sorprendeva nello scoprire che era possibile.

Proprio mentre stava per rispondere, il cellulare le vibrò in mano. Rispose immediatamente, aspettandosi che fosse il fabbro per dirle che stava arrivando.

Invece, era Giles.

«Buongiorno, capo» disse lui. «Spero di non disturbarla con la chiamata.»

«Nessun disturbo.»

«È solo che non è ancora in ufficio, come al suo solito.»

Non c'è bisogno che me lo ricordi.

«C'è qualche problema?» chiese lei.

«Potenzialmente.» Dall'altro capo del telefono lo sentiva masticare una gomma. «Abbiamo ricevuto un'altra chiamata stamattina per dire che è successo di nuovo.»

«Cosa è successo?»

«È comparso un altro palloncino, capo.»

CAPITOLO
DODICI

A Steph ci vollero più di tre ore per entrare in casa. Passò la maggior parte di quel tempo ad aspettare il fabbro da Jimmy. Quando finalmente si presentò, con più di un'ora e mezza di ritardo, non ebbe nemmeno la faccia tosta di scusarsi. Alla fine, il lavoro gli richiese solo venti minuti: sostituì la serratura, le consegnò un nuovo mazzo di chiavi e se ne andò, lasciandola in ritardo e con un bel buco nel portafoglio. Tuttavia, lei non aveva avuto il tempo di lamentarsi o di pensarci su; aveva detto a Giles che voleva essere presente con le ultime vittime dell'effrazione. Il fatto che fosse il secondo incidente in due notti le dava motivo di preoccupazione. Era una coincidenza troppo grande per essere una questione di un palloncino fuori posto.

C'era in gioco qualcosa di più profondo.

Rifletté sulle possibilità mentre guidava verso la casa della seconda vittima. Quando arrivò, trovò Giles che la aspettava in macchina.

I proprietari della villetta bifamiliare con quattro camere da letto a Merrow erano i signori Whitaker. La signora Whitaker, che si presentò come Gemma, aprì la porta indossando un abito a fiori che le arrivava alle caviglie ed era fuori moda da una stagione. I capelli sembravano acconciati di fresco e i polsi, le orecchie e il collo le scintillavano di gioielli con diamanti. Steph si chiese se fosse il tipo da acquistare un nuovo gioiello su misura per ogni giorno della settimana.

«Ha parlato con me al telefono» esordì Giles. «E questa è l'ispettrice Broadbent».

«Può chiamarmi Stephanie».

«Cosa vi ha fatto fare così tardi?»

La voce, carica di disgusto, provenne da dietro Gemma Whitaker. Un attimo dopo, emerse un uomo curato, con corti capelli biondi e un viso spigoloso e affilato, che indossava una polo bianca della Ralph Lauren. Sembrava il tipo da avere un grosso portafoglio di investimenti che controllava regolarmente in treno, mostrandolo con discrezione a chi gli sbirciava da sopra la spalla.

«Questo è mio marito» disse Gemma.

L'uomo non offrì il suo nome. Invece, incrociò le braccia sul petto, il volto contratto dal veleno. «Sono quasi quattro ore che vi aspettiamo. Siamo solo a venti minuti di macchina. Questo è inaccettabile. Cosa vi ha fatto fare così tardi?»

Gemma colpì il marito sullo stomaco con il dorso della mano. «Va bene, Trent» disse. «Adesso basta. Sono qui».

«La cosa non mi piace per niente». Trent si voltò verso Stephanie, che mantenne un'espressione impassibile, anche se il risentimento aveva cominciato a ribollirle dentro. Capì subito che quel particolare stronzo arrogante le avrebbe causato un mare di problemi. «È lei quella al comando?»

«Stephanie Broadbent. Piacere di conoscerla».

Lui non accettò la sua offerta di stringerle la mano. Con uno sbuffo e un grugnito, voltò loro le spalle e li condusse in soggiorno, dove trovarono una bambina, di non più di sei o sette anni, seduta davanti alla televisione. La sua attenzione, però, era concentrata esclusivamente sull'iPad che teneva in mano. Stephanie la osservò per qualche istante, sbalordita dalla velocità con cui la bambina si muoveva nel suo gioco.

«Lei è Layla» disse Trent, mentre Gemma si accomodava accanto alla figlia, accarezzandole i capelli.

«Ciao, Layla» disse Stephanie. «Come stai oggi?»

Nessuna risposta.

«È scossa» la difese Trent.

O quello, oppure è troppo impegnata a giocare per accorgersi che siamo qui.

«Chi può biasimarla?» continuò Trent. «Quello che le è successo è spaventoso. Abbiamo dovuto ritirarla da scuola».

Stephanie si voltò verso Giles e fu lieta di vedere che l'agente stava già estraendo il taccuino dalla tasca. Iniziò, sicura che lui stesse annotando tutto ciò che si dicevano.

«Mi dica cos'è successo» disse.

Trent si prese la briga di spiegare la situazione. «Quando mi sono alzato stamattina per andare al lavoro, sono andato nella stanza di Layla e ho trovato un palloncino che fluttuava accanto al letto. L'ho svegliata e, quando le ho chiesto da dove l'avesse preso, non ne aveva idea. Non ce l'ho messo io. E nemmeno Gemma».

«E sospetta che l'abbia fatto qualcun altro?»

«Per forza!» La sua voce si alzò di qualche decibel, rimbalzando sulle pareti progettate per un'acustica perfetta. «Altrimenti come ci sarebbe arrivato?»

«Avete ancora il palloncino?»

Scosse la testa. «È scoppiato. Per sbaglio».

«Dove sono i resti?»

«Nel cestino» lo interruppe Gemma.

Stephanie sospirò. Se c'era stata qualche possibilità di trovare del DNA sul palloncino, ora era svanita.

«A che ora è andato a letto ieri sera?»

«Verso mezzanotte» rispose Trent. «Sono l'ultimo a chiudere tutto».

«E lo ha fatto?»

«Fatto cosa?»

«Ha chiuso?»

«Beh, sì, *ovviamente* l'ho fatto».

Ovviamente. Talmente bene che qualcuno si era introdotto in casa loro, era salito di soppiatto al piano di sopra e aveva lasciato un palloncino accanto al letto della figlia.

«Quante porte avete al piano terra?»

«Cucina, porta d'ingresso e porta sul retro. Basta».

«Ed erano tutte chiuse? Anche le finestre?»

Trent annuì, tenendo lo sguardo fisso su Stephanie.

Proprio mentre lei stava per parlare, Giles si intromise. «Ieri notte ha piovuto. Se qualcuno fosse entrato, avrebbe lasciato impronte o prove. Ha visto qualcosa?»

Trent lanciò un'occhiata alle porte finestre sul retro, poi scosse la testa. «No. Ma questo non significa che non sia successo».

«Nessuno lo sta dicendo, signor Whitaker» rispose Stephanie con calma. «Ha sentito qualcosa nel cuore della notte? Un rumore, forse?»

«Il vento soffiava forte e la pioggia mi ha tenuto sveglio... e sono andato a pisciare verso le tre... ma a parte quello, non ho sentito nulla».

Steph si voltò verso Gemma, che continuava ad accarezzare i capelli della figlia. Lei alzò lo sguardo verso Stephanie e scosse la testa.

«A che ora ha scoperto il palloncino?»

«Alle sei, dopo essermi svegliato».

«Quindi il palloncino è apparso in un momento imprecisato tra mezzanotte e le sei del mattino?»

Trent alzò una mano e cominciò a puntarle il dito contro. «No, no, no. Non lo dica così. Non faccia sembrare che i pazzi siamo *noi*. Non è apparso miracolosamente. Qualcuno ce l'ha messo. Qualcuno è entrato in casa nostra – non so come, ma l'ha fatto – poi è andato nella camera di mia figlia e l'ha lasciato lì. Questo non è un comportamento normale. Siamo giustamente preoccupatissimi. Se casa nostra non è sicura, dove possiamo esserlo?»

Stephanie cercò di mantenere la calma. Comprendeva perfettamente le lamentele e le preoccupazioni di Trent; semplicemente non apprezzava il modo in cui le esprimeva. Rivolse la sua attenzione alla bambina seduta sul divano, ancora assorta dai colori in movimento sullo schermo.

«Ehi, Layla» cominciò. «È un piacere conoscerti. Ti ricordi qualcosa del palloncino che hai trovato nella tua stanza stamattina?»

Nessuna risposta. Steph si voltò verso Gemma. «Possiamo toglierle il tablet?»

Il viso di Gemma si contorse, come se l'idea di strappare lo schermo dalle mani della figlia fosse tanto assurda quanto chiederle di tagliarle un braccio. Alla fine, strappò il dispositivo alla piccola.

«Rispondi alla signora gentile» disse Gemma per contrastare le immediate proteste di Layla. «È venuta ad aiutarti».

Layla incrociò le braccia e sbuffò, corrugando il viso. Era arrogante quanto i suoi genitori.

«Cosa ti ricordi di ieri notte, Layla? Hai visto o sentito qualcuno entrare nella tua stanza?»

Scosse la testa. «Solo quando è entrato papà a darmi un bacio». Si voltò verso Gemma. «Posso riavere l'iPad adesso?»

Gemma alzò lo sguardo su Stephanie, come per chiederle l'approvazione. Lei gliela concesse con un leggero cenno del capo. In pochi secondi, la bambina era di nuovo sorda al mondo, trasportata su un altro pianeta. Stephanie fece un passo indietro e cominciò a esaminare gli angoli del soffitto.

«Non ho notato telecamere fuori casa. Avete un sistema di sicurezza o di videosorveglianza?»

Trent scosse la testa. «Lo avremo dopo questo episodio. E adesso che succede?». Si mosse verso di lei. Fu un movimento impercettibile – pochi centimetri accompagnati da un'inclinazione del busto – ma l'intento era chiaro.

Stephanie raddrizzò la schiena e irrigidì le spalle, tenendo la posizione. «Dovremo portare via il campione del palloncino per l'analisi del DNA, e far venire la scientifica per esaminare la camera di sua figlia. Ci serviranno anche campioni da voi, per potervi escludere dalle indagini. Ora, dato che non avete sistemi di sorveglianza in casa, sarà incredibilmente difficile trovare il responsabile, a meno che, ovviamente, non avremo fortuna con il DNA e le tracce...»

«Voi *dovete* trovarli».

«Mi scusi?»

«Voi *dovete* trovare la persona che ha fatto questo. Non permetterò che qualcuno entri nella stanza di mia figlia e la terrorizzi. È una bambina!»

Stephanie alzò una mano per placare l'uomo. «Capisco. E faremo del nostro meglio per...»

«Quanto tempo? Quanto tempo ci vorrà prima di avere i risultati?»

«Possono volerci settimane».

«Settimane? È inaccettabile. Come mai online posso fare test del DNA in quarantotto ore?»

Lei ignorò la domanda.

«È così che funzionano le cose».

«Sciocchezze. Lei è l'ispettrice. Sono sicuro che ci siano delle leve che può azionare. Ogni volta che voglio che qualcosa venga fatta al lavoro, basta che io chieda e la ottengo. Perché per lei non funziona allo stesso modo?»

Ammirò il suo ottimismo, ma faticò a reprimere il sorrisetto che le si stava disegnando sul volto. «Come ho detto, faremo venire una squadra il più velocemente possibile e…»

«Quindi potrebbero volerci altre quattro ore prima che arriviate?» Gettò le mani in aria e si rivolse a sua moglie. «È incredibile».

«Signor Whitaker» disse Giles, facendosi avanti. Il suo tono era pacato, misurato, e la sua presenza fisica intimidì leggermente Trent. «Stiamo prendendo questo incidente molto sul serio. Ma deve capire che ci sono procedure e ostacoli interni da superare. Ha la mia parola che faremo tutto il possibile per trovare il responsabile».

L'espressione di Trent si indurì. «Voglio il suo numero di cellulare».

«Mi scusi?» rispose Giles di scatto.

«Non il suo. Il suo». Indicò Stephanie. «Lei è il grado più alto. Voglio una linea di comunicazione diretta tra me e lei».

CAPITOLO
TREDICI

tephanie si chiuse la portiera alle spalle ed esalò un profondo respiro. Si trovava nel suo spazio sicuro e circoscritto. Protetta. Circondata dal silenzio, fatta eccezione per il suono del suo stesso respiro.

Un istante dopo, il silenzio fu rotto da Giles, che aprì la portiera del passeggero e salì a bordo. La sua corporatura massiccia fece abbassare la macchina di qualche centimetro, prima che chiudesse lo sportello e si voltasse verso di lei.

«Cosa ci fa nella mia macchina?» gli chiese, tirando un sospiro di sollievo nel rendersi conto che non c'era traccia delle sue scappate al fast-food. Ciononostante, la macchina era comunque un disastro, con il vano piedi disseminato di bottiglie vuote di acqua e Pepsi.

«Ho pensato che potessimo fare due chiacchiere» disse lui, mettendosi in bocca una gomma da masticare.

«Solo se prima la sputa» rispose lei. «Non ne sopporto il rumore.»

La sua espressione si spense, come se fosse appena stato rimproverato. Strappò un pezzo di carta dall'involucro, si tolse la pallina bianca dalla lingua e ce la avvolse.

«Mi scusi, capo. Non sapevo che le desse fastidio.»

«Perché mastica tutte quelle gomme? Per caso da piccolo il suo eroe era Alex Ferguson?»

Giles rabbrividì visibilmente. «Non nomini mai più quell'uomo davanti a me. Sono un Red, ma non di quel tipo. Mi ha reso la vita un inferno quando ero piccolo.»

Lei non aveva idea di cosa stesse parlando, dato che si interessava poco di calcio o di qualsiasi altro sport, a dire il vero. Alex Ferguson era l'unico nome che riconosceva in quel mondo. Il suo e quello di David Beckham, ovviamente.

«Non poteva aspettare che tornassimo in ufficio?» chiese Steph.

Giles si strinse nelle spalle. «Ho pensato di poter condurre io, stavolta. Prendere un po' più il controllo. Cercavo una distrazione da Eve, e sento che questo è qualcosa in cui posso davvero dare il massimo.»

Non poteva biasimarlo. Tutti cercavano una distrazione.

«Non ho problemi al riguardo» disse lei. «Ma non avrà il controllo totale. Le darò delle direttive, ma ogni volta che pensa di aver trovato qualcosa, me ne parli, e io le darò un parere.»

Dopo gli eventi legati al regno del Killer Voodoo, Stephanie aveva imparato di nuovo a essere un ispettore. Aveva imparato a fidarsi della sua squadra, a delegare meglio e a credere che sapessero cosa stavano facendo. Non era ancora arrivata a quel punto, ma stava facendo progressi. Ed era chiaro, dal sorriso raggiante sul volto di Giles, quanto fosse grato per la sua decisione; sembrava avesse appena vinto l'oro alla giornata sportiva.

«Cosa ne pensa finora?» chiese lei. «Cosa le dice la sua opinione professionale?»

«Non credo che si tratti di incidenti isolati. Credo che qualcuno lo stia facendo per un motivo, e che potrebbero esserci molti altri palloncini. L'unica cosa con cui fatico è il *perché*. Non rompe niente, non ruba niente, non tocca e non tenta nemmeno di rapire le bambine. Lascia solo il palloncino.»

«Forse le osserva mentre dormono» suggerì lei.

«Cosa glielo fa pensare?»

Lei si strinse nelle spalle. «È la cosa più logica. Che gratificazione ricaverebbero dal rischiare di essere scoperti solo per lasciare un palloncino? Temo che chiunque lo stia facendo le osservi dormire, esercitando una qualche forma di controllo su di loro.»

Giles deglutì a fondo. «Pensa che potrebbe esserci qualcosa... qualcosa di più insidioso dietro?»

Capì cosa stesse insinuando, ma era troppo spaventata per esprimerlo a parole.

«Non sapremo se c'è del liquido seminale sulla scena del crimine finché non sarà intervenuta la scientifica. Ma al momento non so cosa pensare. La mia unica preoccupazione sono i genitori. Com'erano i genitori della prima vittima?»

Un sorriso d'intesa attraversò il volto di Giles. «Esattamente uguali. Asfissianti. Disperati.»

«Dovremo tenerli d'occhio» disse lei. «L'ultima cosa che ci serve è che si presentino in ufficio a pretendere risposte.»

«Sono stato io a sbilanciarmi dandogli la mia parola.»

«Sì, ma almeno non gli ha dato il suo numero.»

«Basta che non cominci a mandarle messaggi erotici o foto del suo pene, capo. O, se lo fa, almeno mi faccia essere presente quando lo arresterà.»

Stephanie ridacchiò al pensiero di presentarsi a casa Whitaker per arrestare Trent. Si rese conto che l'idea le piaceva parecchio, a parte la pornografia non richiesta, ovviamente.

Giles aprì la portiera dell'auto per andarsene, ma Steph lo trattenne.

«In realtà, già che l'ho qui» cominciò, «c'era una cosa che volevo chiederle.»

«Oh?»

«Il sergente Lafferty... Ha notato qualcosa di diverso in lui, di recente?»

Giles si fermò un istante, poi scosse la testa. «Non direi, capo. È sempre il solito stronzo. Perché me lo chiede?»

«Nessun motivo.»

«Credo che abbia preso sul personale tutta la faccenda di Eve. So che si incolpa per quello che le è successo.»

Lo so, pensò Steph. Non è il solo.

CAPITOLO
QUATTORDICI

Non guardava lo schermo da almeno cinque minuti. In verità, era da ancora più tempo che non prestava attenzione. Non aveva idea di cosa stessero discutendo: una qualche questione di politica interna o di bilancio. Era un argomento che non le interessava minimamente. Ma in assenza del sovrintendente capo McGowan, era stata costretta a partecipare.

Parole come «entrate», «uscite», «imprevisti» e «previsioni» rimbalzavano da una parte all'altra come palline da tennis, eppure lei continuava a non capirci assolutamente nulla. Sperò che non si aspettassero che prendesse appunti, non solo per quella riunione, ma per tutte le altre in programma per la settimana successiva; altrimenti, ne avrebbe avuti abbastanza solo per riempire un biglietto d'auguri.

McGowan era via solo da tre giorni, e già si rendeva conto di quanto fosse monotono e poco interessante il lavoro di ispettore capo. Stare seduta dietro la sua scrivania, firmare proroghe di fermo per i sospettati, supervisionare budget e vincoli di personale. Quello era un campo minato in cui non voleva addentrarsi. Era ancora giovane e non vedeva motivo di fare altri passi avanti in carriera. Aveva lavorato sodo per arrivare dov'era, dimostrando nel frattempo a molte persone che si sbagliavano, e per il momento voleva continuare a farlo.

Mai dire mai, ma per adesso, mentre sedeva lì, con gli occhi che si facevano sempre più pesanti, pensando alla scatoletta sul comodino e immaginandosi accoccolata a Bart, si rese conto di essere felice sul suo particolare piolo della scala gerarchica.

Stephanie fu bruscamente strappata alle sue fantasticherie quando sentì chiamare il suo nome.

Sobbalzando, spostò il cursore verso l'icona della videocamera e ci cliccò sopra. Un attimo dopo, la sua foto segnaletica la fissava di rimando, come se fosse stata lì per tutto il tempo.

«Sì?» chiese titubante, pregando che non fosse il momento di un'interrogazione a sorpresa.

«Qualcosa da aggiungere da parte Sua, al posto di Clive?»

La domanda proveniva da un direttore operativo. Qualcuno che non aveva mai incontrato e che dubitava avrebbe mai incontrato.

Goffamente, rispose: «No. Niente da aggiungere da parte mia,» e poi spense rapidamente la videocamera. Il cuore le martellava nel petto, ed emise un lungo sospiro. C'era mancato poco; l'avevano quasi sorpresa a non prestare attenzione.

Pochi istanti dopo, tutti si salutarono e lasciarono la riunione online. Mentre Stephanie chiudeva il coperchio del portatile, il suo telefono vibrò sul tavolo.

Numero sconosciuto.

Era qualcuno della chiamata appena conclusa che voleva aggiornamenti, o era spam?

In ogni caso, rispose titubante, con la mente ancora occupata dalla riunione video.

«Ispettrice Broadbent,» disse.

«Parlo con Stephanie?»

Riconobbe la voce e fu pervasa da un profondo disagio.

«Sì, sono io.»

«Bene. Sono lieto di vedere che mi ha dato il numero giusto e non uno falso. Sono Trent Whitaker. Chiamo per sapere cosa avete fatto riguardo all'effrazione e al palloncino lasciato nella camera di mia figlia.»

Steph lanciò una rapida occhiata all'orologio. Non erano passate nemmeno due ore da quando lei e Giles avevano lasciato casa Whitaker.

«Ho parlato con un addetto della squadra della scientifica, e dovrebbero essere a casa Sua entro la fine della giornata,» spiegò.

«Entro la fine della giornata? Non va affatto bene. Abbiamo bisogno di qualcuno qui ora.»

«Con tutto il dovuto rispetto, signor Whitaker, queste persone sono molto impegnate. Potrebbero avere degli impegni precedenti. Saranno da lei non appena possibile.»

Il suo scontento fu udibile anche attraverso il telefono. «Cos'altro avete fatto?»

Stephanie afferrò la collana di sua madre e cominciò a farla girare intorno al collo.

«Abbiamo anche inviato il palloncino contaminato al laboratorio. E sì, ho sottolineato l'importanza di avere i risultati in tempi brevi.»

Lo sentì allontanare il telefono dal viso e ripetere a bassa voce ciò che lei aveva appena detto. Una voce femminile, presumibilmente sua moglie, rispose.

«Non è abbastanza,» concluse lui. «Penso che ci sia molto di più che potreste fare. Non volevo dirlo prima, ma sono un uomo influente, e sono abituato a ottenere tutto ciò che voglio.»

«L'avevo intuito,» notò lei sarcasticamente.

«Ci devono essere altre leve che potete azionare.»

«Stiamo facendo tutto il possibile. Ho la mia squadra che ci sta lavorando.»

«No, non è vero. Non ho visto nulla sui canali social ufficiali della Polizia del Surrey. Potreste spargere la voce lì.» Fece una pausa, come se un pensiero gli fosse venuto all'improvviso. «Andrò dalla stampa. Conosco molto bene il direttore, abbiamo giocato a golf insieme un paio di volte. Sono sicuro che possa dare più risalto a questa vicenda e spargere la voce.»

«Signor Whitaker,» cominciò lei, più calma che poté. «Non c'è davvero bisogno di farlo. Per favore, si fidi di noi per risolvere questo caso per lei. Come ho detto, ho una squadra che ci sta lavorando. Faremo del nostro meglio per assicurare il responsabile alla giustizia.»

«So che lo farete,» disse Trent. «Il suo collega mi ha dato la sua parola.»

L'unica persona che odiava più di Giles in quel momento era sé stessa per aver dato il suo numero di cellulare a quell'insopportabile stronzo.

CAPITOLO
QUINDICI

La televisione tremolava di fronte a lei, con forme sfocate che pulsavano ai margini della sua vista, ma Stephanie non la stava guardando. L'aveva accesa come rumore di fondo per soffocare il silenzio. Seduta sul divano nella sua solita posizione, rannicchiata come una palla in un angolo, le ginocchia strette al petto, si sentiva come se stesse proteggendo i suoi organi vitali, proprio come faceva da bambina. Accanto a lei, appoggiata sul bracciolo, c'era la scatola di latta, con il suo contenuto ordinatamente disposto su un cuscino. In mano teneva una fotografia della sua famiglia, tutti sorridenti verso l'obiettivo. Sentimenti contrastanti si agitarono dentro di lei. Da un lato, era infastidita dalla menzogna e dall'inganno che la fotografia rappresentava: che fossero una famiglia felice, che non ci fosse oscurità in agguato sotto la superficie. Dall'altro, evocava *alcuni* ricordi felici, fugaci momenti iniziali prima che le urla e le percosse fossero iniziate. Era certa che suo padre un tempo fosse stato un uomo gentile, ma i ricordi di quel breve, quasi inesistente periodo in cui faceva parte della sua vita erano stati sepolti così in profondità da sembrare lembi di nebbia, impossibili da afferrare.

Tuttavia, un ricordo affiorò con una sorta di affetto indifferente: l'ora di andare a letto. Doveva avere tre o quattro anni, rimboccata nel letto mentre la mamma e il papà le leggevano qualcosa prima che si addormentasse. Erano tutti felici, sorridenti, pieni di amore l'uno per l'altro. Un tempo precedente all'arrivo di Kimberley nelle loro vite.

Stephanie non poteva dire con certezza se la nascita di sua sorella avesse segnato un punto di svolta nella storia della loro famiglia, ma non credeva fosse una coincidenza che gli abusi fossero iniziati circa nello stesso periodo.

Fissò l'immagine della sorella per un altro istante prima di posare la fotografia sul cuscino e prendere il braccialetto con i ciondoli. Fece scorrere i ciondoli tra le dita come se fosse un rosario, perdendosi nei pensieri di tempi migliori, del calore di sua madre e del sorriso che le adornava il volto quando le aveva dato il braccialetto per la prima volta.

Quanto desiderava rivedere quel volto.

Poco dopo, il suo telefono prese a squillare, e l'immagine di sua mamma svanì, rapidamente sostituita dal volto di un attore in televisione. Sporgendosi in avanti, afferrò il telefono sul tavolino e guardò lo schermo.

Louis Brown, direttore del *Surrey Live*, la testata giornalistica locale. Quando era entrata a far parte della Polizia del Surrey, aveva sperato di colmare il divario tra le due organizzazioni, credendo che il loro rapporto dovesse essere simbiotico. Ma dopo gli eventi del suo caso precedente, che coinvolgeva un sadico serial killer che lasciava bambole voodoo su ogni scena del crimine, si era sentita tradita da Louis e da allora lo aveva tenuto a debita distanza.

Ora che Trent Whitaker lo aveva senza dubbio contattato, sapeva che lui avrebbe voluto tornare in gioco.

«Buonasera, Louis» disse. «Ha degli orologi a casa sua?»

«Il mondo del giornalismo non dorme mai» rispose lui, con una punta di ego nella voce. «Ho appena fatto un'interessante chiacchierata con un mio amico.»

«Devon?» replicò lei, sarcastica.

«Quasi. Un vecchio compagno di golf. Ha detto che la scorsa notte sono entrati in casa sua e hanno lasciato uno strano oggetto nella stanza di sua figlia.»

«Un palloncino non è certo una cosa strana da trovare nella stanza di una bambina. Se si fosse trattato di un paio di pinze o di una paletta da giardinaggio, allora forse. Ma un palloncino…»

«Voleva che dessi una piccola occhiata alla cosa» continuò

Louis. «Ha detto che lei e la sua squadra non state facendo abbastanza.»

Stephanie controllò l'orologio. «Sono passate meno di dodici ore.»

«Trent è un uomo importante. È abituato a ottenere sempre ciò che vuole.»

Stephanie emise un sospiro pesante, continuando a sfregare il braccialetto con i ciondoli che aveva in mano. «Così sento dire. Cosa vuole da me?»

«Una dichiarazione.»

«Per cosa? Le case delle persone vengono svaligiate di continuo. Solo perché Trent ha un ego smisurato e pensa che, siccome conosce qualcuno che conosce qualcun altro, il suo caso verrà risolto più in fretta, non significa che sarà così.»

«Hai ragione» ribatté Louis. «Le case *vengono* svaligiate di continuo. Ma non capita tutti i giorni che si trovino palloncini nelle camere da letto delle proprie figlie, no? Andiamo, Stephanie. Pensavo che ci stessimo aiutando a vicenda. Mi stai dicendo che non c'è stato un altro incidente simile la notte prima?»

Stephanie smise di giocherellare con il braccialetto. La sua mente cominciò a turbinare. «Dove l'ha sentito?»

«Ho una squadra che riesce a scoprire le cose piuttosto in fretta, specialmente se sa dove cercare. I social media sono davvero una cosa meravigliosa di questi tempi...»

«Non voglio creare il panico» disse lei, severa. «Se la gente pensa che ci sia un ladro seriale a piede libero, non voglio che nessuno si faccia male.»

«Quindi preferiresti che continuino a entrare nelle case e a terrorizzare questi bambini?»

«Non sto dicendo questo. Mi piace solo avere il controllo su ciò che viene divulgato.» Emise un altro sospiro profondo. «Almeno... almeno dica solo che stiamo valutando la possibilità che ci sia un collegamento tra gli incidenti. Mi dia ventiquattro ore.»

«Per fare cosa?»

«Per dare alla mia squadra il tempo sufficiente per fare il proprio lavoro.»

Una pausa. «Va bene. Solo perché ne hai passate tante, Steph. Ma ricorda, dopo questa, mi devi un favore.»

CAPITOLO
SEDICI

Lo sbadiglio le sfuggì dalle labbra nonostante tutti i suoi sforzi. Il sonno l'aveva elusa per quasi tutta la notte precedente mentre si rigirava nel letto, pensando all'uomo che entrava nelle camere dei bambini e li guardava mentre dormivano, proprio come faceva suo padre. Quando si svegliò quella mattina, si aspettò quasi di trovare un palloncino legato ai piedi del letto con suo padre che le aleggiava accanto, un sorriso lascivo sul volto.

Nello stesso modo in cui faceva spesso nel cuore della notte prima che iniziassero le carezze e i massaggi...

Steph si portò la tazza di caffè alle labbra e bevve un lungo sorso. Era il secondo della mattinata, eppure stava avendo scarso effetto. Sospettava che la macchina del caffè in ufficio erogasse una bevanda diluita o che avesse almeno la metà della gradazione che avrebbe dovuto avere. Ma se lo sarebbe dovuto far andare bene; non le andava di spendere una somma esorbitante per un caffè da asporto ogni giorno.

Di fronte a lei sedeva la piccola squadra che aveva messo insieme per assistere Giles nelle indagini: il sergente Devon Lafferty, che la sostituiva mentre lei era impegnata con i suoi doveri di ispettore capo, e l'agente scelto Fiona Griffiths. Nel frattempo, l'agente scelto Olivia Willard e il sergente Noah Mackenzie rimanevano a disposizione, pronti a essere coinvolti da un momento all'altro. Entrambi gli uomini sembravano stanchi, ma per ragioni diverse: gli occhi di Devon erano iniettati di sangue e leggermente velati, mentre le rughe sul volto di Giles erano profondamente incise dallo stress e dalla preoccupazione.

«Non ho ricevuto nessuna telefonata stamattina» esordì lei, «quindi presumo che la scorsa notte non ci siano state effrazioni?»

Giles scosse la testa. «Nessuna effrazione è una buona notizia, come si dice. Mi va bene così.»

«Incrociamo le dita che siano solo due incidenti isolati, allora. Niente di più. Quali progressi ha fatto ieri?»

Giles non ebbe bisogno di consultare i suoi appunti; raccontò tutto a memoria. «I campioni dei palloncini sono alla scientifica. Dicono che potrebbe volerci circa una settimana prima di avere qualche riscontro, ed è così per entrambi i campioni. L'analisi del DNA richiederà potenzialmente più tempo. Ho processato tutte le impronte digitali delle vittime e dei genitori su IDENT1. L'unico problema è che le impronte che la scientifica ha trovato sulle porte posteriori, sulle porte della cucina e sulle finestre corrispondevano a quelle dei genitori. Quindi o l'intruso non ha usato quelle porte ed è sceso dal camino come una specie di Babbo Natale malvagio, oppure indossava dei guanti. In ogni caso, la cosa non ci aiuta.»

«Tracce residue?»

«Sono alla scientifica, ma ci vorrà un po' per processarle, e sono utili solo quando avremo dei sospettati.»

Steph lanciò una rapida occhiata a Devon, che stava tentando, senza successo, di sembrare interessato. «E come stiamo procedendo su quel fronte?»

Giles aprì il suo pacchetto di mentine morbide, se ne mise una in bocca, poi si grattò la nuca. «Non bene, a essere onesto. Ho avuto più fortuna a pescare pesci nella vasca da bagno che con questa storia. Ho passato la maggior parte del pomeriggio a parlare con i vicini di entrambe le vittime – con l'aiuto di alcuni agenti in divisa, s'intende – e nessuno ha visto niente. Piuttosto prevedibilmente, dormivano tutti. Ora, pensavo che ci sarebbe stato almeno un nottambulo a tenere d'occhio la situazione, ma a quanto pare sono tutti noiosi e vanno a letto prestissimo per potersi alzare prestissimo per andare al lavoro.»

«Non è diverso da quello che facciamo noi.»

«Lo so, ma mi piace pensare che ci sia gente là fuori che sta sveglia fino alle prime ore del mattino a giocare ai videogiochi. È un'arte in via d'estinzione.»

Stephanie si prese un momento per considerare ciò che Giles aveva detto – riguardo all'indagine – non sui videogiocatori notturni o sui divoratori di serie su Netflix.

«Qualcuno dei vicini delle vittime ha filmati di campanelli o di sistemi di sicurezza?»

Giles scosse la testa. «Tutti fanno eco al sentimento di Laura Wednesday, credevano di vivere in un bel quartiere, quindi non hanno mai visto motivo di installare telecamere.»

S'immaginò che la situazione stesse per cambiare.

«Ha verificato un collegamento tra le due vittime?» chiese. «Se frequentano la stessa scuola, circolo o medico?»

Gli occhi di Giles si sgranarono per l'imbarazzo mentre scuoteva la testa.

«Ecco qua, una lezione per lei. Qualcosa a cui pensare la prossima volta. Ne faccia una priorità per oggi. L'aiuterò anch'io. E se riceve chiamate o molestie da Trent Whitaker, lo passi a me. Mi ha già fatto chiamare dal *Surrey Live*, che chiede maggiori informazioni. Se non stiamo attenti, potrebbe minacciare di spifferare tutto.»

«Che roba invitante» disse Giles, sarcastico.

«Per un secondo, ho pensato che fosse Devon a svelare i nostri segreti. A quanto pare mi sbagliavo.»

Alla menzione del suo nome, il sergente alzò la testa e la guardò, confuso.

«Io non c'entro niente, capo. Mi sono comportato benissimo.»

«È per questo che si è concesso qualche sfizio negli ultimi giorni?»

«Come?»

Stephanie si voltò verso Giles, confermò che avevano finito la conversazione e poi chiese a Devon di seguirla nel suo ufficio. L'uomo la seguì pigramente, con le spalle curve come se qualcosa lo stesse trascinando verso il basso.

Lei gli tenne la porta aperta, poi la chiuse con cura. Lui si prese la libertà di sedersi, e lei si accomodò di fronte, intrecciando le dita. Osservò la sua espressione stanca e logora, che lui stava cercando con tutte le forze di mascherare.

«Mi parli, Devon.»

«Di cosa?»

«Di come vanno le cose. Di come sta.»

«Di che si tratta?»

«So che la morte di Eve è stata dura per tutti noi, ma sono preoccupata per lei. È stato diverso.»

«Può biasimarmi?» C'era un tono di accusa nella sua voce.

«Certo che no. Ma non ho visto né sentito che stia frequentando qualche incontro con lo psicologo.»

«Perché non ne ho bisogno» ribatté lui.

Stephanie lo osservò attentamente: il modo in cui le sue dita si tormentavano a vicenda, il modo in cui guardava in grembo, il modo in cui faceva del suo meglio per apparire stoico mentre le sue difese erano chiaramente a mezz'asta.

«È sicuro di stare bene?» chiese di nuovo, con più dolcezza.

«Ho detto che sto bene.»

«Ha bevuto?»

I suoi occhi scattarono verso quelli di lei, acuti. Una combinazione di offesa e difesa. «Non sono stupido, Steph. Conosco le regole. Non verrei al lavoro ubriaco. L'altro giorno è stato un caso isolato. Gliel'ho detto, sono andato al pub con alcuni amici e ho bevuto un po' troppo. Sono comunque riuscito a fare tutto il mio lavoro.»

Una lunga pausa si allungò tra loro mentre lei aspettava che lui facesse la prima mossa.

«È solo che tutto quello che sta succedendo a casa... mi sta mettendo a dura prova» continuò. «Ecco perché sono stato così distratto. Ma migliorerò. Mi riprenderò. Risolverò la situazione.»

Lei non gli offrì compassione; sapeva che non l'avrebbe accettata se l'avesse fatto.

«Vuole parlarne?»

Lui scosse la testa. Per ora, non avrebbe ottenuto altro.

«Non è un robot, Devon. Ha il diritto di farsi condizionare da queste cose.»

Un'alzata di spalle. «No, ma sono uno sbirro. E noi tiriamo avanti.»

E se non ci riusciamo, troviamo il modo di nasconderlo.

Si sporse in avanti. «So che sono passate solo poche settimane, ma contro la mia stessa volontà, la considero un amico. E mi preoccupo per lei. Non solo in senso professionale, ma anche personale. Lei è appena sotto di me di grado, quindi dobbiamo avere un rapporto stretto. Se qualcosa non va, se qualcosa la turba, *voglio* saperlo. Non solo come suo diretto superiore, ma come qualcuno a cui frega qualcosa.»

Lui la guardò allora, sostenendo fermamente il suo sguardo. Per un momento, lei pensò che stesse per confessare, per svuotare il sacco. Ma poi qualcosa nella sua espressione cambiò, e lui si ritirò internamente.

«Sto bene» disse. «La sto gestendo.»

CAPITOLO
DICIASSETTE

M ount Browne era stato il quartier generale della polizia del Surrey per i settant'anni precedenti. Negli ultimi anni, l'edificio e le sue infrastrutture avevano subito una riqualificazione multimilionaria, volta a proiettare sia la squadra sia l'intera forza di polizia nel ventunesimo secolo. Stephanie aveva già notato miglioramenti in tutto l'edificio: attrezzature ad alta tecnologia, arredi moderni e una maggiore sicurezza. Una cosa che era stata lasciata nella seconda metà del ventesimo secolo, tuttavia, era la sbarra elettronica in fondo all'ingresso del sito. Quasi ogni mattina, si ritrovava ad aspettare un minuto mentre i meccanismi e gli ingranaggi si attivavano lentamente per farla passare. La stessa cosa accadeva all'uscita. Dopo l'incontro con Devon, subì lo stesso frustrante ritardo.

Mentre aspettava che la sbarra si alzasse, vide un'auto accostare sul lato opposto della strada.

Imprecò a bassa voce quando riconobbe l'uomo che scendeva dall'auto: Trent Whitaker. Quella mattina indossava una polo a maniche lunghe rosa salmone sotto un gilet blu navy della Gant. Si affrettò verso di lei prima che la sbarra si fosse alzata del tutto, intrappolandola di fatto e non lasciandole via di scampo.

Stephanie abbassò il finestrino e spense la radio.

«Giorno, detective» disse lui, con un sorriso irritante stampato in faccia. «Mi pare di capire che il nostro amico comune si è fatto sentire.»

«Ci ho parlato, sì.»

«E cos'è successo da allora? Avete fatto progressi? Ci sono novità?»

La frustrazione le montò dentro. «La situazione è la stessa di ieri, signor Whitaker. Ora, se vuole scusarmi, devo andare a una riunione.»

Sperò che la sbarra si alzasse più in fretta, ma quella continuò la sua lenta ascesa, quasi a volerla schernire e deridere.

«La prego» disse lui, cambiando approccio. «Siamo fuori di noi dalla preoccupazione. Stanotte non ho chiuso occhio. Ero troppo impegnato a sorvegliare Layla, che ha dormito con noi. Sa se è successo a qualcun altro?»

Stephanie serrò la mascella. «Non abbiamo ricevuto altre denunce.»

«È solo questione di tempo prima che succeda, ne sono certo. E quando accadrà, ci sarà un'altra famiglia a cui dovrete rendere conto.»

Lui appoggiò una mano sul tettuccio dell'auto di lei.

«Per favore, tolga la mano dal mio veicolo» disse lei severamente. «Le ho detto più volte che ce ne stiamo occupando. È anche piuttosto anomalo che lei sia qui fuori dalla centrale.»

«Sto solo cercando di proteggere la mia famiglia» ribatté lui.

«Ed è assolutamente nel suo diritto farlo, ma in questo momento direi che sta facendo più male che bene. Anzi, oserei dire che sta interferendo con questa indagine e rendendo il nostro lavoro più difficile. Quindi, per favore, ci dia il tempo e lo spazio per scoprire chi ha fatto questo a sua figlia; altrimenti, dovrò ammonirla per intralcio alla giustizia.»

«Intralcio alla giustizia? È ridicolo. Non sto intralciando nulla. Sto cercando di *aiutare*!»

Lei sospirò, controllò l'ora sul cruscotto, poi disse: «Mi dispiace, signor Whitaker. Non ho tempo per questo. Buona giornata.»

CAPITOLO
DICIOTTO

La HG & Sons si trovava in una stretta via laterale nel centro di Guildford, a due passi dalla via principale acciottolata. L'ufficio era piccolo, appena largo abbastanza da contenere due scrivanie disposte una dietro l'altra, oltre a una minuscola scrivania in fondo. Tuttavia, nonostante le dimensioni, risultava stranamente accogliente. A Stephanie non dispiaceva lo spazio angusto; era cresciuta in ambienti simili e si confacevano ai suoi gusti. Non apprezzava, però, l'arredamento: i toni smorzati che sapevano di multinazionale. Le scrivanie erano altrettanto anonime, adornate solo dell'essenziale: un monitor, una stampante, un portapenne e una vaschetta portadocumenti. Per troppi aspetti, le ricordava il suo ufficio.

Si era quasi aspettata di trovare scaffali pieni di volumi rilegati in pelle sugli ultimi procedimenti legali, invece, l'intera mole di lavoro legale della HG & Sons sembrava essere confinata in uno schedario nell'angolo in fondo.

Stephanie sedette dall'altro lato della scrivania, vicino alla finestra che dava sulla strada, completamente visibile ai passanti e ai clienti dei negozi indipendenti vicini. Sperò di non essere vista da nessuno che conosceva.

Peggio ancora, temeva che Trent Whitaker o uno degli altri membri della famiglia potesse averla seguita. Non pensava che avrebbero preso bene il fatto che si occupasse di questioni personali durante l'orario di lavoro. Tuttavia, se la questione di cui il signor Rowe voleva discutere era così urgente come sosteneva, dell'opinione di Trent Whitaker non poteva importarle di meno.

Kieran Rowe aveva poco più di trent'anni, ma aveva un aspetto giovanile, tanto da assomigliare a qualcuno che avesse appena finito il liceo, con una faccia da bambino che solo le pop star potevano invidiare e un'attaccatura dei capelli che di solito avevano solo le donne. Sospettava che da qualche parte la sua genetica si fosse confusa, ma rimaneva sempre sorpresa da come comunicasse bene una volta che iniziava a parlare.

Sulla sua scrivania c'era un'unica cartellina gialla, che sembrava emanare un bagliore radioattivo sotto la luce artificiale. Stephanie si mosse a disagio sulla sedia quando il suo sguardo vi cadde sopra. Improvvisamente si sentì inquieta, un'ondata di calore che si diffuse dallo stomaco alla fronte.

Kieran finì di digitare qualcosa al computer prima di rivolgerle la sua attenzione.

«Mi scusi», disse. «Dove eravamo rimasti?»

«Stava per ringraziarmi di essere venuta con così poco preavviso.»

Lui abbozzò un sorriso. «Sì, è sorprendente l'effetto che la frase "c'è una cosa di cui deve essere messa al corrente" può avere sull'agenda fittissima di una persona.»

Si ritrovò catturata dal suo sorriso. Sapeva di aver smascherato le sue finzioni e, ora che gli aveva dimostrato che poteva passarla liscia, si rese conto di non avere più scuse.

Tamburellò sull'orologio. «La giornata è ancora piena... quindi, se potessimo darci una mossa.»

Lui intrecciò le dita, appoggiando i polsi sul tavolo. Le maniche gli scivolarono sulle braccia, rivelando un Rolex blu scuro che scintillava sotto le luci. «Abbiamo finito di esaminare il patrimonio di suo padre.»

Lei lanciò un'occhiata all'altro impiegato nell'ufficio. Ora toccava a lei vedere il suo bluff. «Abbiamo?»

«D'accordo, *io*. Ho finito di esaminare il patrimonio di suo padre, e c'era qualcosa di cui ho pensato dovesse essere messa al corrente.»

«Questo l'ha già detto.»

«Si scopre che aveva dei soldi messi da parte in buoni fruttiferi postali, una somma piuttosto considerevole di circa diecimila sterline. Nel suo testamento, che mi sorprende avesse, dato tutto quello che ho sentito su di lui, ha lasciato tutto quel denaro direttamente a *lei*. L'ha nominata beneficiaria diretta di quella specifica somma di denaro.»

«Non li voglio», disse lei involontariamente, come se le fosse scattato un riflesso. «Se ne liberi. Li butti via. Li dia in beneficenza. Non m'importa. Non voglio averci niente a che fare.»

CAPITOLO
DICIANNOVE

Mentre il bollitore fischiava in cucina, Giles diede una rapida occhiata al soggiorno. Era bello e accogliente, il genere di posto che avrebbe potuto fare bella mostra di sé sulle pagine di riviste immobiliari di lusso o apparire in un reality televisivo con agenti immobiliari vacui e narcisisti, più preoccupati della propria immagine sullo schermo che di trovare la casa giusta per la persona giusta. Era il genere di posto in cui Giles voleva vivere ma che, allo stesso tempo, voleva evitare.

Proprio mentre il suo sguardo si posò su una foto di Becky Wednesday da bambina, Laura Wednesday emerse dalla cucina con una tazza di tè in mano. Gliela porse e gli rivolse un caldo sorriso mentre si sedette sul divano di fronte. Aveva i capelli raccolti in uno chignon stretto e i suoi occhi sembravano stanchi, come se non avesse dormito per settimane.

«Ha una casa bellissima, signora Wednesday» esordì Giles. «E ha anche una figlia bellissima. Lei e suo marito dovete esserne molto orgogliosi.»

Laura lanciò un'occhiata alla foto della bambina sulla parete. «Lo siamo, noi…»

Fu interrotta dal rumore di passi pesanti che scendevano rapidamente le scale, troppo forti per appartenere a un bambino. Pochi istanti dopo, suo marito, Dean Wednesday, sbucò dalla cucina a vista e si bloccò.

«Tesoro, ti ricordi dell'agente investigativo Giles Swinger. Sta indagando su quello che è successo a Becky» spiegò Laura.

Giles si alzò e strinse la mano a Dean. Mentre scambiava i convenevoli, sentì che Dean lo osservava con sospetto, come se temesse che avesse mentito sulla sua identità.

«Stavo giusto dicendo a sua moglie che avete una casa e una figlia deliziose.»

«Non parli di mia figlia in quel modo» scattò Dean. «La lasci in pace.»

Giles si ritirò sulla sedia. «Certo. Mi perdoni. Non intendevo offenderla.»

«Perché è qui, agente?» chiese Dean, restando in piedi con le braccia conserte e le gambe divaricate alla larghezza delle spalle, per affermare la propria superiorità. «Non dovrebbe essere a cercare la persona che si è introdotta in casa mia?»

Giles annuì con cautela, mantenendo il contatto visivo con Laura, percependo da lei una reazione più calorosa rispetto a quella del marito.

«Sono venuto per aggiornarvi» disse. «Credo che dobbiate essere tenuti informati il più possibile, perciò volevo farvi sapere che abbiamo inviato il DNA per le analisi e prevediamo di ricevere una risposta entro la settimana. Tuttavia, detto questo, vorrei ridimensionare un po' le vostre aspettative. Data la mancanza di prove, noi...»

«Quale mancanza di prove?» lo interruppe Dean.

«Non avete filmati di telecamere a circuito chiuso. Abbiamo chiesto a diversi suoi vicini, e nemmeno loro ne hanno. E le impronte digitali che abbiamo trovato si ritiene siano le vostre.» Giles abbassò il tono per enfatizzare il punto. Dean modificò la sua posizione, riducendo lo spazio tra le gambe. «Come stavo dicendo, data la scarsità di prove, sarà difficile per noi trovare il responsabile. Ciò non significa che sia impossibile, ma...»

«Sta cercando di liquidarci?» replicò Dean. «Sta dicendo che semplicemente ve ne dimenticherete?»

«Dean!» gridò Laura, alzando la voce. «Vuoi stare zitto e lasciare che finisca di parlare, santo cielo? Sta cercando di fare il suo lavoro, quindi smettila di parlare e lascialo fare!»

Un silenzio carico di tensione riempì la stanza. La furia ardeva negli occhi di Dean, ma scelse di non reagire. Invece, rimase in piedi con le gambe unite, e la sua aria di superiorità diminuì.

«La prego, continui» disse Laura.

«È solo per dire che dovete essere consapevoli che non ci saranno aggiornamenti frequenti da parte mia e della squadra, ma siate certi che ci stiamo ancora lavorando. Questa è una nostra preoccupazione e, come sono sicuro che sapete, non è un incidente isolato, e vogliamo risolvere la questione il più rapidamente possibile.»

Dean aprì la bocca per parlare ma si trattenne, temendo l'ira della moglie.

«Capiamo, non è vero, Dean? Riponiamo la nostra fiducia in lei. Siete voi gli esperti. Confidiamo che sappiate quello che state facendo.»

Giles prese un sorso di tè per nascondere la sua presunzione.

«Una cosa che vorremmo capire è se vostra figlia possa essere stata presa di mira per qualche motivo. Non stiamo dicendo che lo sia stata, ma secondo la nostra esperienza, se qualcuno *l'avesse* scelta, potremmo essere in grado di restringere il campo della ricerca di chi ha fatto questo. Quindi, se non vi dispiace, avrei un paio di domande su vostra figlia.»

«Certo» rispose Laura a bassa voce, spostandosi in avanti fino al bordo della sedia. «Tutto ciò di cui avete bisogno.»

CAPITOLO
VENTI

Si era appena richiusa la porta d'ingresso da una manciata di secondi che qualcuno bussò di nuovo.

Il primo pensiero di Laura fu che potesse essere la gentile agente di polizia che si era dimenticata di chiederle qualcosa. Rispettava la polizia e comprendeva la complessità del loro lavoro. Era vero: senza la prova del DNA o i filmati delle telecamere a circuito chiuso, era come se il responsabile non fosse mai entrato. Come potevano sperare di catturare un fantasma? Desiderava solo che suo marito li vedesse allo stesso modo.

«Sei fortunato che se n'è andata» disse, indicandolo. «Altrimenti, io e te avremmo dovuto fare quattro chiacchiere.»

Il suo comportamento era stato spregevole. Dean aveva trattato l'agente Swinger con disprezzo, la stessa emozione che lei provava per suo marito in quel momento. Non l'aveva mai visto comportarsi così. Ma i segnali c'erano stati, no? Forse era stata così travolta dall'amore ai primi tempi della loro relazione da non aver riconosciuto la sua natura prepotente. In quel momento, non sopportava di guardarlo.

Quando aprì la porta, fu accolta da un uomo con una polo rosa salmone, in piedi ad almeno un metro e mezzo di distanza dalla porta d'ingresso, con le mani giunte dietro la schiena per non allarmarla. Di questi tempi non si poteva mai sapere chi ci fosse dall'altra parte della porta. Aveva sentito storie dell'orrore di intrusi che si fingevano fattorini, con tanto di giubbotti ad alta visibilità.

Quest'uomo sembrava più un amico che un nemico.

«Mi scusi se la disturbo» disse chiaramente. «Non ci conosciamo, ma credo che le nostre famiglie siano collegate.» L'uomo indicò con un gesto il punto in cui, solo pochi istanti prima, c'era stata l'auto dell'agente Swinger. «Era la polizia, poco fa?»

Lo guardò con sospetto. «Sì...»

«Me l'ero immaginato. Per caso l'hanno interrogata su un'effrazione che potreste aver subito l'altra notte?»

Prima che potesse rispondere, Dean le arrivò accanto. «Chi è lei? E cosa sa della nostra effrazione?»

Ecco di nuovo quel tono. Quello che avrebbe dovuto farla sentire al sicuro, ma che la faceva sentire tutt'altro che protetta.

L'uomo si avvicinò, porgendo la mano. «Trent Whitaker. L'altra notte, a noi è successa la stessa cosa. In piena notte. Qualcuno è entrato e ha lasciato un palloncino nella camera di nostra figlia.»

Né Laura né Dean dissero nulla.

«Posso entrare?» continuò Trent. «Credo che noi tre abbiamo molto di cui discutere.»

La moglie di Trent era scesa dalla loro Land Rover Sport dall'altra parte della strada e aveva attraversato in fretta il vialetto non appena Trent aveva ricevuto il via libera per entrare. Era vestita in modo simile al marito, le mancava solo un sottile cardigan per sembrare un membro della famiglia reale. Si presentarono, si scambiarono i convenevoli, si conobbero rapidamente in cucina, poi si spostarono nella sala da pranzo.

«Come fa a sapere dove abitiamo?» domandò Laura, prendendo posto come suo solito a capotavola.

«Abbiamo seguito il tipo che è venuto a parlare con voi» rispose Trent, lanciando una breve occhiata alla moglie e scuotendo la testa. «Ci crede che la donna incaricata delle indagini... l'abbiamo seguita fino allo studio di un avvocato! Dovrebbe cercare la persona che ha fatto questo, e invece probabilmente sta sistemando il suo testamento. E ha anche la faccia tosta di dirci che stanno facendo tutto il possibile.»

«Ho dovuto convincerlo a non entrare e a dirgliene quattro» replicò Gemma, infilando il braccio sotto quello del marito, come una coppia felicemente sposata. Laura non riusciva a ricordare l'ultima volta che l'aveva fatto con suo marito, né riusciva a ricordare l'ultima volta che aveva *voluto* farlo.

«Così, invece, siamo tornati alla centrale e abbiamo aspettato di vedere il tipo che era venuto a parlare con noi. Giles. Sembra inutile quanto tutti gli altri» disse Trent.

Laura stava per difendere il detective, ma Dean la batté sul tempo. «Non hanno la più pallida idea di cosa stiano facendo. Avremmo più fortuna a farlo da soli.»

Trent schioccò le dita. «Sono contento che l'abbia detto. È in parte il motivo per cui siamo qui. In primo luogo, ovviamente, per capire un po' meglio la vostra situazione e vedere come sta vostra figlia. Ma in secondo luogo, per vedere se volete dare la caccia a quest'uomo insieme.»

«Come?»

«Non lo so ancora. Ma sono sicuro che possiamo fare molto più di quanto possa fare la polizia, con l'ovvia eccezione che non possiamo arrestarlo. Ma possiamo fare cose che loro hanno troppa paura di fare. Possiamo pubblicare sui social media, spargere la voce. Ho già chiamato i giornali, e stanno lavorando per far arrivare la notizia ai media principali.»

«Non vogliamo giustizia solo per le nostre famiglie» disse Gemma Whitaker. «È anche per gli altri. Dobbiamo assicurarci che questo non accada di nuovo. E più la gente ne è consapevole, meno è probabile che accada.»

«Sono così grato che nessuna delle nostre figlie sia stata ferita» continuò Trent senza interruzioni, come se l'avessero provato in precedenza. «Ma cosa succederebbe se questa persona stesse alzando il tiro? Si sente sempre dire che questo tipo di persone inizia in piccolo per poi passare a una scala più grande. Prima iniziano a toccarsi nel parco giochi, poi si mostrano a qualcuno, e poi passano allo stupro. Non possiamo permettere che succeda una cosa del genere.»

Laura si sentì l'unica fuori dal coro. All'inizio, quando aveva conosciuto Gemma, l'altra moglie era sembrata preoccupata per il benessere di sua figlia quanto lo era Laura, piuttosto che per la ricerca di giustizia. Ma più ascoltava, e più Gemma si animava, Laura si rese conto di essere sola. Tutto ciò che Laura voleva era proteggere sua figlia, assicurandosi che fosse al sicuro e che nessuno le facesse del male.

Ma loro si stavano comportando tutti come dei cowboy, complottando e tramando. Mentre lei era rannicchiata intorno al fuoco per proteggere i bambini, gli uomini - e ora anche Gemma - parlavano di avventurarsi nella natura selvaggia per vendicare le loro famiglie.

Non si sentiva a suo agio a essere partecipe di quella conversazione. Né le piaceva il modo in cui parlavano della polizia e della loro gestione delle indagini.

«Al cento per cento» disse Trent, senza guardarla negli occhi. «Non potrei essere più d'accordo. Dobbiamo assolutamente fare qualcosa. Che cosa ha in mente?»

Trent e Gemma Whitaker si strinsero nelle spalle. «È per questo che siamo qui. Non avete impegni, vero?»

Dean confermò di non averne, e che il suo lavoro poteva aspettare qualche ora.

«Ottimo. Allora mettiamoci a pensare, che ne dite?»

CAPITOLO
VENTUNO

Non riesco a credere che l'articolo ci abbia messo così tanto a uscire. Voglio dire, prima o poi doveva succedere, ma proprio ora, dopo un'attesa così lunga? Forse ho concesso alla polizia troppo credito e rispetto. Non sembrano avere un controllo così saldo sull'indagine come pensavo all'inizio.

Né sembrano avere alcuna prova concreta.

Nessun filmato delle telecamere è stato diffuso. Nessuna immagine sgranata di me mentre mi introduco nelle loro case. Questo perché non ce ne sono. Anche se sapevo di essere al sicuro, una piccola parte di me – una fastidiosa vocina del dubbio che urlava in un angolo della mia mente – credeva che potessi essere stato ripreso da qualche telecamera, da qualche parte. Viviamo in un mondo così digitale che è impossibile non essere ripresi. Sono sicuro di essere stato immortalato da qualche filmato, prima o poi, ma il mio travestimento e i guanti dovrebbero essere sufficienti.

Tuttavia, non posso permettermi di essere distratto.

L'unica sfida che affronto ora è che, con la notizia che è diventata di dominio pubblico, migliaia di persone nella zona sapranno di me. Devo essere estremamente cauto, vigile e muovermi in modo ancora più silenzioso di prima.

Non posso permettermi di farmi prendere. Non ora.

Mai.

Devo vedere queste ragazze. Devo respirare la loro presenza, guardarle mentre dormono.

Davanti a me, accanto al portatile che mostra l'articolo di giornale, c'è un piccolo mucchio di palloncini. Indosso i guanti, ne prendo uno e lo metto in un sacchetto di plastica. Devo lasciare meno DNA o tracce possibili.

È quasi impossibile di questi tempi, ma devo prendere ogni precauzione possibile.

Dopo venti minuti passati a raccogliere con cura le mie cose, esco di casa. Sono le due passate di notte e, dopo tutto questo tempo, mi sento rinvigorito.

Mentre esco nel buio, il mio respiro è calmo, controllato e misurato. Sorrido mentre il nome nell'articolo mi riecheggia nella mente, il nome che mi hanno dato, ignari del suo significato.

Stai attento, Surrey. L'Uomo Nero sta venendo a prenderti.

CAPITOLO
VENTIDUE

Stasera, non c'è pioggia a mascherare il rumore. Solo quiete. Densa e opprimente. Di quella che fa sembrare il debole scatto della serratura che cede una sirena. Aspetto, in ascolto, immobile sulla soglia. Il suono di un russare profondo si diffonde per la casa.

Perfetto.

Varcando la soglia, mi sistemo il passamontagna per respirare più comodamente. Questa è la casa più in disordine in cui sia mai entrato. Giocattoli, spazzatura e scarpe infangate ingombrano il pavimento. È anche la più piccola, perciò mi faccio strada con cautela tra scatoloni, mobili fuori posto ed elettrodomestici, dirigendomi verso le scale. Ogni gradino sembra lo scoppio di una bomba. Mi fermo dopo ognuno, trattenendo il respiro, in attesa.

Niente.

In cima alle scale, vedo la bambina che dorme attraverso la porta aperta della sua stanza. Peggio ancora, anche la porta della camera dei genitori è aperta. Il padre dorme profondamente, seminudo, con una gamba fuori dal piumone che lascia intravedere un rigonfiamento nei boxer. Si gratta l'inguine, ancora immerso nel sonno. Intanto, sua moglie gli giace accanto, rannicchiata in posizione fetale, con solo la testa visibile sopra il piumone.

Sincronizzando i miei movimenti con i profondi grugniti del suo russare, attraverso in punta di piedi il pianerottolo ed entro nella stanza della bambina. È decisamente tale e quale a suo padre, sdraiata in una posizione simile: braccia e gambe divaricate, spaparanzata sul materasso, con metà del corpo fuori dal piumone. Un orsacchiotto dorme a pancia in giù, scalciato via dalla sua padroncina.

Mi avvicino a lei con cautela, osservandole il petto per assicurarmi che stia dormendo. Mi avvicino più di quanto non abbia mai fatto. È un rischio, ma sono pronto a correrlo. Ne vale la pena per questa bambina. È così angelica, così innocente, così bella. Voglio allungare la mano e toccarla, ma so di non poterlo fare.

Non dovrei.

Non devo.

I rischi non superano la ricompensa.

Dall'altra parte del pianerottolo, il padre della bambina borbotta e tossisce prima di deglutire rumorosamente. Mi sento a disagio. Ogni secondo si dilata fino a durarne venti. Forse è colpa dell'articolo, delle sue parole che mi risuonano in testa. Anche se questa famiglia non sembra essersi preparata all'eventualità di una mia visita, sento comunque il bisogno di stare in guardia, come se potessero svegliarsi da un momento all'altro.

Sono combattuto. Combattuto tra il restare il più a lungo possibile e il rischio di essere scoperto.

Ma è questo che mi tiene in vita: l'adrenalina, la scarica, il battito martellante nelle orecchie che rimbomba come un tamburo, il sudore che mi si forma sulla fronte e sui palmi delle mani.

La bambina.

I suoi capelli biondi sono sparsi sul cuscino come un'aureola. Sembra così serena.

Dopo altri cinque minuti – è tutto il tempo che posso rischiare di restare – metto la mano in tasca, tiro fuori il palloncino e lo gonfio. Questa è sempre la parte più rischiosa dell'operazione. Faccio una pausa dopo ogni soffio, assicurandomi di non disturbare nessuno. Alla fine, dopo quella che sembra un'eternità, il palloncino è pronto. Lo poso accanto al letto della bambina, sussurro un silenzioso «Grazie» e mi volto per andarmene.

Attraverso in punta di piedi il pavimento, cercando di seguire lo stesso percorso dell'andata. Proprio mentre raggiungo la cima delle scale, premo su un'asse rotta del pavimento. Lo scricchiolio squarcia il silenzio. Mi blocco e lancio un'occhiata nella camera dei genitori. Niente. Dormono ancora beatamente.

Poi, mentre poso il piede sul primo gradino, sento una vocina delicata.

«*Papà?*»

Trattengo il respiro, sperando che non mi veda. Non oso voltarmi.

Tenendo lo sguardo fisso sui genitori, inizio a scendere con cautela le scale.

«*Papà?*»

La voce della bambina è più forte ora, piena di panico.

Scendo le scale velocemente, quasi saltando i gradini. Ormai il martellare nelle mie orecchie ha sovrastato ogni altro suono. Quando arrivo in fondo alle scale, la bambina è scesa dal letto ed è corsa nella camera dei suoi genitori. Sono svegli, grugniscono, parlano, si gridano addosso.

L'urlo della madre mi trafigge, facendomi rizzare i peli sulla nuca.

«*Chi c'è?*» *grida il padre.* «*Stia fermo dove si trova! Sto arrivando!*»

Prima di sentire i suoi passi sopra la mia testa, afferro la porta sul retro. Si apre verso l'interno e la spalanco così forte che sbatte contro il tavolo da pranzo in legno. I suoi piedi compaiono in cima alle scale, grossi e muscolosi. Potenti. Abbastanza da prendermi. Ma ho io il vantaggio.

Sbatto la porta sul retro nell'istante in cui la luce del piano di sotto inonda di giallo la cucina e la sala da pranzo adiacente. Con il cuore in gola, sguscio in giardino e mi dileguo, correndo via per la stessa strada da cui sono entrato.

Non mi fermo finché i miei polmoni non urlano e la mia gola non si secca. Non mi fermo finché le mie gambe non diventano gelatina e io crollo a terra.

C'è mancato poco. Troppo poco. Ma sento l'adrenalina che mi pompa nelle vene. E la adoro.

Mi sento vivo.

CAPITOLO
VENTITRÉ

Stava al caldo, rannicchiata sotto il suo vecchio piumone degli Orsetti del Cuore. Dall'altra parte della stanza, Kimberley respirava piano, il viso rivolto al soffitto, un braccio sollevato accanto alla testa, nel sonno profondo. Stephanie l'aveva osservata con attenzione, aspettando che il respiro della sorella si facesse più pesante prima di concedersi finalmente di scivolare nel sonno.

Quando giunse il momento, tutto era immobile, silenzioso, perfetto.

Poi un'asse del pavimento scricchiolò, svegliandola di soprassalto.

Istintivamente, contrasse i muscoli, si raggomitolò ancora di più e si tirò il piumone fin sotto il mento. In attesa. Preparandosi.

Subito dopo, la luce del corridoio si accese con un clic, creando una sottile striscia luminosa attorno alla porta della camera. Lanciò un'occhiata a Kimberley, che giaceva immobile, se non per il respiro regolare. Non avrebbe sentito crollare il mondo.

Era meglio così. Era sempre stato meglio così.

Meno sentiva, meno vedeva, meglio era.

Un istante dopo, un'ombra apparve in fondo alla porta. Poi la porta si aprì con cautela, con fare esitante. Mentre lui infilava la testa nella fessura, lei strinse forte gli occhi, come aveva fatto tante volte prima, e pregò che non entrasse, pregò che rimanesse esattamente dov'era.

«Stephyyyyy...»

Quel suono. Quel rumore. Quel *nome*. Il suo corpo cominciò a tremare di paura e trepidazione.

«Stephhyyyy...» ripeté lui. Poiché lei non rispondeva, aprì del tutto la porta ed entrò nella stanza.

Continuò a irrigidire il corpo, ma sapeva che non sarebbe servito a nulla. Suo padre entrò in camera e le si avvicinò. Dapprima le posò delicatamente una mano sui piedi, stringendoli leggermente, per poi risalire lungo il suo corpo fino a raggiungere la spalla. La scosse finché lei non finse di svegliarsi.

Quando riaprì gli occhi, vide il suo volto a pochi centimetri dal proprio, con un'espressione vogliosa, mentre la luce del corridoio proiettava ombre sui suoi lineamenti. Era un'espressione familiare. Sapeva cosa stava per succedere.

Strinse più forte il bordo del piumone. Non gliel'avrebbe resa facile come in passato.

«So che ti piacciono i regali» disse, portando un braccio dietro la schiena. «Per cui ti ho preso una cosa.»

Si muoveva lentamente, con fare calcolato, come se ogni passo fosse stato provato.

Lei non si mosse. Mantenne il contatto visivo con lui, costringendosi a reggere il suo sguardo.

Non guardare. Non guardare. È una trappola.

Il cuore le martellava contro le costole mentre lui tirava fuori la mano da dietro la schiena, rivelando una spessa mazzetta di soldi. Un grosso, pesante rotolo di banconote cominciò a scivolargli tra le dita come coriandoli. Le banconote caddero sul suo letto e sulla moquette.

«Ti avevo detto che potevo darti il mondo» disse.

Sempre più denaro si riversava dalle sue mani. Senza fine. Come un terribile temporale. Pioveva dalla sua mano, dalle sue tasche, dalle sue maniche. Dal nulla. In pochi istanti, il suo letto ne fu coperto, e lei si ritrovò circondata. Abbassò lo sguardo sul proprio corpo, ma non riusciva più a vedere la sagoma delle gambe sotto il piumone. Il peso di tutto quel denaro aumentava, schiacciandola.

«Papà, la smetta...» tentò di dire, ma la bocca le si riempì del sapore di carta secca. Ci provò di nuovo, ma le sue parole non furono che un borbottio indistinto.

Poi lui si chinò in avanti. «Posso darti il mondo» disse. «Ma posso anche togliertelo in un attimo.»

Le premette una manciata di banconote sul viso, soffocandola, il suo respiro pesante caldo sulla sua pelle.

«Ti ho sempre dato quello che volevi, ma tu volevi sempre di più, di più e di più. Piccola stronza ingrata!»

Stephanie cercò di muoversi, di liberarsi dal piumone, ma il peso dei soldi era troppo per lei. La schiacciava, risucchiandole l'aria dai polmoni. Urlò, ma ne uscì solo un rantolo. Stava morendo, e non c'era nessuno che potesse salvarla. Kimberley rimaneva perfettamente immobile, un'immagine di calma, di serenità.

Mentre il mondo cominciava gradualmente a diventare nero e le pareti lentamente le si chiudevano addosso, le parve di vedere la sagoma appena accennata di qualcosa sullo sfondo, sullo stipite della porta.

Un filo sottile, sospeso, che ondeggiava leggermente in un vento impossibile, attaccato a un palloncino da festa di compleanno azzurro.

CAPITOLO
VENTIQUATTRO

Bevve un sorso di caffè meccanicamente, quasi catatonica, fissando i pixel neri del monitor. In quel buio, vide il volto di suo padre: la malvagità nei suoi occhi, i denti gialli, macchiati di tabacco, serrati in un sorriso denso e stantio, l'odore di alcol e tabacco sul suo alito, e il fuoco della determinazione nel suo sguardo. Poi svanì, sostituita da visioni di denaro, banconote che scendevano veloci dal soffitto.

Si guardò intorno nella stanza e tirò un profondo sospiro di sollievo quando le visioni cessarono.

Dalla morte di suo padre, era stata bene. Aveva ricominciato a sentirsi di nuovo umana. Se stessa.

Ma dopo la conversazione con l'avvocato, non era più riuscita a pensare ad altro. Perché le aveva dato quei soldi? Proprio a *lei*, fra tutte? Perché era costretta a portare quel fardello?

Era solo un'altra occasione per lui di esercitare potere su di lei, una qualche forma di controllo? Un'ultima, crudele pugnalata alle spalle? O forse aveva sperato che fosse la sua unica possibilità – una possibilità minima, remota – di redenzione, di dimostrare a lei e a Kimberley che non era un mostro totale? Che da qualche parte, dentro di lui, c'era ancora del buono?

Stephanie aveva lottato con quel particolare pensiero più duramente e più a lungo di tutti.

Per tutta la vita, l'uomo che l'aveva cresciuta era stato un mostro. Aveva violentato, abusato e ucciso. E ora questo. Diecimila sterline non erano una somma insignificante; non erano da liquidare con leggerezza. Ma provenivano da *lui*, l'uomo che detestava, l'uomo che aborriva.

L'uomo che aveva ucciso.

No, aveva fatto bene a rifiutarli. Non ne voleva sapere niente. Era fuori dalla sua vita in ogni senso, e accettare il denaro gli avrebbe solo dato un'altra possibilità di avere potere su di lei. Ogni volta che lo avesse usato – per estinguere il prestito dell'auto, il suo debito studentesco, o per mettere da parte qualcosa per i tempi duri – sarebbe stata costretta a pensare a lui. Avrebbe sentito la sua risata in sottofondo, il suo sorriso lascivo apparire nei recessi della sua mente.

Non poteva più sopportare quel tormento.

Kimberley.

Il pensiero la colpì all'improvviso. Il bambino stava per arrivare. A sua sorella e a suo cognato avrebbe fatto comodo quell'iniezione di liquidità. Avrebbero potuto usarla per le cose necessarie, che sapeva non essere più a buon mercato.

L'unica domanda era se Kimberley li avrebbe accettati.

E, cosa ancora più importante, se avrebbe risposto alla chiamata di Stephanie.

Prima che potesse rimuginarci troppo a lungo, il suo cellulare vibrò sulla scrivania, ronzando forte sopra la conversazione fuori dalla finestra.

Giles.

«Buongiorno, signor Swinger» disse scherzosamente. «Perché mi chiama dalla sua scrivania? Sono a soli tre metri di distanza.»

«Non sono alla mia scrivania, capo» rispose lui, con un tono che sembrava provenire dal bel mezzo di un lancio spaziale. «Sono in viaggio verso Burpham.»

Fece due più due. «Ce n'è stato un altro?»

«Temo di sì. Anche se, da quanto ho sentito, ci è mancato poco. Il tizio che ha denunciato ha detto che l'ha quasi beccato in giardino.»

Le si mozzò il respiro.

«Ha bisogno di assistenza?»

«Tutto a posto. Me la cavo.»

«Mi aggiorni quando torna.»

«Sissignora» disse Giles, poi interruppe la chiamata.

Stephanie gettò il telefono sul tavolo con noncuranza. Un altro. Un'altra effrazione. Un altro palloncino.

In quel momento, un palloncino blu apparve nell'angolo del suo ufficio, fluttuando a pochi centimetri da terra, con la cordicella che ondeggiava dolcemente nella lenta corrente d'aria.

La situazione stava sfuggendo di mano. La squadra avrebbe dovuto raddoppiare gli sforzi se volevano catturare l'intruso. Un dolore improvviso le divampò in una tempia. Poteva già sentire le chiamate e le conversazioni con Trent Whitaker e Louis Brown, le loro lamentele, le loro urla, la pressione che le stavano inconsciamente mettendo addosso.

Chiuse gli occhi, bloccando la luce cruda che cominciava ad aggravare il gonfiore nella sua testa. Inspira. Espira. Controllata. Lenta.

Poi il suo telefono ricominciò a squillare, vanificando tutto il lavoro che aveva appena fatto.

Ti prego, non Trent. Ti prego, non Trent.

Invece, fu sollevata nel vedere che era il DCI Clive McGowan a chiamare.

«Buongiorno, capo» disse. «Non dovrebbe starsene a godersela su una spiaggia alle Bahamas da qualche parte?»

Clive sbuffò. «Chi ha bisogno delle Bahamas quando hai Hastings?»

«Il mio punto resta valido, comunque, capo. Dovrebbe *starsene a godersela*. Non a chiamare me.»

«Lo so, lo so. Ma quando arrivi alla mia età, il pensiero di rallentare comincia a farti una paura fottuta, così fai tutto ciò che è in tuo potere per fare l'esatto contrario.»

«Veramente, mi farebbe comodo che tornasse. Non credo di poter sopportare un'altra riunione sul budget o sulla strategia questa settimana.»

Clive ridacchiò. «Benvenuta nel mio mondo, Steph. Hai vissuto una settimana nei miei panni. Come ci si sente?»

«Mi fa venire voglia di cavarmi gli occhi.»

Clive rise di nuovo. «Non mi stai facendo venire esattamente voglia di tornare.»

«Peggio per te. Ho cambiato idea. Non hai scelta.»

«Ad ogni modo» continuò Clive «chiamo solo perché ho visto il notiziario ieri sera.»

«L'articolo di Louis?»

«Proprio quello.»

«Cosa c'è che non va? È tutto sotto controllo. Non dovrebbe preoccuparsi di questo genere di cose.»

«Sono sicuro che hai tutto sotto controllo» confermò lui. «Di questo non ho dubbi. Ma l'articolo mi ha preoccupato, e ho pensato che fosse meglio fartelo sapere, nel caso fosse qualcosa di cui non sei a conoscenza...»

«Cosa, capo?»

Una pausa, mentre si umettava le labbra e deglutiva. «Una cosa simile successe una trentina d'anni fa, negli anni novanta, quando ero un semplice detective. C'era un tizio che si introduceva nelle case, guardava i bambini dormire e poi lasciava dei palloncini perché li trovassero al risveglio. Esattamente lo stesso modus operandi. Solo che non lo abbiamo mai preso. E sai come lo chiamavano allora?»

«No, capo. Come?» chiese lei, sentendosi già intorpidire.

«L'Uomo Nero.»

CAPITOLO
VENTICINQUE

La detective Lafferty stava pulendo un paio di occhiali quando Stephanie la trovò.

«Occhiali nuovi?» domandò.

«Solo per guardare lo schermo del computer» rispose lei, mettendoseli sul naso. La facevano sembrare più vecchia di qualche anno. «Ordine del medico.»

«Poi ti serviranno per guidare, per leggere e alla fine anche solo per vederci. Benvenuta nel club degli 'anta'.»

Devon la guardò, con un'espressione tutt'altro che impressionata. «Abbiamo la stessa età.»

«Simile» ribatté Stephanie, agitandole un dito contro. «Non la stessa. E poi, non ti hanno mai insegnato che a tutte le donne bisogna dire che hanno ventun anni?»

«Solo quando è vero» rispose lei, sfoggiando un sorrisetto furbo e malizioso.

Stephanie capì che erano solo battute e che non lo diceva sul serio, ma ciò non le impedì di provare il desiderio di colpirla per tutta risposta. Le piaceva quel lato di Devon. Il lato giocoso, scherzoso. Quello che aveva cominciato a rispettarla e a trattarla da ufficiale superiore qual era. Ci erano volute alcune settimane, ma sentiva che stavano iniziando a fare progressi.

«Hai mai sentito parlare dell'Operazione Rainmaker?» domandò.

«Così su due piedi, non mi pare...»

«Ho appena finito di parlare al telefono con McGowan e ha detto che è già successo.»

«Cosa è già successo? Non doveva essere in ferie?»

«Lo so, lo so. Ma è un bene che non riesca a staccare la spina» disse lei in fretta. «Ha menzionato che uno che chiamavano l'Uomo Nero aveva già colpito. A metà degli anni Novanta. Ti ricordi qualcosa a riguardo?»

L'espressione di Devon mutò in una di sconcerto, come se le avesse chiesto di recitare il pi greco fino alla millesima cifra. «Ero un'adolescente. O mi ubriacavo o mi drogavo. Certo che non mi ricordo. E tu?»

Stephanie scosse la testa e si girò verso lo schermo del suo computer. «Mi serve tutto quello che abbiamo sull'Operazione Rainmaker. In quanto tempo riesci a trovarlo?»

Devon non disse nulla mentre si concentrava sul sistema HOLMES 2 e inseriva il nome dell'operazione. In pochi istanti, sullo schermo comparvero i fascicoli dell'indagine. Una sfilza di deposizioni di testimoni, risultati di analisi di laboratorio, fotografie della scena del crimine e rapporti di vittimologia era a portata di mano. Un sovraccarico di informazioni.

Ma a Stephanie non interessava niente di tutto ciò.

«Quand'è stato il primo caso denunciato?» chiese.

Lei le disse la data.

«E l'ultimo?»

Lei le confermò la data.

«Perché?» chiese Devon.

«McGowan ha detto che si sono fermati di colpo, senza un motivo» mentì.

Non era quella la vera ragione del suo interesse. Dalle date che le aveva dato, il caso originale dell'Uomo Nero si era protratto per tre anni. Era iniziato più o meno nello stesso periodo in cui erano cominciati gli abusi di suo padre. E, cosa ancora più preoccupante, si era interrotto quasi esattamente quando suo padre era stato arrestato per aver ucciso sua madre.

Stephanie fissò lo schermo per un lungo istante, i pixel che si confondevano.

Non poteva essere lui, vero?

Certo che no. Era morto. Si era assicurata che lo fosse.

Questo è per Eve...

E questo è per la mamma...

«Steph?» la chiamò Devon al suo fianco, ma la sua voce le parve distante, lontanissima.

Era di nuovo nella casa della sua infanzia, stesa sul pavimento, ansimante, circondata dal denaro, a fissare gli occhi di sua sorella. Poi apparve il palloncino.

«Steph? Ci sei?»

Devon le sventolò una mano davanti al viso, strappandola alla sua fantasticheria.

«Sei viva, amica? Non sei in trip, vero?»

Stephanie tornò bruscamente al presente. «Ho bisogno che tu e Giles esaminiate questi appunti. Riassumetemi tutto. Evidenziate eventuali anomalie e somiglianze. Scoprite chi erano i sospettati. E voglio che contattiate tutte le vecchie vittime, fatele venire qui così possiamo interrogarle e vedere se si sono ricordate altro da allora.»

CAPITOLO
VENTISEI

Qualcosa che Devon aveva detto le ricordò un pensiero che aveva avuto mentre parlava con l'ispettore capo McGowan.

L'articolo.

Era trapelato la sera prima. Dodici ore prima di quanto avessero concordato, per l'esattezza. Stephanie l'aveva visto sui social media poco prima di andare a dormire ed era stata troppo furiosa per farci qualcosa. Invece, era andata a fare una corsa a tarda notte per calmarsi e, quando era tornata, erano già le prime ore del mattino. Un orario inaccettabile per disturbare Louis, nonostante ne avesse una gran voglia.

Mezz'ora dopo, destreggiandosi nel campo minato di lavori in corso, semafori e traffico del centro di Guildford, arrivò alla sede del *Surrey Live*. L'edificio in mattoni sorgeva proprio sulla sponda del fiume Wey e, in una bella giornata, Stephanie immaginò che il suono dell'acqua che scorreva dolcemente, unito al canto allegro degli uccelli tra gli alberi, sarebbe valso la pena. Ma in quel momento, mentre una spessa coltre di nuvole grigie pendeva pesante e bassa, carica di pioggia, provò l'esatto contrario. A peggiorare le cose, il fiume era in piena, scorreva impetuoso, e il vento forte faceva volteggiare i rifiuti nel parcheggio di ghiaia.

Stephanie sbatté la portiera dell'auto, si tirò su il cappuccio e corse verso l'edificio. Le sue scarpe sguazzavano sul terreno fangoso e pieno di pozzanghere e, quando raggiunse l'ingresso, aveva i pantaloni fradici fino alle caviglie.

All'interno degli uffici del giornale non c'erano né un portaombrelli né un appendiabiti, così fu costretta a gocciolare su tutto il pavimento. Si presentò alla receptionist dietro la scrivania, si scusò per il suo aspetto e attese mentre la donna chiamava Louis Brown.

Con sua grande sorpresa, l'attesa fu breve. Si era aspettata che la facesse aspettare il più a lungo possibile.

Louis emerse dall'ascensore pochi minuti dopo. Stephanie ringraziò la receptionist e gli si avvicinò, stringendogli la mano a malincuore. La sua stretta fu più forte del solito, facendole prendere coscienza della propria indole battagliera prima ancora che iniziassero.

«Ha fatto buon viaggio?» chiese Louis con semplicità, come se tra loro non ci fossero problemi.

«Non esistono più i buoni viaggi. Le strade sono troppo trafficate e la gente guida da schifo.»

Entrarono insieme nell'ascensore e salirono in silenzio al secondo piano. A lei il silenzio andava bene; ci era cresciuta. Le era amico. Ma per alcune persone, il silenzio era una lotta. Louis era una di quelle persone, si agitava e si muoveva a disagio sui piedi. Per uno a cui piaceva ostentare la sua influenza, pensò lei, aveva l'aspetto di un topo.

Al piano di sopra, l'ufficio era scialbo e privo di ispirazione. Un'unica fila di sedie occupava lo spazio centrale, con ogni scrivania separata da divisori e illuminata da una griglia di luci fluorescenti al soffitto. La moquette era consumata e un paio di piante, presumibilmente introdotte per ravvivare l'ambiente, giacevano morte in un angolo. I telefoni squillavano e il suono di conversazioni frenetiche permeava l'aria.

Stephanie si scrollò di dosso le ultime gocce di pioggia dal cappotto e seguì Louis nel suo ufficio.

«È nuovo?» domandò lei. «L'altra volta mi disse che il suo ufficio era la caffetteria dietro l'angolo.»

«C'è stata un'infiltrazione qualche settimana fa. Sono rientrato l'altro giorno.»

Steph lanciò un'occhiata alla finestra in fondo alla stanza. «Speriamo che l'abbiano riparata.»

«È un peccato, perché quella caffetteria mi piaceva parecchio. E poi, quello era terreno neutro.»

«E questo cos'è, territorio nemico?»

Lui fece un sorrisetto e si lasciò cadere sulla sedia. «È dietro le linee nemiche, Broadbent.»

Ecco come sarebbero andate le cose. In modo militare. Tattico.

«Lei è venuto meno al nostro accordo» disse lei senza mezzi termini.

Lui scrollò le spalle. «Ne avevo pieno diritto.»

«Avevamo un patto.»

«Esatto. Ed è stata lei a infrangerlo» replicò lui.

«E come sarebbe?»

«Perché è stata vista andare in uno studio legale in pieno giorno quando, presumibilmente, avrebbe dovuto concentrarsi sull'indagine, no? Almeno, è così che l'ha vista il nostro comune amico.»

Trent.

«Ed è così che l'ho vista anch'io» continuò Louis.

Deve avermi seguita dopo avermi fermata al cancello.

Come aveva fatto a non accorgersene? Era stata così assorta da quello che Kieran le aveva detto al telefono che si era completamente dimenticata di controllare lo specchietto retrovisore.

«Quello che faccio nel mio tempo non è di alcuna importanza per lei, né ha alcuna attinenza con quanto abbiamo concordato» disse, sebbene sapesse che lui aveva quasi istantaneamente vinto la battaglia.

«Al contrario» disse Louis in tono secco. «Lei ha richiesto un armistizio di ventiquattr'ore. In quel lasso di tempo, ha detto che avrebbe fatto progressi con l'indagine. Ora, a mio avviso, questo significa parlare con i testimoni, controllare le telecamere a circuito chiuso, in pratica semplicemente fare il suo lavoro. Non significa, tuttavia, andare dagli avvocati e parlare con qualcuno che sembrava avere dodici anni.»

Serrò la mascella, sfregando i denti gli uni contro gli altri. «Non è così che vorrei che funzionasse il nostro rapporto» disse, con un'espressione dura.

Lui si scrollò di dosso la colpa. «Allora forse deve rivalutare il suo modo di prendere le decisioni. Dalle voci che ho sentito nelle ultime due settimane, mi pare che lei abbia passato un periodo piuttosto difficile-»

«Questo non c'entra niente.»

«Ha passato un periodo piuttosto difficile di recente» continuò Louis. «Quindi sono disposto a concederle un po' di tregua. Ma comunque, lei ha contravvenuto direttamente a ciò che avevamo concordato, quindi non ho visto assolutamente nulla di male nell'andare in stampa prima di quanto stabilito.»

Stephanie aprì la bocca per ribattere, ma Louis la interruppe. «Semmai, le abbiamo fatto un favore. Senza dubbio avrà molte più persone che staranno all'erta. La gente sarà più vigile. La notizia si sarà sparsa tra i vicini. E lei avrà più probabilità di catturare questo tizio.»

Raddrizzò la schiena. Non si sarebbe arresa. «Era una questione di principio.»

Lui sogghignò. «Non è in grado di ammettere quando ha torto? È questo il problema?»

Era vero. Non le piaceva. Ma solo perché accadeva di rado.

Si irritò visibilmente. I suoi pensieri corsero a suo padre. Se non le avesse lasciato del denaro nel testamento, non sarebbe andata dagli avvocati e non starebbero avendo questa conversazione. Alla fine, decise di ingoiare il rospo e fare un passo indietro. Almeno interiormente. Non voleva dare a Louis la soddisfazione di averla avuta vinta.

«Sapeva che non è la prima volta che succede?» domandò lei.

«Quale parte? Lei che ha torto o le effrazioni?»

«Le effrazioni» disse, poi procedette a spiegargli quello che le aveva detto McGowan. «Avete mai scritto dell'incidente originale negli anni Novanta? Qualcuno chiamato l'Uomo Nero?»

«La storia dell'orrore che si racconta ai bambini per farli comportare bene?»

Stephanie annuì. «Solo che questo era vivo e reale. E ora pare che sia tornato.»

Louis ci pensò un momento. «È successo prima che arrivassi io, ma posso dare un'occhiata. Dovrò consultare gli archivi.»

«Sarebbe fantastico» disse lei, alzandosi dalla sedia e dirigendosi verso l'uscita. «Grazie.»

CAPITOLO
VENTISETTE

Stephanie era ancora furiosa quando tornò in ufficio. La sua conversazione con Louis Brown si era svolta come si aspettava, ma non aveva previsto di uscirne con un senso di sconfitta così pesante, come una squadra di calcio appena battuta per otto a zero. Durante il tragitto di ritorno, la tentazione di cedere si era riaccesa quando era passata davanti alla kebabberia, ma, con sua sorpresa, l'aveva spenta, soffocandola con disprezzo.

Non avrebbe fatto un'abbuffata. *Non* si sarebbe purgata.

Aveva il controllo.

I morsi della fame la rimproverarono per la sua decisione mentre entrava in ufficio. Devon, seduto proprio vicino all'ingresso, era curvo sul computer, con gli occhiali appollaiati sulla punta del naso, e leggeva intensamente. Stava per parlargli quando Giles si alzò da dietro il suo monitor, con i capelli scompigliati e ancora umidi.

«È appena tornato?» gli chiese lei.

«Letteralmente due minuti fa» rispose Giles, mettendosi in bocca una mentina.

«Letteralmente...» Stephanie lanciò un'occhiata alla scrivania vuota nell'ufficio, allo spazio dove sedeva Eve, la loro ex collega che era stata con loro solo poche settimane. All'inizio, aveva trovato fastidioso l'abuso della parola «letteralmente» da parte di Eve, *letteralmente*. Ma col passare del tempo, si rese conto che era una delle sue peculiarità, una di quelle che ora le mancavano molto. «Com'è andata? Quali sono le ultime novità?»

Giles raccolse le sue cose e indicò la piccola area a lato dell'ufficio designata come sala operativa. Non era granché, ma era sufficiente perché la squadra discutesse gli ultimi sviluppi delle loro indagini principali. Stephanie strappò Devon dal suo lavoro e si unì a Giles. I tre si strinsero attorno a un tavolino rotondo che non avrebbe sfigurato in una cella di prigione.

«Il nome della terza vittima è Mia Harris, sette anni» esordì Giles, aprendo il suo taccuino. Per un uomo, aveva una calligrafia anormalmente ordinata. «Vive a Burpham con i suoi genitori, Mark e Tina, entrambi di trentotto anni.»

«Cos'è successo?» chiese Devon. Quella mattina sembrava più lucido, più coerente. Per fortuna, Stephanie non sentiva odore di alcol su di lui.

«Hanno riferito di aver sentito un trambusto nelle prime ore del mattino. Mark e Tina erano andati a letto poco dopo le undici. Verso l'una del mattino, Mia si è svegliata nel cuore della notte, chiamando papà. A quel punto, Mark si è svegliato e ha visto L'Uomo Nero in cima alle scale.»

«L'ha visto?»

Un cenno affermativo.

«Descrizioni?»

Scosse la testa. «Mark ha detto che la figura era vestita completamente di nero: scarpe da ginnastica nere, pantaloni neri, felpa nera con cappuccio, passamontagna e persino guanti neri.»

«Il travestimento perfetto per muoversi di nascosto al buio» commentò Stephanie, appoggiandosi allo schienale della sedia e accavallando le gambe. «Cos'è successo dopo che Mark ha scorto l'intruso?»

«Ha detto di aver inseguito la figura fuori di casa, ma quando ha aperto la porta della cucina, era sparito. Scomparso nel giardino.»

«Qualche idea su dove sia andato l'intruso?»

Giles abbassò lo sguardo sul suo taccuino. «Mark ha detto che sarebbe potuto andare ovunque. Il loro giardino dà su un sentiero pubblico.»

«L'intruso doveva saperlo» disse lei, più a beneficio proprio.

«Deve conoscere il suo percorso di entrata e di uscita da ogni casa prima di arrivarci. Ciò richiede un certo grado di pianificazione.»

«Oggi chiunque può farlo con Google Maps, capo.» Devon si sporse in avanti, appoggiando i gomiti sul tavolo. Si rivolse a Giles. «Avevano qualche tipo di sorveglianza domestica?»

Giles sollevò un dito con eccitazione, come se gli fosse appena venuta in mente un'idea. «In effetti questi sì, ce l'avevano.» Poi il suo viso si rabbuiò subito dopo. «Ma non ha fatto alcuna differenza. Avevano solo le riprese della parte anteriore, e non mostravano nulla.»

Stephanie emise un lungo e pesante sospiro. «Quindi possiamo tranquillamente supporre che sia entrato nello stesso modo in cui è uscito. E le altre vittime? Come si sposta da e verso le proprietà?»

L'espressione sul volto di Giles suggeriva che non avesse una risposta, ma non si sarebbe lasciato fermare da questo. «La mia ipotesi migliore è che analizzi ogni proprietà prima di entrare, valutando le vie di entrata e di uscita. Altrimenti, come farebbe a sapere come evitare i sistemi di sicurezza? Il numero di persone con videocitofoni o altri dispositivi di registrazione di questi tempi è pazzesco. È molto mirato nella scelta delle persone.»

«Ha dovuto adattarsi» disse Stephanie senza rendersene conto.

«Come, capo?» chiese Devon.

«Prima non era un problema. Non negli anni Novanta. Queste cose non esistevano e, per quelle che c'erano, nessuno poteva permettersele.»

Entrambi gli uomini rifletterono sulle sue parole.

«Si tratta di qualcuno di calcolatore, che sa quello che fa. Qualcuno che l'ha già fatto prima» continuò lei.

Dentro di sé, aggiunse: *O qualcuno a cui è stato detto come farlo.*

Non importava quanto le prove suggerissero il contrario, una parte di Stephanie era convinta che suo padre fosse in qualche modo responsabile. Non riusciva a liberarsi della sensazione che le linee temporali fossero troppo simili.

«Si è occupato di DNA e impronte digitali?» chiese Devon, strappandola ai suoi pensieri.

«Tutto sotto controllo» rispose Giles. «I genitori verranno più tardi per lasciare le loro impronte. Abbiamo il palloncino. Era pulito. Nessuno era entrato in contatto con esso, quindi quella è la nostra migliore possibilità di trovare una corrispondenza. Ma per quanto riguarda gli altri possibili luoghi, temo che Mark abbia coperto ogni traccia durante l'inseguimento. E, di nuovo, non c'è molto che potremmo sperare di trovare comunque, non se era coperto di nero dalla testa ai piedi.»

«Le hanno dato una descrizione?» chiese Stephanie, mentre gli ingranaggi del suo cervello stanco e affamato ricominciavano a girare a un ritmo normale. «Altezza? Corporatura? Qualcosa del genere?»

Lui scosse la testa deluso. «Anche qui, non c'è molto su cui basarsi. Era buio. E Mark è stato il più vago possibile: corporatura esile, altezza tra il metro e settanta e il metro e ottantacinque...»

Lei sbuffò leggermente dal naso. «Davvero utile. Come si concilia con il precedente sospettato per il caso L'Uomo Nero?»

Devon consultò rapidamente i suoi appunti. «Sì, rientra nella stessa descrizione delle testimonianze oculari degli anni Novanta.»

«È meglio di niente.» Si voltò verso la lavagna bianca dietro di lei. C'era scritto il nome dell'operazione, con i dettagli di ogni vittima sotto. Stephanie scrisse la vaga descrizione del L'Uomo Nero in uno spazio vuoto. «Ci serve una mappa» disse. «Dobbiamo segnare dove si trovano le vittime. Devon, può farne stampare e preparare una?»

«Subito» disse lui con un leggero cenno del capo.

«Molto obbligata. E a che punto siamo con le nostre precedenti vittime?»

Devon si sfregò le mani. «Ci sto lavorando. Sto ancora cercando di rintracciarle. Queste persone hanno trenta, quarant'anni; hanno tutti una vita. Non è facile.»

Lei picchiettò la lavagna con il pennarello. «Continui così. Dobbiamo farle venire qui. Lo stesso vale per i potenziali sospetti dell'epoca.» Si rivolse a Giles, che era assorto nel suo taccuino. «Agente, vuole aggiungere altro?»

«Sì!» esclamò lui con entusiasmo. «Una cosa che ho pensato potesse trovarla interessante. Mi sono ricordato di ciò che aveva detto sul chiedere alla famiglia cosa facesse la figlia, a che scuola andasse, cosa facessero nei fine settimana.»

«Ottimo lavoro. E?»

«E a quanto pare, tutte e tre le bambine frequentano la stessa scuola di danza.»

CAPITOLO
VENTOTTO

La scuola di ballo Pump & Jump di Guildford si trovava al primo piano di un edificio nella zona industriale di Bellfields. L'aria era densa della puzza di fogna e di materia in decomposizione che si diffondeva dal vicino impianto fognario di Moorfield. Sulle loro teste, centinaia di gabbiani famelici volteggiavano, stridendo gli uni contro gli altri mentre cercavano il loro prossimo pasto tra i rifiuti. Stephanie li osservò con trepidazione, assicurandosi di scansarsi al loro passaggio. L'ultima cosa che voleva era che degli escrementi di uccello le atterrassero addosso, a prescindere da quanta fortuna si dicesse che portasse.

Giles chiuse la portiera del passeggero con un colpo forte ed esagerato e alzò una mano in segno di scusa.

«Va tutto bene» rispose lei. «Le maledette buche sulla strada per venire qui hanno probabilmente fatto più danni. Sono sempre state così terribili?»

Giles annuì. «E la gente comune ha pure il fegato di dire che non facciamo *il nostro* lavoro. Peggiorerà soltanto.»

Sogghignando, Stephanie si avviò verso il Pump & Jump. «Stai attento a ciò che desideri.»

Se non fosse stato per l'insegna all'esterno e per le scale antincendio in metallo sul lato esterno del muro, Stephanie avrebbe presunto che il primo piano della struttura in mattoni appartenesse al negozio di elettronica sottostante. Fuori, una grande Range

Rover e una Mercedes erano parcheggiate strette l'una accanto all'altra. Stephanie si infilò tra di esse e si diresse verso l'ingresso.

All'interno, le pareti erano dipinte di un azzurro chiaro e l'odore di sudore, appena mascherato da un sentore di deodorante per ambienti alla violetta di Parma, riempiva la stanza, un gradito cambiamento rispetto alla puzza di merda che c'era fuori. Il suono della musica dance scendeva dalle scale. Stephanie fu la prima a salirle, con i piedi che si appiccicavano alla moquette.

Quando raggiunsero l'ultimo gradino, Stephanie vide i proprietari dell'attività seduti in un piccolo ufficio. Una luce bianca e intensa filtrava dal vetro della finestra, rivelando un uomo piccolo e una donna ancora più piccola sulla trentina, seduti a una scrivania. La donna scorreva il telefono mentre l'uomo digitava al computer.

Lassù, l'odore di sudore era ancora più forte. Lo studio di danza si estendeva per tutta la lunghezza della stanza e il pavimento in legno brillava sotto le luci. Stephanie emise un piccolo sussulto quando si vide nello specchio che correva lungo una parete. Odiava il suo aspetto e distolse rapidamente lo sguardo verso l'uomo che si stava alzando dalla sedia. La sua testa rasata luccicava sotto le luci fluorescenti e una barba curata e scolpita incorniciava una mascella che chiaramente beneficiava di un kit da barba ogni mattina. Il suo viso portava l'abbronzatura consumata di chi aveva passato troppo tempo sui lettini solari o in vacanza a Marbella, e scrutò Stephanie con gli occhi guardinghi di un uomo che conduceva costantemente valutazioni mentali del rischio.

«Buon pomeriggio…» disse, con un tono denso di cautela. «Possiamo aiutarvi?»

«Detective Broadbent e Swinger.» Estrassero i loro tesserini simultaneamente, come se l'avessero provato mille volte.

L'uomo li squadrò con curiosità e sospetto. «C'è qualche problema?»

«Speriamo di no. Abbiamo solo qualche domanda sulle recenti effrazioni di cui forse avrete sentito parlare.»

«Quella storia dell'Uomo Nero di cui parlano tutti?» chiese la donna, facendosi avanti. Più bassa di lui di una spanna buona, possedeva la figura snella e muscolosa di una ballerina di lungo corso, tonica in tutti i punti giusti. Le sue lunghe trecce nere erano raccolte in uno chignon stretto e indossava una felpa grigia con il marchio Pump & Jump. Si muoveva con agilità felina, le sue membra fluide e precise mentre riponeva il telefono.

Stephanie rabbrividì alla menzione dell'Uomo Nero. Tutto ciò che poté offrire in risposta fu un cenno del capo.

«L'ho visto dappertutto sui social. Il mio campanello smart dovrebbe arrivarmi oggi. Non si è mai troppo prudenti. Ma questo cosa c'entra con noi?»

Stephanie non rispose. Invece, esaminò lo studio. Una sbarra di metallo, all'altezza dei fianchi, correva lungo la parete. Sulla parete opposta, il nome dell'azienda era stato dipinto a spray su mattoni a vista.

«Avete un bel posto qui. Siete voi i proprietari?»

«Sì, noi» rispose l'uomo.

«Non ho capito i vostri nomi…»

«Craig e Montana Robertson» spiegò Craig. «Non siamo parenti; ci capita solo di avere lo stesso cognome.» Si grattò il petto, rivelando un orologio vistoso al polso.

«Da quanto tempo siete in affari insieme?» chiese Giles mentre l'attenzione di Stephanie era altrove.

«Abbiamo questo posto da circa dieci anni. È divertente. Alcuni dei nostri primi allievi hanno portato alcuni dei loro figli, quindi ora stiamo coinvolgendo la seconda generazione di ballerini» spiegò Montana, mettendosi le mani sui fianchi. «Ma non facciamo solo corsi per bambini, anche se quella è la maggior parte delle nostre entrate, offriamo anche lezioni private, preparazione per matrimoni, oltre a corsi serali per adulti. E collaboriamo con molte scuole, che vengono qui durante le vacanze scolastiche.»

«Chi ha inventato il nome?» chiese Stephanie mentre ammirava i graffiti sul muro.

«I nostri figli» spiegò Craig. «All'inizio non eravamo d'accordo, ma con gli anni ci è piaciuto.»

«Mi piace.» Si mosse verso una finestra dall'altra parte dello studio che dava sulla zona industriale. «Quanti corsi avete a settimana?» chiamò, la sua voce che echeggiava dall'altra parte dello studio.

«Circa trenta. La maggior parte la sera dopo il lavoro, il che sembra funzionare meglio per tutti. Ma abbiamo anche alcuni corsi pomeridiani e all'ora di pranzo. Il nostro giorno più impegnativo in assoluto è il sabato. Praticamente dall'alba al tramonto» spiegò Craig.

«Cosa insegnate?»

«Un po' di tutto. Hip-hop, danza classica, contemporanea. Per gli adulti, facciamo ballo da sala e jazz. Alcuni di loro sono piuttosto bravi, in effetti. Abbiamo persino avuto uno dei nostri allievi che ha partecipato a delle gare.»

Fuori, una Skoda Fabia grigia accostò sul lato opposto della strada e rimase lì. Stephanie la osservò per un momento. Non ci fu alcun movimento immediato, nessun segno che il guidatore o il passeggero scendessero dal veicolo o che qualcuno si dirigesse verso di esso.

«Avete detto di essere qui per le effrazioni che stanno avvenendo» cominciò lentamente Craig. «Ma questo cosa c'entra con noi?»

La domanda distolse Stephanie dalla finestra. Attraversò la pista da ballo con passo sicuro, facendo un cenno a Giles.

«È venuto alla nostra attenzione che tutte le vittime sono vostre allieve» spiegò l'agente. «Becky Wednesday, Layla Whitaker e Mia Harris. Di età compresa tra i sei e i sette anni. Le conoscete?»

Craig e Montana si scambiarono un'occhiata. «Così su due piedi, no. Dobbiamo controllare.»

Stephanie e Giles li seguirono nel loro ufficio, dove aprirono il loro database degli allievi. Ogni voce nel loro sistema di archiviazione conteneva una foto delle bambine, insieme alle informazioni di contatto dei genitori.

«Ora me le ricordo» disse Montana. «Ma non fanno parte degli stessi gruppi di ballo. Mia fa Hip-Hop e RnB il martedì, Becky fa danza classica il giovedì sera e Layla fa contemporanea il mercoledì.»

Stephanie ci rifletté per un momento. «Chi altro insegna ai corsi?»

«Solo noi.»

«È piuttosto impegnativo.»

«Lo facciamo perché ci piace. E perché sappiamo quello che facciamo. I genitori ci rispettano e si fidano di noi. Ma ancora non capisco cosa c'entri questo con noi.»

«Lo capirete quando il mio collega vi chiederà dove eravate

durante le notti in cui sono avvenute le effrazioni» replicò Stephanie.

Di colpo, le espressioni di Craig e Montana si spensero e l'atmosfera nella stanza cambiò, diventando più tesa e cupa.

«Di cosa state parlando? Pensate che potremmo avere avuto qualcosa a che fare con quella storia? Noi aiutiamo i bambini a imparare a ballare. Non andiamo a fare irruzione nelle camerette delle bambine per guardarle mentre dormono» disse Craig.

«Non abbiamo mai detto che l'abbiate fatto» rispose Giles, intervenendo prima che Stephanie potesse parlare di nuovo. «È solo routine. Finora, il vostro è l'unico collegamento che abbiamo trovato tra le vittime. Stiamo solo cercando di assicurarci che questo non accada a nessun altro.»

Craig aprì la bocca per protestare ma si trattenne prima di poter articolare qualcosa di coerente.

«Abbiamo trovato impronte digitali e DNA sulle varie scene del crimine» continuò Giles. «Ora, non abbiamo motivo di sospettare di voi, ma aiuterebbe davvero la nostra indagine se poteste venire in centrale a fornire volontariamente le vostre impronte digitali, così da potervi escludere dalla lista dei sospetti.»

«No!» fu la risposta spaventata di Craig. «Non voglio che le mie impronte finiscano nel vostro sistema. No, grazie. Preferisco tenere i miei dati per me, grazie.»

Giles aggrottò la fronte, come se si fosse offeso.

«Nessuno vi obbliga» disse. «Ma come ho appena spiegato, ci aiuterebbe a escludervi.»

«Se non hai nulla da nascondere...» cominciò Montana, tentando di farlo ragionare.

«Non ho niente da nascondere. Semplicemente non voglio che le mie impronte finiscano al governo. Si prendono già abbastanza da me. Anche se mi rendo conto che questo probabilmente mi spinge in cima alla lista dei sospetti» aggiunse Craig con uno sbuffo.

Stephanie decise di intervenire. Non aveva senso insistere. «Niente affatto.» Il suo sorrisetto era poco convincente. «Avremo bisogno di vedere un elenco completo delle informazioni dei vostri clienti in modo da poterli contattare tutti.»

«Non vi serve un mandato per questo?» chiese Craig, con voce risoluta.

«Non sarà un problema. Possiamo ottenerne uno senza difficoltà se abbiamo motivo di credere che la persona che sta facendo questo possa prendere di mira i vostri allievi. Avete notato qualcosa di strano di recente? Qualche genitore che si comporta in modo bizzarro?»

Craig e Montana si scambiarono una breve occhiata, con un'aria di apprensione. Stephanie percepì che c'era qualcosa che volevano rivelare.

«Niente che... mi venga in mente» spiegò Montana. «Ma se noteremo qualcosa, ovviamente, ve lo faremo sapere.»

Stephanie fece un cenno a Giles, segnalando che avevano finito e che era ora di andare. Prima di andarsene, l'agente le porse le sue informazioni di contatto - Stephanie si rifiutava di dare di nuovo le sue, temendo un altro incontro con Trent - e poi si avviò verso l'uscita.

Si intravide nello specchio – il colorito che era tornato sulla sua pelle, il peso che aveva costantemente perso in viso – e si fermò quando i suoi occhi caddero sulla finestra che dava sulla strada sottostante.

«Immagino non abbiate notato nessun comportamento sospetto neanche *fuori* da questo posto, vero? Qualche auto in attesa per lunghi periodi? Persone che forse osservano le bambine mentre escono?»

Craig e Montana scossero entrambi la testa. «Passiamo tutto il nostro tempo quassù» disse lei. «Riusciamo a malapena a guardare fuori. Ma immagino sia difficile notare quel genere di cose quando ci sono auto che vanno e vengono al momento di lasciare e riprendere i bambini.»

Era quello che temeva. Il caos di dozzine di auto che arrivavano e partivano tutte insieme, senza che nessuno sapesse chi era lì per quale lezione. Era l'ambiente perfetto per il loro intruso per mimetizzarsi.

Stephanie li ringraziò per il loro tempo e poi scese le scale. Giles la stava aspettando vicino all'uscita, tenendole la porta aperta. Fuori, la pioggia si era attenuata, trasformandosi in una fine nebbiolina.

«Cosa ne pensi?» chiese Giles mentre camminavano verso l'auto.

Stephanie non sentì la domanda; era troppo distratta dalla Skoda Fabia grigia posizionata dall'altra parte della strada. Le nuvole e il cielo grigio si riflettevano sui finestrini, rendendole impossibile vedere all'interno.

«Stephanie?» la sollecitò Giles.

«Cosa c'è?»

«Cosa ne pensi?»

Sbloccò l'auto e mise la mano sulla maniglia. «Sanno decisamente più di quanto non stessero lasciando intendere» disse mentre la Skoda accese il motore e partì, sfrecciando lungo la strada.

CAPITOLO
VENTINOVE

Trovarono Devon appoggiato allo schienale della sedia con la cornetta di un telefono fisso premuta contro l'orecchio, quando tornarono in ufficio. Stephanie si soffermò alle sue spalle, in attesa che finisse la telefonata.

Dopo qualche istante, lui percepì l'urgenza e riattaccò.

«Tutto a posto?»

Lei diede un'occhiata allo schermo del computer. «A che punto è?»

«Ero al telefono con una delle vecchie vittime. Un tizio di nome Marcus Vickery. Ha detto che può passare domani.»

«Perché non oggi?»

«Perché è impegnato con il lavoro. Però ha detto che avrebbe fatto un giro di telefonate alle altre vittime superstiti.»

«Superstiti?»

«Alcune sono decedute.»

Certo che lo erano. Erano passati trent'anni. Una vita intera. Letteralmente, in alcuni casi.

«Marcus ha detto che si sono tenuti in contatto. Si vedono regolarmente e si fanno una bevuta insieme ogni paio d'anni.»

«E i vecchi sospettati? Ce n'è ancora qualcuno in giro?»

Devon guardò lo schermo, come se la risposta fosse proprio lì. Si passò una mano tra i folti capelli neri, che sembravano ancora usciti dagli anni Ottanta.

«Credo che la maggior parte sia morta. All'epoca dei fatti avevano tutti tra i cinquanta e i sessant'anni. Anche se credo che uno potrebbe essere ancora vivo e vegeto... si dice così, no?»

«Per te, sì.»

«Comunque, si trattava di un giovanotto. Ora avrà probabilmente sui sessantacinque anni. Vuole che provi a contattarlo?»

Stephanie annuì. «Sarebbe un inizio» disse. «Già che ci è, può preparare un mandato per accedere agli archivi dei clienti della Pump and Jump Dancing Academy?»

«Pump and Jump? La vecchia P e J?»

«La conosce?»

«No. Mai sentita nominare. Però sembra un covo di pedofili.»

Nella mente di lei balenò l'immagine della Skoda Fabia grigia. Non sapeva perché, ma qualcosa di quell'auto la turbava. Desiderò aver preso il numero di targa.

«Avremo bisogno che qualcuno esamini i loro archivi e contatti tutti i clienti nei prossimi giorni» continuò.

Devon si piegò ancora più indietro sulla sedia, cercando di sottrarsi alla responsabilità. «Ho sentito dire che Giles è bravissimo a fare telefonate. Forse dovresti affidare a lui l'incarico.»

«Nessuno ha la tua parlantina al telefono, sergente» ribatté Giles dall'altro lato della fila di scrivanie. Iniziò a imitare Devon con una voce profonda e burbera. «"Ehm, sì, io, ehm, mi chiedevo, ehm, se potessi, ehm, parlare con il signor Mario Rossi, sa com'è? È importante. Io, ehm, sono della polizia, sa com'è. Ho per le mani un caso grosso al momento, ehm, e ho bisogno che, ehm, Mario Rossi mi aiuti a risolverlo."»

Un'ondata di risate si diffuse nell'ufficio. Il sergente Noah Mackenzie, che quella mattina indossava una camicia di raso arancione, con tanto di bretelle e calzini abbinati, tornò dalla cucina. «Impressionante, Giles» lo prese in giro. «Stai attento, Devo, o potrebbe rubarti il mestiere.»

Devon sbuffò. «Prego, se lo prenda pure. Non c'è niente che valga la pena tenersi in questo momento.»

«Niente di meglio per tirare giù il morale di qualche tacca, amico» disse Noah, dando una pacca sulla schiena a Devon mentre tornava al suo posto. «Giles, se vuoi prenderti il mio di mestiere, fai pure. Però puoi anche prenderti solo i bambini. Fai attenzione, *ti* sveglieranno nel cuore della notte e *insisteranno* per fare tutto con *Peppa Pig* in sottofondo.»

Il commento risollevò leggermente il morale. Stephanie si sorprese a ridere, ma tenne d'occhio la reazione di Devon: stroncata, a mezza bocca.

Gli batté un colpetto sulla spalla.

«Credo che dovremmo contattare il funzionario responsabile del vecchio caso. Vedere cosa può dirci sulla precedente indagine.»

Devon indicò il telefono fisso. «Era proprio lui al telefono. L'ho trovato. È più che felice di parlare con noi.»

CAPITOLO
TRENTA

Sedevano in silenzio da cinque minuti, se non per il suono della radio e il tonfo meccanico dei tergicristalli che spazzavano il vetro da un lato all'altro, finché Giles chiese: «Come me la sto cavando?».

Lei gli lanciò un'occhiata dal posto di guida, la presa salda sul volante. «Bene» rispose. «Te la stai cavando bene. Anche se è ancora presto. Potrebbero esserci momenti più difficili. Cosa si prova ad avere il controllo?».

«Controllo?».

«Sai cosa significa questa parola, vero?».

Lui alzò gli occhi al cielo. «Certo che so cosa significa. È solo strano sentirtela usare in questo modo, tutto qui».

Lo sguardo di Giles cadde fuori dal finestrino, sulle vaste colline del Surrey alla loro sinistra. Un arazzo di verde, leggermente smorzato dalle nuvole, si estendeva a perdita d'occhio. I campi erano intervallati da siepi e sottili file di alberi, come cuciture su una trapunta.

«Non ti ho mai chiesto di tuo padre» disse, parlando ancora al finestrino.

La mano di Steph andò involontariamente alla sua collana.

«Non c'è molto da dire. Era una persona cattiva, senza assolutamente nessuna qualità che potesse redimerlo».

So che ti piacciono i regali.

Ti ho detto che potevo darti il mondo.

Giles cominciò a giocherellare con le mani. Si frugò in tasca, tirò fuori un pacchetto di Tic Tac e se ne mise uno in bocca, seguito da un altro poco dopo.

«Credo di essermene sentito in colpa, tutto qui. Ogni altra volta che qualcuno perde un familiare, mi faccio sentire. È quello che si fa, sai. Ma con te, credo di essermi sentito…».

«A disagio?».

«Sì. A disagio».

Finalmente, distolse l'attenzione dal panorama e la guardò negli occhi.

«Come ho detto» cominciò lei, «era un uomo molto cattivo. Faceva cose che nessun genitore dovrebbe mai fare a un figlio. E ha avuto quello che si meritava».

«Mi dispiace sentirlo… Ti farei le condoglianze, ma…».

«A me non dispiace, quindi non devi dispiacerti neanche tu».

Rallentò l'auto fino a fermarsi, accodandosi a una fila di macchine.

Giles tirò fuori di tasca i Tic Tac e se ne mise un altro in bocca.

«Ti piacciono le mentine, eh?» disse lei, intuendo che c'era qualcos'altro che lui voleva dire.

Lui ridacchiò piano, abbassando lo sguardo sul pacchetto che teneva in mano. «È un'abitudine che ho preso da mia madre» spiegò. «Ne aveva sempre un pacchetto con sé, che fosse a un matrimonio, a una passeggiata col cane o a un funerale». Il suo volto si perse mentre fissava il cruscotto di plastica, assorto nei suoi pensieri. «È buffo, ho ancora l'ultimo pacchetto che ha comprato. Una scatolina di Tic Tac, proprio come questa. Sono ancora lì dentro. Non ho mai avuto il coraggio di finirle. Probabilmente è meglio così, immagino che ormai siano scadute da un pezzo».

Stephanie abbozzò un sorriso mentre abbassava il volume della radio per adeguarsi all'atmosfera.

«Da quanto tempo non c'è più?».

Il traffico si sbloccò e lei fece avanzare l'auto.

«Da circa vent'anni. A volte perdo il conto. È morta quando ero un adolescente».

«Sono un sacco di mentine».

All'inizio, Giles rimase spiazzato dal commento. Ma una volta superato lo shock iniziale, ne colse il lato comico.

«Non sta facendo un favore ai miei denti».

«E io che pensavo fossi un grandissimo fan di Alex Ferguson».

«*Sir* Alex» disse lui con un sorriso sornione. «Vedi di dirlo bene».

Lei alzò le mani in segno di resa. «Le mie scuse. Prometto di non commettere mai più questo errore».

Venti minuti dopo, le gomme scricchiolarono dolcemente sulla ghiaia mentre Stephanie guidava l'auto lungo l'ampio viale d'accesso. Degli alberi fiancheggiavano entrambi i lati, ordinatamente potati e arcuati sopra le loro teste. A destra, un prato curato si srotolava come un green da golf. La casa apparve lentamente, emergendo da dietro una curva di rododendri. Una grande proprietà in stile georgiano, con alte finestre a ghigliottina, muri di pietra chiara ed edera che si arrampicava come vene verdi sulla facciata.

«Sembra la casa di riposo di un cattivo di James Bond» borbottò Giles dal sedile del passeggero, scrutando la facciata simmetrica. «Chissà se ha un fossato sul retro».

«O un'auto anfibia in garage».

Gli occhi di Stephanie erano fissi sull'ampio portone d'ingresso lucido, incorniciato da quattro colonne bianche. Gli infissi d'ottone della maniglia e della buca delle lettere luccicavano. Sul viale ghiaioso c'erano una Land Rover Discovery verde scuro che sembrava avesse attraversato una foresta pluviale e un'Aston Martin Vantage degli anni Novanta. Una per gli affari. Una per il piacere.

«A meno che questo tizio non sia 007 in persona!» disse Giles eccitato, indicando l'Aston.

Stephanie ridacchiò mentre suonava il campanello. Un lungo rintocco echeggiò all'interno, subito soffocato dai latrati improvvisi e seri di un cane. Immediatamente, l'agente trasalì, irrigidendosi.

«Non ti piacciono?» chiese lei.

Prima che potesse rispondere, il portone si aprì, rivelando un pastore tedesco che montava la guardia, abbaiando e ringhiando. Giles indietreggiò di un passo. Il cane era al fianco dell'ex ispettore capo Gavin Lockwood, che sembrava si fosse rotolato in un negozio della Barbour. Ormai settantenne, Gavin aveva l'aria di uno che andava a caccia di volpi e fagiani sette giorni su sette. Ma non senza l'aiuto del suo compagno canino, che continuava ad abbaiare furiosamente, digrignando i denti e mostrando gli incisivi lunghi due centimetri e mezzo, capaci di lacerare la carne umana. L'ex ispettore capo fece un gesto con la mano e il cane smise immediatamente, leccandosi le labbra in segno di scusa mentre si metteva a sedere docilmente.

«Due persone, vestite in modo molto elegante» disse, squadrandoli con sospetto. «Entrambi a vostro agio con Frankie. Direi che siete della polizia».

«Mount Browne» disse Stephanie, porgendogli la mano e presentandosi.

«I miei vecchi lidi. Entrate, entrate, togliamoci da questo tempaccio. C'è da essere fieri di essere britannici, non è vero?».

Stephanie non disse nulla mentre entrava in casa. All'interno, c'erano altre prove dello stile di vita di Gavin: vittime di tassidermia appese ai muri come trofei accanto a fotografie di Gavin che celebrava le sue battute di caccia; una custodia per fucili giaceva sul pavimento accanto a un set di attrezzatura da campeggio.

L'ex ispettore capo li condusse in una grande veranda sul retro della casa, dove l'aria era più calda e densa. Sopra le loro teste, il ticchettio leggero della pioggia che cadeva sulla veranda riempiva lo spazio. Rassicurante. Rilassante. Gavin prese le loro ordinazioni per tè e caffè, poi li invitò a sedersi.

C'era ampio spazio nella veranda, anche troppo per un uomo che viveva da solo. Mentre aspettava, Stephanie si avvicinò all'acquario da cento litri appoggiato su un mobile e osservò i pesci nuotare.

«Lì dentro ci sono guppy, neon, neon neri, pesci angelo e barbi ciliegia. Mi piace semplicemente guardarli nuotare» disse Gavin mentre porgeva le bevande a entrambi. Si lasciò cadere su una sedia. «Qui, cuccia!».

Il cane fu chiamato e si sedette subito accanto a lui, tenendo gli occhi fissi su Stephanie, per poi spostarli su Giles, dopo aver percepito il suo leggero disagio.

«Allora, non credo di aver mancato nessun impegno sociale» esordì Gavin. «Quindi, cosa vi porta qui?».

«Siamo qui per farLe delle domande su un caso di cui Lei è stato responsabile delle indagini trent'anni fa, negli anni Novanta» spiegò lei.

«Speriamo che riesca a ricordarlo!».

«Il nome Operazione Rainmaker Le dice qualcosa?».

Il sorriso sul volto di Gavin svanì. «L'Uomo Nero?» C'era qualcosa di definitivo nella sua voce, un accenno di paura.

«Se lo ricorda?».

«Certo che me lo ricordo. Mi tormenta ancora oggi».

«Cosa può dirci a riguardo?».

«Cosa volete sapere?» chiese Gavin. «E soprattutto, *perché* volete saperlo?».

«Perché crediamo che stia succedendo di nuovo. C'è stata una recente ondata di effrazioni in cui non è stato toccato nulla, non è stato rubato nulla, è stato lasciato solo un palloncino nelle camere dei bambini».

Gavin si portò la tazza alle labbra, poi l'abbassò. «Sta scherzando?».

«Magari» intervenne Giles. «Speravamo che potesse aiutarci con la nostra indagine, raccontandoci cosa è successo in passato».

L'ex ispettore capo cominciò ad accarezzare la nuca di Frankie. L'attenzione incrollabile del cane su Giles non venne meno.

«All'epoca ero ispettore. Ricordo il giorno in cui accadde per la prima volta. Pioveva a dirotto, un tempo terribile, come oggi. Un ragazzino si era svegliato con un palloncino accanto al letto e non aveva idea da dove fosse venuto. Sua madre chiamò in centrale e ce lo disse. All'inizio, tutti pensammo che fosse un po' strano, un po' bizzarro, ma non ci demmo molto peso. Poi accadde di nuovo. E una terza volta. Una quarta. Una quinta. Continuava a succedere, ma a quei tempi eravamo impotenti. Non lasciavano prove del DNA, o se lo facevano, non avevamo i progressi tecnologici che abbiamo adesso per aiutarci. Succedeva sempre nel cuore della notte, quindi nessuno vedeva o sentiva nulla. E nessuno aveva sistemi di sicurezza a quei tempi. Erano tempi più semplici».

Stephanie annuì, sorseggiando la sua bevanda. Lasciò che il liquido caldo le scorresse in gola prima di parlare. «Quante vittime ci furono?».

«Circa nove, a memoria».

«E la situazione si aggravò mai?».

Gavin scosse la testa. «Era questo l'aspetto strano. Entrava, li guardava dormire e poi se ne andava. Non li toccava, non provava a fare niente di strano; entrava e basta, e poi se ne andava».

«Come fa a sapere che era un uomo?» chiese Giles.

«Perché si fece avanti un testimone chiave che disse di aver visto qualcuno della sua altezza uscire dalla casa. Ma ovviamente era buio pesto; non sapevano cosa fosse appena successo, quindi se ne andarono. Onestamente, per voi ragazzi è molto più facile adesso».

Stephanie non era d'accordo, ma scelse di non dire nulla. Certo, l'avvento della tecnologia moderna e dei social media aveva cambiato il panorama, ma loro stavano lavorando a più casi, per più ore, con budget inferiori e meno supporto. Chi ci aveva guadagnato davvero?

«Il panico generale fu la cosa peggiore» continuò Gavin. «E i notiziari non aiutarono di certo, chiamandolo il maledetto Uomo Nero. Spaventò una generazione di bambini. Non credo che nessuno in questa città abbia dormito per un decennio. Tutti chiudevano le porte a chiave. E chi dormiva, lo faceva con la luce accesa. Ho anche sentito storie di adolescenti e adulti che dormivano nelle stanze dei loro genitori. Anche se non rientravano nella fascia d'età principale del predatore!».

«Ragazzi di dieci anni...».

«Esatto. Che età e sesso hanno le vostre vittime adesso?».

«Tra i sei e i sette anni, femmine».

«Interessante» commentò Gavin. «Qualche idea sul perché del cambiamento?».

Stephanie scosse la testa. «O ha avuto un improvviso cambiamento di gusti, o è qualcun altro».

«Avrebbe senso» rispose Gavin.

«In che senso?».

«Beh, colpiva le case con una certa regolarità. Una volta ogni due mesi, quasi spaccando il minuto. E poi, all'improvviso, smise». Schioccò le dita, allertando momentaneamente il cane. «Così, di punto in bianco. Niente. Col passare del tempo, pensammo che gli fosse successo qualcosa. O se l'era tolto dalla testa, o era morto, oppure...».

«Oppure è finito in prigione» concluse Stephanie.

CAPITOLO
TRENTUNO

Stephanie infilò la chiave nella toppa e aprì la porta con cautela. I cardini cigolarono mentre entrava nella casa gelida, satura di un'aria opprimente. Indugiò sulla soglia per un istante, assorbendo il silenzio e il gelo che le si riversava addosso come il tocco passeggero di un fantasma. Si chiuse la porta alle spalle.

Il corridoio era come l'aveva lasciato: le macchie di sangue, i graffi sul muro, i ricordi. Inscalfibili, proprio come il pensiero che la tormentava dalla sua visita a Gavin Lockwood: che suo padre fosse stato incarcerato nello stesso periodo in cui erano cessate le visite originali dell'Uomo Nero.

Non sapeva perché si trovasse lì. Sapeva che non avrebbe trovato alcuna prova a sostegno della sua teoria o a dimostrazione della sua colpevolezza. Ma aveva sentito un'attrazione, un richiamo, una forza tangibile che la spingeva verso la casa della sua infanzia.

Forse era per la scatola di latta segreta nascosta nel suo comodino, e la prospettiva di trovare un altro ninnolo del suo passato.

O forse era per le diecimila sterline che sentiva come se le bruciassero in tasca.

Se avesse trovato altri soldi lì, sarebbe stata tentata di tenerli. Solo perché li avrebbe trovati – *rubati*, persino – invece di averli ricevuti in regalo. Non si sarebbe fatta scrupoli a rubare all'uomo che l'aveva privata di un'infanzia e di un'educazione amorevole.

Stephanie andò in cucina e aprì con foga tutti gli armadietti, cercando finché non trovò un bicchiere vuoto. Necessitando di una pulita, lo passò sotto il rubinetto e lo riempì.

Proprio mentre stava per riempire il bicchiere una seconda volta, il suo cellulare squillò.

Tirò fuori il telefono dalla borsa e tirò un profondo sospiro di sollievo quando lesse il nome sul display. Kimberley. Non Trent Whitaker, come si aspettava. Erano passate più di ventiquattr'ore dalla sua ultima chiamata, e iniziava a essere in pensiero per lui.

«Kim» disse, con una punta di disperazione nel tono. «Va tutto bene?»

«Quando torni da papà?» chiese Kimberley, schietta e diretta.

«Sono... sono qui adesso. Vuoi raggiungermi?»

Erano sedute a gambe incrociate al centro della loro vecchia camera da letto, come avevano fatto così spesso tanti anni prima. Stephanie fu trasportata indietro a un'epoca più felice, quando mamma e papà erano al pub, lasciandola a badare a Kimberley. Aveva tirato fuori l'album da colorare e le penne, e avevano passato le ore a riempire le figure. Non avevano bisogno di dire nulla; erano contente. Per quelle poche ore, erano felici, erano libere.

Ma ora, sedute lì a sfogliare i documenti di loro padre, la tensione nella stanza era palpabile. Stephanie si sentiva a disagio. Certo, era abituata ai silenzi, ma non con sua sorella, non con la persona a cui teneva di più al mondo.

Da bambine erano rimaste in silenzio perché non c'era stato niente da dire. Ma ora c'erano cose non dette, e lei non poteva sopportarlo.

Fino a quel momento, avevano trovato soprattutto bollette e noiose lettere della banca, che lo informavano di variazioni dei tassi d'interesse e di opzioni per nuovi conti di risparmio. Niente di interessante. Niente che valesse la pena conservare. Stephanie aveva perso la cognizione del tempo. Le tende erano tirate, escludendo il mondo esterno. Il vento fischiava attraverso una piccola fessura nel telaio di legno della finestra, lo stesso rumore che aveva fatto da colonna sonora al suo addormentarsi, dopo che le urla e i baccani erano cessati.

Stephanie posò a terra una lettera del fondo pensione di suo padre e guardò l'ora.

«Hai mangiato?»

Kim fece il più impercettibile cenno di diniego che Stephanie avesse mai visto.

«Cibo da asporto?»

Un'alzata di spalle, solo leggermente più evidente della prima risposta di Kim.

«Ordino da Domino's. Prosciutto e ananas è ancora la tua preferita?»

«Mi sorprende che te lo sia ricordata» disse Kim mentre tirava fuori un album di fotografie dalla pila.

«Che cosa vorresti dire?»

«Ti ricordi la mia pizza preferita, ma non ti sei ricordata di dirmi che nostro padre ha ucciso nostra madre e che tutta la mia vita è stata una bugia.»

Ecco, ci siamo. Finalmente.

«Non è giusto. Eri solo una bambina piccola. Non potevi capire. Non volevo che passassi lo stesso trauma che ho passato io.»

«Ho davvero molto di cui ringraziarti.»

Stephanie sbuffò, aprì la bocca per rispondere, ma ricacciò giù le parole. Ordinò rapidamente da mangiare, poi gettò il telefono sul tappeto.

«Volevo proteggerti il più possibile» continuò Steph, la mano che si muoveva verso la sua collana.

«Mi hai mentito.»

«Era meglio che passare quello che ho dovuto passare io.»

Kim aprì l'album fotografico a metà. «Che cosa vorresti dire?»

Steph liquidò la domanda con un gesto della mano. Sua sorella non sapeva neanche la metà: gli abusi psicologici, quelli fisici, la violenza sessuale. Il modo in cui le sue mani si erano insinuate su, dentro e intorno al suo corpo. Rabbrividì al solo pensiero.

«Capirai quando avrai il piccolo» fu tutto ciò che riuscì a dire. «Ti ho trattata come se fossi figlia *e* sorella mia. Ho fatto tutto il possibile per proteggerti.»

Kim sollevò lo sguardo dall'album. «Me lo avresti mai detto?»

La domanda colse Stephanie alla sprovvista. Lasciò la presa

sulla collana e cominciò a giocherellare con le mani in grembo. «Forse. Un giorno. Immagino che non lo sapremo mai.»

«Non voglio che ci siano segreti tra di noi» disse Kim.

«Neanch'io. Se c'è qualcosa che vuoi sapere, te lo dirò.»

Kimberley cominciò a parlare, ma un'ondata di nausea l'assalì e i suoi occhi si rovesciarono all'indietro. Stephanie si precipitò al fianco della sorella.

«Cos'è successo?»

«Sto bene» rispose Kim, spingendo via la sorella. «Sto bene.»

Stephanie le si mise accanto e guardò l'album in grembo a Kimberley. Quattro foto occupavano la pagina: due foto di Kimberley da neonata, avvolta in una coperta su sfondo bianco; una di Stephanie che giocava in una piscinetta gonfiabile; e una foto del battesimo di Stephanie. I loro genitori la tenevano stretta, sorridendo alla macchina fotografica, affiancati da uomini che lei non riconobbe.

«Come va il lavoro?»

La domanda prese Stephanie di sorpresa. Non perché non avesse una risposta, ma perché finalmente stavano parlando di qualcosa che non fosse loro padre. Terreno comune. Terreno neutro. Parlare di lavoro era sicuro, era improbabile che causasse discussioni.

«Impegnativo» disse a bassa voce. «Come sempre.»

«Ho visto al telegiornale che ci sono state delle effrazioni. E qualcosa su un palloncino?»

Frammenti dell'incubo che aveva avuto apparvero nella mente di Stephanie.

«Ti ricordi se sia successo qualcosa del genere quando eravamo piccole?» chiese Stephanie.

Kimberley scosse la testa. Aveva lo sguardo perso e il colore era defluito dal suo viso. «Ero troppo piccola. Ma non mi sorprenderebbe se fosse il genere di cose che faceva papà.»

È esattamente quello che penso.

Proprio mentre Stephanie voltava pagina nell'album, la testa di Kimberley ciondolò in avanti.

«Kim?»

Poi cadde all'indietro, atterrando sul tappeto, a occhi chiusi.

Gettando l'album dal grembo, Stephanie si precipitò verso sua sorella, afferrandola per le spalle e scuotendola leggermente. Le mise il dorso della mano sulla fronte; sua sorella scottava.

«Kim, mi senti? Kim?»

Pochi istanti dopo, Kimberley si riprese, sollevandosi a fatica, con le braccia che le tremavano sotto il suo stesso peso.

«Ti porto in ospedale» disse Stephanie, già alla ricerca delle chiavi della macchina.

«Steph, sto bene. Non ho bisogno di-»

Il vomito risalì in gola a Kimberley, che ebbe un conato. Stephanie non perse tempo, sollevò sua sorella e la aiutò ad arrivare in bagno. Mentre Kimberley aveva la testa nel water, Steph le riempì un bicchiere d'acqua dal rubinetto e glielo accostò alle labbra.

«Quand'è l'ultima volta che hai mangiato?»

«Prima.»

Stephanie non le credette.

«E da bere?»

Kimberley le prese il bicchiere, ma quasi le scivolò tra le dita nel suo stato di debolezza.

«Avevamo detto niente segreti» disse Steph.

Tese il mignolo perché la sorella lo prendesse. Sorprendentemente, dopo tutto quello che avevano passato, non avevano mai avuto bisogno di un gesto o di un segnale per indicare una cosa del genere, soprattutto perché Stephanie aveva portato da sola il fardello dei suoi segreti.

Kimberley studiò il mignolo per un po', poi intrecciò il suo con quello di Stephanie.

«Niente segreti.»

«Jason ha detto che non hai mangiato. *Quando?*»

«Non lo so. A colazione, forse… non ho avuto fame.»

«Ma il bambino sì. Devi prenderti cura di te. Non permetterò che ti succeda niente.»

Steph portò l'acqua alle labbra della sorella. Suonò il campanello. La cena. Scese rapidamente le scale, prese la pizza e risalì di corsa. L'odore di unto e grasso le accese i morsi della fame nello stomaco. Un po' di colore tornò sul viso di Kim quando vide la scatola blu.

«Usciamo dal bagno, che ne dici?» disse Steph, aiutando la sorella a rimettersi in piedi.

Tornarono barcollando in camera da letto, fecero spazio sul pavimento e iniziarono a divorare la pizza. Tra un boccone e l'altro, parlarono della loro infanzia, dei rari ricordi felici, delle poche volte in cui era stato loro permesso di uscire dalla casa-famiglia e di entrare nel mondo reale. Risero per la prima volta dopo tanto tempo. Il loro rapporto si stava risanando. Lentamente, ma inesorabilmente.

Intanto, in un angolo della mente di Stephanie, un pensiero insistente la tormentava.

Mentre finiva l'ultimo pezzo di pizza, abbassò lo sguardo sul tappeto e giocherellò con la sua collana.

«Cosa c'è che non va?» chiese Kim.

Stephanie la guardò. «Avevamo detto niente segreti...»

«Niente segreti.»

«C'è una cosa che devo dirti. Riguarda il testamento di Colin...»

CAPITOLO
TRENTADUE

Marcus Vickery ed Ethan Minter erano ormai sulla quarantina, sposati e con famiglie con figli piccoli. Avevano carriere di successo rispettivamente nel settore finanziario e in quello tessile, ed era chiaro a Stephanie che non avevano permesso al trauma del loro passato, il trauma di quella notte con l'Uomo Nero, di dettare il resto della loro vita. Marcus, il più aitante e affascinante dei due, indossava una giacca leggera e un berretto di lana che gli proteggeva la testa calva. Ethan, invece, era vestito come se fosse estate, con pantaloncini e maglietta. Sembrava appena tornato da una vacanza alle Bahamas, o che si stesse preparando per andarci. I due uomini avevano corporatura e altezza simili.

Lei, Devon e Giles erano seduti di fronte a loro in una delle aree relax più informali, installate durante le recenti ristrutturazioni dell'edificio. La stanza era luminosa e spaziosa, con pareti colorate e mobili progettati per calmare e ispirare. Stephanie pensò che fosse un pugno in un occhio.

Gli uomini erano seduti alle due estremità del divano ma, dal modo in cui si guardavano, era ovvio che fossero legati da qualcosa di invisibile. Qualcosa che li aveva tenuti in contatto negli ultimi trent'anni, sviluppando un legame forte, quasi indissolubile.

Stephanie posò la tazza sul tavolino tra loro e disse: «Grazie per aver preso del tempo libero dal lavoro per venire a parlare con noi. Lo apprezziamo».

«Nessun disturbo», rispose Marcus, sistemandosi il berretto. «Siamo felici di aiutare. Ci dispiace che gli altri non siano potuti venire».

«Sono sicura che li contatteremo a tempo debito», disse Stephanie. «Perché non ci raccontate la vostra esperienza con l'"Uomo Nero"?» Mimò le virgolette con le dita.

«Nemmeno a me è mai piaciuto quel nome», esordì Ethan. «Ma è rimasto». Inspirò profondamente, poi continuò mentre espelleva l'aria dai polmoni. «Ci ha terrorizzati tutti. Insomma, io sono stato fortunato, nel senso che non sapevo bene cosa stesse succedendo. Ho dormito per la maggior parte del tempo. Ma immagino che una parte di me abbia sempre percepito la sua presenza. Cioè, credo di averlo sognato quella notte. E quando mi sono svegliato, riuscivo a vederlo chiaramente in piedi sopra di me. Immagino che fossi sveglio e che il mio subconscio mi abbia detto cosa avevo visto. È stata un'esperienza strana».

«Riesce a ricordare che aspetto avesse?», domandò Giles. In mano teneva il fascicolo, che conteneva tutte le deposizioni dei testimoni dell'indagine originale, l'Operazione Rainmaker.

«A volte lo *vedo* ancora adesso», rispose Ethan. «Vago. Deforme. Perlopiù quando vado alle feste di compleanno degli amici di mia figlia e vedo palloncini in giro, penso che sia nei paraggi. Ma per rispondere alla sua domanda, non l'ho mai visto *bene*, quindi non potrei dire con certezza quanto fosse alto o che corporatura avesse. Era buio pesto. Ho cercato di dimenticarmene il più possibile. È il genere di cose che ti restano dentro. Dio solo sa quanta terapia ho fatto».

«E lei, Marcus?», chiese Devon, intervenendo. «Qual è la sua storia?»

Lentamente, Marcus si sfilò il berretto e cominciò a giocherellarci con le dita. Stephanie tenne lo sguardo fisso su di lui; persino dare un'occhiata a Ethan in maglietta e pantaloncini le faceva sentire freddo.

«È strano... per Ethan e per tutte le altre vittime non è mai facile parlarne. Ma io sono un caso a parte, credo. Ho avuto un'esperienza diversa». Alzò lo sguardo, guardandoli uno a uno, prendendosi il suo tempo. «Ho sempre avuto problemi a dormire da bambino. Lo odiavo. Pensavo di perdermi tutto. Così, per la maggior parte del tempo, me ne stavo lì sdraiato, ad ascoltare, a pensare, lasciando che la mia immaginazione galoppasse. Ma quando finalmente mi addormentavo, crollavo come un sasso.

«La notte in cui l'Uomo Nero venne da noi, fummo la quarta casa che visitò, eppure dormivamo tutti con le porte chiuse. Anche mia mamma, mio papà e mia sorella, dall'altra parte della casa. Non ero mai *contento* di quella decisione e a volte cercavo di dormire con la porta aperta, ma poi avevo paura di quello che avrei potuto vedere là fuori. La mia immaginazione mi diceva che c'erano mostri e figure nel corridoio.

«Quando venne da me, ero nel sonno più profondo. Ricordo solo di essermi svegliato di soprassalto e di averlo visto lì, nella mia stanza. Seduto per terra, a gambe incrociate, che mi osservava. Vestito di nero, con una maschera. Verrebbe da pensare che, a dieci anni, sarei andato nel panico, specialmente dopo tutte le volte che me l'ero immaginato. Invece ero stranamente calmo. Non so perché, ma non mi sentii spaventato o terrorizzato per tutta la durata della situazione. Credo che a un certo punto dovessi aver già immaginato che accadesse, quindi mi sentii preparato».

Stephanie si portò la tazza alle labbra, ma la riappoggiò sul tavolino senza bere; era troppo distratta.

«Se ne stava semplicemente seduto lì. E per molto tempo pensai che non fosse reale. Non ne sapevo molto, ma qualcuno a scuola aveva detto qualcosa sulla paralisi del sonno — quando sei sveglio ma non riesci a muoverti — così gli chiesi se fosse il mio demone della paralisi del sonno, e lui mi disse di sì. Ma che era lì per proteggermi, non per farmi del male. Che era il mio angelo della paralisi del sonno».

«Lo ha detto lui?», chiese Devon.

Negli ultimi minuti, tutti e tre si erano leggermente sporti in avanti, affascinati dalla versione dei fatti di Marcus.

Marcus annuì. «Disse solo che vegliava su di me mentre dormivo e che si sarebbe assicurato che non mi accadesse mai niente di male. Era vestito di nero perché non voleva che lo riconoscessi».

«Forse perché avrebbe potuto conoscerlo?», chiese Stephanie.

Marcus si strinse nelle spalle. «Forse. Non lo so. E non l'abbiamo mai scoperto».

«Riconobbe la voce?»

Marcus scosse la testa. «Non l'avevo mai sentita prima e non l'ho più sentita in vita mia. Come ho detto, non mi aggredì, non mi toccò, non tentò niente. Mi porse solo il palloncino e poi se ne andò».

«Cosa fece dopo?»

Marcus smise di giocherellare con il berretto. «Mi misi a dormire. Feci la dormita migliore della mia vita. Non dissi niente fino alla mattina seguente, quando i miei genitori si alzarono per andare al lavoro e videro il palloncino».

«A quel punto, era sparito da un pezzo», aggiunse Stephanie.

«A meno che non sia tornato», commentò Ethan. «È per questo che ci avete fatto venire? Pensate che sia lo stesso a fare questo?»

Stephanie guardò Devon, che guardò Giles. «Potenzialmente. È una pista che stiamo seguendo».

«Dovrebbe avere sui sessanta o settant'anni ormai», disse Marcus. «Doveva avere l'età dei miei genitori, forse più vecchio, quando è entrato».

Stephanie pensò a suo padre. A come avesse avuto all'incirca la stessa età dell'Uomo Nero originale.

«Solo che questa volta entra nelle stanze delle bambine», disse Giles, «mentre voi, le vittime originali, eravate tutti maschi».

«Sapete perché potrebbe essere?», chiese Stephanie.

Marcus ed Ethan rifletterono per un momento, guardandosi a vicenda. Alla fine, dopo un po' di tempo, scossero la testa.

«Non mi ha mai detto nulla su chi sceglieva e perché sceglieva noi. So solo quello che vi ho detto, che disse che mi stava proteggendo per qualche motivo».

Un genitore. Un angelo custode. O forse era solo quello che aveva detto a Marcus per impedirgli di urlare.

«Voi avete idea di chi possa essere?» La domanda venne da Marcus, che si era rimesso il berretto in testa.

«Stiamo seguendo diverse piste investigative», rispose Devon.

«L'abbiamo sentito dire spesso anche durante l'indagine originale», aggiunse Ethan. «Parliamo con questa persona, parliamo con quella. Ma non ha fatto molta differenza. Ha continuato a farlo, e l'ha fatta franca. E Lenny... io lo incolpo per Lenny...»

Un momento di silenzio calò sulla stanza. Stephanie fece la domanda che i suoi colleghi temevano di porre.

«Cos'è successo a Lenny?»

«Non riusciva a sopportare gli incubi, così si è assicurato di porvi fine per sempre».

CAPITOLO
TRENTATRÉ

La porta del suo ufficio era ben chiusa e le tende alla finestra erano tirate. Mentre aspettava, batteva nervosamente il piede sul tappeto. Alla fine, dopo quasi cinque minuti, la musichetta d'attesa si interruppe e si sentì una voce.

«Prigione di Sutton, ufficio registri» esordì la voce, che suonava robotica e avvilita. «Sono Janice».

«Salve, sono l'ispettrice capo Stephanie Broadbent della polizia del Surrey. Mi scuso in anticipo per la richiesta, ma mi chiedevo se potesse inviarmi i registri dei compagni di cella del detenuto 7348, Colin Broadbent».

«Colin Broadbent?» replicò Janice, con una nota di riconoscimento nella voce.

«Lo conosce?».

«Ho avuto il dispiacere di conoscerlo, sì». Una pausa. «Peccato che alla fine abbia iniziato ad andare a rotoli, però».

Stephanie si batté nervosamente un dito sul ginocchio. «Stiamo lavorando a un'indagine e devo scoprire con chi ha condiviso la cella durante il suo periodo in prigione».

Non sapeva perché, ma credeva che la storia si fosse ripetuta: che Wayne Lyons, l'uomo che era stato manipolato da suo padre ed era responsabile della morte di sei persone, potesse non essere stata l'unica vittima di suo padre. Sospettava che suo padre avesse fatto il lavaggio del cervello a qualcun altro. Se era stato lui l'Uomo Nero originale, era possibile che avesse costretto un'altra persona a commettere atti efferati. Ora che suo padre era morto, chiunque lui avesse influenzato sembrava rendergli omaggio facendo altre visite, e la cosa la disgustava.

Sapeva che era un'ipotesi azzardata, ma dato tutto quello che suo padre aveva fatto, le sembrava plausibile.

«Vuole i suoi registri?» domandò Janice.

«Per favore».

«Ha un mandato?».

Stephanie strinse il pugno. «Speravo che potessimo aggirare la cosa in qualche modo».

«Alcune di queste informazioni sono riservate. Non posso semplicemente fornire nomi e indirizzi, signora. Dovrebbe saperlo».

Emise un sospiro pesante, cercando di non farlo sentire al telefono. «Capisco».

«Se Le servono, dovrà seguire le vie ufficiali e ottenere un mandato per le informazioni. Mi dispiace, ma non c'è niente che io possa fare per Lei».

CAPITOLO
TRENTAQUATTRO

Armeggiai con la serratura. Era difficile, più problematica delle altre. Con doppia mandata. Quella famiglia si era chiaramente lasciata influenzare dal clamore sui social media e al telegiornale. Sapevo che prima o poi sarebbe successo. La gente si sarebbe spaventata e avrebbe iniziato a implementare misure di sicurezza aggiuntive. Ma io non facevo niente. Non facevo del male a nessuno. Le bambine, le splendide, perfette bambine, erano completamente al sicuro in mia compagnia.

Fortunatamente, non avevano installato telecamere di sicurezza. Almeno, non ancora. Era solo una questione di tempo prima che ogni casa del paese ne avesse. Ma a quel punto, con un po' di fortuna, avrei finito. Mi sarei controllato e avrei trovato un surrogato, anche se sapevo che questo desiderio, questa pulsione, non sarebbe mai svanita del tutto.

Mentre entravo dalla portafinestra sul retro nella sala da pranzo, attraversai la cucina e notai una gattaiola nella porta. Mi fermai, in ascolto del rumore di zampe che mi venivano incontro sul parquet o del tintinnio di un campanellino mentre si svegliava.

Niente.

Dovevo essere estremamente silenzioso e vigile. Non mi davano fastidio i gatti — ne avevo uno anch'io — ma sapevo anche quanto potessero essere umorali e protettivi. O sarebbe corso a nascondersi, trattandomi come un visitatore, come un amico, o avrebbe reagito in modo aggressivo. Almeno il suono del campanello non avrebbe disturbato la *famiglia. Quello sarebbe arrivato se avesse iniziato a urlarmi contro. O peggio, se mi avesse attaccato.*

A ogni modo, mi lasciai alle spalle l'immobilità della cucina e mi diressi nel corridoio. Tutto era immobile. Nessun ronzio di elettrodomestici, nessuno scricchiolio di tubi. Trattenni il fiato in gola, ascoltando. Nient'altro che il debole ticchettio di un orologio. Il corridoio era illuminato dalla luce della luna che filtrava da due ampi lucernari a sei metri d'altezza, rimbalzando sul lampadario.

Certa gente ha più soldi che sale in zucca.

Sempre trattenendo il respiro, salii le scale, scrutando il piano di sotto in cerca di qualche segno di un amico felino che mi seguisse. Non ce n'era nessuno quando raggiunsi la cima delle scale. Lassù, il parquet lasciava il posto alla moquette, rendendo tutto molto più silenzioso. C'erano cinque stanze intorno a me. Tutte le porte erano chiuse. Un'altra contromisura di sicurezza. Avevo visto qualcuno suggerirlo su uno dei gruppi Facebook. L'idea era che avrei dovuto aprirle tutte per trovare la stanza che cercavo, come se fosse una specie di roulette. Quello che non capivano era che la stanza della bambina era visibile dall'esterno. L'indizio più grande erano le tende viola, gli adesivi e le lucine appese alla finestra, quindi sapevo esattamente quale stavo cercando.

Con cautela, strisciando i piedi sulla moquette, mi diressi verso la stanza della bambina come un fantasma. Un passo alla volta. Senza fretta.

Un altro vantaggio di avere tutte le porte chiuse — almeno per me — era che c'era un ulteriore ostacolo che ogni suono doveva attraversare, quindi potevo permettermi di essere più rumoroso.

Fuori dalla camera da letto, aspettai, con il respiro corto e controllato. Ormai, ero abituato ai nervi e all'adrenalina.

Posando delicatamente la mano sulla maniglia, la abbassai e poi aprii la porta. Ancora nessun segno del gatto. La porta strusciò contro la moquette, ma attraverso la fessura potei vedere la bambina, che riposava nel buio più totale, indisturbata.

Rimaneva perfettamente immobile, immersa nel sonno profondo, rimboccata sotto le lenzuola coperte di unicorni, con una mano abbandonata sulla fronte come se stesse prendendo il sole in un sogno. Le sue guance erano rosse, un minuscolo rivolo di bava all'angolo della bocca. Il suono sommesso del suo respiro riempiva la stanza come musica. Mi fermai e me lo gustai. Lo memorizzai.

Rimasi ai piedi del suo letto, a guardarla. In quei momenti, tutto era perfetto. Il mio cuore era appagato. Mi sentivo vivo, mi sentivo completo. Mi sentivo puro.

Il momento durò poco. Sentii un rumore, un piccolo struscio sulla moquette. Mi voltai di scatto e presi lo spavento della mia vita. Un paio di sfere gialle, che luccicavano nella penombra, mi fissavano dalla camera da letto appena sotto il davanzale. In vedetta come un protettore. La coda del gatto si muoveva lentamente, in modo controllato. Doveva aver dormito sul davanzale ed era saltato giù. Eppure non si muoveva. Non emetteva alcun suono. Osservava e basta. In una situazione di stallo.

Se avesse avuto paura, sarebbe corso a nascondersi.

Se si fosse sentito minacciato, avrebbe inarcato la schiena.

Invece, sembrava calmo e rilassato. Ricominciai a respirare regolarmente, lasciando che il battito cardiaco tornasse a un livello normale. Mi accovacciai e tesi la mano. All'inizio era cauto, esitante — come lo sono i gatti — ma poi, dopo qualche secondo, cominciò a fidarsi di me e si avvicinò con passo felpato. Annusò la mia mano, poi mi permise di accarezzarlo. Un perfetto sconosciuto.

Doveva esserci abituato.

Il mio guanto si coprì del suo pelo. Mi fermai e ricordai a me stesso: ero lì per la bambina, non per il gatto. Ma l'animale continuava a strofinarsi contro la mia caviglia. Poi, senza preavviso, si aggrappò alla mia gamba, affondando gli artigli attraverso i pantaloni e nella mia pelle. Maledetta bestia!

Tesi il corpo per il dolore, serrando le labbra per impedirmi di urlare. Si aggrappava e si aggrappava, senza mollare la presa, mordendo da varie angolazioni finché non trovò un buon appiglio sulla mia gamba.

Cercai di afferrarlo, ma per esperienza sapevo che non avrebbe funzionato. Sentivo che mi stava lacerando la carne.

Aspettai. Repressi il dolore. Aspettai.

Finché alla fine il suo istinto predatorio scemò, e perse interesse, allontanandosi con passo felpato fuori dalla stanza.

Mi ricomposi, controllando il respiro.

Il dolore si acuiva nella mia gamba, ma non c'era niente che potessi fare. Invece, mi concentrai sulla bambina, e in pochi istanti la sensazione svanì.

Il che mi ricordò... il palloncino.

Lo tirai fuori con cautela dalla tasca e cominciai a gonfiarlo. Delicatamente. Lentamente. Nessun rumore se non la gomma che si tendeva. Una volta pieno, lo annodai e mi sporsi in avanti, posandolo proprio accanto a lei.

E fu allora che sentii il rumore.

Un graffio. Poi un miagolio sommesso e sgradevole.

Il gatto.

Merda.

Un altro lamento sulla soglia. Poi entrò nella stanza. Ma non era interessato a me. Si diresse dritto verso il palloncino. Prima che potessi fermarlo, saltò e lo spedì in aria, facendolo oscillare verso il centro della stanza. Il gatto lo zampettava e lo colpiva, i suoi artigli affilati che luccicavano come coltelli nella penombra.

BANG.

Il suono fu osceno. Squarciò il silenzio come un urlo. Il gatto, preso dal panico, fuggì dalla camera da letto, schizzando fuori dalla porta. La bambina si mise a sedere di scatto, ma io ero già in movimento. Corsi fuori dalla porta, scesi le scale a due a due e attraversai la cucina. Sentii la bambina cominciare a piangere. Dietro di me, si accesero delle luci. Una voce d'uomo. Passi pesanti.

Avevo il cuore in gola mentre seguivo il gatto fuori di casa e nel buio.

CAPITOLO
TRENTACINQUE

Stephanie spense il motore e sentì la parte superiore del corpo irrigidirsi mentre fissava l'imponente villetta con quattro camere da letto dall'altra parte del parabrezza. Un'altra. La quarta nel giro di una settimana.

La situazione stava sfuggendo di mano. Di questo passo, l'Uomo Nero avrebbe fatto visita a tutta Guildford prima della fine dell'anno. Doveva prendere il controllo di quell'indagine, e in fretta. Alcune auto di servizio della polizia erano appostate a ogni capo della strada per controllare gli accessi, ma ciò non aveva impedito a passanti e vicini di avvicinarsi a piedi al perimetro esterno.

Mentre scendeva dall'auto, notò Trent Whitaker in mezzo alla folla, con indosso dei pantaloni chino blu scuro che lasciavano poco all'immaginazione e una leggera giacca Barbour. Lui la notò e si affrettò verso di lei.

«Ispettrice» disse lui, con un tono privo di emozioni.

«Lei che ci fa qui?»

«Prima di lei, oltretutto. Non è un bel vedere, vero?»

«Come ha fatto a saperlo così in fretta?» domandò lei. Si stava dimostrando un individuo piuttosto inquietante, anche se aveva notato che di recente non la stava più tormentando come prima.

Un sorriso compiaciuto si allargò sul suo viso. «Ho i miei metodi. La famiglia ha pubblicato un post stamattina e mi ha contattato subito. Naturalmente, ho detto che sarei venuto a dare il mio sostegno.»

«Il suo *sostegno*?» Stephanie sostenne il suo sguardo. «Che cosa dovrebbe significare?»

«Questa gente è terrorizzata nelle proprie case. Mia moglie e io stiamo creando un gruppo per occuparci della cosa. Questo è tutto ciò che le serve sapere.»

Peccato che ora lei volesse saperne di più.

«È per questo che non ho più ricevuto sue chiamate o visite improvvisate?»

«Oh, ispettrice. Le manco?»

«Non si illuda.» La sua espressione si indurì. «Lei non ha alcun motivo per essere qui. Questa è una scena del crimine. Le sarei grata se se ne andasse, per favore.»

Lui scosse la testa. «Siamo in un paese libero. Posso fare quello che voglio.»

Stephanie decise in fretta che non voleva sprecare altro tempo prezioso con quell'uomo insopportabile, così lo lasciò e si diresse verso la casa. Mentre si avvicinava, l'agente Giles Swinger uscì dalla porta d'ingresso.

«L'ho vista arrivare» disse uscendo.

«Da quanto tempo è qui?»

«Dalle quattro di stamattina.»

Stephanie ebbe un attimo di sconcerto e controllò l'orologio.

«Da tre ore? Credevo che di turno dovesse esserci Devon.»

Giles non disse nulla e abbassò lo sguardo, come un bambino che evita la verità.

«Giles... dov'è Devon?»

«Non lo so» rispose l'agente. «La centrale non riusciva a contattarlo. Be', ci sono riusciti, ma hanno detto che sembrava non avere idea su che pianeta si trovasse, quindi hanno chiamato me.»

Stephanie si prese un momento prima di rispondere.

«Grazie per avermelo detto.» Si infilò le mani nelle tasche del cappotto e fece un cenno verso la casa. «Solito copione?»

«Quasi» disse Giles, eccitato. «Stavolta, però, il gatto li ha disturbati. Da quanto ho capito, l'intruso è entrato di nuovo dalle portefinestre e poi è salito di sopra. La famiglia mi ha detto che dormivano con tutte le porte chiuse, come consigliavano sui social media...»

Stephanie lanciò un'occhiata in direzione di Trent. L'uomo era scomparso dalla sua vista.

«Quindi possiamo supporre che abbia aperto ogni stanza finché non ha trovato quella giusta, come Riccioli d'Oro» continuò Giles, «oppure che sia stato fortunato e abbia trovato la stanza della figlia al primo colpo, perché i genitori non hanno sentito niente.»

«Come hanno fatto a svegliarsi e a dare l'allarme?»

Giles spiegò l'accaduto. «Il botto è stato abbastanza forte da svegliarli, ma i genitori hanno reagito troppo lentamente. La Scientifica è in camera da letto adesso, sta raccogliendo quelle che pensano siano fibre residue degli abiti dell'intruso. La teoria è che il gatto possa aver attaccato l'intruso e gli abbia strappato qualche fibra, e potenzialmente anche della pelle.»

«Dov'è il gatto?»

Giles agitò l'indice, e l'eccitazione svanì dal suo volto con la stessa rapidità dell'acqua che scende giù per uno scarico. «Speravo che non me lo chiedesse. È fuori, da qualche parte. Nascosto. La famiglia pensa che sia rimasto lì tutta la notte.»

«Quindi, anche se ci fosse del DNA su di lui, a quest'ora sarebbe sparito?»

«Sì, a meno che non trovino del sangue sul pavimento o nelle fibre.»

Stephanie sbuffò aria calda dal naso.

«E la bambina?»

«Sta bene. Sconvolta. Si chiama Helen Lynas. Otto anni. Assomiglia terribilmente a tutte le altre vittime. Ha detto di essersi svegliata per il rumore del palloncino.»

«Ha visto qualcosa?»

«Solo la sagoma di qualcuno che usciva dalla stanza. Niente di più.»

«I genitori?»

Giles scosse la testa. «Nessuno ha visto granché. Il che è strano, perché hanno questo enorme lucernario. Quando sono arrivato io, fuori era ovviamente buio, ma si vedeva parecchio al chiaro di luna.»

«Forse erano mezzi addormentati» disse Steph. «Niente telecamere a circuito chiuso?»

Un altro cenno di diniego, stavolta più lento. Era la risposta che Stephanie si aspettava. Era come se l'intruso sapesse in quali case poteva farla franca. Quattro case e quattro vittime era un numero troppo alto perché fosse una coincidenza.

«Puoi finire qui» gli disse. «Sei qui da abbastanza tempo. E assicurati di prendertela comoda oggi. Hai lavorato sodo e non voglio vederti scoppiare.»

Lui le rivolse un sorriso sollevato. «Grazie, ispettrice. Ci vediamo in ufficio.»

«Quando arrivi, raduna tutti.»

«Tutti?»

Un cenno d'assenso.

«Lei dove va?»

«Solo una sosta veloce.»

«Quanto ci metterà? Abbiamo tempo per un giro di caffè?»

Lei sorrise. «Per me un mocaccino, grazie. Grande. Doppio. E che sia bollente.»

CAPITOLO
TRENTASEI

Il citofono gracchiò debolmente sotto il pollice di Stephanie mentre premeva il pulsante con la scritta Appartamento 33B. Facendo un passo indietro, alzò lo sguardo verso l'elegante facciata a vetri del condominio. Era uno di quei moderni complessi residenziali dall'aspetto invitante all'esterno, ma eccessivamente asettico all'interno. Costruiti al massimo risparmio per ottenere il massimo profitto, stavano alterando rapidamente il profilo delle città storiche. Spiccava come un pugno in un occhio nel centro di Guildford e, sebbene fosse stato costruito solo pochi mesi prima, macchie d'acqua piovana rigavano i lati dell'edificio e in basso mancavano piccoli pezzi di mattoni, presumibilmente a causa di battaglie perse contro auto in arrivo e ciclisti spericolati.

Non era sicura se quella fosse sempre stata la casa di Devon o se fosse una sistemazione temporanea mentre affrontava il divorzio, ma stava per scoprirlo.

Sempre che la facesse entrare.

Passò un istante. Poi l'altoparlante gracchiò.

«Sì?»

«Sono io. Fammi entrare.»

Seguì un pesante silenzio, poi un leggero scatto annunciò che la serratura della porta si era aperta. La aprì ed entrò, e un muro d'aria fredda e filtrata la investì in viso. Ignorando l'ascensore, cominciò a salire le scale, e il suono delle sue scarpe echeggiò su e giù per il vano scala.

Quando raggiunse il terzo piano, la porta d'ingresso di Devon era socchiusa. Si avvicinò con cautela, poi la aprì del tutto quando lo sentì muoversi all'interno.

L'appartamento era piccolo: una camera da letto, un soggiorno e un cucinotto. L'arredamento confermò i suoi pensieri precedenti: tutto fornito dai costruttori, nuovo di zecca, senza un graffio, ancora con la sua lucentezza originale. La cucina sembrava intatta, come se fosse appena uscita dalla catena di montaggio, e Devon pareva fare del suo meglio per mantenerla così vivendo di piatti pronti e snack. Il pavimento era coperto di rifiuti. Lattine di birra e bottiglie di liquori vuote giacevano abbandonate accanto al divano, e l'aria aveva un odore denso e stantio di alcol.

Un momento dopo, Devon sbucò dalla camera da letto, mettendosi al collo la cravatta annodata a metà e stringendola pigramente.

«Che ne pensi?» domandò.

«Penso che ti serva dell'acqua,» rispose lei.

«E dell'appartamento?»

«Da quanto tempo sei qui?»

Devon si guardò intorno con l'affetto di chi si sentiva fuori posto. «Questa è la mia seconda settimana.»

Lei lo osservò con la premura di una madre. «Qualcuno lo sa?»

«Non credo.»

«Perché non hai detto niente? Avremmo potuto aiutarti con il trasloco.»

Lui fece spallucce, lasciando la cravatta qualche centimetro sotto il bottone. «Come vedi, non mi è rimasto molto. Un divorzio ti fa questo effetto.»

Lo sguardo di Stephanie saettò verso quella che presumeva fosse una foto di Devon e della sua famiglia sul mobile della TV, ma poi si rese conto che era un'immagine d'archivio di un mazzo di fiori.

«Da quanto tempo stavate insieme?»

«Quindici anni. La maggior parte felici. Molti altri no.» Si sistemò la cravatta. «Scusa, sono in ritardo.»

«Sei più che in ritardo. Dovevi essere di turno. Giles è andato al posto tuo.»

Lui si grattò una guancia, le unghie che frusciavano sulla barba. «Gli devo un favore.»

«Più di uno,» notò lei, gettando un'occhiata alle prove dell'incuria sul pavimento. «Parla con me.»

«Sto bene.»

«Non hai un buon odore.»

I suoi occhi si spalancarono per la paura. Borbottò qualcosa di incomprensibile, cercando disperatamente qualcosa da dire.

«Sono preoccupata per te,» disse lei.

«Ti ho detto che sto bene.»

Lei si diresse verso il divano, raccolse le bottiglie e le lattine vuote, poi andò in cucina. Ignorando le deboli proteste di Devon, riempì un sacco nero della spazzatura e separò le bottiglie di vetro in una busta di Sainsbury's.

«Penso che dovresti prenderti la giornata libera,» disse. «Un giorno di malattia, magari. Tempo per riprenderti, per schiarirti le idee.»

«Non ne ho bisogno. Come ti ho detto, sto bene.»

«Sei in grado di guidare?»

«Cosa?»

«Metterti al volante. Ce la fai?»

Lui esitò. «Sì...»

«Ottimo. Allora andiamo. Facciamo un giro, solo noi due. Dobbiamo parlare con un sospettato a Southampton,» mentì. «Dovremo prendere la A3, ma posso guidarti io.»

Prese le chiavi della macchina di lui dal tavolino e gliele tenne davanti.

«Se pensi di star bene abbastanza da portarci a settanta miglia all'ora, allora andiamo. Facciamolo.»

Devon fissò le chiavi a lungo, il viso contratto dalla costernazione. Alla fine, le prese dalle mani di lei, ma poi le lasciò ricadere sul tavolino.

«Non stai bene,» disse Stephanie. «E va bene così. Ci sono passata. So come ci si sente.»

Devon si lasciò sprofondare nel divano. «Come puoi? Come puoi saperlo?»

Stephanie fece una pausa, poi gli raccontò del suo disturbo alimentare, di come era iniziato, di come all'inizio aveva divorato ogni aspetto della sua vita, di come pensava che non l'avrebbe mai controllato e di come, negli ultimi mesi, aveva ricominciato a domarlo. Nel frattempo, mentre ascoltava, il viso di Devon si velò di colpa e imbarazzo.

«Non ne avevo idea,» disse lui dolcemente.

«Adesso lo sai. Non sto dicendo di avere idea di cosa *tu* stia passando, ma so che devi trovare dei meccanismi di difesa, dei modi migliori per affrontarlo. Non è facile, ma se non altro ti ho dimostrato che è possibile.»

Devon si alzò dal divano.

«Che stai facendo?»

«Mi porti al lavoro,» rispose lui.

«Assolutamente no. Tu resti qui. Devi riposare e rimetterti. E non me ne vado finché non sarai tornato a letto.»

«A letto? Chi sei, mia...?»

Lei alzò una mano. «Non finire quella frase. È così che nascono i pettegolezzi. Mi sto solo prendendo cura di te. Nel frattempo, ti metterò in contatto con il medico del lavoro.»

E così fu. Lui non ebbe voce in capitolo; la decisione di lei era definitiva. Gli riempì un bicchiere d'acqua e lo mandò a letto, dicendogli che non si aspettava di sentirlo per il resto della giornata. Prima di lasciare l'appartamento una ventina di minuti dopo, quando lui finalmente si rese conto che lei lo stava aiutando invece di metterlo in imbarazzo, afferrò i suoi sacchi della spazzatura e scese al bidone condominiale.

Al piano di sotto, gettò il sacco nero nel grande cassonetto e poi cominciò a inserire le bottiglie di vetro vuote negli appositi contenitori una a una.

Fu solo quando ebbe finito e stava tornando alla sua macchina che le parve di vedere una Skoda Fabia grigia allontanarsi dalla strada di fronte.

CAPITOLO
TRENTASETTE

Quando tornò in ufficio, trovò l'intera squadra seduta alle proprie scrivanie.

«Che succede?» domandò, rivolgendosi a Giles a braccia aperte. «Credevo foste tutti pronti per uscire.»

Giles si accigliò e poi osservò i volti confusi dei suoi colleghi.

«Quello era un'ora fa, capo. Lei ha detto che avremmo avuto giusto il tempo di farci un caffè.»

Lei diede un'occhiata alla tazza vuota sulla scrivania di lui. «E di finirlo, a quanto pare. D'accordo, mi avete beccato. Colpa mia.» Guardò l'orologio. «Cinque minuti? Riempite le tazze e ci vediamo nella sala operativa.»

La squadra rispose all'unisono «Sì, capo», prima di alzarsi e dirigersi verso la cucina. A Stephanie parve di essere uno chef che aveva appena dato ordine in cucina di iniziare il servizio della giornata.

Pochi minuti dopo, erano pronti.

«Innanzitutto,» esordì lei, «Devon sarà assente per i prossimi due giorni. Non sta bene. Quindi tutti i compiti e le responsabilità che stava gestendo ricadranno su alcuni di voi. Sono certa che ne siate tutti al corrente, ma stamattina c'è stata un'altra effrazione che ha coinvolto una bambina e un palloncino blu da festa. All'inizio pensavo fosse un caso abbastanza minore da poter essere seguito solo da Devon e Giles con la mia supervisione; tuttavia, ora mi rendo conto che non è più fattibile.»

«Meglio tardi che mai, capo,» disse Fiona scherzosamente, mordicchiandosi le unghie.

Stephanie abbozzò un sorriso d'intesa. «Questa è la nostra quarta vittima in una settimana, e non so quante altre volte succederà. Tuttavia, negli ultimi due casi, l'Uomo Nero ha commesso degli errori, è quasi stato catturato. O sta abbassando la guardia, o le sue vittime stanno diventando più preparate. Propendo per un misto delle due cose.»

«Non sappiamo chi sia questa persona. Non sappiamo che aspetto abbia, poiché i testimoni riferiscono che l'Uomo Nero indossa abiti neri e un passamontagna. Non sappiamo come entri, né come riesca a fuggire. Nessuno con cui abbiamo parlato ha filmati di telecamere a circuito chiuso, né nessuno ha assistito alle effrazioni. Avvengono sempre nel cuore della notte. Quindi, come potete capire, non c'è molto su cui lavorare.»

Stephanie si fermò per riprendere fiato e valutare la reazione della squadra. Un gruppo di sguardi attenti la fissava.

«Questi non sono incidenti isolati,» continuò. «Trent'anni fa, è successa una cosa simile, solo che l'Uomo Nero di allora prendeva di mira i ragazzini invece delle bambine.»

«Perché questo cambiamento?» chiese Olivia, sorseggiando una lattina di Diet Coke, l'unica a non avere una bevanda calda in mano.

«Dobbiamo ancora capirlo. Dobbiamo anche capire *perché* lo stia facendo, innanzitutto. Sembra non ci siano segni di violenza sessuale su nessuna delle vittime, anche se ciò non esclude la possibilità che chiunque sia stia provando una qualche forma di eccitazione mentre si trova nelle loro stanze.»

«Ci sono prove del DNA che suggeriscano una cosa del genere?» chiese l'agente scelto Noah Mackenzie. Quella mattina indossava un blazer giallo scuro e pantaloni di velluto a coste dello stesso colore, come se si fosse ispirato al Colonnello Mustard del gioco Cluedo.

«No,» fu la secca risposta di Giles.

«E per quanto riguarda le vittime del passato?»

«Farò in modo di chiederlo,» continuò l'agente. «Tuttavia, nelle loro deposizioni originali, la domanda era stata posta, e tutte le vittime avevano risposto di non aver visto nulla di simile. All'epoca i ragazzi avevano dieci anni, quindi potrebbero essersi confusi o aver mentito. Molto probabilmente non sapevano cosa fosse, se fosse successo qualcosa del genere. Prendo nota di ricontattarli e di porre di nuovo la domanda.»

Steph annuì in segno di approvazione.

«Quindi abbiamo un guardone con un modus operandi mutevole a cui piace entrare nelle stanze dei bambini piccoli e guardarli mentre dormono. Ho riassunto bene?» chiese Fiona.

«Sì.»

«Sembra semplice. Che fine ha fatto il vecchio Uomo Nero?»

«Mai preso. Mai trovato.»

«Quindi potrebbe essere la stessa persona che ha semplicemente deciso di cambiare idea e di volere le bambine invece?»

Il senso di disperazione aumentò. «La mia ipotesi, anche se non è granché come ipotesi, è che potrebbe essere una di due opzioni. La prima è che si tratti della stessa persona di tanti anni fa che, come dice lei, ha improvvisamente cambiato idea. Questo spiegherebbe perché riesce a entrare e uscire da queste case senza problemi, perché l'ha già fatto e sa già come si fa. L'unico problema è che se avesse commesso questi crimini quando aveva trenta o quarant'anni, ora ne avrebbe sessanta o settanta, quindi la mobilità potrebbe essere un problema. La seconda opzione è che sia qualcuno di nuovo. Qualcuno che forse ha letto del caso originale dell'Uomo Nero tanti anni fa e, dopo trent'anni, ha deciso di imitarlo.»

«E se fosse una delle vittime precedenti?» chiese Olivia. «Potrebbe essere uno di loro a imitarlo? Era solo un pensiero, altrimenti torno in silenzio.»

Marcus Vickery.

Il nome esplose dalle labbra di Giles nello stesso istante in cui apparve nella mente di lei.

«Lui e l'Uomo Nero parlarono la sera in cui lo andò a trovare,» spiegò Giles. «A quanto pare si fecero una bella chiacchierata. Quindi c'è la possibilità che si siano tenuti in contatto, e che ora lui stia portando avanti l'eredità, per così dire.»

«Spero che i miei figli portino avanti la mia eredità dopo che me ne sarò andato,» disse Noah.

«E quale eredità sarebbe?»

«Il mio stile, dolce, dolcissimo stile.»

Fiona sbuffò. «È dolce solo se lo dice qualcun altro. Altrimenti è solo imbarazzante.»

«Comunque,» chiamò Stephanie, alzando una mano, «torniamo a noi, per il momento. Ho una terza ipotesi.»

Un'ondata di silenzio travolse la squadra come uno tsunami.

«Che l'Uomo Nero originale sia finito in prigione per qualcos'altro, e che qualcuno che ha incontrato durante la sua detenzione stia continuando al posto suo.»

Nessuno disse nulla. Olivia continuò a bere la sua Diet Coke, Giles si mise in bocca un paio di Tic Tac e Noah si mosse a disagio sulla sedia. Fiona fu l'unica a rimanere immobile.

Fu anche l'unica ad avere l'ardire di interrogarla.

«Tutto questo non avrà mica a che fare con suo padre, vero?»

Stephanie si portò la mano alla collana. «Non necessariamente. Sto solo dicendo che è una cosa a cui dovremmo pensare. Un'ipotesi un po' fuori dagli schemi.»

Dalle loro espressioni a disagio, capì che nessuno di loro le credeva, ma ormai l'aveva detto. L'aveva messo sul tavolo, quindi se fosse stata una pista che avesse voluto approfondire, la squadra non avrebbe potuto metterla in discussione o giudicarla.

Stephanie si schiarì la voce. «Ora che abbiamo anche voi tre, possiamo fare dei progressi concreti in questo casino. Sappiamo che le prime tre vittime frequentano una scuola di danza locale chiamata Pump and Jump. Giles, qualche novità sull'ultima vittima?»

L'agente annuì, sostenendo il suo sguardo. «Anche l'ultima vittima è iscritta.»

«Perfetto.» Lanciò un'occhiata a Fiona. «Devon avrebbe dovuto chiamare tutti i genitori per avvertirli, ma forse stava aspettando il mandato. Si informi sugli ultimi sviluppi, comunichi ai genitori le misure da adottare e dica loro che terremo una riunione domani sera per informarli del rischio per la sicurezza dei loro figli.»

Fiona annuì. «Sì, capo. Altro?»

«I proprietari si sono comportati in modo sospetto quando abbiamo parlato con loro. Ho avuto la sensazione che nascondessero qualcosa su qualcuno che potenzialmente lavorava lì o su uno dei genitori. Faccia pressione e veda se riesce a ottenere qualcosa, poi mi riferisca.»

«Ricevuto.»

Poi toccò a Wellard. «Olivia, raduni una piccola squadra di agenti in uniforme e conduca delle indagini porta a porta per ogni vittima. Faccia un appello sui social media per eventuali filmati e qualsiasi informazione che il pubblico possa avere. Qualcuno da qualche parte avrà sicuramente filmato *qualcosa*.»

«Certamente,» rispose Wellard con un piccolo saluto militare.

Infine, Noah. «Mackenzie, può prendere in mano il lavoro di Devon e spulciare le prove del caso originale e contattare le vittime di allora? Veda di farle venire qui e di capire se possono darci qualche dritta su ciò di cui abbiamo discusso stamattina.»

Noah le puntò il dito contro a mo' di pistola. «Agli ordini, capitano.»

«Nel frattempo, Giles, penso ci sia un ex sospettato a cui avremmo dovuto fare visita da un pezzo.»

Il volto di Giles si illuminò. «Sembra delizioso!»

CAPITOLO
TRENTOTTO

Per questo viaggio, Stephanie lasciò guidare Giles. Era stanca, sfinita e stufa di districarsi nel traffico di Guildford. Non le faceva bene al cuore.

Mentre si allacciava la cintura di sicurezza, Giles partì. Subito, lei si aggrappò alla maniglia della portiera, temendo per la propria vita.

«Ha sempre guidato come se avesse diciassette anni?»

Lui si strinse nelle spalle. «Non c'è niente che non vada nel mio modo di guidare» rispose, uscendo da un incrocio con a malapena lo spazio sufficiente.

«Presumo che Lei pensi che tutti gli altri sulla strada guidino male?»

Le lanciò un'occhiata, inarcando un sopracciglio. «Ha mai guidato da queste parti? Oggi tutti si sentono in diritto di fare come gli pare. E adoro quando si dimenticano di usare quelle levette sul volante. Sono davvero convinto che alcuni pensino che la strada sia loro. Penso anche che alcuni dovrebbero essere obbligati a rifare l'esame di guida ogni cinque anni o giù di lì. Questo metterebbe tutti in riga».

Prima che lei potesse rispondere, si avvicinarono a un semaforo verde che diventò giallo. Stephanie sentì la macchina scattare in avanti mentre acceleravano per prendere il semaforo in tempo. Si aggrappò al sedile. Non una manovra illegale. Solo stupida.

Persero i due secondi che Giles aveva sperato di guadagnare quando si fermarono a un altro semaforo. Rimasero in silenzio. Fuori, le nuvole si erano diradate e piccoli squarci di cielo azzurro facevano capolino.

Giles sbadigliò.

«Può finire prima» gli disse lei. «Ha fatto abbastanza per stamattina».

«Non posso».

«Non deve fare l'eroe. Le sto dicendo di prendersi del tempo libero».

«Siamo un uomo in meno» disse Giles con fermezza. «E Lei mi ha affidato questa indagine. Non voglio deluderLa».

«Non lo farà. E poi, non siamo un uomo in meno. Siamo due donne in più».

Un silenzio imbarazzante calò in macchina.

«Devon non è malato, vero?»

Anche se sapeva che quella domanda sarebbe arrivata, la colse comunque di sorpresa.

«Non sta bene» rispose lei in modo vago.

«Come stava quando ha parlato con lui?»

«L'ho visto meglio».

«Molto diplomatica. Avrebbe dovuto fare la politicante. Starà bene?»

Lei volse lo sguardo verso l'auto davanti, prendendosi il suo tempo prima di rispondere. «Spero che si rimetta presto».

«Non è quello che intendevo. Non ha intenzione di liberarsi di lui, vero?»

«Non posso liberarmi di lui solo perché è malato. Le Risorse Umane mi starebbero con il fiato sul collo».

«Continuo a non intendere quello. Il bere. Non sarà la sua fine, vero?»

Si rese conto che non aveva più senso nasconderlo a Giles. «Spero di no» rispose solennemente. «Ciò di cui ha bisogno ora sono i suoi amici più stretti, i colleghi e un po' di sostegno. Sta passando un brutto periodo. Ma lei lo conosce meglio di me. Pensa che ce la farà a superare tutto questo?»

Giles si morse il labbro. «Sì... Alla fine».

«Allora è in questo che tutti dobbiamo credere».

CAPITOLO
TRENTANOVE

Myles Delaware aveva trascorso tutta la vita a lavorare come manovale a Guildford. La prova degli anni passati sotto il sole e la pioggia era ancora evidente: la sua pelle coriacea gli pendeva dal corpo come una sottomaglia floscia; la definizione e i muscoli di spalle, braccia e petto; i tatuaggi sbiaditi dopo anni di esposizione. Ormai sulla soglia dei settant'anni, aveva un aspetto incredibilmente in forma per la sua età, agile e scattante, a dimostrazione di una vita passata all'aperto, sempre in movimento. Si muoveva con la stessa agilità di Stephanie e Giles, mentre si avventuravano più a fondo in casa sua.

Lo stretto corridoio del suo bilocale al piano terra era adornato di fotografie di viaggi recenti a Benidorm e Maiorca con amici e familiari. In salotto, un divano a due posti era rivolto verso un televisore che sembrava una reliquia degli anni Novanta, il cui strato di polvere suggeriva che non fosse stato usato dal suo acquisto.

«Fate pure», disse Myles, indicando il divano. Parlava con un accento popolare.

Giles e Stephanie declinarono l'offerta, preferendo restare in piedi. «Passiamo già molto tempo seduti», spiegò lei.

«Non fa bene, quello. Venite, possiamo sederci fuori.»

Myles si diresse verso le portefinestre sul retro, le aprì con una chiave e poi uscì in giardino. Una panchina da giardino in stile pub occupava il centro dello spazio. In fondo al giardino c'era una baracca fatta a mano, costruita con legni di varie tonalità. Stephanie notò delle attrezzature da palestra dietro il vetro della finestra.

«Molto meglio qua fuori, comunque», disse lui mentre si accomodava sulla panchina.

Stephanie lanciò un'occhiata al cielo; una nuvola grigio scuro minacciava l'arrivo della pioggia.

«Un po' di pioggia non ha mai fatto male a nessuno», disse lui. «A volte invito i miei amici e ci facciamo una bevutina in giardino come ai bei vecchi tempi. Più economico del pub, questo è sicuro.»

Lo sguardo di Stephanie cadde sulle bottiglie di birra vuote nella cassa della raccolta differenziata, accoccolata nell'angolo vicino alla casa. Ce n'erano solo un paio in meno rispetto alla cassa di Devon.

«Ci scusiamo per l'intrusione», esordì Stephanie.

«Tutto a posto. Non ho molto altro in programma per oggi. Uno dei vantaggi di essere in pensione, eh.»

«Certo. Stiamo indagando sull'ondata di furti con scasso che sta avvenendo in zona, e volevamo parlarle del suo coinvolgimento in un'indagine simile negli anni Novanta.»

Il suo volto si indurì e scosse la testa. «Quella è stata tutta una montagna di cazzate, chiaro? Lo capite, vero?»

A Stephanie parve di vedere i suoi muscoli contrarsi. «È successo prima che arrivassimo noi», disse in un immediato tentativo di placare la rabbia incipiente dell'uomo. «Perché non ci racconta cosa è successo?»

«Cioè, devo sorbirmi di nuovo tutta 'sta storia? Tutte 'ste rogne? Non ce l'avete l'informazione su un computer da qualche parte? Non posso credere che stiamo per fare questa conversazione *di nuovo*!» La sua voce spaventò gli uccelli su un albero vicino. Emise un profondo sospiro. «Non so nemmeno perché il mio nome sia stato infangato, tanto per cominciare. Mi ha rovinato gli affari, quello sì.»

«In che modo?», chiese Stephanie.

«Beh, stavo facendo un paio di conversioni di soffitte e ampliamenti e qualche lavoretto in giro per la gente a cui continuavano a entrare in casa. Poi, dopo che qualcuno ha detto che forse c'entravo qualcosa, tutti hanno messo il mio nome sulla lista nera e si sono assicurati che non ricevessi più lavoro dopo che la faccenda si è calmata. Così ho dovuto iniziare a lavorare per qualcun altro, e alla fine della mia vita lavorativa mi sono ritrovato a lavorare alla costruzione di maledetti complessi residenziali e nuove lottizzazioni. Lo odiavo. Tutto perché qualcuno si era inventato che mi intrufolavo nelle stanze dei ragazzini e li guardavo dormire.»

«E lo ha fatto?»

Stephanie trasalì quando Giles finì di parlare. Di tutte le domande che avrebbe potuto fare, quella era probabilmente la più stupida.

Myles fu d'accordo. «Certo che no. Non avete sentito quello che ho appena detto? Non c'entravo niente con quei furti. Avevo solo fatto dei lavori per un paio delle vittime.»

«Sa chi ha fatto il suo nome alla polizia?», chiese Stephanie.

Myles scosse la testa. «Non l'ho mai scoperto. Ma se mai lo scoprirete, potreste farmelo sapere? Mi piacerebbe fargli una visitina.»

I muscoli degli avambracci dell'uomo si tesero e si fletterono come le corde di un pianoforte.

«No», rispose Stephanie con fermezza, chiudendo quella linea di conversazione. «Non possiamo farlo. Le viene in mente qualcuno che avrebbe potuto volerle fare una cosa del genere?»

«Cosa? Pensate che qualcuno stesse cercando di incastrarmi?»

La sua espressione non lasciò trasparire nulla. «È una cosa che potremmo verificare.»

«Sarebbe potuto essere chiunque. Forse anche uno dei clienti per cui avevo fatto dei lavori. Forse pensavano che avessi la faccia giusta.»

Gli occhi di Stephanie caddero sui muscoli tesi dell'uomo e si chiese se avesse la destrezza di entrare nelle proprietà senza fare rumore. Forse aveva le competenze e gli attrezzi per farlo, ma dubitava che avesse la calma e la fluidità necessarie per muoversi in silenzio.

«Quel tipo che ha lavorato all'indagine all'epoca, come si chiamava?», chiese Myles.

«Quale tipo? Ce ne saranno stati probabilmente diversi», rispose lei.

«L'ispettore, quel tizio.»

«L'ispettore capo Lockwood?»

Myles schioccò le dita con eccitazione, in segno di riconoscimento. «È lui!»

«Cosa c'entra?»

«Che fa adesso? Vive ancora in quella villa enorme giù a Blackheath?»

Stephanie confermò con un impercettibile cenno del capo.

«All'epoca gli ho fatto dei lavori. Un tipo strano.»

«Cosa glielo fa dire?»

«Non so. Era solo un po' strano, capite. Mi disse che io e lui avremmo potuto trovare un qualche tipo di accordo se gli avessi fatto dei lavori sottobanco, sapete. Che avrebbe potuto far sparire il mio nome, a patto che lo avessi ricompensato a dovere.» L'attenzione di Myles cadde sulla panchina. «Ho passato sei settimane a costruirgli quel garage. E per niente. Mi ha quasi mandato in bancarotta.»

«Però, almeno ha tolto il suo nome dall'indagine», disse Stephanie, mentre il suo cervello cominciava a elaborare rapidamente l'informazione. «Le ha detto *perché* lo avrebbe fatto per lei?»

Myles si strinse nelle spalle. «Solo che vedeva che non c'entravo niente, così ha pensato che tanto valeva ricavarci qualcosa nel frattempo. Sono abbastanza sicuro che all'epoca accettavano tutti mazzette. Bustarelle e tutto il resto.» Schioccò di nuovo le dita, il viso illuminato dal ricordo di una storia a lungo dimenticata. «C'era quest'altro tizio. Clive McGowan. Uno con un nome scozzese ma, per quanto ne capissi io, senza un singolo osso scozzese nel corpo.»

Il corpo di Stephanie si gelò. Con la coda dell'occhio vide Giles muoversi a disagio. «E lui?»

«Anche lui voleva una mano.»

«Con cosa?»

Myles esitò e prese a grattare il legno. «Diciamo solo che avevo un'altra questione che lui mi ha aiutato a far sparire.»

CAPITOLO
QUARANTA

Stephanie tremò mentre saliva sul sedile del passeggero e si chiudeva la portiera alle spalle.

Non poteva crederci. Il DCI McGowan, un uomo che conosceva da poco più di un mese, era sceso parecchio nella sua stima. E Myles era stato così indifferente e stoico al riguardo, come se fosse una cosa all'ordine del giorno, come credeva la gente comune.

Si sentiva turbata e scossa.

Perché tutte le figure paterne della sua vita, e gli uomini che aveva incontrato in posizioni di potere, si erano rivelati degli stronzi? Fidarsi della gente stava diventando sempre più difficile per lei.

«Tutto bene?» le chiese Giles mentre lei si lasciava cadere pesantemente in macchina, mettendo alla prova le sospensioni.

«Sto solo cercando di metabolizzare.»

«Quale parte?»

Fu allora che si rese conto che Giles non ne coglieva le implicazioni. Aveva vissuto tutta la vita, tutta la sua carriera, seguendo le regole. Quelle l'avevano plasmata, formata e guidata. Era risoluta nel suo approccio al lavoro di poliziotta e detestava chiunque se ne discostasse. Con Giles, tuttavia, percepiva che lui fosse ancora ingenuo riguardo a tutto ciò.

«L'ha sentito. Ha detto che McGowan è corrotto.»

«Così dice lui. Non significa che sia vero. Proprio come ha sostenuto di non avere niente a che fare con quei ragazzi.»

Non l'aveva considerata da quel punto di vista. Forse l'ingenua era lei.

«Il che mi ricorda,» continuò Giles, «che le devo delle scuse.»

«Per cosa?»

«Le persone sui sessanta e settant'anni possono farla franca molto più di quanto pensassi.»

Lei fece un sorrisetto compiaciuto. «Gliel'avevo detto. Non si lasci ingannare.»

Un silenzio carico calò nell'auto.

«Suo padre?»

Lei annuì mentre si allacciava la cintura di sicurezza.

«Vuole parlarne?»

«Non c'è molto da dire. Solo che lei... lei non dovrebbe sottovalutare nessuno. Non importa quanto grande o piccolo sia.»

CAPITOLO
QUARANTUNO

La casa era silenziosa. Un silenzio spettrale. Peggio dell'ultima volta che c'era stata da sola. Non c'era il rumore della pioggia contro i vetri, né il fischio del vento sui mattoni, e nemmeno lo scricchiolio delle assi del pavimento o il gorgoglio delle tubature. Solo lei e l'album di fotografie, i cui volti erano illuminati dalla luce gialla che veniva dall'alto e dal bagliore aspro e bianco della torcia del suo telefono.

Stephanie sedeva a gambe incrociate nella sua vecchia camera, con la schiena premuta contro il bordo del letto. Aveva trovato l'album di fotografie nel cassetto più basso di una cassettiera, sepolto sotto una pila di DVD e CD. Lo prese e aprì la prima doppia pagina. Era divisa in quattro riquadri, ognuno contenente una foto: Stephanie che giocava nel fango; la torta del suo terzo compleanno con le candeline accese; il paesaggio casuale di una vacanza al sole; e una foto di suo padre, che fumava una sigaretta spaparanzato sul divano. Sopra la sua testa c'era un cartello che diceva: Bentornata a casa, piccolina!

Stephanie sfilò l'ultima fotografia dalla sua bustina e la girò. Sul retro, scritta con un inchiostro nero così nitido che sembrava fosse stata vergata il giorno prima, c'era la data 19/03/1990.

La data di nascita di Kimberley.

Un sorriso sottile le spuntò sul viso. Rimise la foto nella bustina e il suo sorriso svanì rapidamente quando incrociò lo sguardo dell'uomo che l'aveva messa al mondo. Non aveva mai voltato pagina così in fretta.

Nel riquadro successivo, il sorriso le tornò. Questo era pieno di foto di sua sorella da piccola, avvolta stretta nelle coperte, con gli occhi chiusi ma che sorrideva comunque all'obiettivo con lo stesso sorriso fotogenico che aveva sempre avuto.

Stephanie sbloccò il telefono, fotografò la pagina e la inviò a Kimberley con un messaggio: *Eri una cosetta bella grassoccia.*

Dopo aver premuto invio, girò di nuovo pagina e si bloccò.

La foto che l'aveva riportata lì — quella di Kimberley — le balenò in mente. Sempre con l'uomo che non riconosceva. Solo che questa volta, teneva in braccio sua sorella piccola con un braccio, mentre l'altro era avvolto attorno a suo padre.

Chi era? E perché non se lo ricordava?

Prima che potesse pensarci oltre, il suo telefono squillò, vibrandole contro la gamba.

«Non hai detto che saresti tornata laggiù» disse Kimberley.

«C'era solo una cosa che volevo controllare, per lavoro» rispose lei.

Kimberley non disse nulla, ma Stephanie percepì che sua sorella voleva dire qualcosa.

«Chi l'avrebbe mai detto che eri una bambina così carina?» continuò. «Cos'è andato storto?»

«Senti chi parla» replicò Kim.

Un'altra pesante pausa.

«Non li voglio» disse Kimberley, con la voce tesa. «I soldi. Non li vogliamo. Non ne abbiamo bisogno. Non vogliamo niente di suo.»

«Capisco. Ho pensato di proportelo.»

«E lo apprezziamo, ma no. Non possiamo. Tu che ne farai? Puoi donarli in beneficenza o a un rifugio o qualcosa del genere?»

Stephanie lanciò un'occhiata all'album di fotografie. «Domani parlerò con l'avvocato, ma sono sicura che c'è un'associazione contro la violenza domestica a cui potremmo offrirli. Sarebbe l'ultimo posto in cui lui vorrebbe che finissero.»

CAPITOLO
QUARANTADUE

Stephanie diede un'occhiata all'orologio, l'impazienza che cresceva. Kieran Rowe l'aveva fatta aspettare per poco più di cinque minuti e, quando finalmente uscì dall'ufficio, non sembrava avere alcuna fretta.

«Mi scusi per questo» disse mentre si accomodava dietro la scrivania, lasciando cadere sul pavimento accanto a sé la sua cartella di pelle nuova di zecca. «Una telefonata dell'ultimo minuto che non potevo ignorare.»

«Non ha importanza, quando fatturate ogni sei minuti. Può arrivare tardi quanto vuole, viene pagato lo stesso alla fine.»

Lui alzò le mani, come a dire che non poteva farci niente.

«Come sta sua sorella?» chiese Kieran.

Stephanie fu colta di sorpresa dalla domanda. «Sta bene. È incinta. Quindi sta affrontando tutto ciò che ne consegue.»

Il volto del ventenne divenne inespressivo, come se non avesse idea di cosa lei stesse parlando.

«Ho visto che mi ha scritto stamattina, ma non ho ancora avuto modo di leggere bene.»

«Probabilmente riguarda ciò di cui sono venuta a discutere con lei» disse. «I soldi.»

Lui intrecciò le dita sulla scrivania. «Lo immaginavo.»

«*Noi* non li vogliamo. Preferiremmo donarli in beneficenza.»

Il viso di Kieran si contrasse come se provasse dolore. Sollevò un dito e lo picchiettò sulla scrivania. «C'è un piccolo intoppo a questo proposito.»

Senza aggiungere altro, accese il computer ed effettuò l'accesso, le dita che cliccavano ripetutamente sul mouse.

«Qual è il problema?» chiese lei.

Lui non rispose, continuando a digitare e a cliccare.

«Kieran? Cosa intende con "c'è un intoppo"?»

Finalmente si fermò e appoggiò gli avambracci sulla scrivania, con un'espressione preoccupata.

«Io e il mio team abbiamo approfondito la lettura del testamento di suo padre e della successione, e sembra che ci sia sfuggito qualcosa all'inizio.»

«Qualcosa che vi è sfuggito?»

«Sì.»

«Come ha fatto a sfuggirvi? Per cosa vi paghiamo una cifra esorbitante?»

Fece una pausa per respirare, cercando di calmarsi.

«Ci è semplicemente sfuggito. Sono cose che succedono. Ovviamente, cerchiamo di ridurle al minimo, ma siamo solo umani e a volte si commettono errori.»

Potrei rubargliela, questa battuta.

«Kieran, per favore, sputi il rospo. Di che si tratta? Non voglio mai più brutte sorprese da quell'uomo. Io e mia sorella vogliamo che questa storia finisca il più in fretta possibile.»

«Comprendo perfettamente, è solo che...» Si schiarì la gola. «Riguardo ai soldi. Suo padre ha stipulato che, nel caso in cui non possano essere trasmessi ai suoi discendenti, sia per decesso che per scelta, andranno a qualcun altro.»

«Qualcun altro? Chi? Non ha nessun altro.»

Kieran diede una rapida occhiata allo schermo.

«Non è del tutto vero.» Gli si era formato un nodo in gola. «Il nome Elliot Broadbent le dice qualcosa?»

Stephanie sbatté le palpebre, con il fiato che le si bloccò come se si fosse impigliato in qualcosa di affilato. Per un istante, Kieran e tutto il suo ufficio sembrarono inclinarsi di lato. Le si strinse lo stomaco.

«Elliot Broadbent?» ripeté, la voce poco più di un sussurro.

«Sì.»

Poi capì. L'uomo nelle foto. L'uomo che teneva in braccio Kimberley. L'uomo con il braccio intorno alla spalla di suo padre.

«Lo conosce?»

Non riuscì a rispondere. Riusciva solo a pensare alle foto nell'album che avevano fatto riaffiorare ricordi a lungo sepolti.

«Crediamo che possa essere il fratello di suo padre» spiegò Kieran. «Questo lo renderebbe suo zio. E nel caso in cui né lei né sua sorella desideriate tenere l'eredità o i soldi, andrà tutto a lui.»

CAPITOLO
QUARANTATRÉ

Le parole di Kieran le riecheggiavano nella testa.

Questo lo rendeva tuo zio.

L'uomo nella fotografia, l'uomo di cui non sapeva nulla, eppure sentiva con certezza che era stato parte della sua vita mentre cresceva, durante un periodo che aveva represso e quasi dimenticato del tutto.

Dopo un severo scambio di parole con l'avvocato, l'aveva convinto a darle l'indirizzo di casa di Elliot Broadbent. A patto che vivesse ancora lì, la sua casa era un piccolo bungalow incastrato tra molti altri lungo una strada trafficata nel centro di Guildford. A poche case di distanza c'era un negozio di alcolici con un viavai di gente paragonabile a quello di una tana di tossici. L'edificio era di mattoni e un piccolo sentiero tagliava il giardino sul davanti.

Stephanie avanzò a fatica, il corpo che le tremava, le mani scosse da un tremito, le pulsazioni martellanti. Giunta alla porta, alzò la mano e bussò una volta.

Una volta era abbastanza per poter passare per un errore e le avrebbe dato tutto il tempo di scappare, di darsela a gambe e non tornare mai più.

Ma per quanto desiderasse fuggire, non ci riusciva. Le gambe non le obbedivano. Qualcosa la teneva saldamente inchiodata al suo posto.

Mamma.

Non appena aveva scoperto l'identità di suo zio, una domanda più di ogni altra l'aveva tormentata. Non le importava in che stato fosse o cosa facesse nella vita. Non voleva creare un legame o un rapporto con quell'uomo. No. Voleva sapere la verità: se fosse stato colpevole e complice degli abusi subiti da sua madre. Se avesse saputo cosa le faceva suo fratello.

Pochi istanti dopo, sentì dei rumori. Piedi che strisciavano sulla moquette, un tonfo, qualcosa che grattava contro il muro, un respiro forte e pesante.

Poi la porta si aprì. Si bloccò, fissando l'uomo di fronte a lei. Sapeva che era una cosa impossibile, che non sarebbe mai potuta andare così. Ma in quel momento, non appena lo vide, pensò di avere davanti suo padre: una versione più vecchia, malnutrita e gravemente malata. Avevano gli stessi zigomi, gli stessi occhi castani e acuti, la stessa bocca, lo stesso sorriso lascivo. Solo che questa volta non c'era malevolenza o malvagità nella sua espressione. Solo dolore e sofferenza. Era come se qualcuno avesse preso suo padre, gli avesse prosciugato tutta la cattiveria e ne avesse lasciato solo l'involucro.

Con dita tremanti, l'uomo si aggrappava a un deambulatore collegato a un concentratore di ossigeno che rotolava al suo fianco. La cannula nasale, che gli girava dietro le orecchie, gli scompariva nelle narici, scavando deboli solchi rossi in una pelle che sembrava sottile come carta e scolorita, macchiata di lividi giallastri e capillari rotti. L'uomo aveva settant'anni ma ne dimostrava venti di più. La sua corporatura, un tempo robusta come quella di suo padre, si era ridotta a un ammasso curvo di ossa e pelle tesa; la camicia del pigiama gli pendeva dalle spalle come se appartenesse a qualcun altro, a una sua versione più giovane. Il suo respiro era affannoso, anche con l'ossigeno. Aveva gli occhi velati di umidità, del tipo che suggeriva che le lacrime non fossero lontane, anche se non ne scendeva alcuna, e le ombre sotto di essi erano profonde e implacabili.

«Sì?» La sua voce era poco più di un sussurro, sovrastata dal rumore della macchina che lo teneva in vita.

«Elliot? Elliot Broadbent?»

Stare in piedi sembrava essergli di grande sforzo mentre rispondeva: «Sì, sono io».

Le dita di Stephanie si strinsero attorno alla tracolla della borsetta. «Il fratello di Colin?»

«Colin?» Un po' di vita tornò a fluire nella sua voce. «Sì. Conosco Colin. Cos'è successo?»

Lei balbettò. «Mi chiamo Stephanie. Stephanie Broadbent. Sono sua nipote.»

E allora il suo volto si illuminò della meraviglia del riconoscimento. I suoi occhi si spalancarono e ora il velo umido nei suoi occhi assunse un nuovo significato: lacrime di felicità anziché di dolore.

«Stephy?» La scrutò da capo a piedi. «Caspita, come sei cresciuta. Non ti... Quanto tempo è passato?»

Non riuscì a rispondergli. Rabbrividì a quel soprannome. Fino ad allora, solo suo padre l'aveva chiamata Stephy.

«È meglio che tu entri.»

Elliot si voltò senza aggiungere altro e avanzò lentamente lungo il corridoio, trascinandosi dietro la bombola d'ossigeno. Stephanie esitò prima di entrare e chiudere piano la porta alle sue spalle. L'aria all'interno era viziata, come se non vedesse aria fresca o un deodorante per ambienti da molto tempo.

«Da questa parte» disse Elliot voltandosi appena, con voce fragile.

Lei lo seguì, camminando con cautela sulla moquette sudicia. Ogni superficie che superavano sembrava essere stata riadattata a magazzino. Scatole di cartone accasciate sotto il loro stesso peso, pile di lettere ancora chiuse, un bastone da passeggio appoggiato goffamente sopra un portaombrelli rotto.

Il soggiorno non era messo meglio. Illuminata debolmente da pesanti tende tirate sulla finestra, la stanza sembrava più un bunker che una casa. Una grande poltrona reclinabile spiccava al centro, circondata da tutto il necessario a portata di mano: un vassoio pieghevole con flaconi di pillole allineati in file ordinate, una stufetta portatile puntata direttamente sulla sedia e un telecomando malconcio coperto di nastro adesivo. Lì vicino c'era una seconda poltrona, intatta, che sembrava inutilizzata da molto tempo.

Elliot fece un vago cenno verso il divano. «Siediti, se vuoi. Non ho molto da offrire, purtroppo. Niente tè. Ho smesso di usare il bollitore l'anno scorso. Troppo pesante.»

Stephanie si sedette rigidamente sul bordo del divano, scostando una copia sbiadita del *Radio Times*. «Ho visto di peggio.»

Lui si lasciò cadere sulla sedia con un gemito sommesso, poi armeggiò per controllare il collegamento del tubo dell'ossigeno prima di sistemarsi. Il suo respiro era superficiale ma regolare.

«Eri così piccola l'ultima volta che ti ho vista.»

Lei non disse niente. Non sapeva cosa dire.

«Sei diventata una vera donna.» Le scrutò il viso. «Hai gli occhi di tua madre, lo sai? Le somigli tantissimo. Ho sempre pensato che avesse gli occhi più belli che avessi mai visto.»

Lei strinse le ginocchia e si lisciò le gambe a disagio, incapace di guardarlo.

«Che rapporto avevi con loro?» chiese. «Ti ho visto in alcune fotografie, tenevi in braccio mia sorella dopo la sua nascita.»

«Kimberley? Oh, come sta?»

«Bene.»

«Mi fa piacere sentirlo.»

«Eravate uniti?»

Il suo sguardo cadde su una porzione di moquette di fronte a lui. «Lo siamo stati, un tempo. E poi... be', ci siamo allontanati e abbiamo perso i contatti dopo quello che... dopo quello che è successo con... be', tu sai.»

Non riusciva a dirlo. Stephanie si chiese se fosse per senso di colpa o per tristezza.

«Sapevi cosa le stava facendo?»

Inspirò profondamente e trattenne il respiro. La macchina rantolò ed emise un clic. Per un secondo, lei pensò che fosse morto proprio lì davanti a lei, ma quando lui espirò tutta l'aria, disse: «Certo che no. Non ho mai visto niente. Non ho mai sentito niente. Quello che succedeva tra tua madre e tuo padre era affar loro. Non mi hanno mai coinvolto nei loro problemi. Tenevano la loro relazione per sé». Gli occhi acquosi di Elliot incrociarono i suoi per un momento prima di distogliere lo sguardo. Deglutì. «Non sapevo niente, Stephanie. Te lo giuro.»

La sua risposta era stata troppo rapida, troppo precisa, troppo preparata.

Lo stomaco di Stephanie si contrasse. «Abitavi in fondo alla maledetta strada.» La sua voce cominciò a salire di tono. «Eri sempre a casa nostra. Ci sono foto di te con me, con mia sorella. E vuoi dirmi che non hai mai visto i suoi lividi? Non l'hai mai sentita piangere? Mai...»

«Non sapevo» disse di nuovo lui, questa volta più seccamente. «Colin e tua madre non mi coinvolgevano nel loro matrimonio. Io non ne facevo parte.»

«Stai mentendo.»

«No, non è vero.»

«Sì, invece.» Si alzò in piedi, troppo irrequieta per stare seduta. Tutto il suo corpo fremeva di rabbia. «Tu sapevi. Sapevi esattamente cosa stava succedendo e hai scelto di girarti dall'altra parte. Non startene lì seduto adesso, ansimante e patetico, a fingere di non averlo fatto.»

Elliot scosse la testa, il petto che si alzava e si abbassava pesantemente. Il suo respiro accelerò, ogni boccata d'aria sembrava più debole, più sforzata.

«Pensi che non avrei fatto qualcosa se avessi saputo? Pensi che non l'avrei fermato? Io vivo con quell'errore ogni giorno della mia vita. Vorrei aver potuto fare qualcosa prima. Vorrei aver notato o visto i segnali d'allarme in anticipo, ma non l'ho fatto. Da allora non ho mai smesso di pensare ai "e se?". Ho vissuto con la vergogna e il senso di colpa per non aver fatto niente. Ma la buona notizia è che non dovrò conviverci ancora a lungo.»

Lei lo guardò, duramente. I suoi occhi ispezionarono la sua corporatura malnutrita, i suoi capelli radi. La vita stava lentamente defluendo dal suo corpo.

«Cosa hai che non va?»

Lui cominciò a tossire in modo incontrollabile, sputacchiando, ansimando. Stephanie si mosse per aiutarlo, ma lui la tenne a distanza, poi afferrò una maschera facciale collegata alla bombola d'ossigeno, premendosela sulla bocca, guardandola mentre inspirava profondamente. «Broncopneumopatia cronica ostruttiva terminale» disse più in fretta che poté. «I miei polmoni sono andati. Distrutti dopo quarant'anni passati a respirare amianto e chissà cos'altro.»

«Da quanto..?»

«Ormai da un paio d'anni.»

«No. Quanto ti rimane?»

Stephanie non fu sicura se lui avesse scrollato le spalle o semplicemente rabbrividito per il freddo. «Settimane. Mesi. Anni. Sarò con tua madre abbastanza presto.»

«No, non è vero» replicò lei, alzandosi dal sedile. «Tu sarai laggiù, con *lui*, dove meritate di stare entrambi.»

CAPITOLO
QUARANTAQUATTRO

La sua mente era un guazzabuglio caotico e confuso mentre se ne stava fuori dalla porta d'ingresso. Era come se le fosse esplosa una bomba in testa, lasciandole funzionante solo il dieci per cento del cervello. Non s'accorse nemmeno del sole che spuntava da un ampio squarcio tra le nuvole, scaldandole la schiena. Prima che potesse avere alcun impatto sulla sua lucidità mentale, però, la porta d'ingresso si aprì, rivelando una donna stupenda sui trenta-cinque anni. Con lunghi ed eleganti capelli biondi, una corporatura snella e un paio di occhi blu mare che scintillavano alla luce del sole, la donna colse Stephanie di sorpresa, facendola sentire legger-mente inferiore.

«Sì?» domandò lei.

«Mamma, vieni subito! Mr Beast ha caricato un nuovo video!» chiamò una voce infantile dall'interno.

«Signora Lafferty?» chiese Stephanie.

«Sì...» La confusione iniziale nel suo tono si tramutò in preoccu-pazione. «La conosco?»

«Non esattamente. Lavoro con suo marito... *ex* marito.»

«È ancora mio marito finché non sarà tutto finalizzato. Lei chi è? Gli è successo qualcosa?»

«Sì e no. Mi chiamo Stephanie. Sono il suo capo. Posso entrare?»

Karen Lafferty aprì rapidamente la porta e accompagnò Stephanie lungo il corridoio. Stephanie notò il figlio di Devon sprofondato nel divano, che ridacchiava davanti all'iPad tenuto a pochi centimetri dagli occhi, ignaro della loro presenza. Karen la guidò in cucina.

Era chiaro che entrambi avevano lavorato sodo sulla casa nel corso degli anni. Una quantità significativa di tempo, denaro, energie e sforzi avevano trasformato quella casa in un bellissimo focolare.

Stephanie si complimentò con Karen.

«Ho fatto quasi tutto io» rispose Karen. «Probabilmente potrei contare su una mano le cose in cui Devon ha dato una mano.»

In pochi secondi di conversazione, Stephanie si era già fatta una spiacevole prima impressione.

«Non mi ha ancora detto cosa ci fa qui, Stephanie.»

Stephanie si mise le mani in tasca per impedirsi di tormentarsi le unghie. «Riguarda suo marito» disse schiettamente. «Non corre nessun pericolo immediato, è solo che...» Inspirò a fondo, incerta su come affrontare l'argomento. «Ascolti, non so cosa stia succedendo tra voi due e non sta a me immischiarmi, ma lui non è stato bene in questi ultimi due giorni. Lui... ha bevuto. Non pesantemente, ecco, ma abbastanza da compromettere il suo lavoro. A tal punto che ho dovuto mandarlo a casa per un paio di giorni.»

Karen se ne stava lì, appoggiata all'isola al centro della cucina, con le braccia conserte e il volto indurito. Dietro quella dura scorza, Stephanie percepì un barlume di affetto e preoccupazione per l'uomo che un tempo aveva amato. Non era svanito del tutto.

«Voglio dire, grazie per avermelo fatto notare. Ma è dura anche per me. Non è tutto rose e fiori nemmeno per me. Ho un lavoro da gestire e devo badare a Finn. Cosa vuole che faccia? Abbiamo superato il punto di non ritorno. Non possiamo tornare insieme. Non dopo tutto quello che è successo.»

«Capisco.»

«Non ho mai chiesto niente di tutto questo.»

«Ma è stata una sua scelta chiedere il divorzio, no?»

L'espressione di Karen si indurì ulteriormente. La preoccupazione si trasformò in costernazione.

«Forse lei è abituata a far fare alla gente ciò che dice, detective, ma purtroppo con me non funzionerà. Conosco mio marito. So che non cambierà. Dio solo sa quante possibilità e occasioni gli ho dato per provarci. E so che è la cosa migliore. Per lui, per me e per Finn. Forse Devon non se ne rende ancora conto, ma è così.»

«Non se continua a bere.»

Un lampo di compassione attraversò gli occhi blu di Karen prima di svanire. «Ha un marito, detective?»

Stephanie scosse la testa.

«Un compagno?»

Un altro cenno negativo. «Vivo sola e non ho nessuno, quindi non sono nella posizione migliore per capire ciò che sta per dirmi.»

«Questo significa anche che non è in posizione di dare consigli» ribatté Karen.

«Non sto cercando di offrire alcun consiglio. Come ha detto lei, non ho idea di cosa sto parlando. Le chiedo solo di contattarlo. Di sostenerlo. Può non piacerle in questo momento; potrebbe odiarlo con tutta se stessa... mi creda, lo conosco solo da poche settimane e ci sono già passata, ma sono sicura che una parte di lei lo ami ancora. Anche se è una parte così piccola e sepolta che non riesce nemmeno a vederla, c'è ancora una parte di lei che tiene a lui. E in questo momento, ha bisogno di sostegno. Non le sto chiedendo di annullare il divorzio e di tornare con lui. È una sua prerogativa, una sua scelta. Va bene. Ma sta soffrendo e, se le cose non cambieranno in fretta, suo figlio potrebbe crescere senza un padre. Io sono cresciuta senza nessuno dei miei genitori e non lo augurerei al mio peggior nemico.»

CAPITOLO
QUARANTACINQUE

Il motore si spense e ben presto l'auto fu invasa dal silenzio. Per un lungo istante, Stephanie rimase seduta, le dita strette attorno al volante, le nocche bianche per l'adrenalina e la frustrazione.

Abbassò la testa sul volante e poi scoppiò in lacrime, in un improvviso, incontrollabile e catartico sfogo di emozioni. L'incontro con suo zio, il disagio che aveva provato parlando con lui e l'imbarazzante discussione con Karen, tutto l'aveva sopraffatta. Troppo.

Singhiozzò tra le mani, lasciando che la tensione e la frustrazione defluissero.

Quando si fu calmata, si asciugò gli occhi con il dorso della mano, tirò su col naso un paio di volte e scese dall'auto. Mentre metteva piede sul vialetto, lo stomaco prese a farle male e i familiari morsi della fame e del senso di colpa si fecero sentire.

Si diresse verso la porta d'ingresso, gettandosi la borsa in spalla, con le gambe pesanti per lo stress di una lunga giornata.

Mentre si avvicinava a casa, notò un bagliore giallo tra le tende del vicino. Un istante dopo, lui comparve fuori, vestito con jeans e una camicia elegante, come se fosse pronto per uscire la sera.

«Ciao, Jimmy» disse, inserendo la chiave nella serratura.

«Buonasera, Stephanie» rispose lui. «O dovrei dire detective? Non lo so mai!»

«Stephanie va benissimo, perché è il mio nome». Fece del suo meglio per non sembrare scortese o sbrigativa.

«Giusto. Stephanie sia. Giornata lunga?»

«Ne ho avute di più lunghe».

«Spero non ti dispiaccia se te lo dico, ma ho notato di nuovo qualcosa di strano fuori da casa tua».

«Sei la nostra sentinella di quartiere. Non c'è niente di strano. Servirebbero più persone che si guardano le spalle a vicenda».

Jimmy sorrise educatamente, quasi con timidezza.

«Cosa hai notato?»

«Una Skoda grigia» disse. «Parcheggiata dall'altra parte della strada. Di solito non noterei una cosa del genere, ma quando vivi qui da tanto tempo come me, impari a riconoscere chi guida cosa. E questa non l'avevo mai vista prima».

«Una Skoda grigia?»

Lui annuì con foga. «E la cosa strana è che c'era qualcuno seduto dentro. Un uomo, credo. Ma non sono riuscito a vedere bene».

«Targa?»

Jimmy scosse la testa. «La mia vista non è più quella di una volta».

«Per quanto tempo è rimasta lì?»

«Circa un'ora. Ferma lì. Non credo che la persona sia scesa e non ho visto neanche nessuno salire. Sembrava che stesse armeggiando con qualcosa all'interno. Ho solo pensato che fosse un po' strano e che magari avresti voluto saperlo».

Lei aprì la porta d'ingresso. «Curioso» disse. «Ma sono sicura che non c'è nulla di cui preoccuparsi».

«Certo. Ho solo pensato che dovessi saperlo».

Stephanie lo ringraziò, gli augurò la buonanotte, poi si affrettò a entrare e si diresse dritta al frigorifero, dove l'attendeva un'ampia selezione di barrette di cioccolato e snack. Li divorò in una volta sola, ficcandoseli in bocca uno dopo l'altro. Alla fine, dopo circa venti minuti, il flusso infinito di cioccolato terminò e lei si precipitò su per le scale, salendo i gradini a due a due.

Quando entrò in bagno, aveva già le dita in gola per costringersi a vomitare tutto. Poco prima che il contenuto del suo stomaco si riversasse nell'acqua, colse per un istante l'immagine di suo zio e suo padre, a braccetto, che ondeggiavano nel riflesso. Sullo sfondo, una Skoda grigia indugiava.

CAPITOLO
QUARANTASEI

Non riesco a staccarle gli occhi di dosso. Non so cosa sia, ma questa bambina è così bella, così familiare. La somiglianza è impressionante. Nel buio, tutta rannicchiata sotto il piumone, sembra serena, tranquilla, come un angelo che dorme.

Questa casa è diversa da tutte le altre. È più piccola e compatta, per non parlare del disordine. Devo fare attenzione a ogni passo che faccio; non posso permettermi di fare un passo falso. Ma il rischio maggiore e il battito accelerato ne sono valsi la pena.

Non riesco a staccarle gli occhi di dosso.

Perdo la cognizione del tempo che ho passato qui; dieci minuti, venti, forse anche di più. Di certo, è il periodo più lungo che abbia mai trascorso nella stanza di una bambina. Ma non voglio andarmene. Voglio assorbire più essenza possibile di lei. Se potessi, la porterei con me, la farei uscire di nascosto da questa casa. Ma non funzionerebbe mai. Non potrebbe mai funzionare. La mia copertura salterebbe e il mondo scoprirebbe l'identità dell'Uomo Nero.

La cameretta della bambina è angusta, ma ho trovato un posto nell'angolo che fa al caso mio. Non è il posto più comodo, ma ne vale la pena.

Lei ne vale la pena.

I suoi capelli ricci, la struttura del viso, il modo in cui le ciglia si incurvano, tutto di lei è immacolato. Inspiro profondamente, controllandomi.

Intorno a me c'è un groviglio di giocattoli sul tappeto. Scatole di Play-

Doh, cianfrusaglie e una cesta di giochi. Le prove delle sue doti artistiche sono appese con orgoglio alle pareti. Nella penombra, scorgo un disegno della bambina con la sua famiglia. Omini stilizzati che si tengono per mano sotto il sole, con una casa sullo sfondo. Probabilmente la loro, anche se non le somiglia per niente. Comunque, non male per una bambina di otto anni.

Meglio di qualunque cosa saprei fare io.

Passano altri cinque minuti, accompagnati dal suono costante del suo respiro e da quello dei suoi genitori che dormono in un'altra stanza.

È tutto perfetto. Potrei passare qui tutta la notte. Ma so che alla fine i suoi genitori si sveglieranno, il sole sorgerà all'orizzonte e io verrò scoperto.

Con riluttanza, tiro fuori il palloncino dalla tasca e comincio a gonfiarlo. Mentre il rumore riempie la stanza, lei si muove.

Solo un movimento. Un fremito delle dita.

Non mi muovo.

Un altro secondo. Un altro soffio per gonfiare.

Si agita di nuovo, più lentamente questa volta. E poi, senza preavviso, i suoi occhi si spalancano.

Vitrei. Confusi.

Mi fissa dritto in faccia.

Per un istante, mi chiedo se me lo sia immaginato. Ma no, mi vede. Non del tutto. Non chiaramente.

Si mette a sedere.

Il cuore comincia a battermi all'impazzata.

«Mamma?» sussurra, con la voce roca dal sonno.

Faccio un mezzo passo indietro. Sono nell'ombra, ma i suoi occhi si stanno abituando. Vede la mia sagoma. Il mio profilo.

Poi la sua espressione cambia. La paura le invade il volto. Apre la bocca.

Sta per urlare.

Vado nel panico. Mi lancio in avanti prima di averci pensato. Una mano le copre la bocca mentre l'altra cerca a tentoni il cuscino. Si divincola, più forte di quanto mi aspettassi. Le gambe scalciano, i pugni mi tempestano le braccia, le unghie mi graffiano il polso.

Ma è indifesa, impotente. Per lei, la lotta finisce non appena inizia.

«Mi dispiace» sussurro. «Mi dispiace tanto. Shhh, ti prego, solo shhh...»

Urla soffocate filtrano tra le fibre, invocando aiuto, implorandomi di smettere. Immagino il suo volto sotto il cuscino, schiacciato, soffocato, ansimante in cerca d'aria.

Premo più forte. O lei o io.

E poi si ferma.

Completamente immobile.

Mi tremano le mani.

Non era questo il piano. Non era mai stato questo il piano.

La guardo, guardo il contorno delicato del suo viso sotto il cuscino.

È stato un errore. Un terribile errore.

Lascio cadere il palloncino e mi accascio a terra. Le lacrime mi si formano negli occhi. Le scaccio sbattendo le palpebre, con una mano sulla bocca.

Devo andarmene da qui. Devo correre. Devo fuggire.

Non potrò mai più tornare.

CAPITOLO
QUARANTASETTE

Stephanie era ferma sulla soglia, con una mano guantata premuta contro lo stipite della porta, mentre con l'altra giocherellava con la collana sotto la tuta della scientifica.

Era successo. Era stato scoperto un corpo. Una bambina, di non più di sette anni, con tutta la vita davanti, era stata soffocata a morte nella sua cameretta.

L'Uomo Nero aveva alzato il tiro. Non si limitava più a osservare, attendere e sgattaiolare via in silenzio dalla porta sul retro. Ora uccideva, prendendosi ciò che credeva fosse suo.

Entrò da sola nella cameretta. Solo loro due: lei e la vittima. La piccola Yasmin. Strinse più forte la collana mentre si muoveva per la stanza della bambina, arredata in rosa e con le mensole piene di orsacchiotti. Un mucchio di peluche era accasciato in un angolo. Le potenti luci della scientifica proiettavano un bagliore quasi spettrale sul cuscino rosa posato delicatamente sulla sua testa.

A Stephanie tornò in mente l'incubo che aveva fatto l'altra notte. La somiglianza impressionante tra la bambina che aveva davanti e l'immagine di sua sorella sdraiata nel letto di fronte, mentre lei annegava sotto una montagna di soldi.

Stephanie diede un'occhiata al pavimento. Un palloncino sgonfio giaceva abbandonato sulla moquette. Nessuna traccia di un filo, nessun segno che fosse mai stato gonfiato.

Strano, pensò Stephanie.

Prima che potesse rimuginarci sopra, qualcuno bussò alla porta. Noah, arrivato poco prima di lei come sergente di turno data la prolungata assenza di Devon, riempì quasi tutta la soglia con la sua corporatura massiccia; i pantaloni bordeaux si intravedevano da sotto la tuta.

«Posso entrare?»

«Prego.»

Noah varcò la soglia con cautela e rispetto, affiancandola.

«Ho appena finito di parlare con i genitori» esordì. «Hanno detto di aver trovato il corpo quando si sono svegliati alle sei e mezza. Il padre stava per prepararsi quando l'ha vista lì. La prima cosa che ha notato è stato il cuscino e poi il palloncino per terra.»

Stephanie abbassò lo sguardo sulla gomma blu davanti a sé, mentre gli ingranaggi della sua mente cominciavano a girare.

«Non hanno sentito nulla?»

Noah scosse la testa. «A quanto pare, hanno dormito per tutto il tempo. L'assassino deve essersi assicurato che non facesse il minimo rumore.»

Gli occhi di Stephanie saettarono verso il cuscino. La povera bambina avrebbe opposto ben poca resistenza contro l'uomo che le premeva sul viso. Non aveva avuto scampo.

«Come è entrato?»

«La teoria è che sia passato di nuovo dalla porta sul retro. Stavolta ha scassinato la porta della cucina ed è entrato di soppiatto.»

«Telecamere?»

Un altro cenno di diniego.

«Siamo a cinque su cinque senza che nessuno veda o senta nulla. Deve muoversi come un gatto» disse, più a beneficio suo che di Noah. «Deve sapere quali case hanno le telecamere di sicurezza e quali no. Altrimenti non capisco come faccia a farla franca.»

Si accovacciò per ispezionare il palloncino, con la mente che lavorava a pieno ritmo. Rimase in silenzio per un lungo istante, cercando di immaginare la scena, di visualizzarla nella sua testa. Percepì Noah alle sue spalle, a disagio.

«Cosa ne pensa, capo?»

«Era sveglia quando è stata uccisa.»

«Perché dice questo?»

«Il palloncino. Non è stato finito. Questo mi dice che qualcosa è andato storto.»

«Ma qualcosa è andato storto anche le ultime due volte. È stato cacciato fuori di casa e il gatto ha fatto scoppiare il palloncino.»

«Lo so, ma quelli erano fattori esterni. Qualcosa che accadeva fuori dalla stanza. Stavolta...» Allungò di nuovo la mano verso la collana, immaginando il volto di sua madre sotto il cuscino. «Stavolta è successo *qui dentro*. In nessuna delle effrazioni precedenti l'Uomo Nero ha ucciso la vittima, lo stesso vale per quelle di trent'anni fa. Il modus operandi è sempre stato entrare, osservare, lasciare un palloncino e poi andarsene dalla stessa parte. Non ha senso che lo cambi all'improvviso.»

Si alzò, chiuse gli occhi e finse di essere l'Uomo Nero, che incombeva sulla bambina come un mostro nella notte, osservandola, abbeverandosi di quella vista. Prese il palloncino e cominciò a gonfiarlo. Poi la bambina si svegliò.

«Deve essere andato nel panico» disse ad alta voce. «Forse la bambina l'ha riconosciuto. Magari ha iniziato a gridare per chiedere aiuto. Ma il rituale non era completo, non aveva gonfiato il palloncino, così per impedirle di urlare e rivelare la sua posizione, le ha premuto il cuscino sul viso e l'ha uccisa.»

«Perché non ha finito il rituale gonfiando il palloncino dopo?»

Rifletté per un momento. «Panico. Paura. Penso che una parte di questo, una parte di questo rituale, sia venerarle, per una qualche ragione. E ucciderle, togliendo una delle loro vite, deve averlo sconvolto parecchio, al punto da non riuscire a finire il lavoro. Non credo che avesse intenzione di uccidere. Credo sia stato tutto un errore.»

«Insomma, è andato tutto a rotoli» fece eco Noah.

Lei si voltò verso di lui. «Il che significa che il nostro lavoro sta per diventare molto più difficile.»

«In che senso?»

«Perché credo che si nasconderà. Dopo questo, non penso che uscirà più allo scoperto per fare altre visite. Mai più. Il che significa che potremmo non prenderlo mai.»

Noah rimuginò su quel pensiero, prima di abbassare lo sguardo sul corpo davanti a loro.

«L'Uomo Nero è sparito per sempre. Di nuovo.»

«Per i prossimi trent'anni, almeno. Fino alla comparsa della sua prossima reincarnazione» rispose Stephanie.

CAPITOLO
QUARANTOTTO

Tenne la testa bassa durante la lunga camminata verso la macchina, parcheggiata dall'altra parte della strada in fondo alla via. Fece del suo meglio per evitare gli sguardi curiosi e spaventati dei vicini della vittima, più preoccupata che il suo viso venisse ripreso dalle innumerevoli telecamere puntate nella sua direzione.

I suoi sforzi, si scoprì, si rivelarono vani.

Proprio mentre stava per infilarsi in macchina, una figura le si avvicinò. Una donna sulla cinquantina, che indossava un lungo cappotto nero e i tacchi, le corse incontro come emersa dalle ombre. Nella luce fioca del primo mattino, i suoi lineamenti apparivano distorti.

«Detective Broadbent?»

Si voltò e vide il telefono nella mano della donna.

«Chi è lei?» domandò Stephanie.

«Perché questa massiccia presenza della polizia?» replicò la donna. «È successo qualcosa di grave? L'Uomo Nero è tornato a colpire?»

Stephanie capì subito con chi aveva a che fare. C'era qualcosa di strano nel tono della donna. Non erano solo le domande che poneva, sebbene fossero un indizio significativo, ma il modo in cui le poneva. L'intonazione suggeriva che fosse una persona che non avrebbe accettato un no come risposta, qualcuno che si sarebbe aggrappato a ogni parola come una gomma da masticare sotto una scarpa.

«Non ha risposto alla mia domanda» ripeté Stephanie. «Chi è lei?»

La donna sfoderò un sorriso d'intesa e inflessibile. A Stephanie parve di riconoscerle i capelli.

«È una delle giornaliste di Louis?»

«Amelia Shaw.» Tese la mano.

Stephanie la ignorò e aprì la portiera della macchina. Mentre si infilava dentro, Amelia afferrò la portiera, impedendole di chiuderla.

«Ma che fa?» sbottò Stephanie.

«Ho solo qualche domanda sugli ultimi sviluppi.»

«E io invece devo andare. Pare che solo una di noi due otterrà quello che vuole.»

Stephanie cercò di chiudere la portiera, ma la forza di Amelia la sorprese.

«Solo un paio di domande. Poi potrà andare.»

«Deve essere nuova del mestiere» disse Stephanie, lasciandosi sfuggire un sospiro pesante. «Non funziona così. Ora, per favore, tolga le mani dalla mia auto.»

Amelia non si mosse; la sua presa si fece più salda. «L'opinione pubblica ha il diritto di sapere se i propri figli sono ancora a rischio.»

«Certo che sono a rischio» replicò Stephanie. «Sono a rischio ogni stramaledetto giorno: di inciampare e infilzarsi con un coltello, di essere investiti andando a scuola, di cadere dall'alto e rompersi il collo. Sono a rischio ogni minuto di ogni giorno, proprio come lei e me.»

«Ma non a causa dell'Uomo Nero.»

«Se intendeva questo, avrebbe dovuto essere più chiara. Non è quello che vi insegnano alla scuola di giornalismo? Giornalismo per principianti.»

Le nocche di Amelia diventarono bianche per la frustrazione e l'imbarazzo. Stephanie incrociò il suo sguardo e lo sostenne.

«Perché questa maggiore presenza della polizia? È successo qualcosa? C'è stata un'escalation da parte dell'Uomo Nero?»

Stephanie sapeva che la donna stava pescando informazioni,

cercando un indizio, un segno che fosse sulla strada giusta. Si assicurò di non tradire alcuna emozione.

«Come ha fatto ad arrivare qui così in fretta?» domandò Stephanie.

«La comunità» rispose lei.

«Quale comunità?»

Amelia indicò la strada con la mano libera. «È ovunque. Queste persone si guardano le spalle a vicenda: online, di persona, agli eventi. Sono preoccupati per la sicurezza dei loro figli, eppure non abbiamo ancora sentito nulla di ufficiale da parte vostra. Sembra che stiate giocando in due squadre diverse.»

Stephanie alzò gli occhi al cielo. «Abbiamo un lavoro da fare.» Afferrò la maniglia e tirò leggermente. «E non possiamo farlo se veniamo importunati ogni due minuti. So che l'ha mandata Louis. Ma dovrà solo aspettare che abbiamo valutato la situazione. Il comunicato stampa ufficiale vi arriverà presto. E può dire a Louis che sarà il primo a saperlo. Potrà ringraziarmi dopo.»

Stephanie tirò di nuovo la portiera, questa volta con più forza. Amelia capì di aver perso la battaglia e lasciò la presa. La portiera si chiuse con un tonfo soddisfacente. Stephanie accese il motore e partì, prestando poca attenzione ai piedi di Amelia a pochi centimetri dalle ruote.

CAPITOLO
QUARANTANOVE

A Stephanie il sangue continuò a ribollire nelle ore successive. Amelia, e di conseguenza Louis, non avevano alcun diritto di affrontarla in quel modo. Non era il suo modo preferito di gestire le cose. Si era sentita messa alle strette e, come un cane spaventato, si era difesa. Il suo comportamento era stato poco professionale? Certo, ma non le avevano lasciato scelta.

Più lavorava alla polizia del Surrey, più iniziava a vedere emergere la vera natura di Louis. Per il momento, gli aveva bloccato il numero di telefono, prevedendo le diverse chiamate che avrebbe potuto tentare di farle.

Doveva solo ricordarsi di sbloccarlo.

Era primo pomeriggio e la squadra aveva lavorato senza sosta all'ultimo aggiornamento. Molti di loro, lei compresa, avevano saltato la pausa pranzo, anche se nel suo caso per motivi diversi. Mentre sedeva nel suo ufficio, sola con i suoi pensieri, continuava a pensare a suo padre e a suo zio, al loro rapporto e agli abusi di cui Elliot aveva finto di non sapere nulla. Nella sua testa, era un'assurdità. Doveva aver visto le prove. Doveva aver visto i lividi. Eppure non aveva fatto niente. Le aveva mentito.

Ma prima, doveva dimostrarlo.

Caricò HOLMES 2 sul computer e cliccò nella casella di ricerca. Il cursore lampeggiò ritmicamente sullo schermo. Lo fissò per un lungo istante, la mente occupata da un'improvvisa fitta di fame.

Dopo qualche minuto, inserì il nome di suo padre nella barra di ricerca. Immediatamente, apparve una marea di rapporti. In cima c'era quello relativo all'omicidio di sua madre; il resto erano testimoni e sospettati non correlati che nel corso degli anni si chiamavano Colin Broadbent.

Timidamente, cliccò sul primo risultato. L'intera indagine sulla morte di sua madre era a portata di mano. Per anni, aveva lottato contro la tentazione di guardare, di riportare a galla gli orrori di quella notte, di rivisitare i ricordi che aveva chiuso a chiave per così tanto tempo.

E per anni, aveva tenuto quella chiave nascosta.

Fino a ora.

Ma prima che potesse iniziare a leggere, qualcuno bussò alla sua porta.

«Avanti» disse.

Un istante dopo, apparve Giles. «Sono tutti pronti per lei, capo.»

Già? Dov'era finito il tempo? Lo ringraziò, spense lo schermo e lo seguì nella sala operativa, dove la squadra la stava aspettando. Il posto sembrava vuoto senza Eve, Devon e persino il DCI McGowan.

«Grazie, ragazzi» esordì. «Voglio essere breve e concisa, so che abbiamo molto da fare. Dunque... chi vuole iniziare?»

Una mano alzata. Wellard. «Ho condiviso tutto con il *Surrey Live* e abbiamo pubblicato sui social media. Finora, abbiamo ricevuto decine di commenti di persone che ci inviano il loro sostegno. Un paio di rompiscatole, ma niente di serio. Abbiamo anche condiviso le misure che le persone possono adottare per tenere al sicuro le loro famiglie.»

Stephanie annuì. «Che ha detto il *Surrey Live*?»

«Niente.»

Certo che no.

«Hanno già pubblicato l'articolo?»

«Entro dieci minuti da quando ho inviato loro tutto» confermò Olivia.

«Questo dovrebbe bastare a tenerli buoni per un po'. Novità da Trent Whitaker e dal suo gruppo Facebook?»

Olivia scosse la testa. «È aperto al pubblico, quindi mi sono iscritta, ma sono per lo più persone che condividono le loro teorie e foto che pensano siano utili. Ci sono alcune immagini di telecamere a circuito chiuso che dovrò esaminare, ma nessuna sembra essere stata presa dalle zone in cui sono avvenute le effrazioni.»

Stephanie gemette. «Sia prudente, diligente e non sprechi troppo tempo su piste inutili.»

«Certo. Me ne torno nel mio angolino.»

«A proposito di telecamere a circuito chiuso» disse Stephanie, rivolgendo l'attenzione al DS Mackenzie. «Noah, a che punto siamo con le indagini porta a porta?»

Il sergente accavallò le gambe, rivelando un paio di calzini con dinosauri blu. «Sono tutte terminate, capo. Anche se vorrei che fossero buone notizie. La strada è piccola e, delle quindici case lungo la via, tutti stavano dormendo. Dicono di non aver visto né sentito nulla. Abbiamo un paio di registrazioni di sistemi di sicurezza domestica che io e Olivia dovremo esaminare, ma a parte questo, niente di più concreto.»

Stephanie emise un piccolo sospiro e si voltò verso la lavagna delle indagini dietro di lei. Come richiesto, l'agente Wellard, in assenza di Devon, aveva stampato una mappa di Guildford in grande scala e aveva segnato le case delle vittime con puntine di diversi colori. Dalla vista aerea, era chiaro che condividevano una cosa in comune: erano tutte vicine a grandi campi o aree boschive, permettendo all'Uomo Nero di fuggire rapidamente e facilmente. Era stato fatto un vago tentativo di indovinare i punti di fuga dell'Uomo Nero, indicati con una puntina di colore diverso.

«Nessun progresso su come entra ed esce?»

Silenzio. Stephanie guardò Olivia, che accennò un timido no con la testa.

«E per quanto riguarda i sospettati?» domandò. «Giles? Novità?»

«Pump and Jump, capo. Yasmin East era un'altra studentessa di lì.»

«Ottimo lavoro. Allora penso che possiamo dire con certezza che dobbiamo andare lì il prima possibile. So che vi siete divisi la responsabilità, ma a che punto siamo con la convocazione dei genitori per una riunione stasera?»

«La maggior parte di loro è disponibile» confermò Giles.

«Fantastico. Fiona?»

L'agente sussultò inaspettatamente. Abbassò lo sguardo sul suo grembo, poi di nuovo su Stephanie.

«Io e Noah abbiamo contattato le vittime precedenti, e ho un incontro con loro più tardi oggi, solo per interrogarle sui loro spostamenti...»

«Hanno qualche legame con la scuola di danza?»

La confusione le si dipinse sulle labbra. Alla fine, Fiona scosse la testa. «Non che io sia riuscita a determinare.»

«Allora lasci perdere. Non credo che abbiano qualcosa a che fare con questo caso. Questa persona sta prendendo di mira le ragazze di questa scuola di danza per una ragione molto specifica. La nostra risposta si trova lì. Inoltre, abbiamo le loro impronte digitali e il DNA in archivio, quindi se dovesse saltar fuori qualcosa, sapremo dove trovarle.»

«Sì, capo. Vuole che assista comunque all'autopsia?»

Questo glielo ricordò. Leanna Moore, la patologa, aveva chiesto a Stephanie di partecipare, ma lei aveva passato l'incarico all'agente Singleton.

«Per favore, agènte. Riferisca le sue scoperte non appena possibile. Speriamo che l'assassino abbia commesso un errore e abbia lasciato delle impronte digitali o del DNA.»

Stephanie tornò nel suo ufficio per prendere le chiavi della macchina. Mentre allungava la mano sulla scrivania per prenderle, i suoi occhi caddero sul monitor del computer. Pensò alle informazioni che si celavano lì sotto, a pochi clic del mouse e della tastiera.

Non c'era tempo per leggerle ora, quindi sbloccò rapidamente il computer e iniziò a stampare tutto. La stampante nel suo ufficio prese vita con un ronzio, e lei sentì un'ondata di adrenalina, come se stesse facendo qualcosa che non avrebbe dovuto. Come se stesse infrangendo la legge in qualche modo. Anche se aveva accesso a tutte le prove del caso di sua madre, si sentiva come se qualcuno la stesse osservando e che presto McGowan sarebbe piombato dalla porta per sospenderla.

Mentre le pagine iniziavano a essere stampate, il suo telefono vibrò contro la gamba.

«Louis, se hai qualcosa da...»

«Chi è Louis?» chiese Kimberley.

Stephanie espirò profondamente, rilasciando l'improvvisa tensione che le aveva irrigidito il corpo. «Solo una persona che mi piace sempre meno.»

«Conosco bene la sensazione.»

«Perché mi sembra una frecciatina?»

«Non lo è. Sono solo le tue insicurezze che vengono a galla» disse Kimberley seccamente.

«È sempre un piacere parlare con te, sorellina. C'era qualcosa di importante che volevi dirmi? Non ho molto tempo.»

«Abbiamo detto niente segreti, giusto?»

Con la coda dell'occhio, Stephanie vide le luci della stampante lampeggiare.

«Cos'è questo rumore?» chiese Kim prima che lei potesse rispondere.

«Solo la stampante del mio ufficio.»

«Cosa stai stampando, un libro?»

Lei ridacchiò. «Quasi. Comunque, dicevi 'niente segreti'?»

«Sì. Niente segreti. Beh, ho pensato che avrei dovuto fartelo sapere, visto che tu non mi hai avvisata l'altro giorno, che sto per andare alla casa.»

«Oh. Capisco.»

Non sapeva perché, ma improvvisamente si sentì protettiva nei confronti di quel posto, come se fosse suo e a nessun altro fosse permesso avvicinarsi. Come se Kimberley dovesse chiedere il permesso prima di pensare di andarci.

«Se trovo qualcosa che penso possa interessarti, te lo farò sapere.»

La stampante si inceppò, emettendo un orribile stridio. Stephanie la fissò per un momento, persa nei suoi pensieri.

«A proposito di niente segreti» disse. «Questo mi ricorda una cosa. C'è una cosa che devo dirti sull'uomo che abbiamo visto nella foto...»

CAPITOLO
CINQUANTA

L'aria all'interno dell'obitorio era fredda, sterile e odorava debolmente di formaldeide. Ricordò a Fiona la casa di riposo del padre di Stephanie, quando era arrivata sulla scena del crimine. Era stata la prima volta che metteva piede in una casa di riposo, e il posto puzzava di morte, un luogo dove i suoi residenti svanivano lentamente.

Ora si trovava in un luogo di morte vera, dove le persone erano già trapassate, lasciate a infestare i corridoi e a sussurrare segreti nelle fessure tra le finestre e le porte.

Fiona indossò l'abbigliamento adeguato e poi aprì le porte a due battenti. Il sapore acre delle sostanze chimiche le colpì la gola dietro la mascherina, facendole quasi vomitare. Al centro dell'obitorio c'era Leanna Moore, una vecchia amica. Un'*vecchia* amica, a tutti gli effetti. Fiona e Leanna avevano frequentato la stessa scuola della zona e si erano mosse in circoli sociali simili, nonostante Leanna fosse di qualche anno più grande. Da allora, si erano tenute in contatto a intermittenza e, dopo l'ingresso di Fiona in polizia, erano diventate buone amiche, di quelle che si vedevano fuori dal lavoro ogni volta che le loro agende lo permettevano.

«Che ore sono queste?» domandò Leanna, sistemandosi i guanti. «Non è da te fare tardi.»

«Fa ancora scena, no?»

«Sarà l'unica cosa di te che lo è.»

Ridicchiando, Fiona si avvicinò con passo lento al piccolo corpo disteso sul tavolo di metallo, che splendeva di un bianco abbagliante sotto il faretto. Si fermò un istante, a osservare la scena. Non importava quanti corpi avesse visto o a quale stadio di decomposizione, non diventava mai più facile, soprattutto quando si trattava di bambini.

Non ne avrebbe mai avuti, questo era certo. Ma ciò non le impediva di amarli. Era abituata a sua nipote e a suo nipote a piccole dosi, sia quando si comportavano al meglio sia quando facevano i monelli. Ma li adorava comunque. Erano dolci, innocenti e spesso le facevano sentire il cuore confuso e caldo. Eppure, aveva visto orrori nel mondo, e questo la spaventava.

«Pronta?» domandò Leanna.

«Non proprio, ma ormai sono qui.»

Leanna tirò indietro il lenzuolo con una cura che rasentava il materno. I lineamenti della bambina erano pallidi, quasi traslucidi sotto le luci, incorniciati da capelli arruffati, le labbra leggermente dischiuse come se potesse esalare un respiro, ricominciare a respirare e svegliarsi di colpo.

Fiona fissò lo spazio vuoto nell'arcata superiore dei denti. Secondo la testimonianza dei genitori, Yasmin aveva perso un dente da latte la sera prima, e la Fatina dei Denti le aveva lasciato una moneta da una sterlina sotto il cuscino. Era stata poi recuperata sulla scena e imbustata come prova.

«Forse pensava che l'assassino fosse la Fatina dei Denti» sussurrò Fiona tra sé.

«La peggior Fatina dei Denti di sempre» replicò Leanna. «Anche se credo che la mia le faccia buona concorrenza. Ogni volta che mi cadeva un dente, ricevevo un sasso dal giardino. Voglio dire, cosa se ne fa una bambina di sette anni di un sasso?»

Molto più di qualcuno che è stato ucciso da una persona che credeva fosse la Fatina dei Denti.

Fiona inspirò profondamente, ricomponendosi e ignorando il sordo dolore del lutto allo stomaco. «Cosa puoi dirmi?»

«Non molto, a dire il vero» spiegò Leanna. «Aveva mangiato bene. Probabilmente intorno alle otto, che mi dicono essere tardi per una bambina di questa età. Era ben idratata, perfettamente sana. Ed è stata soffocata con il suo cuscino.»

«Tutto qui? Pensavo mi avessi fatto scendere per qualcosa di più concreto.»

Leanna agitò un dito. «Qualcosa *c'era*.» Si spostò verso la testa della bambina, passando un dito sopra il profilo del suo viso. «Non c'è alcun livido» aggiunse. «Di solito, se qualcuno ti tiene un cuscino sul viso, preme proprio sulla faccia per impedirti di respirare, il che potrebbe causare lividi o infiammare alcuni muscoli, magari anche rompere il naso. Ma questo… stavolta non vedo nulla del genere. Ne ho visti così tanti che riesco a farmi un'idea di come sono morti, di quanto possa essere stato orribile o doloroso per loro. Ma con lei, mi sembra che sia stato delicato…»

«Come se l'assassino si fosse trattenuto?»

«Come se non volesse davvero farlo. Come se fosse stato un errore.»

CAPITOLO
CINQUANTUNO

Niente segreti. Era stato quello il loro accordo. Niente segreti. Ma Stephanie aveva già rinnegato quel patto, rompendo l'armistizio tenendo segreta per un giorno l'identità del loro zio. Lui le aveva confermato che lei era andata a trovarlo da sola, eppure non aveva detto niente. Aveva mantenuto un segreto.

Quindi ora toccava a Kimberley.

L'aria nel solaio era secca e soffocante, densa dell'odore di vecchio materiale isolante e di umidità. La polvere le si attaccava in gola mentre si faceva strada con cautela tra le travi basse, una mano appoggiata al soffitto spiovente per mantenersi in equilibrio, l'altra a proteggere il bambino che portava in grembo. Fino a quel momento, il resto della casa non le aveva offerto altro che una montagna di bollette, lettere del comune e posta indesiderata di Papa John's, Domino's e delle agenzie immobiliari locali. Perciò aveva cambiato tattica. Non avrebbe dovuto arrampicarsi su scale e farsi strada a fatica tra cumuli di materiale isolante, ma non sarebbe stato quello a fermarla. Era certa che nella sua famiglia si nascondessero altri segreti. Qualcosa che Elliot Broadbent aveva detto, qualcosa a cui aveva alluso ma su cui non si era dilungato.

Qualcosa che suo padre aveva saputo o fatto.

Lo sguardo di Kimberley cadde su una cassa di plastica piena di vecchie decorazioni natalizie e su una malconcia valigia marrone, infilata accanto a un materassino da campeggio sgonfio; del tipo che era in famiglia da tre generazioni ma che non si era mai spinto oltre le Isole Britanniche.

Si lasciò cadere in ginocchio e liberò la valigia da un tappeto di carta da regalo natalizia.

Nell'istante in cui si alzò, il solaio prese a girare. La vista le si offuscò ai lati e allungò di scatto una mano in cerca di un appiglio, afferrando la trave più vicina. Un'ondata di nausea la travolse, come una marea che la trascinava a fondo. Si costrinse a fare dei respiri regolari. Erano ore che non mangiava né beveva. Era solo quello.

Si sedette sullo scalino, riprendendo fiato. Prima di aprire la valigia, attese e si mise in ascolto. Le parve di aver sentito un rumore. Un movimento.

Quel posto la inquietava. Si sentiva come se non appartenesse a quel luogo. Per Stephanie era diverso; lei conosceva la casa prima che si trasferissero. Aveva ricordi, sia belli che terribili. Kimberley, invece, non ne ricordava nulla. Non c'era niente nella sua psiche o nel suo subconscio a cui potesse aggrapparsi. Nessuna immagine della madre che la teneva in braccio. Nessuna del padre che entrava in camera da letto a tarda notte. Poteva solo immaginare ciò che Stephanie le aveva raccontato e provare a farli suoi.

Si sentiva un'estranea a casa sua.

Dopo un minuto, il battito cardiaco rallentò. Sganciò le chiusure della valigia con le dita rigide e la aprì. In cima c'era una sottile coperta scozzese che riconobbe da una delle foto. Proveniva dal loro vecchio divano in salotto. La tirò via.

Sotto c'erano pile di carte: cartelline, ricevute, buste ingiallite e altre fotografie. L'odore di muffa era forte.

Il suo sguardo si posò su una cartellina più spessa delle altre. Esitò, con le dita sospese sopra di essa. Poi la aprì. Le si mozzò il respiro. Ma prima che potesse elaborare ciò che stava vedendo, prima che i pezzi potessero incastrarsi del tutto, il telefono le vibrò bruscamente contro la coscia. Il rumore improvviso la riportò di colpo alla realtà del solaio.

Lo afferrò: Stephanie.

Kimberley silenziò la chiamata e fissò di nuovo la cartellina, con lo stomaco che le si attorcigliava in un nodo.

Passò un istante. Poi un altro.

Chiuse la valigia.

Niente segreti. Era stato quello il loro accordo. Eccetto che Stephanie aveva rotto quel patto. Ora toccava a Kimberley fare lo stesso.

CAPITOLO
CINQUANTADUE

Una folata di vento investì Stephanie mentre scendeva dall'auto e alzava lo sguardo verso la scuola di ballo Pump & Jump al primo piano. Sopra la sua testa, uno stormo di gabbiani volteggiava, adocchiando con curiosità il loro prossimo pasto sottostante, mentre il fetore dell'impianto di depurazione, a poche centinaia di metri dietro l'angolo, le giunse alle narici.

«Entriamo prima che ci scambino per gli avanzi di pollo di qualcuno o che sveniamo per la puzza» disse Giles dall'altro lato dell'auto.

«Concordo. Ma se i gabbiani ci attaccano, sacrifico te per primo.»

«*Me?*»

«Sei più giovane e sembri più gustoso. Hai più carne sulle ossa.»

Giles si guardò la pancia. «Mi stai dando del grasso?»

All'improvviso Stephanie fu presa dal panico. «No, certo che no. Stavo solo…»

«Tranquilla» rispose Giles con una risatina che la calmò subito. «Stavo scherzando. Ci vuole ben altro per offendermi. Sono cresciuto con due fratelli maggiori e ho frequentato una scuola maschile.»

Stephanie tirò un sospiro di sollievo. L'ultima cosa che voleva era offendere qualcuno per il suo peso; sapeva in prima persona l'impatto psicologico e fisiologico che poteva avere.

Non appena Giles le tenne aperta la porta, la musica riverberò attraverso i muri e lei sentì le vibrazioni sotto i piedi.

«Sapevi che c'era una lezione in corso?» chiese Stephanie.

Giles scosse la testa. «Che dici, cos'è? Ballo da sala?»

Lei si fermò, ascoltando il tonfo pesante e ripetitivo dei bassi che vibrava nell'aria. «Qualcosa mi dice che è danza classica» disse sarcastica.

Quando raggiunsero la cima delle scale, la musica drum and bass riempì loro le orecchie. Dentro la scuola di ballo, un gruppo di trenta bambini di dieci anni stava ballando, sbracciando e scalciando in un caos sincronizzato. I ragazzi indossavano pantaloncini e magliette (con qualche canottiera in vista), mentre le ragazze portavano leggings neri e top sportivi abbinati. Borracce color neon e felpe abbandonate costeggiavano i bordi della sala. In fondo alla stanza c'era Montana Robertson, che indossava una felpa nera con la scritta *P&J CREW* ricamata a paillettes sulla schiena. Batté le mani due volte, poi fece un gesto secco nell'aria, silenziando la musica a metà battuta.

«Bene, per ora basta, ragazzi. Pausa per bere, forza, forza, forza!»

I bambini si sparpagliarono verso i bordi della stanza, afferrarono le loro cose e si sedettero per terra, con i loro sessanta occhietti curiosi puntati su di loro.

Montana si avvicinò con cautela, cercando di mascherare il suo disagio. «Presumo che non siate qui per la lezione di tip-tap per adulti di stasera?»

«Magari a Giles andrà di provarci più tardi» disse Stephanie. «Ma per ora, ci chiedevamo se potessimo parlare un attimo in ufficio.» Lanciò un'occhiata verso lo spazio adibito a ufficio in fondo alla stanza, che era vuoto. «Dov'è Craig?»

«Fuori» rispose Montana. «È andato a Londra per la giornata.»

«Davvero? Quando c'è andato?»

«Potremmo fare tra una decina di minuti? La lezione finisce allo scoccare dell'ora, e poi possiamo parlare dopo che sono venuti a prendere tutti.»

Stephanie guardò l'orologio. Non aveva impegni immediati. Magari poteva provare a richiamare sua sorella. «Le dispiace se guardiamo?» chiese. «Non si preoccupi, abbiamo entrambi passato i controlli dei precedenti.»

Montana rise goffamente, poi acconsentì.

Stephanie e Giles si diressero verso la finestra all'altro capo della sala. Immediatamente, i bambini balzarono in piedi e si affrettarono al centro dello spazio, ciascuno a una distanza equidistante dall'altro, ben addestrati e preparati. Non appena partì la musica, iniziarono a ballare con atletismo e professionalità, i loro movimenti netti, misurati e sincronizzati. Stephanie li guardò sbalordita, sentendosi come un giudice di *Britain's Got Talent*. Poi qualcosa con la coda dell'occhio la distrasse: una Skoda Fabia grigia parcheggiata dall'altro lato della strada, il cui conducente era nascosto dal riflesso delle nuvole.

Stephanie si girò di scatto e si precipitò fuori. Giles la richiamò, ma lei non gli diede retta. Si ritrovò a danzare mentre si faceva strada tra i bambini e scendeva le scale. Uscita di corsa, trasformò il passo in una corsetta.

Ma era troppo tardi. Non appena uscì allo scoperto, la Skoda partì. Non si concentrò sul guidatore; invece, rivolse la sua attenzione alla targa, quella che aveva cercato di leggere negli ultimi giorni.

Prima che sparisse dalla vista, tutto ciò che riuscì a distinguere furono le prime due lettere e forse il primo numero.

LF4.

Non era molto, ma era un inizio. Mentre digitava la targa in un messaggio a Fiona, Giles emerse dall'edificio.

«Pensavo mi avresti fatto tornare in ufficio a piedi» disse lui.

«Sei ancora in tempo» rispose lei, dandogli le spalle.

«Cos'era?»

«Un'auto che mi sta seguendo.»

«Un ammiratore segreto?»

«O un sadico svitato a cui piace guardare i bambini dormire.»

Giles sorrise. «Ho sentito dire che la situazione degli appuntamenti è davvero terribile al momento. Proprio come raschiare il fondo del barile.»

Mentre rientravano, una serie di auto accostò lungo la strada, pronte ad aspettare per il recupero dei figli. Stephanie si fermò vicino alla porta e attese la fine della lezione. Quando i bambini iniziarono a uscire, invitò personalmente i genitori all'incontro che avrebbe tenuto più tardi quella sera, poi li osservò mentre tornavano alle loro auto. C'era un'altissima possibilità che uno dei genitori dei corsi fosse l'Uomo Nero, che fosse venuto alle lezioni, avesse scelto le sue vittime mentre lasciavano l'edificio, e poi le avesse seguite fino a casa, gettando le basi per le sue notti di terrore.

Una volta che lo studio si fu svuotato, tornarono al primo piano, dove trovarono Montana che spazzava prima della lezione successiva.

«Non avremo più bisogno di usare il suo ufficio» disse Stephanie.

Montana mise lo spazzolone in un angolo della stanza accanto alle casse e si spolverò i vestiti. «È successo qualcosa?»

«Cosa glielo fa pensare?»

«Per quale altro motivo sareste qui?»

«In effetti, sì» spiegò Giles. «Yasmin East. Riconosce questo nome?»

Montana annuì quasi subito.

«In casa sua si è introdotta la stessa persona che crediamo sia responsabile di tutte le altre effrazioni» continuò Giles. «È stata uccisa nel cuore della notte.»

Montana si portò una mano alla bocca, soffocando il gemito che le era già sfuggito dalle labbra. «L'ha uccisa?»

«Abbiamo annunciato la notizia al pubblico e sui social media; tuttavia, volevamo informare i genitori dei membri del corso qui, quindi abbiamo organizzato una riunione che si terrà in questa sala stasera.»

«*Stasera?*»

«Spero che questo non crei problemi» rispose Stephanie, anche se fece capire che la riunione si sarebbe tenuta a prescindere. «Un mio collega avrebbe dovuto avvisarla.»

«No… nessuno ha chiamato. Ma… dovrò semplicemente cancellare la lezione di tip-tap» disse Montana.

«E io che non vedevo l'ora» replicò Steph, tentando di iniettare un po' di leggerezza nella conversazione.

Non funzionò. Montana si strinse le braccia al petto e fissò il pavimento. «Non posso credere che sia stata assassinata. I ragazzi ne saranno devastati. Non devo farlo io, vero? Voglio dire, lo farò. Ma è già stato abbastanza difficile dire loro di Maddie, che...»

«Lo diremo noi ai genitori stasera, e poi spetterà a loro decidere come informare i propri figli» rispose Giles.

«Chi è Maddie?» La curiosità di Stephanie ebbe la meglio.

«Maddie Vickery. Una delle nostre migliori studentesse» rispose Montana con adorazione ed entusiasmo. «Onestamente, la migliore che avessi mai visto. Ed era anche solo una ragazzina. Aveva potenziale. Faceva un sacco di lezioni settimanali, ma è morta improvvisamente un paio di settimane fa. E proprio il giorno del suo compleanno. Ha colto tutti di sorpresa.»

Stephanie concesse alla donna un momento di riflessione.

«Vickery? Ha detto che il suo cognome era Vickery?»

Montana annuì. «Povera la sua famiglia. Ho provato a contattare sua madre, ma comprensibilmente non ha risposto.»

«Parente di Marcus Vickery?» Stephanie guardò Giles, i cui occhi si sgranarono con un lampo di riconoscimento mentre gli ingranaggi nella sua mente si mettevano in moto.

«Non ne sono sicura. Non so chi sia.»

Ma Stephanie sì. Il nome era chiaro nella sua mente. Marcus Vickery, una delle vittime dell'Uomo Nero originale.

Stephanie impiegò qualche istante a raccogliere i pensieri. Alla fine, quando si riprese, disse: «So che è molto da digerire per Lei, ma lo scopo della nostra visita era vedere se Lei o Craig avete avuto tempo di pensare a chi potrebbe essere responsabile di queste intrusioni o se avete notato qualcosa di strano o diverso nel comportamento di qualcuno.»

Montana non ebbe bisogno di pensare a lungo. Si morse il labbro e li guardò entrambi profondamente.

«Stavamo per dire qualcosa l'altro giorno» cominciò, con la voce roca e debole, «ma non sapevamo se fosse la cosa giusta da fare. Abbiamo pensato che lo avreste scoperto da soli dopo aver controllato i nostri archivi, ma...»

Fece una pausa.

«Abbiamo ricevuto una manciata di lamentele su uno dei papà la cui figlia viene qui.»

L'interesse di Stephanie si acuì. «Lamentele su...?»

La gola di Montana si contrasse mentre deglutiva. «Sua figlia viene qui il martedì per le lezioni di contemporanea. Ma alcuni dei genitori le cui figlie frequentano altre lezioni durante la settimana hanno iniziato a vederlo fuori dall'edificio.»

«Quando non dovrebbe esserci?» chiese Giles.

«Non ha motivo di essere lì» confermò lei. «Abbiamo provato a parlargliene, ma sostiene sempre di avere affari nella zona industriale e di usare il posto per parcheggiare perché qui è gratis. Nessuno di noi ci crede, ma non l'abbiamo visto fare niente di offensivo o fuori dall'ordinario da farci pensare il contrario.»

«A volte non è necessario. Il fatto che pensiate che ci sia qualcosa di sbagliato è sufficiente per agire. Perché non ci avete detto niente prima?»

Montana esitò. «Non volevamo creargli problemi inutili.»

A quel punto, a Stephanie venne un'idea. «Le saremmo grati se potesse preparare questo posto per la riunione di stasera. Nel frattempo, avremo bisogno del suo nome e indirizzo il prima possibile.»

CAPITOLO
CINQUANTATRÉ

Adam Keegan viveva nel piccolo villaggio di Worplesdon, a nord di Guildford. Lavorava come responsabile globale del controllo del credito per un grande conglomerato ed era stato nell'ufficio di Londra quando Stephanie e Giles avevano provato a contattarlo. Ciò significò che furono costretti ad aspettare le sette di sera che Adam tornasse a casa, appena un'ora prima dell'incontro che avevano programmato alla scuola di danza.

Attendevano nel vialetto quando Adam accostò con una grossa BMW X5 che dominava lo spazio. Il suo volto si contrasse per l'apprensione non appena posò gli occhi su Stephanie.

«Grazie dell'attesa», disse lui, scendendo dall'auto e prendendo una borsa dal sedile posteriore.

«Tutto il piacere è nostro», rispose Stephanie con un sorriso sarcastico, presentando sé stessa e Giles.

Adam si mosse lentamente verso la casa, inserendo la chiave con evidente trepidazione. Stephanie osservò ogni sua azione mentre lui entrava e posava la borsa. Seguì il suo sguardo, aspettandosi quasi di vedere la figlia correre giù per le scale per salutarlo. Invece, la casa rimase vuota e silenziosa.

«Dov'è sua figlia?»

«Da sua madre. Ci siamo separati qualche mese fa.»

Stephanie notò le condizioni immacolate della casa. A quanto pareva, se la stava cavando bene.

«Ogni quanto la vede?»

«A weekend alterni.»

«E durante le lezioni di danza?»

Adam si fermò di colpo e si voltò verso di loro. «Lezioni di *danza*? Cioè... sì. Scusate, intendevo menzionare anche quello. Lezioni di danza, già.»

Un campanello d'allarme iniziò a suonare nella mente di Stephanie mentre lui li conduceva nella lussuosa cucina. La pulizia del posto indicava che era usato da una sola persona: un unico coltello, una forchetta, un cucchiaio, una tazza e un piatto ad asciugare sullo scolapiatti erano tutto ciò di cui aveva bisogno.

Sia Stephanie che Giles rifiutarono la sua offerta di qualcosa da bere, osservando in silenzio mentre Adam si riempiva un bicchiere d'acqua e lo tracannava in un solo sorso. Stephanie percepì che lui desiderava qualcosa di un po' più forte.

«Come si chiama sua figlia?» chiese Stephanie.

«Michaela.»

«Quanti anni ha?»

«Sette. Otto l'anno prossimo.»

«Da quanto tempo frequenta la Pump and Jump?»

Adam esitò. «Un paio di mesi. Abbiamo deciso di iscriverla solo di recente. Le piace molto. La rende felice, il che rende felice me.»

Le sue risposte suonavano fredde ed evasive. I suoi occhi saettavano tra Giles e Stephanie, come se stesse giocando una partita a Pong.

«È al corrente della recente ondata di furti con scasso nella zona?» chiese Giles, continuando da dove Stephanie si era interrotta.

Adam posò il bicchiere. «Ne ho sentito parlare, sì.»

«È venuto alla nostra attenzione che il responsabile ha preso di mira i membri dei gruppi di ballo della Pump and Jump.»

«Non ci credo.»

«Ha notato qualcosa di sospetto di recente? Qualcuno che si aggirava intorno a casa sua, forse, o a quella della sua ex partner?»

Adam scosse lentamente la testa. «Niente. Pensa che potrebbe prendere di mira Michaela?»

«Stiamo solo facendo il giro», spiegò Stephanie. «Per sensibilizzare, per portare la cosa all'attenzione di tutti. Lei è una delle prime persone con cui abbiamo parlato; abbiamo iniziato con il gruppo di sua figlia e gradualmente passeremo in rassegna tutte le altre classi.»

«Avete un bel da fare, allora.» Le spalle di Adam parvero rilassarsi leggermente, come sollevato.

«Se significa proteggere queste ragazzine, faremo di tutto.»

«Certo», disse lui, annuendo educatamente. «Beh, Le sono grato per avermi informato. Riferirò senz'altro l'informazione alla mia ex moglie e le dirò di stare in guardia.»

Stephanie abbozzò un sorriso. «Ne saremmo molto grati. Di sicuro ci alleggerisce il carico di lavoro.»

Un silenzio imbarazzante calò su di loro. Fuori, il vento si levò, facendo frusciare le foglie di un albero in giardino, e Adam cominciò ad agitarsi a disagio.

«Se non c'è altro, allora...»

Stephanie sollevò un dito. «In realtà, c'era una cosa, una cosa che è venuta alla nostra attenzione.» Fece una pausa a effetto. «In quali giorni sua figlia va alla scuola di danza?»

«Il martedì», rispose lui, con una punta di nervosismo che gli incrinava il tono.

«Giusto. E allora perché un paio di genitori hanno riferito di averla vista nella sua auto in altri giorni della settimana, quando sua figlia non aveva lezione?»

Adam sbuffò, l'incredulità scolpita sul volto. Il suo tentativo di sembrare sorpreso non fu convincente. «Cosa? Di cosa sta parlando? Quali genitori? Chi ha detto queste cose?»

«Abbiamo ricevuto segnalazioni secondo cui Lei avrebbe passato una quantità di tempo preoccupante fuori dalla scuola Pump and Jump. Per caso non ne saprebbe nulla, vero?»

«Lo provi. Provi che ero io.»

«Ci sono diverse testimonianze oculari.»

«Cosa dicono che facevo?»

«Non ne sono sicuri. È per questo che sono preoccupati. Speravamo che potesse dircelo Lei. Ammette di essere stato lì in giorni diversi da quando doveva andare a prendere sua figlia?»

Adam aprì la bocca, poi la richiuse, bloccato in una lotta interiore.

«Sarebbe meglio per Lei ammetterlo adesso», aggiunse Giles.

«Non vogliamo dover tornare, ma lo faremo se penseremo di averne motivo.»

Alla fine, dopo qualche altro istante di esitazione, Adam cedette. «Potrei esserci andato un paio di volte», disse. «Nelle ultime due settimane.»

«Perché?»

«Un... un paio di motivi. La mia ex moglie c'è andata un giorno solo per parlare con Montana e Craig del rendimento di nostra figlia e del pagamento delle lezioni. E poi...» La sua mente inventò rapidamente una scusa. «E poi le altre volte stavo osservando.»

«Osservando *chi*?» chiese Stephanie, la sua preoccupazione crescente.

«Una delle mamme», spiegò Adam, con la voce rotta. «L'ho vista una volta. Non ricordo quando o come, ma ho pensato che fosse attraente. L'unico problema è che non l'ho più vista da allora. E... e quindi sono andato a un paio delle lezioni di danza di sua figlia. Stavo per scendere e parlarle, ma ogni volta mi sono fatto prendere dal panico e me ne sono andato.»

Stephanie si prese un momento per assimilare le sue parole. Era plausibile, sì, ma era credibile? Non ne era così sicura. C'era qualcosa di inquietante nel suo modo di parlare — un attimo controllato, quello dopo in preda al panico — come se stesse cercando disperatamente di inventare una bugia convincente per farli andare via.

«Quindi non ha nulla a che fare con l'osservare ragazzine minorenni?» sondò ulteriormente Stephanie.

La sua bocca si spalancò di nuovo, una patina lucida si formò sulla sua fronte.

«Come si permette? Assolutamente no. Io... io trovo l'insinuazione assolutamente abominevole.»

Lei ignorò le sue proteste. «I nomi Becky Wednesday, Layla Whitaker, Mia Harris, Helen Lynas e Yasmin East le dicono qualcosa?»

Adam scosse la testa.

Stephanie recitò le date delle effrazioni. «Cosa faceva in queste date?»

«Ero qui. A dormire.»

«Da solo?»

«Sì, da solo. Non vede nessun altro vivere qui, o sbaglio?»

Si avvicinò di qualche centimetro, il movimento sottile ma l'intento chiaro.

Stephanie rimase salda, tenendo la sua posizione.

«Può provare di essere stato qui nelle notti in questione?»

«Mi state seriamente accusando di essere l'Uomo Nero?»

«Come sapeva che ci riferivamo all'Uomo Nero?»

«Perché so fare due più due.» Un altro movimento, un altro centimetro più vicino.

Giles fece un passo avanti, colmando la distanza tra loro, ma Stephanie si sentiva più che in grado di gestire la situazione da sola.

«Allora forse capirà perché Le stiamo chiedendo queste cose. Lei è un uomo intelligente — l'ha appena detto Lei stesso — quindi può immaginare perché potremmo essere preoccupati che un uomo che vive da solo sia stato visto bighellonare intorno alla scuola di danza dove diverse ragazze sono state traumatizzate e una è stata uccisa. O questo è troppo difficile per il suo intelletto?»

Quello parve funzionare. Adam si ritrasse, abbassando le mani e appoggiandosi al bancone della cucina. Prese il bicchiere e cominciò a farlo roteare sulla superficie. Per un breve istante, Stephanie pensò che potesse scagliarglielo contro.

«Capisco come possa sembrare, ma onestamente non ho avuto nulla a che fare con quelle effrazioni. Non c'è niente che io possa dire o fare per provarlo. Ma se non avete alcuna prova, allora le nostre opzioni sono chiare: io continuerò la mia serata e voi lascerete casa mia. Adesso.»

CAPITOLO
CINQUANTAQUATTRO

Alle otto di sera, i genitori delle bambine di età compresa tra i sei e gli undici anni si riunirono nello studio di danza Pump & Jump. Un piccolo numero aveva portato con sé i figli, mentre la maggior parte era venuta da sola. La stanza brulicava di un misto di cautela e paura, con decine di conversazioni che riecheggiavano più forte di qualsiasi cosa gli altoparlanti potessero produrre. Stephanie, Giles, Montana e Craig, tornato da Londra poco prima, stavano in piedi con le spalle agli specchi.

Stephanie alzò una mano e all'istante il gruppo di adulti, di età compresa tra la fine dei venti e la fine dei quarant'anni, si placò, e le loro conversazioni si spensero in un sussurro.

Il cuore le batteva all'impazzata, e un sottile strato di sudore le ricopriva il corpo. Non le piaceva parlare in pubblico e non era mai stata brava a rivolgersi alla folla. Poche settimane prima, era stata incaricata di parlare a centinaia di studenti universitari e i suoi nervi erano stati un disastro. Non era sicura se questo sarebbe stato più facile o più difficile.

In ogni caso, non aveva scelta.

«Grazie per essere venuti stasera» esordì, con la voce roca e secca. «Mi scuso per non aver affrontato prima la questione; tuttavia, solo di recente è venuto alla nostra attenzione che tutte le vittime di queste visite dell'Uomo Nero provengono dall'accademia Pump and Jump.» Fece una pausa per scrutare gli adulti nella stanza. Nonostante l'invito, non vide traccia di alcun genitore delle recenti vittime. «Comprendiamo che questo sia un momento preoccupante per voi, specialmente dopo il recente sviluppo che ha coinvolto Yasmin, accaduto che ci ha tutti profondamente addolorati. Lo scopo di stasera è assicurarvi che stiamo lavorando attivamente per rintracciare questo individuo. Stiamo facendo tutto il possibile.

«Vi chiediamo anche di segnalare qualsiasi cosa possiate vedere o sospettare, per quanto possa sembrare futile o inopportuno. A tal fine, esortiamo tutti i residenti della zona e i membri del gruppo a prendere ulteriori precauzioni la sera. L'Uomo Nero ha uno schema chiaro: colpisce nel cuore della notte, mentre tutti dormono. Consigliamo di assicurarsi che tutte le porte siano chiuse a chiave prima di andare a dormire e, se possibile, di installare delle trappole. Se avete telecamere di sicurezza, assicuratevi che siano accese, cariche e puntate sul retro della casa. Se, nel malaugurato caso in cui l'Uomo Nero faccia visita, vi preghiamo di non toccare nulla di ciò che troverete la mattina seguente. Le prove del DNA sono cruciali sulla scena del crimine, e qualsiasi traccia riusciremo a raccogliere sarà preziosa.»

«E se uccidesse le nostre figlie come ha ucciso Yasmin?» gridò una voce profonda e roca dalla folla. Stephanie cercò la fonte, ma non riuscì a individuare chi avesse parlato nella calca.

«Comprendo la sua preoccupazione» rispose, ora con più sicurezza. «Tuttavia, è nostra opinione professionale che la sua morte, sebbene tragica, sia stata un incidente isolato. Non prevediamo che questo individuo uccida di nuovo. Detto questo, stiamo facendo tutto il possibile per trovarlo, e ne risponderà con il massimo rigore previsto dalla legge.»

«Come sa che non è la stessa persona che l'ha fatta franca trent'anni fa? E se la facesse franca di nuovo?»

Stephanie deglutì a fatica prima di rispondere, concentrandosi sulla donna che aveva posto la domanda e sostenendo il suo sguardo.

«Le posso assicurare che *non* la farà franca una seconda volta. Ha la mia parola.»

CAPITOLO
CINQUANTACINQUE

Erano passate da poco le dieci quando Stephanie arrivò finalmente a casa. Aveva dovuto sopportare un'altra ora a rispondere alle domande della folla di genitori preoccupati. Alla fine, si sentì sicura di aver fatto abbastanza per placare le loro paure e consigliarli sulle misure migliori per proteggere le loro case e le loro famiglie dalle intrusioni. L'unico problema, ora, era che era stanca. E affamata.

Non aveva mangiato nulla e lo stomaco glielo ricordava ogni pochi secondi, brontolando e rimproverandola per non aver consumato un pasto. Abbassò lo sguardo sul telefono, il suo riflesso nello schermo nero che la interpellava.

Non farlo.

Non farlo.

Ma lo fece: sbloccò il dispositivo, trovò l'app di Uber Eats e ordinò una pizza bella unta dalla pizzeria indipendente della via principale. Aveva assaggiato il loro cibo qualche settimana prima ed era rimasta colpita da quanto fosse buono. E anche a buon prezzo.

Mentre aspettava, vagò per la casa, mettendo in ordine e pulendo, cercando di distrarsi dalle stampe che aveva nella borsa. Il fascicolo d'indagine sull'omicidio di sua madre se ne stava in una cartellina ordinata, che la chiamava a gran voce, la implorava di essere letta.

Scopri la verità.

Vedi fino a che punto puoi fidarti di tuo zio.

Scopri cosa sapeva.

Rimase sulla soglia del salotto, fissando la borsa come se fosse un test di gravidanza. Mancavano dieci minuti alla consegna della pizza. Tempo sufficiente per iniziare. Tempo sufficiente per mangiare un po' di cibo prima di convincersi di dover rimettere tutto.

Sapeva quali demoni sarebbero emersi leggendo quelle carte. Sapeva quale bestia avrebbe risvegliato dentro di sé, una bestia che avrebbe mostrato il suo lato peggiore. Ma era un male necessario se voleva scoprire la verità sul coinvolgimento di suo zio negli abusi e nell'omicidio di sua madre.

Durante tutta la sua carriera in polizia, non si era mai sentita obbligata a scavare nel passato, a rivivere i ricordi che aveva nascosto per tanto tempo.

Espirando profondamente, si avvicinò alla borsa e tirò fuori il fascicolo. Le sembrò pesante, come se stesse portando un mattone. Quasi duecento pagine.

Lo portò sul divano, si sedette a gambe incrociate e se lo posò con cura in grembo. Il telefono vibrò. La pizza era a cinque minuti di distanza. Lo ignorò.

Aprì il fascicolo.

Le prime pagine erano amministrative: nomi del personale, numeri di rapporto, registri degli incidenti dattiloscritti. Poi vennero le foto della scena del crimine, sfocate a causa di scansioni digitali di scarsa qualità e di obiettivi fotografici ancora peggiori, che mostravano l'interno della casa che conosceva fin troppo bene: la cucina, il corridoio, il bagno e il salotto. Una foto mostrava una donna accasciata sul divano, i capelli sparsi sul cuscino, un braccio che le pendeva a lato. Fiacco.

Un nodo le si formò in gola mentre studiava l'immagine per tutto il tempo che riuscì a sopportare. Anche nella morte, sua madre era ancora una bella donna.

Girò lentamente la pagina, rendendo un ultimo omaggio a sua madre.

Poi c'erano le deposizioni dei testimoni.

Proprio mentre stava per leggerle, suonò il campanello, facendola sussultare per la paura. Si spaventò e per poco non fece cadere il fascicolo a terra. Mettendolo da parte, si affrettò verso la porta, strappò la scatola della pizza dalle mani del fattorino senza un grazie e tornò sul divano, lasciando cadere il cibo sul cuscino accanto a sé. Ora era troppo concentrata. La sua mente era entrata in uno stato professionale. Aveva messo da parte i suoi sentimenti personali e trattava la cosa come se fosse un caso a cui stava lavorando.

Dopo un respiro profondo, tornò a concentrarsi sulle deposizioni dei testimoni. Molte erano di parenti e amici, ma le più rivelatrici erano quelle dei vicini. Aveva a lungo creduto che i suoi vicini non avessero fatto nulla riguardo agli abusi di suo padre, che fossero rimasti a guardare diventando complici dell'omicidio di sua madre. Ma mentre leggeva le loro deposizioni, si rese conto di quanto si fosse sbagliata. In diverse occasioni, avevano sollevato le loro preoccupazioni alla polizia, ma dopo alcune visite di routine, che Stephanie non ricordava più, erano state archiviate. In tutti i casi, sua madre aveva negato qualsiasi violenza da parte di Colin. Lo aveva difeso fino alla fine.

Dopo aver letto ciò, cominciò a infilarsi in bocca qualche fetta di pizza.

Tutto si fermò quando girò pagina e trovò la deposizione di suo zio. Il documento era datato due giorni dopo la morte di sua madre.

Cominciò a leggerlo riga per riga.

L'avevo vista il weekend precedente a un barbecue a casa loro. Sembrava tutto a posto, anche se notai che era più silenziosa del solito. Parlava a malapena con Colin. C'era tensione, ma pensai che fosse una normale discussione tra coniugi e non volevo immischiarmi, capisci? Se notai dei lividi su di lei? No. Non posso dire di averne mai visti.

Il suo respiro si bloccò. Le sue dita si strinsero sulla carta.

Continuò a leggere. Pochi minuti dopo, l'agente investigativo che lavorava al caso aveva messo alle strette Elliot riguardo ai lividi.

Se mio fratello avesse mai avuto un brutto carattere? Voglio dire, sì. Lo avevamo entrambi. Mia madre ci chiamava Joker e Batman perché all'epoca erano i nostri fumetti preferiti e finivamo sempre per litigare. Cominciava sempre lui, e vinceva sempre lui perché era molto più grosso di me, e mi ricordava sempre che non sarei mai stato abbastanza grande per essere Batman. Io potevo sempre nascondermi e infilarmi in spazi stretti se dovevo scappare. Ma con gli anni, abbiamo smesso di litigare come fanno tutti i ragazzini. E dopo la nascita delle bambine, non gli ho mai visto alzare un dito su di loro, o su sua moglie, se è per questo. Non so da dove sia venuta fuori tutta questa storia.

La bocca di Stephanie cominciò a seccarsi. Non sapeva degli abusi. Ne era stato all'oscuro tanto quanto la polizia nella sua risposta alle preoccupazioni dei vicini.

Poi lesse un altro pezzo: la deposizione di un'amica di famiglia, una donna che sosteneva di essere la migliore amica di sua madre. In essa, menzionava che, durante una piccola riunione, alla quale lei ed Elliot erano presenti, avevano visto Colin essere violento con sua madre, lasciandole dei lividi sulla spalla sinistra e sulla parte superiore della coscia. Dopo l'incidente, secondo il resoconto dell'amica, sua madre aveva difeso le azioni di Colin, affermando che non era nulla di cui dovesse preoccuparsi; ed Elliot aveva minimizzato l'accaduto come se fosse un evento comune, come se fosse semplicemente il modo in cui funzionava il loro matrimonio.

Lo fanno sempre, aveva detto Elliot. *Ma si amano ancora. E a volte lei lo colpisce altrettanto forte.*

Quando interrogato a riguardo in una successiva trascrizione, Elliot aveva negato di sapere alcunché e aveva continuato a difendere suo fratello, proteggendolo dalle indagini della polizia. Questo significava che aveva mentito alla polizia. Elliot sapeva di cosa era capace Colin nei confronti di sua madre. Aveva mentito per proteggere suo fratello.

E stava continuando a farlo, continuando a mentire, continuando a proteggere suo fratello anche se era morto.

Stephanie allungò la mano verso la scatola della pizza e si infilò in bocca un'altra fetta di grasso e carboidrati. Quando ebbe finito, corse di sopra e rimise tutto.

CAPITOLO
CINQUANTASEI

Avvolta strettamente, rannicchiata nel suo piumone, si sentiva al sicuro e al caldo. Al caldo contro il freddo pungente dell'inverno fuori, al caldo contro l'aria gelida che aleggiava nella stanza. Accanto a lei, Kimberley, che non aveva più di due anni, dormiva profondamente, con il pollice in bocca, del tutto ignara del mondo.

Tranquilla in mezzo al buio.

Così silenziosa che Stephanie poteva sentire il fischio leggero del naso di sua sorella mentre sprofondava sempre più nel sonno. Ora che Kimberley dormiva, si concesse di chiudere gli occhi.

Finché non sentì dei rumori. Passi che scricchiolavano verso la porta della camera, ombre che tremolavano lungo la fessura di luce sottostante.

Stephanie si irrigidì, consapevole di cosa sarebbe potuto accadere. I soldi. L'annegamento.

Poi la porta si aprì con un gemito lungo e lento, meno impercettibile di quanto suo padre fosse mai stato prima. Forse quella sera aveva bevuto di più, o forse aveva semplicemente smesso di preoccuparsi di chi disturbava mentre la tormentava.

Stephanie fissò la foto appesa al muro. Una foto di lei, Kimberley e la loro mamma che si arrampicavano in montagna, lontano, molto lontano.

Suo padre entrò. Lei si strinse il piumone al viso, serrando gli occhi per escludere il mondo, per escludere suo padre violento.

Ma regnavano immobilità e silenzio. Nessun movimento.

Se l'era immaginato? O stava semplicemente lì, in piedi?

Con cautela, aprì gli occhi e si mosse nel letto per vedere meglio. L'attesa era la parte peggiore. La tortura mentale a cui lui la sottoponeva mentre aspettava. L'avrebbe fatto? Non l'avrebbe fatto? Certe notti la lasciava completamente in pace, rimanendo semplicemente lì a guardare, emettendo strani e inquietanti rumori. Altre... cercava di non pensarci.

Ma stavolta era diverso. L'ombra che proiettava era più piccola, più esile, e il peso dei suoi piedi sul tappeto era più smorzato, più lieve, più silenzioso. Negli anni, aveva imparato a cogliere dettagli simili.

Lentamente, aprì un occhio. Si bloccò.

La luce della strada gli illuminava i lineamenti quel tanto che bastava per farle capire che non era suo padre.

Era suo zio. L'uomo che aveva incontrato solo una manciata di volte, e con cui si era sempre sentita a disagio.

Stava lì, con le braccia lungo i fianchi, le spalle curve in avanti. Si limitava a osservare. A fissare. A *sorridere*. Un ghigno leggero, subdolo, lascivo, come quello di un uomo a cui è appena stato confidato un oscuro segreto.

I suoi occhi brillarono nella penombra mentre la guardava dall'alto.

Stephanie non riusciva a muoversi. Le dita si aggrappavano al piumone, ma le sentiva inutili, flosce. Le gambe si rifiutavano di scalciare.

Perché era lì? Dov'era suo padre?

Poi lo notò. Lo spago.

Penzolante dalla sua mano destra, proprio accanto alla coscia, un sottile nastro bianco danzava leggermente nell'aria immobile. E alla sua estremità, fluttuante appena sopra il polso dell'uomo, c'era un palloncino. Blu. Morbido e rotondo, quasi luminoso.

Fece un altro passo verso di lei.

Il petto di Stephanie si strinse, come se la stanza si fosse improvvisamente rimpicciolita e tutto l'ossigeno fosse stato risucchiato via.

Cercò di chiamare Kimberley, ma la sua bocca si aprì senza emettere alcun suono.

Suo zio era ora ai piedi del letto, con la testa inclinata come un bambino curioso. Poi si mosse verso di lei, avanzando quasi in silenzio, se non per il fruscio dei piedi sul tappeto.

Gli occhi di Stephanie si spalancarono incrociando i suoi. Eppure lui non mostrò alcun segno di preoccupazione o paura nell'essere visto. Al contrario, si fermò vicino alla sua testa e lasciò cadere il palloncino al suo fianco.

Senza dire nulla, si trattenne per un istante prima di voltarle le spalle e uscire dalla stanza. Non appena la porta si chiuse, lei si svegliò, urlando dentro di sé, con il petto che si sollevava ansimante.

CAPITOLO
CINQUANTASETTE

Era solo un sogno, si era detta, e continuava a ripeterselo da quando si era svegliata in un bagno di sudore. Solo un sogno. Un parto della sua immaginazione.

Il suo subconscio aveva confuso suo zio e suo padre, fondendoli in un'unica figura sinistra, lo stesso predatore. Doveva essere un vizio di famiglia.

Rimase sdraiata per ore a fissare la porta della sua camera, aspettandosi che si aprisse. Aveva stretto a sé Bart, il suo amato orsacchiotto, e insieme avevano tenuto a bada l'Uomo Nero.

Ora, però, ne pagava le conseguenze. Era stanca; esausta, a dire il vero. Faticando a tenere gli occhi aperti, rotolò giù dal letto e si trascinò verso il bagno. La luce era violenta e quasi la accecò. All'interno, l'odore di bile aleggiava ancora nell'aria. Le sarebbero serviti altri deodoranti per ambienti per mascherare il tanfo.

Mentre scendeva le scale a passi felpati, sentiva i piedi pesanti sui gradini, come se i muscoli non si fossero ancora svegliati del tutto. Si fermò a metà, con una mano che scorreva lungo il corrimano e l'altra premuta sulla bocca per soffocare uno sbadiglio.

Lì, sullo zerbino, c'era una busta spessa e imbottita.

Nessun francobollo. Nessun nome. Nessun indirizzo. Nessuna indicazione che fosse passata attraverso un servizio di consegna.

Era stata consegnata a mano, infilata nella buca delle lettere a un certo punto durante la notte. Quando? L'aveva sentita?

Scese lentamente le scale, tenendo un occhio sulla busta e l'altro sull'ingresso. Contraendo i muscoli, afferrò una scarpa, ignorò per il momento la busta e perquisì il resto della casa: cucina, soggiorno, bagno al piano di sotto. In cerca di un intruso, in cerca dell'Uomo Nero.

Ispezionata la casa, si diresse verso la porta d'ingresso, si chinò e raccolse la busta. Era marrone, del tipo che si trova nelle cancellerie degli uffici. Pesante, come se contenesse uno spesso plico di fogli. Per un momento, si chiese se contenesse le diecimila sterline che le erano state concesse nel testamento di suo padre, ma scartò subito l'idea.

Un gelido terrore le serpeggiò lungo la nuca. Girò la busta e iniziò a scollare il lembo, facendo attenzione a non strapparlo. Una volta aperta, sbirciò dentro. Incapace di distinguerne il contenuto, infilò la mano e cominciò a estrarre i documenti.

Poi le vide. Fotografie. Quasi una dozzina, stampate su carta spessa e lucida, che suggeriva che non si era badato a spese per inviargliele.

Erano foto di lei.

Nella sua auto. Mentre usciva dalla stazione. Mentre entrava nello studio dell'avvocato. Mentre entrava nell'appartamento di Devon. E mentre ne usciva di nuovo, stavolta con bottiglie vuote di vodka e birra: diversi scatti di quel momento, come se il fotografo avesse scelto di concentrarsi su quell'episodio specifico.

Le fissò intensamente, assorbendo il significato di ognuna. In un angolo della sua mente, gli ingranaggi iniziarono a girare. Chi le aveva mandate? Perché? E cosa significavano?

Aveva un'idea vaga – la Skoda Fabia – ma cosa c'entravano loro con l'Uomo Nero?

Ma pensieri più urgenti si fecero avanti. Devon. Era assente dal lavoro da un paio di giorni ormai, e non lo aveva né visto né sentito.

Durante il tragitto, Stephanie si era preparata a trovare Devon riverso in una pozza del suo stesso vomito, un evento che le era capitato solo una volta nella sua carriera. Emise un profondo sospiro di sollievo quando la sua voce rispose finalmente alla chiamata al citofono.

«Pronto?»

«Pensavo fossi morto» disse lei.

«Sembri delusa» rispose lui, con la voce che echeggiava come se fosse nello spazio.

Lei alzò lo sguardo verso l'edificio. «Mi fai entrare o no?»

«Solo se prometti di smetterla di prenderti cura di me.»

Un istante dopo, mentre una folata di vento le sferzava le caviglie, il cicalino suonò e lei aprì la porta di scatto, inseguita da una manciata di foglie che cercavano di sfuggire al rigido clima autunnale.

Quando iniziò a salire le scale, le sue gambe si erano svegliate e salì con facilità.

La porta d'ingresso dell'appartamento di Devon era già aperta per lei. Superò uno dei suoi vicini mentre entrava, lo salutò con un cenno educato del capo e si chiuse la porta alle spalle.

Quando si voltò, si aspettava che l'appartamento fosse nelle stesse condizioni in cui lo aveva trovato l'altra volta: squallore e disordine ovunque. Invece, si trovò di fronte l'opposto. Il giorno e la notte. Pulito, ordinato. Nessuna prova che suggerisse che qualcuno ci vivesse, tanto meno un uomo all'inizio di un brutto vizio del bere.

Devon era in piedi accanto al divano. «Che ne pensi?»

«Penso che ti sia sfuggito un pezzetto sul battiscopa vicino alla televisione.» Indicò l'angolo della stanza per evidenziare il punto.

Devon gli diede una rapida occhiata, poi capì che stava scherzando. «Non fare lo scemo.»

«Le mie scuse. Hai fatto un buon lavoro. Ti sei tenuto impegnato.»

Lui sbuffò. «Che altro dovevo fare? Avevo bisogno di qualcosa per occupare il tempo. Non so come certa gente riesca a passare tutto il giorno a casa.»

«Hai avuto un incontro con la medicina del lavoro?»

Devon si mise le mani nelle tasche dei pantaloni e abbassò lo sguardo sul pavimento. «Abbiamo fatto una videochiamata, sì.»

«E?»

«E mi hanno dato qualche consiglio, delle risorse. Vogliono che vada lì per una valutazione e qualche test.»

«Test?»

«Per vedere se sono idoneo a lavorare.»

Lo scrutò nella sua tenuta da lavoro. «Quand'è l'ultima volta che hai bevuto?»

«Non bevo da quando mi hai rimesso in sesto.»

Fu contenta di sentirlo. «Quando pensavi di tornare?»

«Oggi, se me lo permetti.»

«Pensi di essere pronto?»

Lui inspirò profondamente e annuì. «Sto bene. Non perfettamente, ma abbastanza bene.»

Lei sorrise. «Era tutto quello che avevo bisogno di sentire. Ma prima di andare...» Frugò nella borsa e tirò fuori le fotografie. «Non è che per caso sai qualcosa su come sono state scattate queste, vero?»

Devon prese le foto dalle sue mani con cautela, come se contenessero qualcosa di pericoloso. Poi iniziò a esaminarle, prendendosi il suo tempo. La sua espressione non tradiva nulla.

«Questa è di fuori da casa mia?» chiese, riferendosi all'immagine di lei che teneva le bottiglie.

«Purtroppo sì.»

«Dove le hai prese?»

«Le ho trovate nella buca delle lettere stamattina. Anonime. Senza francobollo, senza indirizzo.»

«Quindi sono state consegnate a mano» disse Devon, pensieroso. «Pensi che vengano dall'Uomo Nero? Che stia cercando di spaventarti per farti desistere?»

Lei si strinse nelle spalle. «È possibile. Non è che per caso hai visto una Skoda Fabia grigia che girava da queste parti?»

Devon non ebbe bisogno di pensarci a lungo. «Non posso dire di aver prestato molta attenzione a quello che succedeva là fuori. Ero più concentrato su quello che succedeva quassù.» Si picchiettò la tempia. «E poi, sono una frana con le macchine. So solo che, finché ha quattro ruote, un motore e qualche portiera, va bene per salirci.»

Restituì le fotografie. Stephanie le prese, con un'espressione solenne sul viso.

«Hai paura?»

Lei fece un sorrisetto. «Di cosa dovrei avere paura? Non sono una bambina di sette anni. E credimi, in passato ho incontrato mostri peggiori di questa persona.»

CAPITOLO
CINQUANTOTTO

Stephanie era furiosa con Giles. Doveva essere il suo giorno libero, e invece lui aveva scelto di venire al lavoro. Non perché fosse oberato, ma perché sentiva di doverlo alle vittime e all'indagine. Lei lo aveva preso da parte e gli aveva spiegato che avevano tutto l'aiuto necessario e che, in linea di massima, la situazione era sotto controllo, ma lui aveva scelto di disubbidirle.

«La buona notizia», esordì lui, sorridendole dalla sua sedia nella sala operativa, «come sono sicuro sarete tutti d'accordo, è che non ci sono state segnalazioni di altre effrazioni dopo la morte di Yasmin East».

Un piccolo applauso echeggiò tra la squadra. Debole, ma sincero. Sì, c'era qualcosa da festeggiare. Ma la squadra era dolorosamente consapevole che una ragazza aveva perso la vita per mano dell'Uomo Nero.

«Non so se sia una cosa buona o cattiva», disse Stephanie.

«In che senso, capo?», chiese Giles.

«Beh, è ottimo perché significa, come sospettavo, che nessun altro verrà terrorizzato da questa persona. Ma è anche un male perché lui... beh, perché si è rintanato, si è nascosto. Ora corriamo il rischio che la storia si ripeta e che lui svanisca nel nulla».

Giles annuì pensieroso. «Questo non suona così allettante».

«Per niente allettante, infatti. Quindi dobbiamo fare tutto ciò che è in nostro potere per assicurarci che non accada». Esaminò il resto della squadra e fu lieta di vedere che anche Devon era di nuovo lì. Erano di nuovo una squadra al completo. «Anche se questo mi fa chiedere: qual è il *movente*? *Perché* questa persona lo sta facendo? Sembra, almeno per quanto riguarda gli eventi recenti, che l'Uomo Nero si concentri solo sull'osservare queste ragazze. Eppure, ora che qualcosa è andato storto, si è nascosto. Sono convinta che la morte di Yasmin East sia stata un errore. Quindi, perché lo sta facendo? Cosa ci guadagna? E perché fermarsi dopo l'omicidio? Se fosse un'escalation di comportamento, simile a ciò che potremmo vedere in un serial killer, mi aspetterei che saltassero fuori altri corpi. Ma finora non è successo».

«Speriamo proprio che non succeda», commentò Giles, abbassando rapidamente lo sguardo quando la squadra si voltò verso di lui.

Proprio mentre Stephanie stava per rispondere, Fiona alzò una mano mentre si mordicchiava le unghie dell'altra. Quella mattina, si era legata i capelli in una coda di cavallo, che la faceva sembrare più giovane. «Mi scusi, capo», esordì, «e spero non le dispiaccia se lo dico, ma ha presente la psicologa forense che abbiamo fatto venire un paio di settimane fa?».

Stephanie grugnì in segno di assenso.

«Ecco, l'ho contattata ieri per sapere cosa ne pensasse di tutta questa storia. E... beh, lei ritiene che questa persona stia rivivendo una sorta di trauma».

«In che modo?»

Fiona smise di mordersi le unghie e si guardò intorno. «Ha detto che forse lo sta usando come una forma di elaborazione del lutto. Ha sottolineato che è strano che non ci sia nessun elemento sessuale, nessuna natura sordida dietro, e che il palloncino rappresenti un legame con un bambino di cui potrebbero, o meno, star piangendo la perdita».

«Marcus Vickery», disse lei senza pensare. «Sua nipote è morta l'altra settimana».

«O Adam Keegan», aggiunse Giles, con un pezzo di chewing gum che gli pendeva dalla bocca. «Non vede suo figlio quanto probabilmente vorrebbe. È una *forma* di trauma, immagino».

«Posso confermare», aggiunse Devon con un cenno del capo.

Un silenzio imbarazzato calò sulla squadra.

«Hai smorzato l'entusiasmo», commentò Noah, dando una pacca scherzosa sul braccio a Devon. «Grazie tante».

Stephanie ignorò l'atmosfera e chiese: «E per quanto riguarda un collegamento con il precedente Uomo Nero? Cosa le ha detto a riguardo?».

«Ha detto che potrebbe essere la stessa persona o qualcuno di nuovo», spiegò Fiona, «purché ci sia un elemento di trauma o di lutto. Se si tratta di qualcuno di nuovo, dovrebbe conoscere bene il caso del passato o essere qualcuno che ha imparato da esso».

Oppure qualcuno a cui era stato *insegnato* come farlo, pensò Stephanie, e la sua mente tornò a suo padre. Il trauma, in quel caso, sarebbe stato la sua morte. Forse la persona che aveva potenzialmente manipolato in prigione stava usando le bambine come valvola di sfogo per il lutto invece dei bambini.

«Ottimo lavoro, Fiona», replicò Stephanie. «Davvero ottimo. Ha pensato fuori dagli schemi. Sono colpita. Ma il lavoro non è ancora finito. A che punto siamo con tutto il resto?»

Uno a uno, i membri della squadra le comunicarono gli ultimi aggiornamenti. L'unico problema era che non c'era nulla da segnalare. Nessuno aveva ancora visto o sentito niente. I filmati delle telecamere a circuito chiuso e delle videocamere si erano esauriti, non portando da nessuna parte. Fiona e Noah avevano parlato con le restanti vittime degli anni Novanta e verificato i loro alibi; tutti erano stati esclusi come potenziali sospetti. Tutto ciò che avevano erano i risultati del DNA e delle impronte digitali prelevati sia dalle vecchie che dalle nuove vittime, attesi da un momento all'altro.

Stephanie indicò Fiona, che stava supervisionando i loro progressi.

«Solleciti con urgenza», disse. «Il laboratorio mi ha detto che li avremmo avuti in una settimana, e ancora non li abbiamo visti».

«Sì, capo», rispose Fiona imbronciata, abbassando il tono.

Stephanie batté le mani, chiudendo la riunione.

«Buon lavoro, squadra. Qualcun altro ha qualcosa da aggiungere?»

Nessuna risposta. Subito, i membri della squadra iniziarono ad alzarsi dalle sedie per tornare alle loro scrivanie. Tutti tranne una:

l'agente Olivia Willard, che rimase indietro e attese che Stephanie si avvicinasse.

«Capo», esordì, con voce sommessa ed esitante. «C'era... c'era una cosa che volevo mostrarle. Ma non volevo farlo davanti alla squadra, e non ero sicura che ne fosse già a conoscenza, ma...»

«Sputi il rospo, Wellard», sbottò Stephanie, poi si ricordò di aggiungere: «Per favore».

Olivia recuperò il suo portatile dalla sedia accanto a lei, aprì lo schermo e si collegò. Sullo schermo c'erano l'inconfondibile blu del logo di Facebook e il banner superiore. Sotto, un'immagine di copertina conteneva le foto delle recenti vittime dell'Uomo Nero. Stephanie riconobbe le foto appese al tabellone delle indagini dietro di lei. Sotto l'immagine di copertina c'era il nome del gruppo Facebook: *Giustizia per le vittime dell'Uomo Nero di Guildford.*

Senza dire nulla, Olivia scorse leggermente verso il basso, rivelando una serie di immagini.

Stephanie sussultò e il suo battito cardiaco accelerò.

Lì, condensate in diverse miniature, c'erano le immagini che le erano state recapitate attraverso la buca delle lettere quella mattina, la più grande delle quali la mostrava con in mano le bottiglie di vodka.

«Chi le ha pubblicate?», chiese.

«Sono state pubblicate da un utente anonimo», rispose Olivia.

«Cosa dice?»

Olivia non se la sentì di leggerlo, così passò il computer a Stephanie.

Questa è la persona responsabile delle indagini sull'Uomo Nero. Un'ubriacona! È a questo tipo di persona che possiamo affidare la protezione dei nostri figli da questo individuo malato? L'ispettore Stephanie Broadbent ha dimostrato di essere inefficiente, e il sangue della morte di Yasmin East è sulle sue mani. Dobbiamo fare qualcosa. Questo non può e non deve continuare.

Un brivido freddo percorse il corpo di Stephanie. Una moltitudine di emozioni le esplose dentro: furia, vendetta, senso di colpa, frustrazione, rimpianto.

Diede un'occhiata alle statistiche di interazione del post: oltre cinquemila persone avevano messo "mi piace".

Oltre cinquemila persone avevano visto le immagini di lei con le bottiglie in mano. Oltre cinquemila persone ora la ritenevano incompetente.

Oltre cinquemila persone si erano mobilitate per farsi giustizia da sole.

CAPITOLO
CINQUANTANOVE

La porta si chiuse dolcemente con un clic sommesso, soffocando i rumori dell'ufficio, ma servì a poco per combattere la cacofonia che le turbinava in testa. Le foto, i post, i commenti, e il gran numero di persone che condividevano quel parere. Era stato tutto ingigantito da una fonte anonima.

Eppure era convinta che non si trattasse affatto di una fonte anonima. Credeva che ci fosse una sola persona responsabile, un unico individuo intenzionato a renderle la vita difficile dal momento in cui L'Uomo Nero era entrato nella sua: Trent Whitaker.

Quel piccolo bastardo.

Proprio mentre allungava la mano verso il cellulare, questo prese a squillare nella sua tasca. Tirò fuori il dispositivo e diede un'occhiata all'ID del chiamante.

Louis Brown.

Fissò il suo nome per un lungo istante, valutando se rispondere.

Alla fine, un attimo prima che scattasse la segreteria telefonica, premette il grande pulsante verde in fondo allo schermo.

«Buongiorno, Stephanie» disse lui.

«Louis…»

«Come vanno le cose?»

Non lasciare che ti scalfisca. Non fargli sapere che hai visto tutto.

Digrignò i denti. «Non abbiamo ricevuto altre segnalazioni di visite da parte del L'Uomo Nero, perciò la consideriamo una vittoria.»

«E a ragione. Siete più vicini a scoprire chi è e dove si trova?»

Stephanie fece una pausa prima di rispondere. Louis era molto più gentile del solito, più amichevole.

«Stiamo ancora seguendo tutte le piste attive. Purtroppo, non ho altro da darle.»

«Questo perché è il mio turno di dare qualcosa *a lei*.»

Rimase in silenzio, in attesa che continuasse.

«Non so se Lei ne sia al corrente, ma stanno circolando alcune foto…»

Ancora una volta, non disse nulla.

«Foto di Lei che stanno facendo il giro dei social media… mentre esce da un edificio con bottiglie di vodka, mentre entra nello studio di un avvocato…»

«Lo so, le ho viste.»

«Ovviamente, non è un bello spettacolo.»

«Non sta a Lei dirmelo.»

«Ma quello che volevo farle sapere è che abbiamo ricevuto le stesse foto e ci è stato chiesto di scrivere un articolo su di Lei.»

Stephanie si inumidì le labbra e trattenne il respiro, preparandosi alle sue prossime parole.

«Ma non lo faremo» disse lui.

Il cuore di Stephanie ricominciò a battere forte, ed emise un gemito breve e acuto. «Me lo ripeta.»

«È un omicidio mediatico» spiegò Louis, «e non è nel nostro stile. Anche se può essere lo stile di alcuni giornali, di certo non è il nostro. So che Lei e la sua squadra state facendo un buon lavoro e non voglio metterlo a repentaglio. Ma questo non significa che le stesse foto non siano state inviate ad altri giornalisti…»

«Pensa che se ne occuperanno?»

Louis sospirò al telefono. «Probabilmente. Posso fare qualche telefonata, ma potrebbe svelare il gioco.»

Stephanie camminava avanti e indietro per l'ufficio, la mente che correva veloce immaginando le conversazioni difficili che avrebbe dovuto affrontare. Tutto per colpa di un solo uomo.

«Sa chi le ha mandate?» chiese, appoggiandosi alla scrivania mentre l'adrenalina le scorreva nelle vene.

«Sì...»

«Me lo confermerà? Perché entrambi sappiamo di chi si tratta. Ma Lei è l'unico a saperlo con certezza.»

Una pausa.

«Trent» disse lui, con voce ferma.

«Bingo. Dieci stelle d'oro per me» rispose lei sarcastica.

Certo che era stato lui. Questo spiegava perché non si era fatto sentire per diversi giorni, perché non lo aveva visto ciondolare fuori dalla stazione, in attesa di lei o di qualcun altro coinvolto nell'indagine.

«C'è un'altra cosa che deve sapere.»

Il tono di Louis le tolse il fiato.

«Cosa?»

«Mi è stato detto di non dirglielo, ma credo che abbia il diritto di sapere.»

«Continui.»

«Non è stato Trent a scattare le foto. Provengono da qualcun altro. Lui li sta solo finanziando.»

Stephanie rimuginò sulla cosa. «Cosa sta dicendo?»

«Sto dicendo che ha ingaggiato un investigatore privato.»

Stephanie si bloccò.

«L'investigatore privato ha scattato le foto, ma è stato Trent a inviarle a me, e sono abbastanza sicuro che sia stato lui a pubblicarle anche online.»

«Un investigatore privato?» ripeté lei, la mente che faticava a starle dietro.

«Sì.»

«Chi?»

«Non lo so. È questo il punto di un investigatore privato. Non si sa chi sia.»

L'immagine della vecchia Skoda Fabia le apparve nella mente. C'era l'investigatore privato al volante a scattare le fotografie, o era L'Uomo Nero?

«Perché ha ingaggiato un investigatore privato? Solo per sabotarmi?» chiese. La testa cominciava a dolerle, così si sedette alla scrivania.

«Trent e le famiglie delle altre vittime lo hanno ingaggiato per catturare L'Uomo Nero.»

«Sa come stanno procedendo?»
«No. Ma sa com'è Trent. È un uomo con le mani in pasta.»
«Cosa vorrebbe dire?»
«Che, ovunque Lei vada, lui non sarà molto lontano.»

CAPITOLO
SESSANTA

Un'altra chiamata senza risposta.

La terza negli ultimi dieci minuti. Jason era preoccupato per dove fosse, si chiedeva dove fosse finita. Ridicolo. Dov'era tutta quella preoccupazione quando lei era stata seduta in salotto a consumarsi, mentre faceva i conti con il modo in cui la sua vita era stata stravolta? Già, è vero: lui era stato di sopra nel suo studio, a lavorare. *Per darle tempo e spazio per stare da sola.* Era stata l'ultima cosa di cui aveva avuto bisogno. Aveva bisogno invece di conforto e sostegno: emotivo, fisico, mentale. Invece lui l'aveva completamente ignorata. Lei stava attraversando il periodo peggiore della sua vita, e lui era troppo impegnato con il lavoro, preoccupato per l'ultimo affare in corso o per come tutti i mercati fossero un disastro quel giorno. Non era abbastanza, e ora era lui a fare la vittima, accusandola di trascurarlo e di escluderlo.

Ho un'ottima ragione per farlo, Jason!, avrebbe voluto urlargli contro. E anche di più.

Peggio, avrebbe voluto strangolarlo. In quel momento, lui non si stava comportando come l'uomo di cui si era innamorata. Lui era stato gentile, dolce, premuroso. C'era stato per lei ogni volta che aveva avuto una giornataccia a scuola o quando i ragazzi erano stati degli stronzi e l'avevano fatta sentire una nullità. C'era stato quando aveva dei crampi fortissimi e voleva solo passare tutto il giorno a letto con diverse tavolette di cioccolato. Era stato persino lui a procurarglielo.

Ma ora... ora, era distante, diverso. Altrove. Mentalmente, fisicamente e letteralmente. A volte, quando parlava con lui, le sembrava di parlare a un cane. Si limitava a guardarla, annuendo, sorridendo nei momenti giusti, ma con il vuoto assoluto dietro a quegli occhi incantevoli. Per non parlare del fatto che non era mai a casa. Sempre via per lavoro, a socializzare per un drink dopo l'ufficio, a passare più tempo possibile lontano da lei.

Erano su una carrozza di prima classe diretti in via del divorzio; lo sentiva.

Ma, per fortuna, c'era stata una distrazione. Qualcosa che la distogliesse dai pensieri su suo padre assassino, sua sorella bugiarda e suo marito buono a nulla.

Controllò l'ora. Era in ritardo di cinque minuti.

Comprensibile, data la situazione. Lo aveva trovato online, gli aveva mandato un messaggio e, dopo qualche scambio di battute, avevano concordato di incontrarsi.

Sentì un nodo formarsi nello stomaco. Quel tipo di nodo inebriante che si prova da adolescenti al primo appuntamento.

Tamburellò le dita nervosamente sul volante mentre la pioggia picchiettava costante contro il parabrezza, sfumando la strada in una foschia di tetti grigi. Un uomo passò sul marciapiede. Il cuore le balzò in gola, per poi ricaderle giù.

Non era lui.

Seguì una donna con un passeggino. Neanche lei.

Strinse più forte la presa sul volante.

Cinque minuti diventarono dieci. Dieci, quindici. Il nodo continuava a stringersi.

Alla fine, un suo messaggio: *Scusa, sono in ritardo. Traffico da incubo. Non vedo l'ora di conoscerti.*

Poi, come se l'avesse inviato di proposito in quel preciso istante, comparve da dietro il negozio di alcolici e si diresse verso di lei, salutando con entusiasmo mentre si avvicinava.

Appena lo vide, il nodo allo stomaco scomparve e tutti i pensieri su sua sorella, suo padre e suo marito svanirono con la pioggia.

CAPITOLO
SESSANTUNO

Stephanie si sforzò di cacciare in un angolo della mente i pensieri su Trent, le immagini e l'investigatore privato. Aveva un lavoro da fare, anche se stava diventando sempre più difficile.

Tutto ciò a cui riusciva a pensare era quanto stesse male in quelle foto. Il suo viso sembrava più paffuto del solito. Si era forse purgata la sera prima che le scattassero? Non riusciva a ricordarselo. Ma il solo vedersi in quello stato le fece venire di nuovo voglia di farlo.

Trent. Chi si credeva di essere? Minacciarla in quel modo. Perché questo erano le immagini: una minaccia. La minaccia che altri segreti sulla sua vita sarebbero stati svelati se non avesse catturato L'Uomo Nero. Il che sollevava la domanda: quanto altro sapeva? Ricordò che il suo vicino le aveva detto di aver visto un'auto sospetta bighellonare in fondo alla strada l'altro giorno. E se l'investigatore privato si fosse introdotto in casa sua? Se avesse trovato il portagioie, il suo orsacchiotto? E se avesse scoperto di suo padre?

E poi un altro pensiero: e se fosse quello il motivo per cui l'aveva pedinata fin dall'inizio? Se ci fosse un legame tra suo padre e Trent? Era possibile? Poteva Trent essere L'Uomo Nero, in cerca di vendetta per l'uccisione del suo mentore?

I suoi pensieri stavano andando fuori controllo. Drasticamente.

Ma prima che potessero spingersi oltre, accostarono davanti alla villetta di Marcus Vickery a Shalford.

Stephanie si voltò verso Devon. Avevano guidato in silenzio per tutto il tragitto, e dalla sua espressione stanca e logora era chiaro che anche lui aveva combattuto i suoi demoni durante il viaggio.

«Pronto?»

«Pronto.»

L'odore di carne arrosto si riversò fuori dalla porta d'ingresso non appena Marcus Vickery la aprì, vestito con jeans e maglietta, un grembiule che gli pendeva dal collo.

«Cosa ci fate qui?» chiese, sorpreso.

«Abbiamo altre questioni di cui dobbiamo discutere con Lei» spiegò Stephanie, poi presentò Devon. «Spero di non interrompere.»

Mentre entravano in casa, Marcus rispose: «C'è mia sorella a cena. Ho appena finito di cucinare hamburger e salsicce, se ne volete uno.»

Lei inspirò a fondo, l'aroma del cibo cotto le solleticava i sensi. Non desiderava altro che mangiare, ma non poteva abbuffarsi davanti a quelle persone, specialmente quando una di loro era un potenziale sospettato in un'indagine per omicidio.

«Possiamo fermarci per un caffè.»

Un istante dopo, entrarono in cucina. Al centro c'era un'isola che mostrava i frutti della cucina di Marcus per il pranzo: diversi piatti di petti di pollo, salsicce e hamburger, ciotole piene di insalata e verdure, una piccola busta di panini per hamburger e tanti condimenti quanti se ne potevano trovare nella corsia di un supermercato. C'era cibo a sufficienza per sfamare una famiglia di dieci persone.

Dall'altra parte della cucina c'era la sorella di Marcus, Connie. Alzò lo sguardo quando entrarono, una mano stretta attorno a un bicchiere di limonata torbida, l'altra appoggiata con noncuranza sul bordo dell'isola. Sulla trentina, forse poco più, con scuri capelli ramati raccolti in una spessa treccia che le arrivava alla base della schiena. Indossava solo nero – jeans, maglione, stivali – l'unica nota

di colore su di lei era una passata di rossetto color ciliegia e il lucci-
chio di un brillantino d'argento al naso.

«Connie, questi sono i detective che lavorano al nuovo caso
L'Uomo Nero» spiegò Marcus.

Lei lanciò un'occhiata a Stephanie e Devon con i suoi occhi color
mandorla. «Perché con l'ultimo avete avuto *così tanto* successo.
Marcus mi ha detto che è tornato.»

Marcus aggirò l'isola e diede un colpetto sul braccio alla sorella.
«Sii gentile» le disse.

Stephanie ignorò il commento e indicò il cibo con un cenno.
«Sembra che abbiate un banchetto.»

«Mio fratello non sa cucinare per meno di otto persone» rispose
Connie, sorseggiando la sua bevanda.

«Almeno ci saranno avanzi per domani» notò Devon. «Niente di
meglio di un hamburger o una salsiccia fredda la mattina dopo.»

«Avremmo avuto un'altra bocca da sfamare» disse Marcus.
«Ma...»

Si voltò verso sua sorella e le accarezzò il braccio con fare
compassionevole.

«Mi dispiace per la Sua perdita» disse Stephanie a Connie.

La sorella di Marcus posò il bicchiere, si mise una mano sul
petto e chinò il capo. «Grazie. Lo apprezzo. È dura. Mi manca da
morire. Ma sto andando avanti.»

«*Stiamo* andando avanti» la corresse Marcus. «Un passo alla
volta.»

«Un passo alla volta.» Lei alzò lo sguardo su Stephanie. «Scusate, volevate parlare con lui. Vi lascio soli.»

Limonata in mano, Connie prese il suo piatto e si diresse in
soggiorno. La cucina piombò nel silenzio, come se un'aria di
disagio si fosse posata su di essa. Stephanie attese che la porta fosse
chiusa prima di iniziare.

«Ho riconosciuto il Suo viso alla scuola di danza ieri.»

«Sì. E allora?»

«Perché era lì?»

«Ci sono andato perché Connie non se la sentiva, e sentivo di
avere un dovere verso gli altri genitori.»

«Come ne è venuto a conoscenza? La mia squadra non l'ha
contattata.»

«Ne ho sentito parlare da alcuni degli altri genitori, e un paio di persone hanno anche pubblicato dei post nel gruppo di Facebook.»

Lo stomaco le brontolò. I suoi occhi si spostarono sul cibo sul bancone.

«Qual è il Suo legame con quel posto?»

«Oltre al fatto che ci andava mia nipote, intende?»

La mascella di Stephanie si tese mentre annuiva.

«Non vedo quale sia il problema» disse lui. «Un paio di genitori mi hanno contattato da quando è iniziato tutto questo, chiedendomi supporto, chiedendomi la mia versione dei fatti. Così ho pensato di andarci, nel caso qualcuno avesse fatto una domanda a cui avrei potuto rispondere.»

«Ma non l'ha fatto. È passato inosservato.»

«Questo perché Lei ha risposto a tutto ciò che Le hanno chiesto.» Marcus sbuffò, infilò un hamburger in un panino, lo inondò di ketchup e se lo ficcò in bocca. «Non avrei iniziato a fare di me il centro dell'attenzione. A essere sincero, mi va bene che la gente non conosca il mio legame con L'Uomo Nero.»

"E perché mai?", si chiese lei. "Perché segretamente sei tu e non vuoi attirare l'attenzione su di te?"

«Mi parli del Suo rapporto con Sua nipote» disse Stephanie, cambiando tattica.

Marcus stava masticando il suo cibo, ma non si sarebbe lasciato fermare. «Aveva un nome, comunque. Emma. Ed era l'anima più bella che avessi mai incontrato. L'amavo come se fosse mia figlia. Connie ed Emma erano sempre qui. Giocavamo sempre in giardino o andavamo a fare passeggiate. Ci ha distrutti quando Emma è morta. Ma ancora non vedo cosa c'entri questo con tutto il resto.»

«Solo una mia curiosità» rispose Stephanie. «Non riesco nemmeno a immaginare il dolore che dovete stare provando. È... è dura.»

Marcus grugnì, ingoiò un boccone di cibo, poi lo mandò giù con una birra.

«È venuta qui solo per farmi domande su mia nipote?»

«Non proprio» rispose Devon. «Eravamo curiosi del Suo rapporto con il vecchio L'Uomo Nero.»

«Quale rapporto?»

«Beh, Lei è stato l'unica delle vittime con cui ha parlato. Vi siete mai tenuti in contatto?»

Marcus si pulì la bocca con il dorso della mano. «Tenerci in contatto? Cosa crede che fossimo? Amici di penna? Voglio dire, abbiamo ricevuto una strana lettera per posta un paio di settimane dopo l'accaduto, ma...»

«Cosa diceva?»

Marcus si strinse nelle spalle. «Non l'ho mai vista. Mamma e papà l'hanno presa prima di me, e non mi hanno mai detto cosa c'era scritto.»

«Ricordano cosa diceva?»

«Probabilmente no. Sono morti circa quindici anni fa.»

Stephanie emise un piccolo sbuffo di rassegnazione dal naso. «Mi dispiace sentirlo.»

«Anche a me. Ora, se questo è tutto, io e mia sorella vorremmo tornare alla nostra cena.»

Stephanie alzò un dito. Marcus si bloccò. «Volevamo anche chiederle dove si trovasse la notte in cui Yasmin East è stata uccisa.»

«Come, scusi?»

«Mi ha sentito» replicò Stephanie, con una punta di durezza nel tono.

«Sta dicendo sul serio? Perché vuole saperlo?»

«Indagini di routine» rispose Devon.

«"Indagini di routine". Sì, indagini di routine, col cavolo. Ero qui. A dormire. E se non mi crede, può semplicemente controllare le mie impronte digitali e il mio DNA nel sistema. Pensavo che lo stesse già facendo.»

«Le analisi sono in corso.» La durezza nel suo tono era svanita, come se avesse appena mostrato tutte le sue carte in una volta e perso.

Marcus si ficcò altro cibo in bocca. «Beh, quando i vostri esami torneranno e dimostreranno che non ero lì, allora sarete più che benvenuti a tornare e a scusarvi per aver disturbato il mio pomeriggio. Sapete, una volta avevo molto rispetto per quello che fate, ma questa storia va avanti da trent'anni ormai, e tra questo e le cose che vedo su Facebook, sto iniziando a capire perché la gente non si fida più di voi come una volta.»

CAPITOLO
SESSANTADUE

Erano cinque minuti che guidavano in silenzio, e nessuno dei due voleva romperlo.

Alla fine, Devon disse: «A proposito, non ti ho mai ringraziata».

«Per cosa?» chiese Stephanie.

«Per aver parlato con Karen».

«Oh?»

«È passata ieri sera e mi ha detto che eri venuta a parlarle delle mie condizioni».

«Com'è andata?»

Devon fece spallucce. «Abbiamo parlato. Molto. Di noi. Del matrimonio. Di Finn».

«Non era mia intenzione rimettere le cose a posto tra di voi...»

«E non l'hai fatto. Voglio dire, credo di aver finalmente capito ieri che era la fine. Un modo per chiudere, capisci? È come se prima avessi sempre negato la realtà. Credo sia quello che ha scatenato il mio bisogno di bere».

Stephanie rimase in silenzio mentre rallentava a un semaforo. «Quindi non c'è modo di tornare indietro?»

Devon scosse la testa. «Probabilmente è meglio così. Avevamo smesso di comunicare, e quando lo facevamo finiva sempre in un litigio. Non c'era legame, nessuna emozione. Niente. Alla fine, non c'era più amore. Il matrimonio era morto, e nessun tentativo di rianimazione l'avrebbe riportato in vita».

«Mi dispiace» fu tutto quello che riuscì a pensare di dire.

«Non dispiacerti. Va bene così...»

«Basta che tu sia arrivato a questa decisione da solo e non sia stato costretto a pensarla così».

Devon ridacchiò. «Non preoccuparti, sono grande e vaccinato. So pensare con la mia testa. Ma sono sorpreso che ti importi così tanto di me».

«Cosa vuoi dire?»

«Se non avessi parlato con Karen, non so dove sarei finito».

Il traffico ripartì e Stephanie premette dolcemente il piede sull'acceleratore. «Sei un membro prezioso della squadra» rispose. «So che Giles e Noah sarebbero stati distrutti se ti fosse successo qualcosa».

Lui sbuffò. «Ma tu no?»

Lei non rispose.

«In ogni caso, le sono debitore, capo».

«Me ne ricorderò» disse lei.

Guidarono in silenzio per un po', finché non si fermarono a un altro semaforo.

«Cosa ne pensi di questa storia dell'Uomo Nero?» chiese lui, rompendo di nuovo il silenzio.

Stephanie emise un lungo sospiro e si strinse i capelli nella coda di cavallo. «Onestamente, non ne ho idea. La mia testa è un caos per questa storia. Ancora non so con certezza se sia tornato il vecchio Uomo Nero o se si tratti di una persona nuova. Non riesco a capire se sia una delle vecchie vittime o qualcuno di completamente estraneo. Per un momento, ho persino pensato che mio padre potesse essere coinvolto».

Il cuore le si fermò quando si rese conto di ciò che aveva appena detto. La paura l'attanagliò. E se l'avesse giudicata?

«Tuo padre?» chiese lui. «Perché?»

Non c'era alcun giudizio nel suo tono, cosa che le diede la sicurezza di essere onesta e diretta con lui, di essere vulnerabile.

«È stupido, ma... be', a volte spariva di notte e non tornava più. Ancora oggi non so dove andasse. E poi l'altra notte ho avuto un incubo in cui c'erano lui e un palloncino. E, a rendere le cose ancora più preoccupanti, le visite dell'Uomo Nero degli anni Novanta si interruppero quasi esattamente quando lui finì in prigione per quello che fece a mia madre».

Devon annuì pensieroso. Con la coda dell'occhio, Stephanie lo vide mordicchiarsi il labbro.

«Ma, Steph... sembra strano e tutto quanto... ma tuo padre è morto».

Scoppiò a ridere, rendendosi improvvisamente conto di quanto suonasse bizzarro.

«Questo dettaglio non mi sfugge» rispose. «La cosa divertente è che ero così convinta che fosse lui che ho provato a contattare la sua prigione per vedere se potevo ottenere informazioni su alcune delle persone con cui aveva condiviso la cella, nel caso ne avesse plagiata qualcuna fino a farla diventare questa sua più recente incarnazione, ma non hanno approvato la mia richiesta».

«Posso farlo io per te» rispose immediatamente Devon.

«Come, scusa?»

«Sì, ho un amico nell'amministrazione penitenziaria. Mi deve un paio di favori e probabilmente potrebbe ottenere le informazioni per noi se glielo chiedo con le buone».

«Lo... lo faresti?»

Le diede un colpetto sulla spalla. «Come ho detto, te ne devo una».

Un sorriso le spuntò sul viso. «Se lo fai per me, siamo pari».

CAPITOLO
SESSANTATRÉ

Se c'era una cosa in cui non era particolarmente brava – e, a suo inutile parere, c'erano diverse cose in cui non era molto brava, ma questa era davvero il colmo – era starsene con le mani in mano. I lunghi momenti di stasi che spesso si protraevano all'infinito tra un compito e l'altro durante un'indagine. Come l'analisi del DNA e delle impronte digitali che stavano ancora aspettando. E ora, più di recente, c'era l'attesa di scoprire i nomi di coloro con cui suo padre aveva condiviso la cella durante la sua permanenza in prigione. Devon aveva detto che ci sarebbe voluto del tempo. Non aveva specificato quanto. Solo: *tempo*. Capiva che il suo contatto doveva districarsi tra certe procedure e protocolli, ma non era molto brava ad aspettare.

Di solito, per riempire il vuoto, sarebbe andata a correre, sarebbe saltata in sella alla sua mountain bike o avrebbe trovato un muro o un albero da scalare. Invece, si ritrovò a scorrere i social media, un passatempo a cui non si era dedicata da mesi. Era una perdita di tempo inutile che in genere la lasciava più depressa di prima. Lo chiamavano doomscrolling.

E non appena aprì Facebook, scoprì il perché.

In cima allo schermo c'erano le immagini che avevano tormentato i suoi pensieri da quando le aveva viste per la prima volta: le bottiglie vuote, lo stato in cui si trovava e l'insinuazione dietro le accuse.

Per un lungo istante, il suo dito rimase sospeso sulla sezione dei commenti. Sapeva che non avrebbe dovuto, sapeva che era un'idea terribile, ma qualcosa la spinse a farlo.

Si sentiva una nullità. Tutto ciò che veniva detto contro di lei sembrava giustificato perché riecheggiava ciò che si era sentita dire per tutta la vita.

Non sei nessuno.

Non vali niente.

Non meriti neanche di essere qui.

Non solo da suo padre, ma dagli assistenti e dai genitori affidatari che avevano tentato – e fallito – di prendersi cura di lei e di sua sorella in un sistema fallato.

Si puniva ogni giorno. Quindi, che differenza avrebbero fatto alcuni messaggi pieni d'odio?

Come previsto, nessuno dei commenti era gentile. Si lamentavano dell'inattività della polizia e citavano i loro esempi di quanto poco importasse loro. Una persona raccontò persino che le era stato detto: «Cosa si aspetta che ci facciamo?» dopo una recente rapina.

Scosse la testa, costernata. Niente di buono. Per niente.

Avrebbero dovuto fare qualcosa. E in fretta. La fiducia del pubblico era ai minimi storici, e la sua gestione dell'indagine non faceva che peggiorare le cose.

C'erano, tuttavia, una manciata di commenti più amichevoli. Ma solo una manciata. Non abbastanza per placare il crescente senso di colpa che sentiva crescere dentro di sé.

Lasciò il gruppo dei Membri della Comunità di Guildford e continuò a scorrere il suo sezione Notizie. Si fermò quando vide di nuovo le foto, questa volta pubblicate in un altro gruppo di Guildford.

Stavano diventando virali, diffondendosi a macchia d'olio. Tutto perché un uomo si era preso la briga di renderle la vita un inferno.

Trent Whitaker.

Bloccò lo schermo e gettò il telefono sul cuscino accanto a sé, stringendosi ancora di più le gambe al petto. In quel momento, riusciva a pensare solo al suo aguzzino. Il suo aguzzino attuale.

La Skoda Fabia.

E se fosse parcheggiata qui fuori, a osservarla?

Lanciò un'occhiata alle tende e alle finestre, assicurandosi che fossero tutte chiuse e che non ci fossero fessure. Balzando giù dal divano, si avvicinò alle tende anteriori e sbirciò fuori. Nella debole luce dei lampioni, non riuscì a vedere la Skoda da nessuna parte.

Tirò un sospiro di sollievo, chiuse le tende con cura e tornò sul divano. Aveva bisogno di qualcosa per distrarsi da tutto. Quindi salì in camera da letto. Dal cassetto del comodino, estrasse la scatola di latta che aveva preso dalla sua casa d'infanzia e cominciò a giocherellare con il braccialetto all'interno, rievocando tempi più felici.

Presto, la paranoia cominciò a dissiparsi e il rumore nella sua testa iniziò a svanire. Finché i suoi occhi caddero sulla cartellina viola che conteneva gli appunti sull'indagine per l'omicidio di sua madre. L'aveva portata di sopra con sé l'altra sera per una lettura prima di dormire, poi se n'era dimenticata.

Posando con cura la scatola di latta sul letto, si spostò verso la cartellina. Era un'altra forma di punizione, un altro modo per mandare in frantumi il suo equilibrio mentale.

Con un respiro profondo, sollevò la cartellina e riprese da dove si era interrotta: la sua deposizione come testimone, scritta all'età di dieci anni. Se lo ricordava vividamente. Seduta nella piccola stanza, circondata da adulti che le parlavano con gentilezza, mentre piangeva, sorseggiando da un bicchiere di succo che aveva uno strano sapore metallico. E poi aveva spiegato quello che aveva visto, come era rimasta a guardare, impotente, mentre suo padre strangolava sua madre fino a ucciderla.

Ricacciò indietro una lacrima mentre continuava a leggere. Poi, si imbatté in un nome che le saltò all'occhio: Gavin Lockwood.

L'uomo che aveva condotto l'indagine originale sul L'Uomo Nero. Era stato anche l'ispettore che si occupava delle indagini sull'omicidio di sua madre, gestendole entrambe contemporaneamente, con una sovrapposizione di alcuni mesi.

C'era stata più di una semplice sovrapposizione? Suo padre era stato L'Uomo Nero originale ma era stato accusato solo della morte di sua madre? C'era dell'altro? O era semplicemente una coincidenza?

Era del tutto normale per lui lavorare su diverse indagini contemporaneamente – lei stessa faceva lo stesso – ma il suo istinto le diceva che c'era dell'altro, che era collegato in qualche modo.

Non riusciva a scrollarsi di dosso la sensazione che suo padre e L'Uomo Nero fossero legati in qualche modo.

Che l'ispettore capo Lockwood e la sua squadra avessero ignorato diverse denunce riguardanti gli abusi subiti da sua madre. Che, in un certo senso, avessero protetto suo padre da ulteriori indagini.

Che potessero averlo protetto anche dall'operazione L'Uomo Nero.

CAPITOLO
SESSANTAQUATTRO

Il sole era troppo luminoso. Il cielo troppo azzurro. L'erba troppo verde. Tutto risplendeva della luce tenue e filtrata delle vecchie foto d'infanzia. Aveva di nuovo dieci anni, scalza sul prato dietro casa, e strillava dalle risate mentre si acquattava dietro la casetta di plastica, stringendo una pistola ad acqua verde fluo tra le piccole mani. Il sole le batteva addosso, bruciandole la nuca e le braccia. A quell'ora, la protezione solare era già andata via con l'acqua, ma non le importava. Si stava divertendo troppo.

La voce di sua madre risuonò come musica.

«Non puoi nasconderti per sempre! Pronta o no, arrivo...»

Un getto d'acqua schizzò verso di lei, rimbalzò sulla casetta di plastica e la bagnò con una nebbiolina sottile. Colpita quasi in pieno.

Stephanie strinse forte la sua pistola ad acqua, il dito perfettamente posato sul grilletto.

Trattenne il respiro mentre il silenzio calò sul giardino, in ascolto del suono leggero di passi che si avvicinavano sull'erba. La mamma era vicina, ma Stephanie era pronta ad affrontarla.

E poi... apparve!

«Presa!»

Stephanie strillò eccitata e premette il grilletto della sua pistola ad acqua a ripetizione. Sua madre gridò mentre ogni colpo le arrivava sul viso e sulle braccia. Poi arrivò lo spruzzo d'acqua di risposta, che colpì Stephanie sulla spalla mentre lei sfrecciava fuori dal suo nascondiglio, rispondendo al fuoco con gridolini di gioia.

Danzarono per il giardino, inzuppandosi a vicenda finché non furono fradice. I capelli di sua madre erano raccolti in uno chignon disordinato, bagnato in alcuni punti, e il vestito le si appiccicava alle ginocchia. Era bellissima. Viva. E Stephanie non ricordava l'ultima volta che l'aveva vista così... non nel mondo reale.

Nel sogno tutto era caldo. Luminoso. Sicuro.

Finché la porta sul retro non si aprì con un gemito. Stephanie si bloccò a metà di una risata, la pistola ad acqua che le pendeva dalla mano.

Rimasero entrambe lì, immobili, con le braccia lungo i fianchi. Come le gemelle di *The Shining*.

Colin ed Elliot Broadbent.

«Salve, ragazze» disse Elliot, con la sua voce fredda e sottile.

Il sole sembrò affievolirsi. Il calore svanì dall'aria. Stephanie sentì l'erba diventare fredda sotto i piedi.

Il braccio di sua madre si abbassò lentamente, la pistola ad acqua dimenticata al suo fianco.

«Non sapevo che venissi, Elliot» disse lei, con tono educato ma rigido.

«L'ho invitato io» rispose suo padre. «Non sarà un problema, vero?»

Qualcosa nel tono di suo padre le disse che suo zio sarebbe rimasto, anche se fosse stato un problema.

Stephanie lo fissò. Lui sorrideva ancora, ma in un modo più inquietante. La cosa la turbò, la mise a disagio.

«Niente affatto» rispose sua madre, sforzandosi di abbozzare un sorriso. «Benvenuto. Più siamo, meglio è. Vado a preparare da mangiare. Steph, vuoi venire in cucina con me?»

«No» la interruppe Colin prima che potesse rispondere. «Può restare in giardino con noi. Abbiamo una sorpresa per lei.»

«Sì» continuò Elliot. «Una piccola sorpresa di compleanno.»

«Ora puoi andare» disse Colin a sua madre.

Timidamente, come se stesse per lasciare la figlia con un branco di leoni, sua madre si diresse in cucina, abbassando la testa mentre passava davanti a loro sulla soglia.

Stephanie si immobilizzò in mezzo al giardino, il dito sospeso sul grilletto. Non sapeva perché, ma sentiva il bisogno di difendersi.

«Quanti anni compi oggi, Stephy?» chiese Elliot, entrando in giardino.

«Nove...»

«È un'età adorabile. Stai diventando una signorina. Ti stai divertendo per il tuo compleanno?»

«Sì.»

«Ti piacerebbe vedere il tuo regalo?»

La sua stretta sulla pistola si fece più forte. Annuì.

Elliot si avvicinò e mise una mano dietro la schiena.

Tirò fuori qualcosa.

Un palloncino, già gonfio.

Blu. Lucido. Legato con un lungo filo bianco che si arricciava come un serpente.

«Questo è per te, tesoro» disse, porgendoglielo.

Stephanie non lo toccò.

«Non ti piace?»

Rimase immobile.

«Perché sei così ingrata?» sibilò Colin. Si slanciò verso di lei, le afferrò un braccio e la spinse contro suo zio, costringendola a prendere il palloncino. «Ingrata piccola stronza. Ecco perché non ti facciamo regali, stupida oca.»

Ma Stephanie si oppose, agitando le braccia, difendendosi come poteva. Nella baruffa, le cadde la pistola a terra e le gambe presero a tremarle.

Si liberò e cercò di correre da sua madre.

Ma poi il palloncino scoppiò, e tutto ciò che ricordò prima di svegliarsi fu di essere stata presa tra le braccia di suo zio.

Il cellulare vibrò sulla scrivania, riportandola bruscamente al presente. Si era appisolata, fissando senza vederlo lo schermo del computer. L'incubo le aveva di nuovo rubato il sonno e ne sentiva gli effetti.

Diede un'occhiata allo schermo. Ci volle un attimo prima che il nome si registrasse nella sua mente.

«Capo...» disse con voce spenta, proprio mentre iniziava a sbadigliare.

«Buongiorno, Stephanie» disse il DCI McGowan. «Dove si trova?»

«Alla mia scrivania.»

«Mi sembra mezza addormentata.»

Finì di sbadigliare. «Ho dormito malissimo. Non starà mica controllando come sto, vero? Lei dovrebbe essere ancora in vacanza.»

«Infatti, è così. Purtroppo, mi è giunta voce che circolano certe fotografie, e volevo muovermi in anticipo prima del mio ritorno.»

Sentì un nodo stringerlesi in gola.

«Posso spiegare» disse.

«Speravo proprio che fosse così. Devo interrompere le vacanze?»

Stephanie balzò in piedi e si diresse verso la finestra. Guardò fuori, verso il campo oltre il vetro, stringendo la sua collana.

«È il padre di una delle vittime, capo. Ha assunto un investigatore privato che è intenzionato a trovare il pelo nell'uovo in questa indagine.»

«Chi?»

«Un tale di nome Trent Whitaker. Ha pubblicato le foto in forma anonima, abbiamo avuto la conferma dagli amministratori del gruppo Facebook.»

«Cosa si sta facendo al riguardo? Non può passarla liscia.»

«Me ne occuperò io, capo.»

«Bene.» Fece una pausa. «Ma... devo ammettere che le foto non sono per niente belle, Steph.»

«Lo so.»

«C'è qualcosa che deve dirmi?»

Si riferiva alle bottiglie di vodka. Certo che sì. Immaginò la foto nella sua mente.

«Posso spiegare, ma không adesso. Tutto quello che deve sapere è che la situazione è gestita. È sotto controllo.»

«Steph, se c'è qualcosa che devo sapere...»

«Si fidi di me» insistette lei. «Ci stiamo occupando di tutto. Non c'è nulla di cui Lei debba preoccuparsi. Non le rovinerò il resto del weekend. Deve staccare la spina.»

«Lo stesso vale per Lei, Steph. Non abbia paura di fare altrettanto.»

CAPITOLO
SESSANTACINQUE

La porta si aprì dopo quella che parve un'eternità. Sull'uscio c'era Gemma Whitaker, vestita con un maglione blu scuro e un paio di jeans, i capelli raccolti morbidamente sulla nuca. La sua espressione era sbigottita e silenziosa.

«Detective Broadbent» disse, senza battere ciglio. «Cosa ci fa qui?»

Stephanie si raddrizzò leggermente. «Volevo aggiornare lei e suo marito. Trent è in casa?»

Come a comando, l'uomo che stava rapidamente iniziando a detestare comparve in fondo al corridoio. Indossava un abbigliamento simile a quello con cui l'aveva visto in precedenza, e la sua espressione divenne identica a quella della moglie non appena i suoi occhi si posarono su Stephanie.

Forse pensavano davvero che le loro azioni non avrebbero avuto conseguenze.

«Detective...» esordì Trent, con voce tesa, «questa è una... sorpresa.»

Stephanie non attese un invito. Varcò la soglia ed entrò nel tepore di casa Whitaker.

Gemma chiuse delicatamente la porta dietro di lei. Un'aria di imbarazzo li avvolse.

Stephanie sorrise con sarcasmo. «Allora?»

I Whitaker si scambiarono un'occhiata. «Dove preferisce? In cucina o in soggiorno?» chiese Gemma.

«Dove siete più comodi.»

Stephanie percepì l'apprensione che aleggiava in casa e se la godette. La stava già facendo sentire meglio.

Gemma le fece cenno di entrare in cucina. La stanza era stata riordinata dalla sua ultima visita, eppure sui ripiani rimanevano sparsi alcuni giocattoli di Layla.

«Dov'è vostra figlia?»

«A scuola» rispose Gemma.

«Come sta?»

«Meglio. Ora… ora dorme di nuovo. E anche nella sua stanza, il che è positivo.»

Stephanie si accomodò su uno degli sgabelli al bancone. «Questa è un'ottima notizia. Sarete sollevati.»

Gemma lanciò una rapida occhiata al marito, poi di nuovo a Stephanie. «Sì, molto.»

Stephanie abbozzò un vago sorriso. «Volete sentire altre buone notizie?»

Un'altra occhiata, rapida e ansiosa. «Certo…»

«Non sono state segnalate altre visite dell'Uomo Nero.»

Gemma sorrise. «È una notizia eccellente. Significa che l'avete trovato?»

Stephanie scosse la testa. «Ci stiamo lavorando…»

«È bastato che morisse un bambino» la interruppe Trent. «Non è proprio qualcosa da festeggiare, no? È ancora là fuori.»

«Ne sono ben consapevole. Ma a quanto pare, sembra che nessun altro verrà ferito o traumatizzato. Forse dovrebbe condividere questa notizia sui suoi canali social.»

Trent sgranò gli occhi. «Come, scusi?»

«Oh, non lo sapeva? O sta solo fingendo di non sapere?»

Stephanie si girò sullo sgabello per rivolgersi a Trent. Gemma si spostò dall'altra parte della cucina, fuori dalla vista di Stephanie. Il movimento era eloquente: era una donna che prendeva le distanze dal marito e pregustava la prospettiva che lui affrontasse le conseguenze.

«È venuto alla mia attenzione che ci sono delle mie foto che circolano su internet, in particolare su vari gruppi Facebook» spiegò Stephanie.

«Oh, davvero? Interessante.»

«Non ne saprà niente, per caso?»

Trent strinse le labbra e si strinse nelle spalle. «Non direi di aver sentito nulla.»

Stephanie rise fragorosamente. «Andiamo, Trent. Lei è stato una seccatura per tutta la durata di questa indagine; è stato il più loquace di tutti. Pensavo che, fra tutti, sarebbe stato il primo ad ammetterlo. Dopotutto, lei è un uomo che ottiene ciò che vuole.»

Incrociò le braccia sul petto, come per prepararsi. Un po' troppo tardi.

«Le ho detto che non so di cosa sta parlando.»

Stephanie prese il cellulare, lo tirò fuori e caricò una foto dal rullino. Era uno screenshot dell'amministratore della pagina della comunità di Guildford, che rivelava l'account reale dietro i post anonimi. Gli mostrò il telefono.

«Quello è il suo nome in cima allo schermo, non è vero? Trent... Whitaker.» Cominciò a fargli lo spelling.

«Io... io...» Iniziò a balbettare.

«Uh-oh, non se l'aspettava, vero? Che qualcuno scoprisse cosa ha fatto e la smascherasse. Pensava seriamente di poter rovinare la reputazione di una persona e farla franca? Pensava di potersi nascondere dietro la tastiera? Non funziona così.»

«Come... come...?»

«Perché siamo la polizia. Scopriamo sempre tutto. Inoltre, i post anonimi su Facebook non sono affatto anonimi. Forse ci penserà due volte prima di pubblicare di nuovo qualcosa del genere. Almeno abbia le palle di metterci la faccia. Vigliacco.»

Trent rimase a bocca aperta. Stephanie si girò verso la moglie, che scosse la testa disgustata. Lasciò che il commento aleggiasse nell'aria per un istante.

«Qual era lo scopo finale, Trent? Cosa sperava di ottenere facendo scattare quelle mie foto? Stava cercando di farmi licenziare?»

Non rispose. Non poteva.

«Perché non ha funzionato, né funzionerà. È solo triste, in realtà. So che è sconvolto per quello che è successo a sua figlia, lo sono anch'io, ma in questo momento sta solo interferendo, intralciando. Ci sta attivamente impedendo di dare la caccia a questa persona.»

«Come?»

«Perché dobbiamo perdere tempo a cercare di scoprire quale vigliacco ha pubblicato quelle foto.»

«Ma andare dagli avvocati quando dovrebbe essere al lavoro non è una perdita di tempo per la polizia?»

«Quella è una questione personale.»

«Lo so. So di suo padre e so cosa ha fatto.»

A Stephanie si mozzò il respiro.

«Uh-oh, non se l'aspettava, *vero*?» ribatté lui, con la spavalderia che ora tornava nella sua voce.

«Come?»

«Gliel'ho già detto: ottengo ciò che voglio.»

«Lei non ha alcun diritto di fare niente di tutto questo, Trent. Sta camminando su un filo molto sottile. Sta intralciando la giustizia e, francamente, quello che sta facendo è considerato molestia. Le do quest'ultimo avvertimento di smetterla e di dire al suo investigatore privato di farsi da parte; altrimenti, la prossima volta che verrò qui, la arresterò, e lei non potrà vedere sua figlia per molto, molto tempo. Ci pensi un secondo. Le sue azioni avranno delle conseguenze, Trent, proprio come quelle dell'Uomo Nero. E una volta che avrò finito con lui, verrò dritto da lei.»

CAPITOLO
SESSANTASEI

Stephanie aveva appena raggiunto la macchina quando udì qualcuno che la chiamava.

«Ispettrice, aspetti!»

Si fermò e si voltò vedendo Gemma che si affrettava verso di lei. Il sole cominciò a spuntare tra le nuvole, riscaldandole la nuca.

«Ispettrice...» disse Gemma, senza fiato, quando si fermò. «Mi... mi dispiace per lui. Mi dispiace per il suo comportamento. Gli ho detto di non pubblicare quelle foto. Gli ho detto di non assumere l'investigatore. L'ho avvertito che non sarebbe finita bene, che non sarebbe cambiato niente, ma... quando a Trent si mette in testa una cosa, si fissa. Lui... non la lascia perdere.»

«Grazie di avermi informata» rispose Stephanie, accecata per un istante dal sole che si rifletteva sul finestrino di una macchina vicina.

«So che non cambia quello che ha fatto, ma volevo che capisse quanto mi dispiace.»

«È finita qui?» chiese Stephanie.

Gemma Whitaker borbottò qualcosa di incomprensibile. «Io... non lo so.»

Stephanie percepì subito la bugia.

«Non so cosa abbia in mente. Mi tiene all'oscuro da quando ho fatto una scenata per le fotografie. Non so cosa stiano pianificando lui e gli altri.»

«*Altri?*»

«Gli altri genitori» disse Gemma, rendendosi conto all'improvviso di aver rivelato troppo. «Loro sono...»

«Gemma, se sa qualcosa, non importa quanto piccolo o insignificante pensi che sia, ho bisogno che me lo dica. Ho bisogno di essere messa al corrente. L'ultima cosa che voglio è che qualcuno si faccia male per questa storia. Non si preoccupi per me, io ho le spalle larghe e so gestire questo tipo di pressione, ma non voglio che una persona innocente cada vittima della contorta idea di vendetta di suo marito.»

L'espressione di Gemma era combattuta. Evitò lo sguardo di Stephanie e fissò il terreno. «Mi dispiace» disse. «Vorrei poterla aiutare. Io... io non so niente.»

Stephanie sbuffò, si voltò e si diresse verso il lato del guidatore. Mentre apriva la portiera, disse: «Ha i miei contatti se dovesse ricordarsi qualcosa. A qualsiasi ora del giorno.»

Salì in macchina e si sbatté la portiera alle spalle. Adesso era nel suo spazio sicuro. Il battito martellante del cuore, che aveva cominciato ad accelerare in casa di Trent, si calmò rapidamente ed emise un lungo sospiro di sollievo. Alzò una mano, con le dita che le tremavano per l'adrenalina.

Rimase seduta lì per un po', a riflettere. Proprio mentre stava per partire, le squillò il telefono.

Devon.

Lo mise in vivavoce.

«SB!» esclamò lui. «Ho delle buone notizie per te, e che buone notizie!»

«A giudicare dal tono, spero proprio che siano le migliori notizie di sempre.»

Devon si fermò, ridacchiando. «Volevi un nome. Ti ho trovato un nome.»

«Scusa?»

«Il mio contatto al servizio penitenziario si è fatto vivo prima del previsto. E ti ha trovato un nome.»

CAPITOLO
SESSANTASETTE

Perry Watson viveva in una piccola casa popolare a Woking, una cittadina in piena espansione a pochi chilometri a nord di Guildford. Negli ultimi anni, lo skyline era stato trasformato da diversi nuovi complessi edilizi, con grattacieli ora visibili da ogni parte del Surrey.

Secondo il contatto di Devon in prigione, Perry aveva condiviso una cella con Colin Broadbent per cinque anni prima di essere trasferito in un altro carcere per cattiva condotta. Inizialmente incarcerato per molteplici reati legati alla droga, si ritrovò ben presto nel carcere di HMP Belmarsh, dove capì subito di non essere il pesce più grosso dello stagno e tenne un basso profilo. Mentre si avvicinava alla fine della sua pena, alla veneranda età di sessant'anni, implorò il rilascio anticipato per buona condotta e, con il carcere sempre più sovraffollato, non ci fu altra scelta che lasciarlo andare. Erano passati quattro anni e da allora viveva a Woking, tentando di condurre una vita normale, per quanto potevano accertare i suoi agenti di sorveglianza e assistenti sociali.

Dei sette prigionieri che Colin Broadbent aveva considerato i suoi vicini di cella durante la sua condanna all'ergastolo per aver ucciso sua madre, Perry era l'unico a piede libero. Gli altri erano o morti, o ancora in carcere, o vivevano all'estero, mentre Perry era della zona, era un ex criminale che sapeva come districarsi con cose come telecamere a circuito chiuso e DNA, e aveva passato una quantità spropositata di tempo con uno degli esseri umani più spregevoli al mondo. Nella mente di Stephanie, questo lo rendeva il candidato ideale per indossare la maschera dell'Uomo Nero.

Il suo corpo tremava per l'adrenalina mentre stava in piedi fuori dalla sua porta d'ingresso, con il cuore che le martellava nelle orecchie e le dita che fremevano. Respirò a fondo, cercando di ricomporsi. Inspirare dal naso, espirare dalla bocca. Le auto le sfrecciavano accanto e i bambini che sarebbero dovuti essere a scuola giocavano per strada, ma lei non ci fece caso. Ignorando il rumore, si concentrò sulla telecamera del campanello intelligente, fissando l'obiettivo.

Poi bussò.

L'attesa parve un'eternità. Rimase perfettamente immobile, la schiena dritta, le spalle indietro, le braccia lungo i fianchi.

Alla fine la porta si aprì e fu accolta da Perry Watson.

La sua reazione iniziale fu di immediata delusione. Così come la seconda e la terza: l'uomo era fragile, ripiegato su se stesso. La sua corporatura era curva per l'età o per la malattia, forse per entrambe, e dietro di lui uno scooter per disabili bloccava il corridoio. Il suo viso era spigoloso e segnato dal tempo, con le guance scavate e la pelle del collo flaccida, di un colore grigio-giallastro che suggeriva un uso prolungato di nicotina o forse di peggio. I suoi occhi erano magnetici e luminosi, e lasciavano intendere una vita di esperienze. Lei percepì che era il tipo di persona che, un tempo, aveva un lato cattivo e poteva scattare da un momento all'altro. Ora, tuttavia, quegli occhi sembravano persi, carichi di sofferenza.

«Perry Watson?»

«Sì,» rispose lui, guardandola con sospetto. «Lei chi è?»

«Mi chiamo Stephanie Broadbent. Credo che conoscesse mio padre.»

Perry sollevò la testa. «Ecco un nome che non sentivo da un pezzo.»

«Posso entrare? Ci sono alcune cose di cui vorrei discutere con lei. Ha tempo?»

«Per la famiglia di un vecchio amico, ho tutto il tempo del mondo.»

Il commento pesò sullo stomaco di Stephanie mentre lo seguiva nel soggiorno, che stava lentamente cadendo a pezzi. La moquette era macchiata e si era scollata lungo i battiscopa. Vicino al caminetto elettrico, una confezione non aperta di pannoloni per adulti era appoggiata a un muro macchiato di umidità di risalita. La carta da parati, un tempo a righe, formava delle bolle in un angolo dove la muffa l'aveva reclamata come sua vittima. Sopra, il soffitto era crepato come una cartina stradale. Ma la parte peggiore era l'odore: un misto di tabacco stantio, candeggina a buon mercato e sudore.

Stephanie si sedette sul bordo del tavolino da caffè, la superficie di legno che le premeva sulle ossa mentre osservava tutto.

«Non è un granché,» ansimò Perry, senza fiato per il tragitto fino alla porta e ritorno. «Ma per me è abbastanza. E va bene così.»

«Immagino che, dopo aver visto l'interno di una cella di prigione, qualsiasi cosa sia meglio, giusto?»

Perry fece un sorrisetto, un accenno di giovinezza che trapelava dalla sua espressione.

«Ha proprio ragione. Anche se mi manca essere accudito da tutti. Non dovevo cucinarmi i pasti. Non dovevo pagare l'affitto. Era come un hotel, non uno di lusso, certo; probabilmente uno dei peggiori in cui si possa andare, ma c'era uno strano senso di ospitalità. In più, alcune delle persone erano a posto, credo.» Perry tossì, afferrando un fazzoletto sul bracciolo della sua sedia per pulirsi il naso. «Ora, cosa la porta fin qui?»

«Avevo alcune domande su mio padre,» rispose lei.

Perry annuì, abbassando lo sguardo. «Un brav'uomo. Be', non *bravo*, ovviamente. Ma andavo d'accordo con lui. Ci rispettavamo a vicenda.»

«Sa cosa ha fatto, vero?»

«Lo sapevano tutti. E ha subìto un sacco di angherie per questo. Quelli che picchiano le mogli e i molestatori di bambini non se la passano molto bene in posti come quello. Ha decisamente ricevuto quella che alcuni ritenevano fosse giustizia per ciò che aveva fatto.»

«È morto la settimana scorsa,» disse Stephanie senza mezzi termini.

L'espressione di Perry non cambiò, come se la morte, in qualsiasi forma si presentasse, non fosse una novità per lui.

«Mi dispiace sentirlo,» rispose.

«Non si dispiaccia. È un bene che se ne sia andato. Il mondo è un posto migliore senza di lui. Il mio mondo è un posto migliore senza di lui, ma sta ancora trovando un modo per insinuarsi nella mia vita.»

«Ha un modo tutto suo di farlo. Si immischiava sempre negli affari degli altri. Di solito, la gente tiene un basso profilo, ma suo padre voleva sapere tutto di tutti. Una volta mi disse che era come una spugna, gli piaceva prendere pezzi e bocconi dai crimini altrui e imparare da essi in un certo senso. E mi creda, c'erano dei veri bastardi schifosi in quel posto.»

Questo non sorprese Stephanie. Suo padre aveva mostrato di cosa era capace durante gli omicidi del Killer del Voodoo, in cui diversi studenti universitari avevano perso la vita.

«C'era questo ragazzo, uno smilzo, avrà avuto ventidue anni. Fece lo sbruffone nel cortile, un giorno. Colin non batté ciglio. Aspettò e basta. Quella notte, fece scivolare al tizio un pacchetto di biscotti attraverso le sbarre. Chocolate Hobnobs. Imbevuti di lassativi tritati e candeggina. Il povero stronzo cagò sangue per una settimana.»

Stephanie si irrigidì a disagio a quel racconto. Non era lì per sentire quanto fosse orribile suo padre. Sebbene la cosa che la turbò di più fu il modo in cui Perry parlava di lui: come se venerasse suo padre, lo rispettasse.

«Come ho detto, è un bene che se ne sia andato. Ora non può più fare del male a nessuno.»

«Parlava spesso di lei, sa?» continuò Perry. «Stava seduto sulla sua branda di notte e borbottava delle sue ragazze. A volte cose belle, a volte no. Diceva che vedeva molto di se stesso in lei.»

Lo stomaco di Stephanie si contorse.

«Diceva che vedeva un lato oscuro. Che lei si prendeva cura di sua sorella e si metteva tra lui e lei, e diceva che lo faceva perché le piaceva. Che era un po' masochista.»

«Ero una bambina. Proteggevo mia sorella. Non sono per niente come lui.»

«Ha detto che è entrata in polizia?»

Stephanie annuì.

Perry le rivolse un sorrisetto d'intesa. «Colin disse che l'avrebbe fatto. Che era quasi poetico, in realtà. Che sarebbe passata da vittima a protettrice. Che si sarebbe messa di fronte a ogni persona cattiva che avrebbe mai incontrato.»

«Non è per questo che sono entrata in polizia.»

«Non l'ha detto come una cosa negativa. L'ha detto come se fosse fiero. Che lei aveva finalmente accettato ciò che era.»

«Ero una bambina, Perry.»

«Disse che quando la guardava, vedeva qualcuno che capiva il dolore. Non solo lo sopportava, ma lo capiva. Disse che l'aveva resa così, in modo che potesse diventare chi è oggi.»

Stephanie deglutì a fatica. «Lui faceva del male alle persone perché gli piaceva. Io proteggo le persone da gente come lui.»

«Ma lei sceglie comunque di starci intorno. La maggior parte dei poliziotti che abbiamo incontrato dentro non durava cinque anni prima di mollare o di esaurirsi. Ma lei ci è ancora dentro, proprio nel bel mezzo del fuoco.» Perry allungò la mano verso un bicchiere di succo su un tavolino accanto a lui e ne bevve un lungo sorso. «Suo padre diceva sempre che lei era nata nel dolore, proprio come lui. Ma ci è cresciuta dentro. E ora ci vive. Proprio come faceva lui. Alla fine della fiera, le date solo nomi diversi.»

Stephanie non disse nulla. La sua mente era vuota, piena di un ronzio statico e di un rumore bianco che sembravano amplificarsi e riverberare.

«Perché è venuta qui, Stephanie? Presumo non fosse per sapere di più su suo padre.»

«L'Uomo Nero,» fu tutto ciò che riuscì a dire.

«Ne ho sentito parlare. Pensa che sia stato suo padre?»

Annuì, incapace di articolare i suoi pensieri.

«Be', se è morto, allora non credo che possa essere stato lui.»

«Prima. È... è successo negli anni Novanta, prima che mio padre andasse in prigione. Ha... ha...?»

«Se ne ha mai parlato? No. Non mi ha mai detto nulla del genere. Voglio dire, ha confessato un sacco di cose mentre era dentro, cose che ha fatto a sua madre, cose che ha fatto a lei, ma mai nulla riguardo all'entrare nelle camere dei bambini e guardarli dormire.»

Le spalle di Stephanie si afflosciarono. «Assolutamente nulla?»

Perry scosse la testa. «Questo non significa che non fosse coinvolto. Significa solo che non me ne ha mai parlato.»

Stephanie sentì i muscoli del corpo iniziare a rilassarsi. Aveva solo la sua parola, ma era impossibile, nelle condizioni attuali di

Perry, che lui fosse la reincarnazione dell'Uomo Nero. Forse si era sbagliata per tutto quel tempo riguardo al coinvolgimento di suo padre.

«Non so se possa essere d'aiuto,» continuò lui. «Ma suo padre era molto aperto su un sacco di cose, tranne una.» Alzò un dito per illustrare il suo punto. «Scriveva un sacco di lettere.»

«Lettere?»

«A suo fratello e ad altre persone. Non ho mai saputo di cosa parlassero, ma si teneva in contatto con gente fuori.»

«Cosa ne faceva? Sa se ne conservava delle copie o qualcuna di quelle che riceveva?»

«Può scommetterci. Ma a nessuno, e dico nessuno, era permesso vederle o leggerle, altrimenti si sarebbero beccati un frullato di lassativo e candeggina per colazione.»

CAPITOLO
SESSANTOTTO

Stephanie entrò in casa quasi inciampando e salì di corsa le scale, a due gradini per volta.

In cima, si fermò di colpo, immobilizzandosi per riprendere fiato, con gli occhi fissi sulla camera da letto dei suoi genitori. Quella che aveva evitato. Quella che non era riuscita ad affrontare da quando era tornata nella casa della sua infanzia.

I ricordi. Le visioni. L'abuso.

Poteva sentire le deboli urla di sua madre da dietro la porta. Un brivido le percorse il corpo e un nodo le si serrò in gola. Aveva perquisito il resto della casa e non aveva trovato traccia delle lettere del periodo in cui lui era stato in prigione. Se si trovavano da qualche parte, dovevano essere dietro quella porta.

L'unico problema era: aveva il coraggio di aprirla?

Stephanie allungò la mano e strinse le dita attorno alla maniglia, la stessa maniglia che lui aveva toccato. Tremante, la girò, esitò per un istante, poi spinse.

La porta si aprì con un cigolio di protesta e lei entrò. La stanza era quasi perfettamente conservata. Il letto matrimoniale sembrava rifatto di fresco, i cuscini gonfi. Sul comodino più vicino, sotto una lampada coperta di polvere, c'era la vecchia sveglia di sua mamma, con il quadrante fermo sulle 3:12.

Si girò lentamente, osservando ogni cosa.

L'armadio si trovava alla sua sinistra, con le ante chiuse. Sapeva che dentro non ci sarebbero più stati i vestiti di sua mamma – li avevano buttati tutti quando era morta – ma se li immaginò comunque lì dentro, in attesa che lei scegliesse quali indossare quando giocavano a travestirsi. Stephanie aveva invidiato i vestiti di sua mamma e spesso provava le sue scarpe e i suoi top, prima di cadere di frequente e farsi male. Ora, quello spazio era pieno degli abiti di suo padre.

Accanto c'era una piccola scrivania, la cui superficie di legno era deformata dal tempo. Spesso vi trovava sua mamma a truccarsi, e lo facevano insieme, con Stephanie seduta sulle sue ginocchia. Decise di provare prima lì.

I suoi passi erano pesanti, quasi assordanti, mentre si avvicinava. Sfiorò la superficie con le dita, la polvere le si attaccò alla pelle. Allungò la mano verso il primo cassetto e lo aprì lentamente.

Dentro c'era una manciata di documenti. Sollevò lo strato superiore e trovò una piccola pila di lettere. Dozzine. Scarabocchi d'inchiostro secco su carta a righe da quaderno. Nell'angolo in alto a sinistra c'erano il nome di suo padre e l'indirizzo della prigione. Sul lato opposto, il mittente: E Broadbent.

Il sangue le si gelò nelle vene.

Diede un'occhiata alla lettera in cima e vide la data: due settimane dopo che Colin era stato messo in custodia cautelare.

La stanza sembrò restringersi attorno a lei. Le pareti si piegarono verso l'interno. L'aria si fece più fredda.

Lentamente, tenendo le lettere in mano, si sedette sul bordo del letto e cominciò a leggere.

———

Carissimo fratello,

Ti ho pensato ogni giorno.

È ancora strano che tu non sia più qui. Non posso credere che te ne sia andato. Non pensavo fosse possibile, anche se sono sicuro che il tuo team di avvocati farà tutto il possibile per tirarti fuori da questa situazione.

Com'è la prigione? Com'è lì dentro? Le persone sono così cattive come le fanno sembrare in televisione?

Almeno non ti sei perso molto con il tempo. Da quando te ne sei andato, è stato terribile. Pioggia, pioggia, pioggia e ancora pioggia.

So che probabilmente ti stai preoccupando per me, ma non ce n'è biso-gno. Stiamo stati davvero bene. E io mi sono sentito molto meglio. Sarai anche felice di sapere che non ci sono state più visite da quando te ne sei andato. Non ne sento più il bisogno. Penso di essere stato curato, e tutto questo è grazie a te, fratello. Hai cambiato la mia vita in modi che non posso esprimere. Te ne sono eternamente grato.

Abbi cura di te lì dentro.

Batman.

Stephanie non si rese conto di aver smesso di respirare finché la vista non cominciò a offuscarsi ai lati. La lettera tremava tra le sue dita, la carta improvvisamente troppo leggera e troppo pesante allo stesso tempo.

La rilesse, questa volta più lentamente.

Le visite sono finite.

Non ne sente più il bisogno.

È stato curato.

Grazie a suo padre.

Fissò il soprannome in fondo.

Batman. L'Uomo Nero.

Era Elliot.

Suo zio.

Un altro mostro in famiglia.

CAPITOLO
SESSANTANOVE

Appena la porta si aprì, si fece largo superando lo zio ed entrò in casa.

«Steph...? Che...?»

Ignorandolo, irruppe in soggiorno e cominciò a camminare avanti e indietro. L'adrenalina le scorreva in tutto il corpo e la sua mente viaggiava a mille all'ora. Alla fine, dopo quella che le parve un'eternità, Elliot Broadbent entrò arrancando, trascinandosi dietro la bombola d'ossigeno e respirando affannosamente nel boccaglio, come sul punto di esalare l'ultimo respiro.

«Stephanie» disse. «Avresti dovuto chiamare. Io avr-»

«Non farlo» sbottò lei, puntandogli un dito contro. «Non dire un'altra parola finché non ho finito.»

Lui la guardò con occhi vacui.

«Io *so*.»

«Sai cosa?»

«So tutto, va bene? So delle lettere. So del tuo *segreto*. E so che mio padre ti ha aiutato a coprire tutto.»

Elliot aprì la bocca per parlare, ma finì invece per mettersi la maschera sul viso mentre faticava a respirare.

«Come?» La sua voce era un sussurro.

«Ho trovato le lettere che gli scrivevi in prigione, in cui dicevi che le visite erano cessate da quando era in custodia cautelare. Coincidono con le visite originali dell'Uomo Nero.» Serrò la mascella, cercando di ricacciare indietro le lacrime. «Eri tu. *Tu* eri l'Uomo Nero.»

Elliot abbassò lentamente il boccaglio e indicò il divano. «Posso sedermi?»

Lei si rese conto di non avere scelta e gli fece cenno di spostarsi. Lui si calò con cautela sul cuscino, aggrappandosi al suo apparecchio.

«È vero?» chiese lei. «Eri tu l'Uomo Nero di tutti quegli anni fa?»

«Steph...»

«Elliot, è vero?»

«Steph...»

«Rispondimi!» La sua voce echeggiò nella stanza.

Elliot sussultò, con gli occhi lucidi. Non parlò subito. Invece, chiuse gli occhi come se cercasse la risposta dietro le palpebre.

Poi, lentamente e faticosamente, annuì.

Stephanie barcollò all'indietro come se avesse ricevuto un pugno nello stomaco. Le mancò il respiro. Le sue dita si strinsero a pugno e, per un momento, non fu sicura di cosa avrebbe fatto: urlare, piangere, tirargli qualcosa addosso o scagliarlo dall'altra parte della stanza, o scappare.

«Posso spiegare...» cominciò lui.

Lei inspirò profondamente, gonfiò il petto e sciolse il pugno. «Sarà meglio per te.»

«Io... io... avevo un figlio» disse. «Lui... lui era il mio mondo. Era tutto per me. E poi un giorno mi è stato portato via. È morto il giorno del suo decimo compleanno. Si è infilato sotto un castello gonfiabile ed è rimasto intrappolato. Un assurdo incidente. Non sarebbe mai dovuto succedere. Ero distrutto. Mi sono sentito perso per molto tempo dopo. Volevo uccidermi, volevo che tutto finisse. E poi ho trovato una via di fuga, uno sfogo, un modo per elaborare il lutto...»

«Intrufolandoti nelle camere dei ragazzini e guardandoli dormire» disse lei, con un nodo in gola.

Elliot annuì. «Per quel breve momento, mentre ero nelle stanze di quei ragazzi, mi sentivo come se fossi con lui; mi sentivo vicino a lui. Non puoi capirlo, ma...» Fece un'altra lunga boccata d'aria dalla sua macchina. «Non volevo farlo. Non volevo terrorizzare quei ragazzi e le loro famiglie, ma era l'unico modo.»

«E mio padre sapeva?»

«Sì. Perché... perché ci ho provato con te e Kimberley. Mi ha fatto entrare un paio di volte, ma non era la stessa cosa.»

A Stephanie si mozzò il respiro. Gli incubi. I sogni. Non erano frutto della sua immaginazione, non erano finzione. Erano stati reali.

«Sei entrato nella nostra stanza?»

Elliot annuì.

«Ma non vi ho mai toccate, così come non ho mai toccato quei ragazzi. Non si è mai trattato di *quello*. Non si è mai trattato di niente di strano. Avevo solo bisogno di stare vicino a loro, vicino al mio ragazzo.»

«Tu e mio padre avete agito insieme?»

«No, mai. Ero solo io. Tuo padre, lui... lui mi ha solo aiutato. Lo sapeva, mi ha guidato, si è assicurato che mi tenessi alla larga dalla polizia.»

Stephanie era paralizzata. Il battito del suo cuore le rimbombava nelle orecchie.

«Nelle tue lettere, hai detto che ti ha aiutato a smettere. *Come*?»

Elliot si trattenne prima di parlare. «È difficile da capire per te.» Si perse nei suoi pensieri per un momento, il volto assente. «L'arresto di tuo padre mi ha costretto a smettere. È stato solo questo. È stato così semplice. Ho visto cosa sarebbe successo se mi avessero preso, così ho deciso di farla finita.»

Stephanie non gli credette. C'era dell'altro, ma per qualche motivo, lui lo teneva per sé. Avrebbe seguito quella pista più tardi, mentre lui si fosse trovato in una sala interrogatori in condizioni adeguate. Ma in quel momento, c'erano domande più urgenti a cui le servivano risposte.

«Sai chi lo sta facendo adesso?»

Il colore defluì dal suo viso e lui scosse la testa. Un'altra bugia.

«Chi è, Elliot?»

Suo zio prese un'altra breve e secca boccata d'aria. Era evidente che ne avesse bisogno per respirare.

«Non lo so» disse nel breve istante in cui si tolse la maschera dal viso. «Potrebbe essere chiunque. Vorrei saperlo.»

«Forse una sala interrogatori e una notte in una cella di sicurezza ti rinfrescheranno la memoria.» Tirò fuori il telefono dalla tasca e si spostò in corridoio, portandosi il dispositivo all'orecchio. «Devon, ho bisogno che mi fai un favore. Sì, un altro. Ma non di quel tipo. Ho bisogno che mandi un paio di veicoli della ERT all'indirizzo di mio zio. L'ho preso. Ho preso l'Uomo Nero originale.»

CAPITOLO
SETTANTA

L'ufficio era avvolto nell'oscurità, e solo il bagliore blu dello schermo del telefono di Stephanie le illuminava il viso. Erano dieci minuti che giocherellava con il dispositivo, facendolo ruotare tra le dita e picchiettando l'unghia sul retro. Seduta in silenzio, stava elaborando ogni cosa, cercando di fare i conti con la rivelazione che nella sua famiglia c'era un altro mostro: un duo di fratelli criminali.

Non riusciva a crederci. Suo padre aveva saputo dei crimini di suo zio e non aveva fatto nulla. Allo stesso modo, suo zio aveva protetto suo padre. Si erano coperti a vicenda, difendendosi l'un l'altro di fronte alla polizia fino alla fine.

Stephanie smise di giocherellare con il dispositivo e fissò la schermata di blocco: una foto di lei e Kimberley.

Kimberley.

Sua sorella.

Il pensiero della promessa che si erano fatte.

Niente segreti.

Niente più bugie.

Sbloccò il dispositivo e cercò il contatto di sua sorella in rubrica. Il suo dito aleggiò sul tasto di chiamata. Avrebbe dovuto dirlo a Kimberley. Ne aveva il diritto. Ma a che sarebbe servito? A informarla che un altro membro della famiglia, qualcuno che conosceva a malapena, era malvagio quasi quanto loro padre? E se Kimberley avesse creduto che fosse una cosa di famiglia, che entrambe fossero capaci di peccare? Che fossero entrambe intrinsecamente malvagie?

La precedente conversazione di Stephanie con Perry Watson le ritornò in mente. Era davvero così diversa da suo padre? L'averlo pugnalato ripetutamente fino alla morte suggeriva che fossero più simili di quanto le sarebbe piaciuto.

No. Erano stronzate. Lei era diversa. *Unica*. L'unica parte di lui che le scorreva dentro era il sangue nelle vene e il DNA nel corpo. Ma quello non la definiva. Non determinava chi era.

Non si somigliavano per niente.

Lo schermo si spense e Stephanie lo posò. Kimberley non aveva bisogno di sapere. Almeno, non ancora. Lasciò che il telefono cadesse dalla sua mano sulla scrivania con un tonfo sordo.

Chiuse gli occhi e si appoggiò allo schienale della sedia, lasciando che l'oscurità la avvolgesse. La sua mente era uno stadio assordante, con i pensieri che si scontravano, i ricordi che cozzavano l'uno contro l'altro come autoscontri.

Poi la porta si spalancò.

Si mise a sedere di scatto.

Era Olivia, senza fiato e con gli occhi sbarrati. «Signora, deve venire. *Subito*».

Stephanie si alzò all'istante. «Cosa c'è?»

«È suo zio. È appena collassato nella cella di detenzione».

A Stephanie si chiuse lo stomaco. «Cosa è successo?»

«Ha smesso di respirare. Credo che sia morto».

CAPITOLO
SETTANTUNO

Elliot Broadbent, suo zio, l'uomo che conosceva di nuovo da pochi giorni e che aveva incontrato ancora meno volte, era accasciato sul pavimento della sua cella di sicurezza, riverso sulla schiena, con le dita strette attorno alla maschera d'ossigeno posata al suo fianco. Era circondato da un manipolo di agenti, tutti accorsi in suo aiuto mentre attendevano l'arrivo dell'ambulanza. Stephanie non era un medico, ma capì che era morto. Non appena fossero arrivati i paramedici, ne avrebbero constatato il decesso.

Il suo viso aveva già perso ogni colore e lo sguardo vitreo e acquoso nei suoi occhi era svanito; aveva versato la sua ultima lacrima.

Stephanie restò sulla soglia della cella di sicurezza, incurante dei rumori e del caos che la circondavano. La sua mente era un vortice di pensieri. Innanzitutto, era un incubo per la salute e la sicurezza. Elliot era un uomo malato, con un problema di salute molto grave ed evidente, eppure era morto mentre era sotto la loro custodia. Era stata fatta una valutazione del rischio? Qualcuno lo aveva monitorato o aveva riconosciuto i segnali? O era stato semplicemente un tragico incidente che nessuno avrebbe potuto prevedere? Ricordò come Elliot avesse ansimato in cerca d'aria come se fosse la sua ancora di salvezza a casa sua; era stata *lei* a non cogliere i segnali d'allarme?

In secondo luogo, era l'Uomo Nero originale; era la chiave che avrebbe potuto sbloccare l'indagine in corso, e ora era morto. Peggio ancora, lei era l'unica a conoscere la verità. Le aveva confidato tutto in privato e, nel suo stato di panico e adrenalina, non si era minimamente preoccupata di registrare la loro conversazione. Era la parola di un morto contro la sua.

In terzo luogo, e forse il punto più significativo, data la sua posizione in fondo alla lista, era che si trattava di suo zio. Un membro della sua famiglia. Suo stesso sangue. Eppure non provava nulla per lui. Nessuna compassione, nessun dolore, nessuna angoscia. Era semplicemente un altro criminale sfuggito alla vera forza della giustizia.

«Steph?»

La domanda le parve lontana, quasi come se provenisse da suo zio stesso, che la chiamava, implorando aiuto.

«Steph?»

Fu solo quando Devon le apparve nel campo visivo che si rese conto che la domanda era arrivata da lui.

«Capo, che cosa vuole che facciamo?»

«Io...» Aveva bisogno di un momento per raccogliere le idee. Ma non avevano tempo da perdere. «Ha confessato tutto». Guardò Devon negli occhi, ma il suo viso divenne subito sfocato. «Ha confessato di essere l'Uomo Nero originale. Perse suo figlio il giorno del suo compleanno e si introduceva nelle camere dei bambini per superare il lutto».

«Perse suo figlio?» ripeté Devon.

«Ma non abbiamo prove. Non abbiamo niente. Ho solo delle lettere che scriveva a mio padre in prigione, dicendo che le visite erano finite».

«Cosa vuole che facciamo?»

E poi qualcosa dentro di lei scattò. Tornò presente. Era di nuovo un ispettore capo, responsabile di guidare una squadra in condizioni di intensa pressione.

«Prove» disse. «Ci servono delle prove. Potrebbero esserci delle lettere a casa di Elliot Broadbent che confermano che era l'Uomo Nero, quindi ci serve una squadra che perquisisca il suo appartamento da cima a fondo. Mandi la Scientifica laggiù il prima possibile. Il DNA... dobbiamo anche prelevare il suo DNA e mandarlo ad analizzare».

«A che servirà?»

«La prima indagine. Potrebbero esserci prove del DNA di allora a cui possiamo collegarlo. Non so perché non ci ho pensato prima».

Devon annuì. «Metto subito la squadra al lavoro. E incaricherò qualcuno di esaminare più a fondo gli appunti della vecchia indagine».

«Li aiuterò» disse lei, annuendo lentamente. «Darò un'altra occhiata anch'io».

Detto questo, Devon si affrettò ad adempiere ai suoi compiti.

Per un momento, Stephanie rimase dov'era, mentre la gente continuava a muoversi intorno a lei. Poi arrivarono i paramedici, costringendola a farsi da parte. Guardò in silenzio mentre si accovacciavano accanto al corpo di Elliot e confermavano rapidamente quello che già sapeva.

«È andato» disse il primo paramedico con fare pratico.

Una vampata di freddo la travolse. Abbassò lo sguardo su suo zio e, mentre ne studiava il volto, le affiorò l'immagine di suo padre che moriva dissanguato sul pavimento dell'ingresso della loro casa di famiglia. Le venne in mente quanto si somigliassero: gli zigomi, gli occhi.

Un altro promemoria di suo padre e degli orrori della sua famiglia.

Nella sua mente, le luci sopra di lei iniziarono a tremolare e le pareti sembrarono stringersi. La nausea si insinuò e il mondo si inclinò sul proprio asse. Uscì barcollando dalla cella, urtando muri e colleghi mentre si dirigeva verso l'uscita. Fuori, inspirò a pieni polmoni l'aria fresca della sera, ma non servì ad alleviare la sensazione nella sua mente e nel suo stomaco.

C'era una sola risposta per quello.

Una risposta che anestetizzava tutto.

Attraversò il parcheggio a passi malfermi, salì in macchina e si allontanò lentamente. Era solo a metà cosciente dei lampioni e del traffico mentre usciva dalla stazione.

Cinque minuti dopo, arrivò.

L'insegna del negozio era vivacemente illuminata e mostrava immagini delle sue delizie. Immediatamente, l'odore di unto, sale, grasso e rimpianto la colpì come uno schiaffo in pieno viso.

Kebab Grill.

Un vecchio amico.

Chiuse a chiave la macchina, salì di corsa i gradini ed entrò nel locale.

All'interno, l'odore si intensificò e il proprietario alzò lo sguardo da dietro il bancone, sorridendole come a una vecchia amica.

«Buonasera, signorina! Mi lasci indovinare, il solito?»

CAPITOLO
SETTANTADUE

Per quante gomme da masticare e mentine si ficcasse in bocca, il sapore acre della bile persisteva. Si disprezzava. Aveva avuto tutto così sotto controllo. Alla fine ne aveva preso il controllo, eppure, da quando suo zio era entrato nella sua vita e il coinvolgimento di suo padre nel caso dell'Uomo Nero si era intensificato, la sua bulimia aveva rialzato la sua brutta testa.

Per contrastare l'angoscia, il rimpianto e il senso di colpa che le rodevano ciò che restava della mucosa gastrica, aveva passato tutta la notte immersa nei dettagli del caso originale dell'Uomo Nero. Aveva perso la cognizione del tempo, rendendosi conto solo in quel momento che fuori si stava facendo giorno e che la maggior parte della squadra era andata a casa da un pezzo. Sollevò lo sguardo dal computer e guardò attraverso l'apertura della porta del suo ufficio. La sala operativa era vuota e sinistramente silenziosa, a parte il ronzio della sala server da qualche parte nell'edificio.

Stephanie apprezzò il silenzio; aiutava a calmare le voci e il frastuono che aveva in testa.

Tornò a concentrarsi sul computer, dove stava esaminando la deposizione di un testimone. La registrazione era stata effettuata dall'agente investigativo Oliver Reed e protocollata una settimana prima della conclusione delle indagini. A quel punto, c'erano state intrusioni in dieci case e le vite di dieci ragazzi erano state irrimediabilmente cambiate.

Diceva:

Data: 18/07/1994
    Da: Ag. Inv. Oliver Reed
    Inviato a: Isp. Capo Gavin Lockwood

Inizio:

[OMISSIS] è stato condotto in centrale la mattina del 18/07/1994 in relazione all'Operazione Rainmaker. È stato riferito che il sospettato è stato visto bighellonare nei pressi della scuola frequentata da tutti i ragazzi. Naturalmente, si potrebbe sostenere che qualsiasi genitore della scuola potrebbe essere visto fare lo stesso, ma il denunciante ha notato che [OMISSIS] non sembrava essere lì per prendere un bambino. È stato osservato seduto in una Vauxhall Astra grigia per quasi quarantacinque minuti, a guardare i cancelli della scuola. Dopo un interrogatorio informale di alcuni membri del personale della scuola, è emerso che [OMISSIS], che, parlando con amici e familiari, ama farsi chiamare Batman, aveva un figlio che frequentava la stessa scuola. Purtroppo, quello stesso bambino ha perso la vita in uno strano incidente su un castello gonfiabile alla sua festa per il decimo compleanno.

Ho parlato con [OMISSIS], ed è chiaro che sta soffrendo immensamente per la perdita del figlio e, di conseguenza, ha trascorso del tempo fuori dalla scuola come parte di questo processo.

Interrogatorio condotto, ma su richiesta dell'Isp. Capo Lockwood, non proseguito con un avvertimento formale.

Nessuna ulteriore azione intrapresa.

-Ag. Inv. Reed

Stephanie lesse la nota altre due volte. Una volta finito, si appoggiò allo schienale della sedia, cercando di elaborare le informazioni. Per lei era evidente che si riferissero a Elliot Broadbent. Non solo c'era la menzione del figlio defunto, ma anche lo schema di bighellonare intorno alla scuola, prendendo di mira le sue vittime.

La prova definitiva era il soprannome: Batman.

Stephanie non aveva idea del perché fosse stato incluso nel rapporto, ma era grata che lo fosse.

Più preoccupante, tuttavia, era l'omissione del nome di suo zio. Perché era stato omesso? E da chi?

Prima che potesse continuare i suoi pensieri, un rumore la interruppe. Giles apparve dall'altra parte dell'ufficio, indossando un impermeabile bagnato di pioggia. Non appena la vide, si affrettò verso di lei, gocciolando sul tappeto. Stephanie si guardò alle spalle e notò delle goccioline sulla finestra.

«È qui» disse Giles, senza fiato. «Non pensavo che sarebbe stata qui.»

Stephanie continuò a guardare fuori dalla finestra.

«È stata qui tutta la notte?» chiese lui.

«Da quanto tempo piove?»

«Questo risponde alla mia domanda.» Giles varcò la soglia del suo ufficio e si avvicinò alla sua scrivania. «Credo di avere qualcosa.»

Gradualmente, gli ingranaggi della sua mente stanca cominciarono a girare. Si era appena resa conto di aver passato l'intera notte in ufficio.

«Sei qui presto. Hai dormito?» chiese lei.

«E Lei?»

«Non stiamo parlando di me. Stiamo parlando di te. Cosa ci fai qui a quest'ora?»

Raggiante come un bambino eccitato, Giles si tolse lo zaino dalla spalla e lo posò sulla sedia. Iniziò a frugarci dentro e tirò fuori un foglio di carta.

«Non riuscivo a dormire. Continuavo a pensare a questo caso. Mi tormenta dall'inizio, ma poi ho trovato una cosa interessante e non sono riuscito a lasciar perdere.»

Stephanie si sporse in avanti sulla sedia. «Hai la mia attenzione...»

«Il DNA. Devon ha detto che ci aveva chiesto di cercare nei registri del caso precedente qualsiasi cosa relativa al DNA.»

Annuì attentamente.

«Beh, ho trovato un rapporto giornaliero datato diciotto luglio, di un tizio chiamato Ag. Inv. Oliver Reed, e dentro dice che sono stati prelevati campioni di DNA da un sospettato, ma che il DNA è andato perso in seguito.»

«Okay...» disse Stephanie, mentre gli ingranaggi del suo cervello sembravano svegliarsi insieme al resto della squadra, dato che le persone cominciavano a entrare dalla porta.

«Mi è sembrato un po' strano» continuò Giles.

«A chi... a chi è stato inviato il rapporto?»

«A una certa agente investigatrice Stephanie Penrose, la loro responsabile dei reperti.»

«Indica il nome del sospettato, o è stato omesso?»

Gli occhi di Giles si spalancarono per la gioia. «Lo nomina, capo.»

«Chi?»

«Il campione di DNA è stato prelevato da un certo signor Elliot Broadbent.»

CAPITOLO
SETTANTATRÉ

Diverse ore dopo, Oliver Reed aveva acconsentito a incontrarla al Pastry Bakes, un'accogliente caffetteria indipendente nascosta lungo la via principale di Dorking, a mezz'ora di macchina dalla stazione. Adagiata nel cuore delle Surrey Hills, Dorking assomigliava a una scena da cartolina di campagna, incorniciata da colline lussureggianti e ondulate e da fitti boschi che in autunno si tingevano d'oro e di cremisi. La strada per la cittadina la condusse attraverso stradine tortuose delimitate da pittoreschi cottage e da muri in pietra consunti dal tempo. Il centro cittadino era un mosaico di affascinante antichità e discreta opulenza.

Quando Stephanie aprì la porta della caffetteria, fu accolta da un odore di caffè bruciato e dal sibilo della macchina per l'espresso in sottofondo. Il locale era vuoto, a parte una coppia di anziani seduta vicino alla finestra. Cercò Oliver e per un attimo si chiese se avesse rinunciato al loro incontro. Fu solo dopo aver fatto qualche incerto passo avanti che notò una figura maschile china nel giardino sul retro. Era sprofondato in una sedia, con indosso una giacca cerata malconcia che aveva visto decenni migliori, e una tazza di tè intatta davanti a sé.

Gli si avvicinò.

Lui si voltò lentamente verso di lei mentre usciva all'aperto.

«Ispettore?»

«Agente?»

Oliver si alzò dalla sedia e le strinse la mano, mentre l'azzurro brillante dei suoi occhi gli illuminava il volto con un sorriso. Stephanie gli diede sulla sessantina inoltrata.

«È da un sacco di tempo che nessuno mi chiama così» disse energicamente.

«Grazie di aver accettato di incontrarmi.»

Si sedettero uno di fronte all'altra, appoggiandosi allo schienale con l'atteggiamento rilassato che entrambi avevano imparato in anni di interrogatori a criminali incalliti.

«A essere sincero, pensavo che tutta questa storia fosse morta e sepolta, perciò sono rimasto un po' sorpreso di ricevere la tua telefonata. Poi sono rimasto un po' deluso quando mi hai detto chi eri.»

«Cosa vuoi dire?»

«Pensavo fossi di Netflix o qualcosa del genere, venuta a chiedere a uno dei vecchi piedipiatti del caso se fosse contento di parlare delle sue esperienze per un nuovo documentario.»

Stephanie emise una risatina. «C'è ancora tempo.»

Oliver abbassò lo sguardo sulla sua bevanda, poi sullo spazio vuoto sul tavolo di fronte a lei. «Ti offro qualcosa?»

Lei respinse l'offerta con un cenno del capo. «Sono a posto così.»

«Non hai tempo? Ricordo quei giorni. Adesso ho tutto il tempo del mondo.»

Beato te.

«Ti manca?»

Oliver strinse la tazza tra le mani. «Stai scherzando? Ogni giorno. Ma non potrei mai tornare indietro. Ho chiuso quel capitolo, capisci cosa intendo? Mi sono trovato nuovi hobby, nuove cose per tenermi interessato... e sano di mente. Oggigiorno è tutta una questione di salute mentale. Salute mentale di qua, salute mentale di là. Ai miei tempi, la chiamavamo semplicemente essere giù di morale. Ma... devo ammettere che è una cosa seria. Stare seduto a non fare niente tutto il giorno ti manda davvero fuori di testa. È importante mantenersi in contatto con le persone, conversare.»

«O, nel nostro caso, parlare di vecchie indagini» aggiunse Stephanie.

«Touché.» Lui portò finalmente la tazza alle labbra e prese un piccolo sorso. «Dimmi, Stephanie, cos'ha di così importante l'Uomo Nero da farti venire fino a Dorking?»

Stephanie si raddrizzò sulla sedia, lasciando la domanda sospesa tra loro. Si sporse in avanti, con i gomiti sul tavolo. «Sta succedendo di nuovo. Non so cosa tu abbia visto o meno al telegiornale o online, ma ci sono state altre effrazioni di recente, e la persona coinvolta ha lasciato dei palloncini.»

«Lo stesso modus operandi di allora» disse Reed a bassa voce, l'espressione assente mentre riviveva gli eventi della sua indagine.

«Solo che questa volta ha ucciso qualcuno» spiegò Stephanie. «Qualcosa è andato storto. Credo sia stato un errore, perché da allora è calato il silenzio.»

Oliver annuì pensieroso. «Pensi sia lo stesso? Quello che non abbiamo mai preso?»

Lei scosse la testa. «No. Ci sono delle somiglianze, sì. Ma c'è anche una grande differenza: invece di prendere di mira i ragazzi, ha preso di mira le ragazze.»

Un altro cenno del capo, questa volta più lento. Il volto di Oliver si contrasse e distolse lo sguardo, oltre il giardino sul retro, verso le piante che a malapena sopravvivevano nei cesti appesi.

«Quindi a cosa pensi, un imitatore?»

«Deve essere così. È l'unica spiegazione. O qualcuno che conosceva il vecchio Uomo Nero o qualcuno che ha fatto ricerche in qualche modo.»

Oliver si strofinò la parte inferiore dell'occhio. «Io dove mi inserisco in tutto questo? Non abbiamo mai trovato il responsabile. Lo sai, vero?»

Lei annuì.

«Uno dei casi più preoccupanti della mia carriera, e non abbiamo mai trovato quel bastardo. Mi tormenta ancora.»

Sentì gli angoli della bocca contrarsi in un sorriso. «Puoi dormire sonni tranquilli. Credo che l'abbiamo trovato.»

«Avete preso la persona che l'ha fatto?» domandò Oliver, con gli occhi che si sgranavano per l'entusiasmo.

«Forse. Speriamo. È qui che entri in gioco tu. Spero che tu possa confermarmi un paio di cose.»

Oliver si protese in avanti sulla sedia, spostando la tazza di tè di lato in modo che non ci fosse nulla tra loro. «Sono tutto tuo.»

Stephanie tirò fuori i registri giornalieri che aveva letto in ufficio e glieli porse. «Questo nome è stato secretato» spiegò. «Riesci a ricordare chi fosse?»

«Elliot Broadbent» disse lui senza esitazione.

Stephanie nascose la sorpresa dal suo volto. «Ne sei sicuro?»

«Non ho mai dimenticato quel nome.»

«Perché?»

«Perché pensavo che fosse il nostro principale sospettato.»

«Ho esaminato i fascicoli del caso. Il suo nome è stato menzionato solo due volte, e non avevate niente di concreto contro di lui. Cosa te lo fa pensare con tanta sicurezza?»

«Istinto. Sai di cosa parlo. Quella sensazione fastidiosa che non ti abbandona mai. Quando riesci a leggere la reazione di una persona e percepisci immediatamente che qualcosa non quadra. Era lui il nostro uomo. Corrisponde al tuo sospettato?»

Stephanie si limitò ad annuire in risposta.

Oliver schioccò le dita trionfante. «Maledetto bastardo. Lo sapevo.» E poi capì. «Aspetta un attimo... *Broadbent*.»

Stephanie spiegò rapidamente la sua relazione con Elliot e come fosse finita nel cuore della notte.

«Non ci credo» disse infine Oliver, il suo sorriso che si allargava da un orecchio all'altro. «Non posso credere che l'hai preso. *Finalmente*.»

«Quasi. Abbiamo solo la sua parola contro la mia. Non abbiamo niente di concreto che possiamo collegare a lui... per ora. Che è un altro motivo per cui sono qui.» Stephanie si schiarì la gola e voltò la pagina di fronte a Oliver. «In un altro dei tuoi rapporti giornalieri, c'è scritto che il DNA che avevate contro mio zio è scomparso...»

«Ah, sì. Il caso del campione di DNA smarrito accidentalmente di proposito. Lo ricordo bene.» Oliver unì le mani.

«Cos'è successo?»

Rifletté per un momento. Una leggera brezza attraversò il giardino sul retro, facendo ondeggiare le piante da un lato all'altro. «Feci dare a Elliot il suo DNA, cosa che non era molto disposto a fare, intendiamoci. Lo spedii e poi, quando andai a sollecitare, scoprii che era andato perso.»

«Chi l'ha perso?»

«Gavin Lockwood.»

Le si mozzò il respiro. «L'ispettore capo?»

«Fu lui a occuparsi di spedirlo invece del nostro addetto ai reperti, una cosa che non avevo mai visto prima, e non l'ho più vista da allora.»

«Questo *è* insolito. Non volle prelevare un altro campione?»

«Lo affrontai a riguardo, ma lui scrollò le spalle. Disse che non valeva la pena perdere tempo o spendere soldi per far tornare Elliot. Poi, il giorno dopo, mi tolse dal caso e mi assegnò a un'altra indagine.» Oliver strinse le labbra e la sua espressione si indurì, chiaramente ancora turbato da quella decisione. «Inutile dire che da allora non l'ho più invitato a cena.»

«Quindi non hai mai scoperto che fine avesse fatto?»

Oliver scosse la testa e cominciò a picchiettare con la nocca sul tavolo.

«Puoi dirmi cosa è successo con il nome secretato? Perché è stato secretato e chi l'ha fatto?»

Inclinò la testa di lato. «La risposta la sai già. La stessa persona che ha aiutato il DNA a scomparire miracolosamente ha fatto svanire l'identità di tuo zio.»

Stephanie si prese un momento per assimilare quell'informazione.

«Doveva esserci qualcosa sotto» disse lui. «Ma non so *cosa*.»

Lei alzò lo sguardo per incrociare il suo. «Credo che andrò a scoprirlo.»

CAPITOLO
SETTANTAQUATTRO

Il sole, o quel che ne restava, stava calando sulle Surrey Hills, proiettando lunghe ombre sul bosco che costeggiava Peaslake. L'aria era densa dell'odore di terra umida e polvere da sparo. Da qualche parte in lontananza, un colpo di fucile ruppe il silenzio, seguito da uno stormo di uccelli che si levavano in volo e dal suono di latrati concitati.

L'auto di Stephanie scricchiolò sulla pista di ghiaia, i pneumatici che sparavano sassi mentre saliva il leggero pendio verso l'ingresso recintato. Non c'era nessuna indicazione. Nessun numero civico. Solo un robusto cancello di legno chiuso con un lucchetto arrugginito e un cartello dipinto a mano che diceva: PROPRIETÀ PRIVATA - BATTUTA DI CACCIA IN CORSO.

Spense il motore e scese, le scarpe che affondavano leggermente nel ciglio fangoso. I suoni della campagna erano attutiti lì, inghiottiti dai fitti alberi. Una fila di Land Rover, schizzate di fango, era parcheggiata da un lato. La scena assomigliava più a un accampamento militare che a un'area ricreativa per gentiluomini.

Stephanie lanciò un'occhiata lungo la pista che svaniva tra gli alberi. I colpi di fucile echeggiarono di nuovo, due stavolta, rapidi e secchi. Più avanti lungo il sentiero, delle figure si muovevano tra gli alberi: una fila di uomini vestiti con giacche cerate e coppole, che calpestavano il sottobosco con i cani che si intrecciavano tra le loro gambe. In alto, uno stormo di fagiani si levò dalla boscaglia, sbattendo le ali freneticamente.

Si frugò nel cappotto ed estrasse il tesserino. Un uomo si staccò dal gruppo. Anche a distanza, lo riconobbe. L'ex ispettore capo Gavin Lockwood.

Lui abbassò il fucile nell'incavo del braccio e si tolse le cuffie antirumore. Il pastore tedesco al suo fianco si fermò, osservando Stephanie con sospetto.

«Detective...?»

«Ispettore Stephanie Broadbent» rispose lei, con tono severo.

«Ha chiamato prima? Avrei dovuto aspettarla?»

«A volte preferisco le sorprese.»

«Le sorprese sono il motivo per cui la gente si becca una fucilata su un terreno privato in posti come questo.»

«Mi perdoni, signor Lockwood, ma questa suona come una minaccia.»

«No» disse lui, con un leggero sorrisetto. «Sto solo constatando un fatto, dolcezza.»

Stephanie fece una smorfia. «La prego di non chiamarmi dolcezza. I tempi sono cambiati, dai suoi.»

Lui sbuffò. «Ne so qualcosa.»

Gavin Lockwood e il suo cane si spostarono con decisione a lato del sentiero, mentre il suo gruppo di amici, tutti vestiti in modo quasi identico, le passò accanto.

«Allora, cosa la porta da queste parti?» domandò lui.

Breve e concisa, si rammentò. Dritta al punto.

«Il nome Elliot Broadbent le dice qualcosa?»

Il lampo di riconoscimento sul suo viso fu palese, ma fece del suo meglio per mascherarlo.

«Non direi che mi ricordi qualcosa. Dovrebbe?»

«Era il nome di uno dei sospettati nell'indagine originale sull'Uomo Nero.»

«Affascinante» rispose lui, sarcastico.

«È anche il nome di mio zio.»

«Ancora di più. E allora?»

«È morto nelle prime ore di stamattina.»

Gavin la studiò, i suoi occhi che la scrutavano da capo a piedi.

«Per una che ha appena perso un parente, non sembra molto turbata.»

«Non eravamo legati. Ma lui era legato a suo fratello. Forse si ricorda il *suo* nome: Colin Broadbent.»

Gavin finse indifferenza; non aveva alcuna intenzione di aiutarla.

«Forse lo ricorderà meglio come l'uomo che ha ucciso mia madre.»

«Perbacco, che famiglia si ritrova.»

Sopra di loro, uno scoiattolo corse tra gli alberi, facendo frusciare le foglie immobili. Pochi istanti dopo, un ramoscello cadde a terra. Il cane lo ignorò, mantenendo la sua attenzione su Stephanie, in attesa degli ordini del suo padrone. Nel frattempo, Gavin dava l'impressione di essere annoiato dalla conversazione mentre iniziava a ispezionare il mirino del suo fucile.

«Credo che lei li conosca» disse lei, con voce più profonda.

Lui si fermò. «Come, scusi?»

«Credo che lei conosca sia mio padre che mio zio. E credo che li abbia protetti. Credo che abbia cercato di impedire che finissero in prigione.»

Gavin non alzò subito lo sguardo. Le sue dita tozze regolarono la canna del fucile con cura metodica. Poi lo posò delicatamente su un cavalletto da tiro lì vicino e si voltò per affrontarla a viso aperto. Per una frazione di secondo, Stephanie aveva temuto che potesse spararle.

«Queste sono accuse pesanti, ispettore» disse lui. «Sembra che il dolore per la perdita di suo padre e di suo zio l'abbia finalmente sopraffatta.»

Lei serrò la mascella. «Elliot Broadbent era un sospettato chiave nell'indagine sull'Uomo Nero. Uno dei suoi detective lo interrogò e raccolse il suo DNA, ma lei si mise di mezzo.»

«Cosa le fa pensare che fosse l'Uomo Nero?» La voce di Gavin era fredda e tagliente.

«Perché me l'ha confessato, poco prima di morire.»

«Non sarà mica morto allo stesso modo di suo padre, vero?»

Stephanie aprì la bocca, poi si riprese subito. «Di cosa... di cosa sta parlando?»

Un sorrisetto si insinuò sul viso di Gavin mentre le si avvicinava lentamente. «Ispettore, lei dimentica chi sono. Ho ancora molti amici in polizia. Dopo la sua visitina dell'altro giorno, ho fatto qualche domanda, ho chiesto un paio di favori e ho scoperto come è morto suo padre. Roba selvaggia, brutale. Ma ovviamente, è stata legittima difesa, giusto? Di solito queste cose lo sono. E mi lasci indovinare, il suo ispettore capo l'ha aiutata a far sì che rimanesse tale?»

Stephanie non disse nulla, pensando a ciò che aveva sentito dire di Clive, che negli anni Novanta si faceva corrompere, di come in passato avesse aiutato a far sparire delle cose.

Gavin si fermò proprio di fronte a lei. «Tutti quanti facciamo delle cose per proteggere le persone, di tanto in tanto. Immagino si possa dire lo stesso anche di lei. Mi pare di capire che il suo collega abbia avuto qualche problema con l'alcol di recente.»

I suoi occhi si strinsero su di lui.

«Quindi anche la sua fedina non è esattamente immacolata» continuò lui. «Ora, non so cosa sia venuta a insinuare qui, o cosa si sia messa in testa che io abbia fatto, ma è tutto sbagliato. Non c'era assolutamente niente di sospetto o preoccupante in Elliot. Suo zio fu un sospettato nell'indagine sull'Uomo Nero a un certo punto, ma l'attenzione si spostò rapidamente da lui.»

«Perché?»

«Lei sa come vanno queste cose. Le indagini sono entità vive, che respirano. Crescono, cambiano, si adattano. E noi dobbiamo adattarci con loro. All'epoca, per una qualche ragione, ritenetti opportuno modificare la direzione. Non mi chieda perché, perché è passato molto tempo e non me lo ricordo.»

«Si ricorda che il suo campione di DNA sparì poco dopo essere stato inviato per le analisi?»

«Non direi» rispose Gavin. «Ma all'epoca era un problema endemico. Le procedure non erano così rigorose come lo sono adesso. Cose del genere succedevano spesso.» Fece spallucce. «Probabilmente un errore amministrativo.»

Lei sbuffò. Un errore amministrativo. Quella era la sua scusa, la sua giustificazione. Se l'indagine fosse stata gestita meglio trent'anni prima, avrebbe avuto due membri della sua famiglia dietro le sbarre, e Yasmin East forse sarebbe ancora viva.

«Fu lo stesso errore amministrativo a far sì che mio padre la facesse franca dopo che i suoi abusi su mia madre non vennero indagati né da lei né dalla sua squadra?»

Gavin non rispose.

«Perché li proteggeva, Gavin? Che cos'era? Prima ha permesso a mio padre di continuare ad abusare di mia madre, anche se uno nella sua posizione doveva sapere cosa le sarebbe successo se gli fosse stato permesso di continuare. E secondo, ha tenuto mio zio fuori di prigione così che potesse continuare a entrare nelle camere da letto dei bambini. Perché? Cosa avevano contro di lei? Che tipo di accordo avevate raggiunto voi tre? Non poteva essere solo uno sconto tra amici per l'ampliamento di casa sua, vero?»

La mascella di Gavin si mosse lentamente. Alla fine, disse: «Lei non ha prove. Non ha nulla per dimostrare nessuna delle sue ridicole ipotesi. Non sa di cosa sta parlando. Perché non lo chiede a suo padre e a suo zio? Ah, già, non può, perché sono morti. Perché lei li ha uccisi, e con loro tutti i segreti che si portavano dietro».

CAPITOLO
SETTANTACINQUE

Era stato praticamente confermato che Elliot Broadbent, lo zio di Stephanie, fosse l'Uomo Nero originale, la causa degli incubi patiti dai bambini della zona trent'anni prima. Giles ricordava che, da bambino, sua madre lo metteva in guardia con i racconti dell'Uomo Nero, che sarebbe entrato in camera sua di notte per portarlo via se si fosse comportato male all'asilo o a scuola. Quello bastò a dissuadere Giles dal fare i capricci, ma non gli impedì di stare all'erta per scorgere la figura misteriosa nei giorni in cui era stato cattivo. Ogni volta, non riusciva mai a sorprendere il mostro in agguato appena oltre la porta.

Fino a quel momento.

Non appena seppe che Elliot Broadbent era diventato l'Uomo Nero dopo la morte del figlio, la mente di Giles balzò all'unica, inevitabile conclusione: una conclusione che era culminata nell'uomo che aveva di fronte.

«Questa situazione sta diventando ridicola» disse Marcus Vickery, con le braccia incrociate sul petto. «Quante volte devo spiegarLe che non c'entro niente con quello che è successo a quelle ragazze?»

«Signor Vickery...»

«Continuerò a battere sullo stesso tasto se necessario, ma a questo punto mi sembra una persecuzione. Non ho fatto niente di male.»

Giles non riusciva a scacciare l'immagine che aveva in testa di Marcus Vickery in piedi nelle camere da letto delle ragazze. Corrispondeva al profilo fisico: minuto, magro e agile. Ed era l'unica ex vittima che avesse mai parlato con l'Uomo Nero originale. Chi poteva dire che non fossero rimasti in contatto?

Si ricompose prima di rispondere. «Il nome Elliot Broadbent Le dice qualcosa?»

Marcus lo guardò con aria assente. «No. Non ho la minima idea di chi stia parlando. È la persona che sta facendo queste cose adesso?»

«È la persona che le ha fatte in passato.»

«In… in passato…?» balbettò, con la voce che vacillava come se avesse un nodo in gola. «Voi… voi l'avete preso?»

Giles annuì. «Riteniamo che sia lui, sì.»

«Come…? Posso…? Io…» Scosse la testa, abbassando lo sguardo sul tavolo. «Mi scusi, è tanto da elaborare in questo momento.»

«Capisco. Si prenda tutto il tempo che Le serve.»

«Ha una sua foto?»

«Non con me, no. Che differenza farebbe? Pensavo che non fosse mai riuscito a vederlo in volto.»

Marcus si strinse nelle spalle, lo sguardo perso. «No, infatti, ma voglio solo vedere, sa com'è. Dopo tutti questi anni. Per avere un senso di chiusura, immagino.»

Giles poteva capirlo. Una parte di lui credeva a quell'uomo. C'era qualcosa di sincero nella voce di Marcus, qualcosa di genuino che lo convinceva che non avesse avuto nulla a che fare con le irruzioni. Ma non avrebbe abbassato la guardia così facilmente.

«Quel nome non Le fa venire in mente proprio niente?» chiese. «Qualcuno che potrebbe aver incontrato negli ultimi trent'anni? Un collega? Qualcuno che Le ha venduto un'auto? Qualcuno che Le ha riparato le tubature?»

Marcus rifletté per un momento. «Niente. L'unica cosa che mi suona familiare è il cognome. Broadbent… Broadbent… È parente dell'ispettrice che continua a venire a casa mia? È per questo che siete ossessionati da me? Sta cercando di distogliere l'attenzione da Elliot, e quindi continua a tornare da me?»

«Assolutamente no. Questo è…»

Qualcuno bussò alla porta. Giles si alzò rapidamente e aprì. Sulla soglia c'era Fiona. Lui la superò e si chiuse con cautela la porta alle spalle, facendola avanzare lungo il corridoio. Sembrava spaventata ed eccitata al tempo stesso.

«Cosa c'è?» le chiese.

«I rapporti del DNA» disse Fiona. «Sono appena arrivate le analisi del DNA di Marcus.»

«E?»

Giles trattenne il respiro.

«Non è lui. Non c'è corrispondenza tra il suo DNA e quelli trovati sui palloncini sulle scene del crimine.»

Proprio come aveva detto che sarebbe stato. Stava dicendo la verità. Marcus Vickery non era l'Uomo Nero.

Giles ringraziò Fiona per l'aggiornamento, poi tornò nella sala interrogatori, fermandosi sulla soglia.

«Lei… Lei è libero di andare» disse con cautela.

«Cosa?»

«La sua presenza non è più necessaria in questa fase delle indagini.»

Marcus si alzò dalla sedia con esitazione, sospettando che potesse essere un trucco. «Perché questo improvviso cambio di idea?»

Schiendosi la gola, Giles rispose: «Sono arrivate le analisi dei suoi campioni di DNA e non c'è alcuna corrispondenza.»

Un leggero sorriso si dipinse sul volto di Marcus mentre si avvicinava. «Ridicolo. Assolutamente ridicolo. Ha idea dello stress e del dolore che avete causato alla mia famiglia?»

Giles rimase in silenzio.

«Assolutamente ridicolo…» furono le ultime parole di Marcus mentre passava accanto a Giles e usciva dall'edificio.

CAPITOLO
SETTANTASEI

Il traffico sulla via del ritorno dal bosco era stato intermittente e, quando Stephanie svoltò dalla strada principale per imboccare le più tranquille stradine secondarie che conducevano alla stazione di polizia di Guildford, era di umore nero. Di solito, non le dispiaceva rimanere bloccata nel traffico; le dava la possibilità di scaricare la tensione, rilassarsi ed elaborare le cose. Ma la sua conversazione con Gavin Lockwood l'aveva frustrata e irritata. Se la rigirava in mente come un sasso che rotolava senza sosta. Gavin era stato tutt'altro che d'aiuto, e tutto ciò che aveva detto era risultato veritiero: non aveva alcuna prova materiale che confermasse una collaborazione tra lui e i membri della sua famiglia.

Ancora.

C'era ancora tempo. Tempo per cercare nei libri di storia e tra gli effetti personali di Elliot e di suo padre.

Prima che potesse pensarci, però, qualcosa fuori dall'ingresso recintato della stazione catturò la sua attenzione. Inchiodò di colpo e sterzò con l'auto dietro a un altro veicolo.

«Non ci posso credere» borbottò.

Era una Skoda Fabia grigia, parcheggiata goffamente lungo il bordo della strada d'accesso, nascosta dietro un cartello di manutenzione stradale malconcio che non si era mosso da settimane. Dietro il parabrezza, vide la sagoma di una figura appoggiata al finestrino laterale. Un uomo. Ne era certa. Ma i suoi lineamenti erano distorti dai riflessi delle nuvole nel cielo.

Le mani di Stephanie si strinsero attorno al volante mentre socchiudeva gli occhi. Non aveva dubbi che fosse la stessa auto. Anche se non ne aveva mai visto chiaramente la targa, sapeva che era quella. C'era la stessa ammaccatura sulla parte anteriore sinistra del paraurti e i fari appannati.

L'auto che l'aveva stuzzicata e seguita.

Qui. Ora.

Spense il motore, mantenendo lo sguardo fisso sul veicolo. Per un lungo istante, non si mosse. La figura all'interno non si era mossa né l'aveva vista; la sua attenzione era troppo concentrata sullo specchietto retrovisore, in attesa di qualcosa, in attesa di qualcuno.

Stephanie abbassò lo sguardo sul sedile del passeggero, dove si trovavano il suo telefono e il tesserino. Li afferrò entrambi, poi aprì la portiera lentamente e in silenzio. I cardini metallici cigolarono nonostante i suoi sforzi, fortunatamente coperti dal cinguettio degli uccelli e dal fruscio degli alberi sopra di lei.

Una forte raffica di vento le fece volare i capelli sul viso, e lei se li sistemò dietro le orecchie mentre avanzava verso la Fabia, veloce e decisa.

Non voleva che l'uomo se la svignasse rapidamente, come aveva fatto tante volte prima.

Si spostò in mezzo alla strada e marciò verso di lui. Nessuna via di fuga.

Alla fine, mentre si avvicinava al veicolo, la figura la notò e sobbalzò. Poi il suo volto divenne nitido. Finalmente. Sulla quarantina, lentigginoso, stempiato, con una barba scura che gli delineava la mascella.

Stephanie si bloccò in mezzo alla strada.

«Mi mostri le chiavi della macchina e apra il finestrino» disse a voce alta e chiara.

Lui non si mosse.

Fece un passo avanti. «Chiavi. Finestrino» ripeté.

Alla fine, dopo un po', la figura allungò la mano verso il piantone dello sterzo, prese le chiavi dell'auto, le posò sul cruscotto, e abbassò manualmente il finestrino, alzando le mani come in segno di resa.

«Ehi, che succede? Non sto facendo niente di male» disse, con la voce acuta e ansimante. «Sto solo aspettando qualcuno.»

«Per caso quella persona sono io?»

Lui rimase a bocca aperta, ma non gli uscì una parola.

«L'ho vista seguirmi fuori dagli studi di danza Pump and Jump. So che è il responsabile delle foto che circolano su di me online. Come si chiama?»

«Senta, sto solo facendo un lavoro, quello per cui mi pagano.»

«Non molto bene, visto che è appena stato beccato.» Fece un cauto passo avanti. «Il nome. Ora.»

«Philip. Philip Easons. E comunque, non sto facendo nulla di illegale.»

Lei era di parere decisamente diverso.

«L'ha assunta Trent Whitaker?»

«Io... io non ricordo.»

«Stronzate. Quanto la paga? Scommetto che questa parte non ha problemi a ricordarla.»

Philip si schiarì la gola. «Due... duecento sterline al giorno.»

Gesù... Due cose erano chiare da quella dichiarazione. La prima: Trent Whitaker aveva decisamente più soldi che buonsenso. E la seconda: lei aveva sbagliato mestiere.

«Cos'altro le hanno chiesto di fare?»

«Niente.»

«Sarebbe disposto a dirlo davanti a un giudice?»

La fronte di Philip si corrugò per la confusione. «Mi sta minacciando? Faccio questo lavoro da molto tempo, signora. Non può minacciarmi così.»

«Posso, se sta invadendo la mia privacy.»

«Non ho fatto nulla del genere. Ho solo fatto quello che mi è stato chiesto, e ora ho finito.»

«Allora perché è ancora qui?»

Philip aprì la bocca per rispondere, ma inciampò nelle sue stesse parole.

«Devo andare.»

«No, aspetti...»

Lui infilò le chiavi nel quadro, accese l'auto e sterzò bruscamente. Il movimento fu così drastico e improvviso che colse Stephanie di sorpresa, e lei si scansò con un balzo, incapace di fermarlo. In pochi secondi, era in fondo alla strada e svoltava a sinistra.

Stephanie rimase lì per un momento, riprendendo fiato e lasciando che l'adrenalina defluisse lentamente dal suo corpo.

Il rifiuto di Philip a rispondere alla sua domanda la preoccupava. Perché era ancora lì? Le foto di lei erano già state diffuse. Di cos'altro aveva bisogno?

Qualcosa dentro di lei le diceva che Trent Whitaker, sua moglie e il resto dei genitori delle vittime stavano tramando qualcosa nell'ombra.

L'unica domanda che rimaneva era: cosa?

CAPITOLO
SETTANTASETTE

I colori della sala operativa si erano fusi in una miscela asettica di grigio e blu. In un angolo incombeva la lavagna bianca, piena di fotografie, documenti e una grande mappa del Surrey. Stephanie si fermò sulla soglia, con lo sguardo perso nel vuoto. La stanza ronzava di un rumore di fondo: il fruscio della stampante, il ticchettio di qualcuno che scriveva al computer in fondo alla sala e un bollitore in ebollizione lungo il corridoio.

«Tutto bene, capo?»

La voce la raggiunse a malapena.

«Capo? Va tutto bene?»

Olivia. Wellard. La mamma dell'ufficio, accorsa in suo aiuto.

L'agente si avvicinò con cautela, materializzandosi a poco a poco nel suo campo visivo, come se Stephanie stesse guardando attraverso l'obiettivo di una macchina fotografica, mentre i contorni del suo corpo e dei suoi capelli si mettevano a fuoco.

«Capo?»

Fu solo quando Olivia le posò una mano sul braccio che Stephanie fu riportata bruscamente al presente.

«Mi scusi. Ero lontana mille miglia.»

«Tutto a posto?»

«Benissimo,» mentì Stephanie. «Cosa... cosa mi sono persa?»

In quel momento, Giles spuntò da dietro la sua scrivania,

alzando una mano a mezz'asta. «Ho portato Marcus Vickery qui per interrogarlo riguardo a Elliot Broadbent.»

«Ottimo.»

«E poi ho dovuto lasciarlo andare.»

«Questo non è altrettanto ottimo. Cos'è successo?»

Devon si girò sulla sedia, agitando diversi documenti. «Il DNA,» disse soltanto.

«Il DNA?» ripeté Stephanie.

«Finalmente sono arrivati i risultati del laboratorio e non sono riusciti a trovare una corrispondenza tra il suo e i campioni rinvenuti nelle case delle vittime...» spiegò Devon.

La realtà della situazione le si palesò.

«Quindi non è lui il nostro uomo?»

Ognuno di loro scosse la testa, con un'aria abbattuta quanto lei si sentiva in quel momento.

«A dire il vero, non era affatto contento che lo avessimo portato qui come sospettato,» disse Giles.

«Non posso certo biasimarlo.»

«Non mi sorprenderebbe se andasse a frequentare Trent Whitaker,» aggiunse Giles. «È l'ultima cosa di cui abbiamo bisogno, che vada in giro a sbandierare ai quattro venti che lo abbiamo interrogato così a lungo.»

Stephanie si mise le mani sui fianchi, persa nei suoi pensieri. Quella era un'idea su cui non voleva proprio soffermarsi.

«Cos'altro... cos'altro devo sapere?»

Stavolta fu Fiona ad apparire da dietro la sua scrivania, sventolando un foglio di carta.

«Ho fatto come mi ha detto, capo, e ho chiesto al laboratorio di scambiare il DNA di Elliot Broadbent con quello di qualcun altro in coda. Dopo averli convinti un po', va bene, *molto*, alla fine hanno accettato.»

Stephanie squadrò i documenti nelle mani di Fiona. Le unghie della donna erano mangiate quasi fino alla carne viva. «È quello il risultato?»

Fiona annuì.

«Posso?»

Non voleva sentire il risultato. Non ci avrebbe creduto. Voleva leggerlo, vederlo con i suoi occhi.

Fiona le porse il foglio e Stephanie cominciò a leggere. I suoi occhi scorsero le lettere così in fretta che quasi non le assimilarono. Finché non giunse al testo in grassetto verso il fondo della pagina, che dichiarava che il campione di prova prelevato dal palloncino trovato nella stanza di Marcus Vickery trent'anni prima era compatibile al novantanove per cento con i recenti campioni di capelli e saliva di Elliot Broadbent.

Stephanie serrò la mascella, assorbendo l'informazione.

Era confermato, in modo inequivocabile e innegabile.

Elliot Broadbent era stato l'Uomo Nero. E ora poteva provarlo.

CAPITOLO
SETTANTOTTO

La porta del suo ufficio si chiuse con uno scatto secco, la cui eco risuonò più forte del dovuto.

Stephanie rimase in silenzio per un attimo, la schiena premuta contro la superficie fredda, il cuore che le martellava nelle costole. Attraversò la stanza fino alla scrivania e si sedette lentamente, lasciandosi cadere come se il suo corpo fosse diventato più pesante, ora che la verità le si era posata sulle spalle.

La stanza era in penombra, una sola lampada proiettava lunghe ombre su pile di dichiarazioni e rapporti macchiati di caffè. Fuori, il brusio della centrale continuava, ma dentro trovò la quiete, un silenzio quasi assoluto.

Il rapporto era ottimo. Eccellente, a dire il vero. Aveva prove concrete. Ma ora, che farne? In passato, avrebbe suggerito di mantenere l'informazione interna, lontana dagli occhi indiscreti del pubblico, ma questa era troppo preziosa per tenersela per sé. Soprattutto con i post di Trent Whitaker sui social media che le soffiavano sul collo, per non parlare di Marcus Vickery che ora rappresentava una potenziale minaccia.

No, sapeva cosa doveva fare.

Prese il telefono dalla scrivania e scorse i contatti finché non lo trovò.

Louis Brown.

Lui rispose dopo due squilli.

«Be', questa è una sorpresa» disse lui. «A cosa devo il piacere?»

«Sto ripagando i miei debiti. Sei seduto?»

«È un'informazione di quelle?»

«Vediamo un po', che ne dici? Ma non mi assumo alcuna responsabilità se ti fai male.»

Dall'altro capo del filo si sentì una leggera risata. Lei sentì lo scatto di un cappuccio di penna, seguito dal fruscio sommesso di lui che voltava una pagina nuova. Una pausa. Poi: «Ho trovato una sedia. Cos'è successo?»

«Il vecchio Uomo Nero... L'abbiamo trovato.»

Una pausa. Lei controllò la linea per assicurarsi che non fosse caduta.

«Louis? Ci sei?»

«Finalmente, il vecchio caso è chiuso. Chi è?»

«Un uomo di nome Elliot Broadbent.»

Trattenne il respiro mentre aspettava la sua risposta.

«Ti prego, dimmi che non è in alcun modo imparentato con te.»

«Vorrei poter dire che non è così.»

«Che problemi ha la tua famiglia?»

«Vorrei saperlo.»

«Che rapporto avevi con lui?»

«Mio zio. Ma non voglio che venga menzionato da nessuna parte nel comunicato stampa.»

Un'altra pausa. «Vuoi che siamo noi a pubblicare la notizia?»

Lei si appoggiò allo schienale della sedia. «È per questo che ho detto che sto ripagando i miei debiti. Ti sto dando l'esclusiva su questa storia. Potrai pubblicare un pezzo come si deve. Niente speculazioni. Solo fatti. Fa' sapere ai tuoi lettori la verità. Il vero Uomo Nero è stato smascherato, dopo trent'anni.»

Lui emise un mormorio al telefono. «Considera il debito ripagato. Lo apprezzo, grazie. Possiamo avere una fotografia da allegare al pezzo? Una bella foto segnaletica da abbinarci?»

«Piccolo intoppo su quel fronte. Non ne abbiamo. È morto durante la custodia.»

Lui si lasciò sfuggire una risatina. «La trama si infittisce.»

«A chi lo dici. Mi ha confessato tutto prima di morire, ma la buona notizia è che abbiamo prove forensi per dimostrarlo.»

«Questo per me è più che sufficiente» disse lui con freddezza.

«C'è anche un'altra cosa» continuò lei. «La vecchia indagine. Sembra che non sia stata gestita molto bene. Il pubblico merita di saperlo, quindi non mi dispiacerebbe vedere un paio di nomi buttati nella mischia.»

«Ah, sì?»

«C'è questo tizio, il vecchio ispettore, che aveva le mani in pasta in faccende poco pulite, se capisci cosa intendo.»

«In via confidenziale?»

«In via confidenziale» ripeté lei.

«Non è la prima volta che lo sento. Credo che il vecchio ispettore con cui avevo a che fare, supponendo che stiamo parlando della stessa persona, fosse abbastanza noto per essere un buono a nulla che spesso badava più ai propri interessi che a qualsiasi altra cosa.»

Sì, pensò lei tra sé e sé, e scoprirò quali erano.

CAPITOLO
SETTANTANOVE

Per quasi tutta la giornata, una squadra della Scientifica aveva esaminato meticolosamente l'appartamento di Elliot Broadbent a Guildford, requisendo qualsiasi reperto che riteneva potesse essere collegato al caso, oltre a spolverare alla ricerca di impronte e DNA nella speranza che Elliot avesse ricevuto visite nelle ultime settimane.

Erano da poco passate le sette di sera, e invece di tornare a casa, si ritrovò parcheggiata a lato strada davanti alla casa di suo zio. Alzò lo sguardo verso le finestre e la porta, che le sembravano stranamente familiari, come se ricordasse di averci fatto visita quando era più piccola, venendo con sua madre e suo padre prima che Kimberley fosse nata, ma i ricordi precisi le sfuggivano.

La squadra della Scientifica aveva finito per la giornata, e l'unico segno della loro presenza era una striscia di nastro della scena del crimine tesa tra due punti al cancelletto che conduceva alla porta d'ingresso.

Stephanie si sentì in dovere di essere lì. La sua conversazione avuta in precedenza con Gavin Lockwood le riecheggiava in testa. Era convinta che ci fosse qualcosa nascosto tra gli oggetti di suo zio che la squadra poteva aver trascurato. Doveva entrare per mettere a tacere i pensieri che le correvano in testa e per trovarsi qualcosa da fare mentre la squadra reperti analizzasse l'enorme mole di informazioni, documenti e fotografie recuperati. Ci sarebbe voluto almeno un altro giorno prima che tutto venisse catalogato e caricato.

Tolse la chiave dal quadro, prese il telefono dal sedile del passeggero e aprì la portiera, posando il piede in una pozzanghera poco profonda. Nelle ore precedenti era caduta una pioggia leggera sulla zona, inumidendo rapidamente ogni cosa. Goccioline d'acqua aderivano alle foglie e alle erbacce che costeggiavano il vialetto verso la porta. Stephanie aveva ricevuto una copia della chiave dal responsabile della Scientifica e la infilò nella serratura.

L'aria dentro era stantia, e tutto ciò che non era stato sequestrato come prova rimaneva esattamente al suo posto. Stephanie si mosse lentamente attraverso la cucina, aprendo cassetti e pensili con la cura e l'attenzione di un artificiere. Stava attenta a non fare nulla di affrettato né a rompere qualcosa.

Non trovando nulla d'importante in cucina, passò alla camera da letto.

La stanza era piccola e stretta, con soffitti spioventi che le davano una sensazione claustrofobica, come se le pareti si ripiegassero lentamente su se stesse. Il tappeto era infeltrito in certi punti, il colore offuscato da anni di usura e polvere. Un letto singolo era accostato alla parete in fondo, coperto da un piumone blu sbiadito, le lenzuola attorcigliate da un sonno agitato. La testiera era graffiata e una pila di vecchi giornali stava ordinata ai piedi del letto, come se Elliot si fosse costruito un suo piccolo trono.

Stephanie si fermò sulla soglia.

Accanto al letto, notò altre tracce dei suoi vari malanni che l'avevano tenuto in bilico tra la vita e la morte. Ma ciò che le colpì l'occhio fu una piccola scatola trasparente che sporgeva da sotto il letto. Sembrava fosse stata tirata fuori, rovistata e poi scartata, chi aveva cercato prima avendo giudicato il contenuto poco interessante.

Stephanie si inginocchiò e recuperò la scatola da sotto il letto. Dentro c'era una grossa pila di album fotografici di plastica. Prese il primo e cominciò a sfogliarlo. La maggior parte delle foto era abbastanza innocua: immagini del giardino, di una TV nuova, di suo zio che si rilassava sul divano, godendosi la nuova casa.

Ma a metà si fermò.

Una fotografia le scivolò in grembo.

Ritraeva Elliot Broadbent sulla quarantina, a torso nudo, con un ragazzino, forse di sette o otto anni, seduto sul cofano di una Vauxhall Astra rossa. Il bambino aveva occhi grandi e seri e indossava la divisa di una scuola locale con una cravatta sfilacciata. Era pallido, con ricci scuri e una piccola cicatrice sopra il sopracciglio sinistro.

Stephanie la fissò a lungo, con il cuore che le batteva all'impazzata.

Era il figlio di Elliot? Il motivo per cui suo padre era diventato l'Uomo Nero?

Girò la foto. Sul retro c'era scritto, *R+E, c.91*.

Stephanie gettò ancora un'occhiata alla foto prima di recuperare il telefono dalla tasca e comporre il numero dell'ufficio. Aspettò un po' prima che qualcuno rispondesse.

Alla fine, alla seconda chiamata, Devon rispose.

«Che ci fai ancora in ufficio?»

«Sto vendendo l'anima al diavolo,» rispose. «E recuperando email e lavoro della settimana. Dove sei?»

Glielo disse.

«A dissotterrare gli scheletri dall'armadio. Ho sempre detto che è il modo migliore di passare la serata.»

Accelerò la conversazione, poco impressionata. «Ho bisogno che tu faccia una cosa per me. Qualcuno ha controllato i certificati di nascita e di morte del figlio defunto di Elliot? Vorrei ancora sapere se è vera la ragione che mi ha detto per cui è iniziato tutto questo.»

«Un momento, prego,» disse, adottando la sua miglior voce da assistenza clienti. «La sua chiamata è importante per noi e potrebbe essere registrata per finalità di controllo e formazione.»

Un'ombra di sorriso attraversò il viso di Stephanie mentre aspettava. Le faceva bene sentire tornare un po' di vita e di buon umore nella voce del collega.

Dopo qualche minuto, Devon si schiarì la gola.

«La buona notizia è che vedo che Wellard ha rintracciato un certificato di nascita e uno di morte per la stessa persona.»

«Chi?»

«Ryan Broadbent.»

«Quando? Dammi le date. Quando è morto?»

«Circa due settimane prima della prima visita dell'Uomo Nero segnalata.»

Stephanie abbassò lo sguardo a terra. Dunque, Elliot aveva detto la verità. Aveva avuto un cugino che era morto ed era stato la miccia di tutto questo disastro.

«Hai detto che si chiamava Ryan?»

«Sì.»

«Ne sei sicuro?»

«Sì. Non mi credi?»

«Ti credo. È solo che... voglio esserne certa.»

«So che l'alcol ti fa vedere cose che non ci sono sempre, ma io quello che ho davanti lo vedo piuttosto chiaramente.»

«Okay. Hai ragione. Ti chiedo scusa.»

Stephanie lo ringraziò per il tempo e l'impegno, gli disse di non fare troppo tardi, poi riattaccò.

Per un momento, rimase lì seduta, fissando la foto del ragazzino, il cugino che non aveva mai conosciuto. Si erano incontrati? Non lo ricordava, il che le sembrava strano, dato quanto altro ricordava della sua infanzia. Forse era stato una parte buona di quella, e qualcuno, da qualche parte, aveva deciso che lei avrebbe ricordato solo le parti peggiori.

Prima che potesse rimuginarci oltre, il telefono squillò. Rispose in fretta senza controllare chi stesse chiamando.

«Pensavo di averti detto di andare a casa,» disse.

«E io pensavo di averti detto: niente più segreti, Stephanie?»

Oh-oh. Era Kim. E stava usando il suo nome per intero. Lasciò cadere l'album fotografico a terra e si strinse le ginocchia al petto.

«Di che cosa stai parlando?» chiese Steph.

«Non fare l'ingenua con me. Che sta succedendo? Perché ho dovuto scoprirlo dal telegiornale che un altro membro della nostra famiglia era un criminale?»

Stephanie si portò una mano alla fronte.

«Avevamo detto niente segreti. Avresti dovuto dirmelo di nostro zio.»

Massaggiandosi la fronte, Stephanie rispose: «Stavo per farlo. Sono solo stata impegnata.»

«Tutto il giorno? Potevi mandarmi un messaggio, anche solo qualcosa tipo: "Ciao, Kim, giusto per dirti che nostro zio – l'uomo che nessuna di noi due conosceva molto bene – si è rivelato un criminale e l'uomo che tutti chiamavano l'Uomo Nero."»

La voce di sua sorella trasudava veleno. Non aveva mai sentito Kim così stizzita.

«Non è proprio il genere di cosa che si dice in un messaggio, no?»

«Smettila di sviare, Steph.» Kim cominciò a crollare al telefono. Un attimo dopo iniziò a singhiozzare. «Che diavolo sta succedendo alla nostra famiglia? Perché sono tutti cattivi?»

«Tu no,» disse Steph. «E neanche io.»

«Ma... ma quello che abbiamo fatto a papà...»

«È stato necessario. Ti ho detto quando è successo di smetterla di pensarla così. Abbiamo agito per legittima difesa. Se non lo avessimo fatto, lo sai che ci avrebbe uccise entrambe. Era lui o noi.»

Una pausa. Poi Kimberley disse: «Lo so, lo so. È solo che... e se il bambino crescesse come loro?»

«Non dire sciocchezze. Questo non succederà. Il tuo bambino sarà amato come noi non lo siamo state. Il tuo bambino avrà tutto quello che non abbiamo avuto noi, e io sarò al tuo fianco per fare in modo che non ci sia alcuna possibilità che cresca come nostro padre o nostro zio. Hai la mia parola.»

CAPITOLO
OTTANTA

Stephanie aveva dormito a malapena. Il brontolio dello stomaco, unito alle immagini di suo zio, suo cugino e suo padre, l'aveva tenuta sveglia, apparendole dietro le palpebre ogni volta che provava a chiudere gli occhi. Alla fine rinunciò a provarci verso l'una del mattino e andò a correre, cosa che però servì a poco per schiarirle le idee. Quando tornò, poco prima delle due, il suo corpo era in riserva, così si riempì con gli avanzi del cinese della sera prima, che però vomitò poco dopo.

Tirò lo sciacquone, attenta a evitare gli schizzi, e si alzò dal pavimento. Mentre cominciava a lavarsi il viso e a sciacquarsi la bocca con l'acqua del rubinetto, un rumore la interruppe. Assomigliava a un bussare alla porta, ma non ne era sicura. Era debole, quasi impercettibile.

Bussarono di nuovo. Più chiaro, più distinguibile, stavolta.

Chiuse il rubinetto e scese le scale con cautela, controllando il resto della casa prima di aprire con esitazione la porta d'ingresso. Lì c'era Gemma Whitaker, la moglie di Trent, in jeans e cappotto. I suoi capelli biondo scuro erano raccolti in uno chignon disordinato e aveva gli occhi rossi, per il pianto o per la mancanza di sonno. Sembrava distrutta.

Solo che quella non era la preoccupazione di Stephanie.

«Gemma» disse, in preda al panico. «Che ci fai qui? È notte fonda. Come fai a sapere dove abito?»

«Mio marito. L'investigatore privato che ha assunto ci ha dato il vostro indirizzo. Ma non preoccuparti, Trent non sa che sono qui. Posso... posso entrare?»

Stephanie lanciò una rapida occhiata oltre le spalle di Gemma, in cerca della Skoda Fabia grigia, poi si fece da parte per lasciarla entrare. «Certo.»

Gemma entrò nell'ingresso come qualcuno che si aspettava di essere placcato da un momento all'altro. Aveva le mani strette a pugno per l'ansia. Stephanie chiuse la porta piano e la condusse in cucina, indicandole una sedia. Gemma non si sedette. Invece, rimase in piedi in mezzo alla stanza, spostando il peso da un piede all'altro.

«Va tutto bene?» domandò Steph. «Non sei ferita, vero?»

«Cosa?»

«Ferita. Non sei in pericolo, vero?»

«Per colpa di Trent?» Gemma scosse la testa con vigore, portandosi le mani alle labbra. «Oh, Dio, no. Assolutamente no. No, non mi ha fatto del male, se è questo che ti preoccupa. È... è un'altra cosa. C'è una cosa che devi sapere.»

Stephanie si preparò a sentire il peggio: che la loro figlia era diventata l'ultima vittima dell'Uomo Nero.

«Abbiamo fatto una cosa brutta» fu tutto ciò che disse Gemma.

A Stephanie si strinse lo stomaco. «Chi "noi"?»

Gemma esitò. «Io. E Trent. E gli altri genitori.» La sua bocca si mosse in silenzio per un istante, come se la confessione fosse fisicamente difficile da formulare. Poi disse: «Gli avevo detto di non farlo. Avevo detto che era un'idea terribile. Ma non mi hanno voluto ascoltare. Hanno detto che se non volevo sapere cosa stava succedendo, allora dovevo semplicemente lasciarli in pace e permettergli di...»

Stephanie alzò una mano, calmando subito Gemma per impedirle di diventare isterica.

«Respira. Calmati. Dimmi cosa è successo. Cosa stanno pianificando?»

«Marcus Vickery» disse lei.

Stephanie non reagì subito.

Gemma deglutì, con le labbra tremanti. «È iniziato tutto l'altro giorno, quando Trent ha creato la chat di gruppo con tutti gli altri genitori. Hanno deciso che volevano prendere in mano la situazione e, e, e… e a quel punto ha ingaggiato l'investigatore privato perché vi pedinasse. Ma quello… quello non era tutto.» I suoi occhi si spalancarono per la paura. «Ha seguito te e i tuoi colleghi per vedere chi veniva indagato e interrogato in relazione alle effrazioni, ed è stato allora che ha iniziato a riferire su Marcus, dicendo che gli avevate parlato diverse volte e che era una persona di notevole interesse. Non so perché, voglio dire, non avevamo nessuna prova, ma Trent ha iniziato a fissarsi su quel pover'uomo, e io sapevo che era sbagliato, ma alla fine si sono convinti tutti. Tutti quanti. Hanno detto che se la polizia non agiva, lo avrebbero fatto loro.»

Stephanie aveva la gola secca. «Cosa intendi con *lo avrebbero fatto loro?*»

Gemma fece un respiro tremante. «Stasera, Trent è uscito dopo cena. Ha detto che aveva una riunione. Pensavo fosse roba di lavoro, ma poi ho guardato i suoi messaggi — ha lasciato il telefono sbloccato sul bancone — e ho visto un messaggio di uno dei genitori. Diceva solo: "Lo abbiamo preso".»

L'atmosfera nella stanza divenne di vetro. Fragile. Sul punto di infrangersi.

Le mani di Stephanie si strinsero lentamente attorno al bordo del bancone della cucina. «Gemma» disse con cautela, «mi stai dicendo che tuo marito ha rapito Marcus Vickery?»

Gli occhi di Gemma si riempirono di lacrime. Annuì in modo quasi impercettibile. «Lo hanno preso. Non so dove. Non ho visto nessuno di quei messaggi. E ora hanno spento i telefoni. Non rispondono a niente. Sono rimasta sveglia tutta la notte, sperando che Trent tornasse a casa, ma non l'ha fatto. E adesso… non so cosa fare. Non potevo più tenermelo dentro, dovevo dirlo a qualcuno.»

Stephanie si voltò e si allontanò dal tavolo, premendosi forte il palmo sulla fronte, camminando avanti e indietro. I suoi pensieri correvano troppo veloci per starci dietro. Rapimento. Vigilantismo. Tortura? Omicidio? I confini si offuscavano nella sua mente, le implicazioni si dipanavano più velocemente di quanto potesse afferrarle.

«Quanto tempo fa è stato inviato il messaggio?» domandò.

«Poco prima delle otto. E il messaggio diceva solo quello. Nient'altro.» La voce di Gemma si spezzò. «Non so nemmeno se è vivo. Non so cosa gli abbiano fatto. Ho paura.»

Stephanie si fermò e vide il suo riflesso nello sportello del microonde. Ignorando la donna in preda al panico nella sua cucina, prese il telefono. Compose il numero di Devon. Il sergente rispose in pochi secondi.

«Ispettore?»

«Dove si trova? Ho bisogno di Lei in centrale. Subito. Chiami tutti gli altri. Abbiamo una situazione.»

La voce di Devon divenne all'erta. «Che tipo di situazione?»

«Marcus Vickery è scomparso. Penso che sia stato rapito.»

«Da chi?»

«Da un branco di genitori spaventati, stupidi e disperati.»

La linea tornò silenziosa, a parte un fruscio di statica.

«Ci vediamo tra venti minuti» disse Devon.

Stephanie riattaccò, prese la giacca e indicò Gemma.

«Cosa stai lì impalata a fare? Tu vieni con me.»

CAPITOLO
OTTANTUNO

Stephanie fermò lentamente l'auto sul ciglio della strada e spense il motore mentre un convoglio di auto della polizia, alcune con i colori d'istituto, altre in borghese, le passava accanto, muovendosi furtivamente nel buio a fari spenti, con le gomme che scricchiolavano sulla ghiaia e sui vetri rotti. La zona industriale di Slyfield a quell'ora era deserta, a eccezione di un edificio da cui una debole luce gialla filtrava attraverso le persiane. Delle ombre tremolavano contro la luce, anche se era difficile dire quante fossero. Tuttavia, i dati telemetrici della squadra indicavano che almeno sette telefoni cellulari erano stati attivi per l'ultima volta proprio in quel luogo. Grazie alla funzione Trova i miei amici del telefono di Gemma, sapevano che l'ultimo ping del cellulare di Trent Whitaker lo collocava tra loro.

Non appena il convoglio fu in posizione, appena fuori dall'edificio, Stephanie scese dall'auto, stringendo forte la radio. Un grosso furgone di un'unità armata arrivò alla sua destra e, pochi istanti dopo, una squadra di agenti armati autorizzati, con gli MP5 assicurati al petto, scese dal retro e si diresse rapidamente verso l'ingresso dell'edificio, con movimenti precisi e coordinati. Tutti capivano il proprio ruolo; tutti sapevano cosa fare.

Dopo alcuni secondi, gli agenti armati furono in posizione, mentre gli agenti di polizia in uniforme misero in sicurezza il perimetro, e alcuni si spostarono sul retro dell'edificio per coprire tutte le uscite in caso di fuga.

Poi una figura emerse da dietro il furgone della polizia e si avvicinò alla parte anteriore del veicolo: il comandante delle operazioni. Al buio, il suo volto era illuminato solo in parte. Teneva una radio alle labbra e cominciò a parlare.

«Squadra Alpha, rapporto.»

«In posizione» fu la risposta immediata via radio.

«Potete procedere.»

Gli agenti armati per prima cosa provarono la maniglia della porta, ma quando videro che non si muoveva, un agente in uniforme accorse con un ariete. Scagliò l'ariete contro la fragile porta di legno e subito gli agenti irruppero nell'edificio, con gli scarponi che martellavano mentre si precipitavano su per le scale.

Dall'esterno, Stephanie udì le grida.

«Polizia! Fermi dove siete!»

«Mani in vista! A terra! Subito!»

Ci fu un rumore di sedia, un urlo, qualcosa di pesante che cadeva, e poi un grido.

Stephanie represse l'impulso di correre dentro a vedere di persona cosa stesse succedendo.

Invece, attese il segnale, la conferma.

Una voce gracchiò dalla radio che teneva in mano.

«Piano messo in sicurezza. Area libera. Nessuna minaccia. Sospetti fermati. Un uomo, immobilizzato; si richiede assistenza medica.»

Senza attendere il permesso, Stephanie salì rapidamente la stretta scala esterna dell'edificio. L'acciaio risuonò sotto i suoi stivali mentre saliva, e la sua mano sfiorò il freddo corrimano per mantenere l'equilibrio.

La porta del piano superiore era stata sfondata, i cardini a malapena la tenevano. Delle schegge cospargevano il pavimento nel punto in cui si era frantumata contro la serratura. Le torce luminose sui caschi degli agenti spazzarono le pareti a specchio e i pavimenti in legno lucido, rivelando sette figure a terra, bloccate al suolo: Trent Whitaker; Laura e Dean Wednesday; Mark e Tina Harris; Karen e Steve Lynas; e Jade e James East; e infine, due che non si era aspettata di vedere: Craig e Montana Robertson, i proprietari dello studio.

Al centro di tutto, Marcus Vickery era accasciato su una sedia pieghevole, con le braccia flosce e il viso sfinito dalla stanchezza. Un agente era accovacciato accanto a lui e gli stava togliendo con cura il nastro adesivo rimasto sui polsi. Stephanie si era aspettata di vedere del sangue sulle sue mani e sul suo volto, ma lui era immacolato, illeso.

«Non dite niente! Non ditegli niente!»

La voce era inconfondibile. Trent Whitaker.

Si dimenava contro il peso dei due agenti che lo tenevano bloccato a terra, il volto contratto dalla rabbia.

Stephanie non parlò. Non ancora. Invece, varcò la porta rotta ed entrò nel calore della stanza, con gli stivali che scivolavano sul pavimento lucido. L'aria era densa di adrenalina, panico e paura.

Trent continuò a urlare, anche mentre gli agenti gli stringevano le manette e lo costringevano di nuovo a terra.

«Non vi diremo niente! Non ci caverete una parola! Abbiamo fatto quello che voi non siete riusciti a fare.»

«No, Trent. Non l'avete fatto.» La sua voce era tagliente come il ghiaccio. «Marcus è stato escluso qualche giorno fa. Lui *non è* l'Uomo Nero.»

Calò un silenzio improvviso e assoluto.

La bocca di Trent si aprì, poi si richiuse. La combattività si prosciugò dalle sue membra. Il suo sguardo saettò verso gli altri. Erano tutti pallidi, e cominciavano a comprendere l'enormità di ciò che avevano fatto.

«Stai mentendo» sussurrò Trent, sebbene il dubbio si stesse già insinuando nei suoi occhi. «Lo stai coprendo. Stai solo cercando di...»

«No, non è così.» Stephanie scosse la testa. «Era un nome su una lista. Una *possibilità*. Ma non corrispondeva al DNA. Avete rapito un uomo innocente. Congratulazioni.»

Dietro di lei, uno degli agenti le sussurrò all'orecchio: «Signora, le ferite della vittima sembrano minime. È stato immobilizzato ma non picchiato. Niente sangue. Nessun trauma visibile.»

Marcus Vickery sedeva immobile al centro della stanza, massaggiandosi i polsi dove c'era stato il nastro.

Stephanie non lo guardò. Non poteva. Invece, si concentrò su Trent, il cui volto era diventato di un allarmante colorito bianco.

«Lei e i suoi amici sarete accusati di sequestro di persona, aggressione, probabilmente cospirazione per commettere lesioni personali gravi, e qualsiasi altra cosa riusciremo a contestarvi.»

Trent fissò il pavimento. «Volevo solo che finisse» disse a bassa voce. «Volevo che le nostre bambine fossero di nuovo al sicuro.»

«Anch'io» rispose Stephanie, con la voce tesa. «Ma non possiamo infrangere la legge solo perché abbiamo paura. Avete superato il limite. Tutti voi. E ora avete dato al vero Uomo Nero più copertura che mai.»

Si rivolse al comandante delle operazioni. «Li porti via di qui, e metta la vittima su un'ambulanza. Voglio questo posto isolato, e la scientifica dappertutto entro i prossimi dieci minuti.»

Mentre la squadra entrava in azione alle sue spalle, Stephanie oltrepassò la porta rotta e uscì nella notte.

L'aria era fresca e pungente sulla sua pelle. Da qualche parte molto lontano, una sirena echeggiò nel buio, e mentre attraversava la ghiaia, un pensiero risuonò più forte di tutti gli altri: l'Uomo Nero era ancora là fuori. In attesa. A osservare. A ridere.

CAPITOLO
OTTANTADUE

Stephanie era seduta nel suo ufficio a vagliare la pila di trascrizioni che si erano accumulate nel sistema. Le registrazioni erano in fase di elaborazione e la Procura era già stata informata, ma i primi resoconti degli interrogatori con i genitori delle vittime erano ora disponibili.

Trent Whitaker non aveva detto nulla. Neanche una parola. Dal momento in cui lo avevano ammonito e fatto sedere di fronte a Devon, Trent si era appoggiato allo schienale della sedia, aveva incrociato le braccia e aveva ripetuto la stessa frase più e più volte: «Nessun commento».

A ogni domanda.

Gli altri, però, non erano stati così silenziosi. Come diceva sempre una persona con cui aveva lavorato una volta, se l'erano fatta sotto come ottuagenari.

Craig Robertson era crollato per primo, ammettendo che lui e Montana erano stati avvicinati da Trent e dagli altri genitori. Avevano accettato per il desiderio di proteggere le ragazze dei loro gruppi di ballo, assicurandosi che nessun'altra si facesse male. Confermò che l'investigatore privato, un uomo di nome Morgan Fletcher, aveva registrato e seguito l'ultima visita di Marcus Vickery alla stazione di polizia, il che era stato più che sufficiente a Trent e agli altri genitori delle vittime per convincersi, senza prove, che fosse lui l'uomo responsabile di terrorizzare le loro figlie.

Montana aveva pianto per la maggior parte del suo interrogatorio, confessando tutto.

La madre più silenziosa del gruppo, una donna esile di nome Tina Harris, aveva vuotato il sacco nel dettaglio, rivelando come avessero bussato alla porta di Marcus Vickery, lo avessero rapito e gettato nel retro della macchina sua e di suo marito. Da lì, lo avevano portato al loro nascondiglio e lo avevano legato a una sedia nello studio di danza. Nessuno sapeva quale fosse l'obiettivo finale, né come sarebbe finita; tutto ciò che sapevano era che avevano il loro uomo, e che non sarebbe stato più in grado di fare del male a nessun'altra delle loro preziose bambine.

Stephanie scorse il resoconto digitale sul computer, le dita che le tremavano leggermente. La natura coordinata di tutto, la premeditazione, la sorveglianza, il luogo di detenzione. Era allarmante quanto avessero collaborato. Orchestrato dall'uomo che otteneva ciò che voleva. Solo che qualcosa le diceva che *lui* non *voleva* passare qualche mese in una cella.

Si soffermò su una riga della dichiarazione di James East, il padre di Yasmin:

Pensavamo solo che se la polizia non avesse fatto niente, dovevamo farlo noi.

«Ottimo lavoro, ragazzi», disse lei sarcasticamente. «Lavoro fantastico».

Proprio mentre stava per aprire un altro documento sul computer, bussarono alla porta. Un attimo dopo, Olivia Willard fece capolino. Aveva i capelli raccolti in una pratica coda di cavallo e teneva in mano un KitKat mangiato a metà. I suoi occhi erano stanchi ma vigili, lo stesso tipo di stanchezza elettrica che aveva tenuto in piedi l'intero dipartimento per giorni.

«Che ci fai ancora qui?», chiese Stephanie. «Pensavo foste andati tutti a casa».

«Infatti. Ci sono solo io». Olivia aprì la porta per mostrare un ufficio vuoto. Dopotutto, era passata l'una di notte.

«E i tuoi figli?», chiese Stephanie.

Olivia respinse l'osservazione con un gesto della mano. «Staranno bene. Hanno il mio cellulare se hanno bisogno di me per qualcosa, e comunque posso rintracciare dove sono dai loro telefoni. Ma non è per questo che sono venuta a disturbarti». Entrò furtivamente nella stanza, chiudendosi la porta alle spalle. «Ho pensato che dovessi sapere che il team dei reperti ha finito di catalogare su HOLMES tutto quello che abbiamo recuperato dall'appartamento di Elliot Broadbent».

Stephanie si raddrizzò sulla sedia. «Era ora».

«Hanno caricato le scansioni di una scatola piena di lettere scritte a mano. Centinaia. Sembra una corrispondenza che risale a trent'anni fa. Forse di più».

«*Lettere*?».

Olivia annuì lentamente. «Vuoi che resti? Possiamo esaminarle insieme?».

Stephanie scosse la testa. «No. Hai fatto più che abbastanza. Vai a casa, Olivia. Dormi un po'. Controlla i tuoi figli».

Olivia esitò. «Sei sicura?».

«Sono sicura. Le esaminerò io».

Olivia le rivolse un sorriso stanco. «Va bene. Non restare troppo a lungo».

«Non preoccuparti per me».

«Non posso farne a meno, temo, è l'istinto materno».

Non appena la porta si chiuse alle sue spalle, Stephanie si alzò e attraversò la stanza per assicurarsi che il corridoio fosse vuoto. Quando fu certa che Olivia avesse lasciato l'edificio, tornò alla sua scrivania, si collegò a HOLMES e aprì la prima lettera che trovò.

Era un biglietto di uno zio e una zia lontani che gli auguravano un felice trentesimo compleanno.

Passò alla successiva. E alla successiva. E alla successiva. Le lesse per ore, cercando quella giusta, o qualcosa che spiccasse come importante, finché non ne trovò una poco dopo le quattro del mattino.

Reperto numero: HK/1248/B.

La carta scannerizzata appariva in bianco e nero, la calligrafia sottile ma stranamente ordinata. Era indirizzata a Elliot e datata agli inizi degli anni 2000, diversi anni dopo le visite originali dell'Uomo Nero. Diceva:

Mio Uomo Nero,

spero che tu stia bene. Ho iniziato la scuola questa settimana ed è stato davvero difficile. C'erano un sacco di bambini cattivi e molti di loro avevano già fatto amicizia. Io non conoscevo nessuno, quindi era difficile parlare con la gente e mi sentivo un po' sola. Ma poi mi sono ricordata di quello che mi hai detto. Mi ricordo che hai detto che a volte va bene stare da soli, e che a volte stare da soli è un superpotere. E che anche gli eroi più forti hanno bisogno di superpoteri.

Ti scrivo questa lettera per ringraziarti di essere venuto nella mia stanza, di aver parlato con me. Ha davvero reso la mia vita diversa. Grazie!

Ci vedremo presto? A volte mi sembra di sentirti arrivare, o di vederti nel buio. A volte vorrei che tu venissi, così possiamo fare un'altra chiacchierata.

Mi manchi, Boogers!
Sunshine

Il sangue di Stephanie si gelò.

Mio Uomo Nero.

Grazie di essere venuto nella mia stanza.

Aveva la bocca secca. Un sudore freddo le imperlò le ascelle. Si appoggiò allo schienale della sedia, con una mano premuta sulla scrivania, per contrastare la nausea che le saliva dalle viscere.

Non era solo il contenuto. Era il tono, il calore disinvolto, la gratitudine innocente e ingenua. Non era una lettera scritta da un adulto. Era una bambina. Una bambina che ringraziava qualcuno che era entrato nella sua camera da letto di notte. Qualcuno che chiamava Boogers, come se fosse un nomignolo.

E poi la firma.

Sunshine.

Stephanie la fissò come se potesse prendere fuoco.

Chiunque fosse Sunshine, non solo aveva conosciuto Elliot Broadbent, ma era anche rimasto in contatto. Volontariamente. Affettuosamente.

Le venne in mente un solo nome.

Aprì un'altra lettera, datata qualche anno dopo. La stessa calligrafia, leggermente più matura ma ancora riconoscibile.

Indovina un po'? Oggi ho conosciuto una persona nuova. Non sono sicura che durerà, ma mi ha fatto pensare a te. Nessuno mi ha mai capita davvero come hai fatto tu.

Lo stomaco di Stephanie si attorcigliò in un nodo.

Aprì un'altra lettera.

Questa era datata alla fine degli anni 2010. Era più disordinata, frettolosa, la calligrafia sfrangiata ai bordi, come se fosse stata scritta in fretta o con agitazione.

Scusa se non sono potuta venire l'ultima volta. Le cose sono un po' complicate al momento. Ma non mi sono dimenticata di te.

Stephanie si bloccò. Cliccò per tornare all'indice dei reperti e cercò tutte le lettere firmate da Sunshine.

Sedici risultati.

Sedici lettere che coprivano un arco di quindici anni. Alcune a un anno di distanza. Altre raggruppate. Tutte con timbri postali del Surrey. Ognuna intrisa della stessa lealtà distorta.

Si appoggiò allo schienale, con gli occhi fissi sull'ultima riga della lettera più recente.

Penso ancora a quello che hai dovuto passare, e mi dispiace che ti sia successo. Non posso immaginare il dolore che hai sofferto. So perché hai fatto quello che hai fatto allora. Ora lo capisco.

Un brivido le percorse la schiena. La lettera era stata datata sei settimane prima.

Stephanie si alzò e andò alla finestra. La aprì, lasciando entrare l'aria fredda e pungente della notte. Le riempì i polmoni e dissolse la nebbia che si stava accumulando dietro i suoi occhi.

Da qualche parte, là fuori, Sunshine stava ancora scrivendo lettere.

CAPITOLO
OTTANTATRÉ

L'aria del mattino era densa di umidità. Stephanie era in piedi davanti alla porta di casa di Marcus Vickery e bussava con le nocche sul vetro smerigliato. Dall'interno, sentì dei rumori leggeri: il cigolio delle assi del pavimento seguito da un colpo di tosse soffocato. La porta si aprì di uno spiraglio, trattenuta dalla catenella. Marcus sbirciò fuori; aveva gli occhi iniettati di sangue e i capelli arruffati per una notte insonne.

«Detective Broadbent» disse lui con voce impastata dal sonno. «Cosa ci fa qui?»

«Volevo controllare che lei stesse bene. C'è anche un'altra cosa di cui Le devo parlare.»

«*Davvero*? Non può aspettare?» Nella sua voce non c'era emozione, non gli era rimasto un briciolo di combattività, come se fosse stato sconfitto.

«No, non credo. Riguarda suo...»

«Marcus? Le vuoi strapazzate o al tegamino?» la interruppe una voce dal fondo della casa. Femminile. Familiare.

Marcus chiuse brevemente gli occhi, la mascella contratta. «Entri.»

Stephanie entrò e lo seguì lungo il corridoio. La casa emanava un leggero odore di toast e detersivo. In cucina, davanti ai fornelli, c'era una donna che indossava una T-shirt oversize e pantaloni della tuta. Connie Vickery, la sorella di Marcus.

La sua espressione ebbe un fremito quando vide Stephanie.

«Di nuovo qui?» domandò Connie, afferrando una spatola. «Quando lo lascerà in pace?»

«In realtà, questo è un controllo per accertarmi che stia bene. Sono venuta a vedere come sta suo fratello.»

Marcus si grattò la nuca. «Sono stato meglio. Mi sento ancora un po' indolenzito. Non ho dormito molto bene.»

«Certo. Be', sappia che siamo qui per offrirLe supporto, se ne avesse bisogno.»

Marcus annuì, facendo una smorfia.

«C'è un'altra cosa di cui volevo discutere con Lei» continuò Stephanie, lanciando una rapida occhiata in direzione di Connie prima di tornare a concentrarsi su Marcus. «Riguarda il suo legame con Elliot Broadbent.»

«Ancora? Le ha già detto di non averne» sbottò Connie.

«Al contrario.» Stephanie estrasse il telefono dalla tasca e mostrò le scansioni sullo schermo. «Abbiamo trovato delle lettere a casa di Elliot Broadbent. Abbiamo perquisito l'abitazione dopo aver capito chi fosse e abbiamo trovato molte lettere scritte negli ultimi trent'anni circa. Alcune, in particolare, dalla stessa persona, con la stessa calligrafia.»

Marcus si sporse leggermente in avanti. «Lettere?»

Stephanie guardò lo schermo e cominciò a recitare le frasi.

«"Grazie per essere venuto nella mia stanza quella notte. Dopo mi sono sentita diversa. Speciale".» Alzò lo sguardo. «"Hai sempre detto che essere soli era una specie di superpotere". Le dice nulla?»

Marcus scosse la testa. «No. Non l'ho mai scritto.»

Stephanie si avvicinò. «"A volte ti sento entrare nel buio, e vorrei che potessimo parlare ancora".» Fece una pausa. «È sicuro che non abbia niente a che fare con Lei?»

Marcus scosse la testa. Con la coda dell'occhio, Stephanie notò che Connie aveva posato la spatola con cautela, in silenzio.

«E c'era un nome. Un soprannome usato alla fine di una delle lettere.»

Lo guardò fisso negli occhi.

«Sunshine.»

Marcus sbatté le palpebre. Una volta. Due. Poi si girò lentamente a guardare sua sorella, mentre la consapevolezza si faceva rapidamente strada in lui.

«Sunshine era il soprannome di Connie da bambina» disse, con una voce che era poco più di un sussurro. «Mamma e papà la chiamavano così.»

Connie si bloccò, la mano ancora sospesa sui fornelli. Serrò la mascella e il colore le defluì dal viso.

Stephanie mantenne un tono calmo. «Entrò nella sua camera da letto quella stessa notte, non è vero, Connie?»

Marcus si raddrizzò, il cuore che batteva forte nel silenzio tra loro. «Eri tu. Eri tu che gli scrivevi le lettere.»

Le labbra di Connie si dischiusero leggermente, come se volesse negare, ma non uscì alcun suono.

«Ecco perché eri sempre così strana per la posta quando eravamo piccoli» disse Marcus, gli occhi ridotti a due fessure. «Non c'è mai stato nessun amico di penna in Africa, vero? Ricordo che aspettavi vicino alla porta ogni giorno. E dopo... dopo che Emma è morta...»

Si interruppe.

Intervenne Stephanie. «Lei ha deciso di seguire l'esempio di Elliot.»

Connie trasalì, come se le parole avessero colpito qualcosa nel profondo del suo petto. «Lei non sa com'era» disse a bassa voce, la patina di calma che si incrinava. «È entrato nella mia stanza per errore, e io l'ho ascoltato. E lui ha ascoltato me. Ci capivamo.»

«Era un predatore» sputò fuori Marcus. «Ha rovinato la nostra infanzia.»

«No» scattò lei, voltandosi verso di lui. «Era incompreso. Lo faceva perché suo figlio era appena morto, ed era l'unico modo che aveva per elaborare il lutto.»

Marcus si alzò, la sedia che strusciava bruscamente sul pavimento piastrellato. «*Tu* hai ucciso una persona, Connie. Sei entrata in quella casa e hai assassinato quella povera ragazza.»

«Non volevo...» la sua voce si spezzò. «È stato un incidente! Non l'ho mai voluto. Pensi davvero che dopo quello che è successo a Emma avrei voluto togliere la vita a una bambina? No! Assolutamente no.»

La voce di Connie si spezzò, echeggiando in cucina, un suono rauco e strozzato che riverberò nel silenzio.

Stephanie fece un lento passo avanti, la voce bassa ma ferma. «Connie Vickery, La dichiaro in arresto con l'accusa di omicidio. Non è tenuta a dire nulla...»

Ma non finì mai la frase.

Gli occhi di Connie si infiammarono. In un lampo, dall'altra parte dell'isola centrale, scagliò la spatola contro Stephanie. Stephanie alzò le mani per difendersi e fece un passo indietro.

«Connie!» urlò Marcus, inciampando verso di lei. «Non farlo!»

Ma lei era già sparita. La porta sul retro si spalancò con uno schiocco secco, e la luce del mattino accecante inondò la cucina.

Stephanie si riprese all'istante. Aggirò Marcus di corsa e si precipitò attraverso la porta nel giardino, le scarpe che slittavano sul lastricato umido.

«Connie! Si fermi!»

Il giardino era stretto ma lungo, fiancheggiato da una staccionata di legno da un lato e da una fila di arbusti incolti dall'altro. Connie era veloce, più veloce di quanto Stephanie si fosse aspettata, con i capelli al vento e i piedi nudi che martellavano la terra. Il mondo si restrinse a quella corsa. Stephanie si abbassò sotto i rami bassi di un melo e scattò in avanti, i suoi stivali che scavavano buchi nel prato fangoso.

Connie si voltò, gli occhi folli e disperati. «Non volevo!»

Connie raggiunse la staccionata sul retro, una bassa barriera di legno deformata da anni di pioggia. Appoggiò le mani e saltò, le ginocchia che urtarono l'asse superiore. Per un secondo, rimase appesa lì, arrampicandosi, cercando di tirarsi su.

Stephanie la raggiunse proprio mentre lei cadeva in avanti.

Afferrandole la giacca a mezz'aria, Stephanie la strattonò con forza. Connie crollò dall'altra parte in un mucchio, colpendo il sentiero di ghiaia del giardino vicino con un urlo. Stephanie scavalcò la staccionata dietro di lei, atterrando duramente su un fianco. Un dolore le sbocciò nelle costole, ma rotolò, si mise in ginocchio e si lanciò all'attacco. Lottarono a terra, Connie che scalciava e urlava, divincolandosi come una belva, le unghie che laceravano la giacca di Stephanie.

Stephanie parò i colpi e rapidamente la girò a pancia in giù, immobilizzandola e mettendosi a cavalcioni su di lei prima di bloccarle le mani dietro la schiena. Portò la mano al fianco e trovò le manette che aveva portato con sé, nel caso in cui Connie fosse in visita. Le tirò fuori e gliele strinse attorno ai polsi. Connie smise di lottare, il petto che si alzava e si abbassava in respiri profondi e affannosi. Le lacrime le rigavano il volto, scavando solchi nella sporcizia.

Stephanie si sedette sui talloni, riprendendo fiato. Il giardino del vicino era immobile, il canto degli uccelli che tornava timidamente a farsi sentire dall'alto.

Era finita. Ce l'aveva fatta. Aveva catturato l'Uomo Nero *e* la Donna Nera.

CAPITOLO
OTTANTAQUATTRO

Di tutte le case che Elliot Broadbent aveva visitato, nessuna era paragonabile a quella. La sua imponenza era sbalorditiva, con una stanza dopo l'altra che rivelava nuovi spazi a ogni angolo. L'arredamento era da sogno, ben oltre qualsiasi cosa avrebbe mai potuto permettersi. Il luogo emanava opulenza, mentre un senso di quieta sicurezza avvolgeva la famiglia mentre dormiva, benché la loro incolumità fosse stata tutt'altro che garantita.

Elliot si mosse al piano terra come un refolo di fumo, silenzioso e sfuggente. Scivolò oltre il salone open space, con i suoi divani in pelle e le pesanti tende di velluto tirate per proteggere dall'oscurità. Ammirò l'intricato cornicione del soffitto, l'antico orologio a pendolo che montava la guardia accanto alla scala e il folto tappeto persiano che scorreva come un fiume dalla porta alla parete opposta. Una vetrinetta esponeva delicate figurine di porcellana, e lui si fermò un istante ad ammirarne la fragilità e l'innocenza.

Poi proseguì.

La cucina era di marmo, elegante e immacolata. Persino la fruttiera sembrava studiata, con un solo grappolo d'uva, due pere e una mela Pink Lady. Sul frigorifero, foto fissate da calamite scintillanti catturavano momenti di due bambini, un maschio e una femmina: recite scolastiche, feste di compleanno, vacanze.

Elliot diede loro una breve occhiata prima di dirigersi verso la scala.

Posò una mano guantata sulla ringhiera, il cui legno scuro era lucidato a specchio, e salì lentamente. I gradini, forse di marmo, erano silenziosi sotto i suoi piedi.

In cima, il pianerottolo era lungo e silenzioso. Si fermò a esaminare le porte di fronte a sé. Erano tutte chiuse. A caso. Un gioco a tentativi.

Ascoltò e attese. Dei suoni di russare filtravano dalla porta proprio di fronte a lui, quindi la scartò. Poi si spostò verso la successiva; non c'era nulla che distinguesse la stanza del ragazzo da quella della ragazza, il che la rendeva una lotteria, una pesca fortunata.

Con cautela, posò la mano sulla maniglia. La porta si aprì con un debole scatto e si spalancò, scivolando sul pavimento piastrellato.

Si rese conto troppo tardi del suo errore.

Era entrato nella stanza sbagliata. La luce esterna si insinuava attraverso le fessure delle tende, illuminando debolmente i peluche, i poster alle pareti e il pouf al centro della stanza, posizionato di fronte a un televisore.

Sotto il piumone giaceva la figlia, che dormiva tranquilla, ignara del mondo.

Ma mentre si voltava per andarsene, sentì dei rumori dietro di sé: un movimento, il fruscio del piumone e un leggero sbadiglio interrotto da un improvviso sussulto.

Elliot si bloccò, pietrificato. Non osava muoversi o voltarsi per guardarla per paura che potesse urlare. Anche se era camuffato dalla testa ai piedi, era un rischio che non poteva permettersi di correre. Con cautela, portò un dito alle labbra, pronto a sussurrare.

«Non preoccuparti», disse lei, con voce dolce e delicata. «Non urlerò».

Sembrava matura, più grande della sua età.

Per ragioni che non riusciva a comprendere, si sentì costretto a guardarla. Si voltò e la vide seduta contro la testiera del letto, con il piumone appoggiato leggermente sulle gambe. Non c'era paura nei suoi occhi, nessuna preoccupazione nella sua espressione. Appariva stranamente calma, come se lo stesse aspettando.

«Sei tu l'uomo da cui la mamma e il papà mi hanno detto di guardarmi?»

Elliot notò che la sua voce era più alta di prima, per sicurezza più che per panico, e chiuse la porta prima di avvicinarsi a lei in punta di piedi.

«Forse», rispose lui fermandosi. «Probabilmente».

Accanto a lei c'era un piccolo peluche di *E.T.* Lei lo afferrò, se lo infilò sotto il braccio e cominciò a giocherellare con le sue orecchie.

«Hai paura?» chiese Elliot.

La bambina scosse la testa.

«Perché no? Le altre persone sì».

«Le cose non mi spaventano. Ho visto tutti i film dell'orrore».

Elliot ridacchiò, incuriosito da quella bambina. «Quanti anni hai?»

«Otto. Tu quanti anni hai?»

«Vecchio», rispose lui. «Molto vecchio».

«Anche il mio papà dice di essere troppo vecchio. Si lamenta un sacco che gli fanno male la schiena e le ginocchia».

Gli sfuggì un'altra risata, questa volta più forte. «È quello che succede quando si cresce».

«Come ti chiami?» chiese lei, con una curiosità simile a quella di un bambino che naviga su internet.

Lui balbettò. «Non... non posso dirtelo. È un segreto. Ma... che ne dici se mi chiami Batman?»

«Batman? Come *il* Batman?»

Lui annuì. «Come posso chiamarti?»

«Mi chiamo Connie. Ma se vuoi il mio soprannome, la mamma e il papà mi chiamano sempre Sunshine».

Notò l'ampio sorriso sul suo volto; il soprannome era appropriato.

«Cosa ci fai qui, Batman?» chiese lei. «Sei venuto a vedere mio fratello?»

Lui annuì.

«Perché?»

«Perché sono venuto a vederlo?»

«Perché lo fai?»

Elliot sentì un nodo alla gola. Non sapeva perché, ma si sentiva attratto da quella bambina. Si sentiva al sicuro con lei, come se potesse condividere i suoi segreti più profondi e oscuri; se avesse voluto tradirlo e urlare, l'avrebbe già fatto.

«Sto elaborando un lutto», rispose, mettendosi comodo sedendosi per terra accanto a lei. «Sai cosa significa questa parola?»

Con una mano sull'orecchio di E.T., lei disse: «Credo di sì».

«Significa che sono molto triste in questo momento. Mio figlio, che aveva la stessa età di tuo fratello, è morto qualche settimana fa, e ho scoperto che guardare i ragazzi come tuo fratello mentre dormono mi fa stare meglio perché mi ricorda mio figlio quando dormiva».

Connie ci mise un attimo a elaborare questa informazione.

«Capisco», disse dolcemente. «Non mi piace quando le persone sono tristi. Avevo un pesce che è morto, e questo mi ha reso molto triste. Quindi so come ci si sente».

Lui ridacchiò della sua ingenuità. Era troppo piccola per cogliere la differenza tra le due cose e che la perdita di un pesce non era paragonabile alla perdita di un figlio.

«Non è una bella sensazione, vero?»

Connie scosse la testa. «Andrai comunque a vedere mio fratello?»

«Non credo. Non più. Forse un'altra volta».

«Puoi farlo se vuoi. Non ti fermerò. Io torno a dormire».

Non poteva crederci. «Sei sicura?»

«Sì. È stato un piacere conoscerti, Batman. Buonanotte».

«Poi ha semplicemente lasciato la mia stanza», disse Connie, giocherellando con un pezzo di fazzoletto tra le mani. «Tutto ciò che ricordo del resto di quella notte è stare a letto, ascoltarlo muoversi per casa e gonfiare il palloncino prima di sgusciare fuori dalla porta sul retro».

Il silenzio che seguì fu pesante. Connie non alzò lo sguardo. Il suo era fisso sul pezzo di fazzoletto stropicciato in grembo, che arrotolava e srotolava con dita lente e irrequiete.

Giles era sbalordito. Gli ci volle un momento per ricomporsi.

«Cosa accadde quando si svegliò?»

«Nessuno si preoccupò per *me*. Erano preoccupati solo per mio fratello». Fece spallucce, come se non avesse più importanza, anche se il modo in cui le sue spalle si incurvavano suggeriva che invece ne avesse ancora.

«E quindi lei cosa fece?»

«Niente. Lo tenni per me. Finché un giorno, qualche mese dopo, stavo tornando a casa da scuola e un uomo mi fermò fuori casa. Era lui. Lo riconobbi subito. Mi chiamò Sunshine e io lo chiamai Batman. Mi diede una lettera».

«Non ebbe paura?»

«Non ne avevo motivo. Ero una femmina».

Giles non riuscì a trovare alcun difetto nella sua argomentazione.

«Cosa diceva la lettera?»

«Mi ringraziava per non aver detto alla polizia che l'avevo visto. E poi abbiamo semplicemente continuato a tenerci in contatto da lì. Continuammo a scriverci per anni. Alla fine mi diede l'indirizzo di una casella postale, disse che sarebbe stato più sicuro. Credo avesse paura che la polizia lo stesse ancora sorvegliando. Così imbucavo le mie lettere nella cassetta all'angolo e, ogni tanto, ne ricevevo una in risposta».

Giles aprì la bocca, ma non uscì alcuna parola.

Connie continuò, con voce più bassa, più riflessiva. «Gli dicevo cose che non potevo dire a nessun altro. Sulla scuola. Su quanto mi sentissi sola. Su Emma, quando morì. Mi rispondeva sempre. Sempre. Anche se erano solo poche righe».

«Ha mantenuto il segreto?»

Si lasciò sfuggire una risata secca e amara. «A chi avrei potuto dirlo? Cosa gli avrei raccontato? Che ero rimasta in contatto con l'uomo che era entrato in casa nostra e aveva causato incubi a mio fratello per anni? Mi avrebbero fatta internare». Deglutì. «Era come un amico per me. Uno dei più cari che abbia mai avuto. Gli ho persino mandato delle fotografie di Emma quando è nata. Ha detto che era bellissima e che mi somigliava. Dopo che mi è stata portata via, ho provato lo stesso dolore che aveva provato lui. Così ho deciso di imitarlo, di elaborare e vivere il lutto nell'unico modo che conoscevo».

CAPITOLO
OTTANTACINQUE

Stephanie si stava stropicciando gli occhi per scacciare il sonno quando Olivia entrò nel suo ufficio.

«Signora, stavo esaminando quello che mi ha detto, e io...»

L'agente si interruppe, rendendosi conto dell'intrusione.

«Oh, mi scusi. Avrei dovuto aspettare. Mi sono lasciata prendere la mano. Non stavo interrompendo nulla, vero?»

Stephanie si pizzicò la radice del naso e poi appoggiò le mani sulla scrivania. «Solo l'inizio di una lunghissima emicrania» rispose. «Che c'è?»

Olivia teneva in mano una lattina di Diet Coke, il carburante per arrivare a fine giornata, e un sottile fascio di documenti. Si affrettò verso la scrivania di Stephanie e le porse i documenti, bevendo una lunga sorsata mentre Stephanie li prendeva.

«Cosa sono?» domandò lei senza guardarli.

«Stavo esaminando quello che ha menzionato e ho pensato che potesse trovare interessante questo» spiegò Olivia. «È un altro certificato di nascita.»

«*Un altro* certificato di nascita?»

Stephanie abbassò lo sguardo sul primo foglio che aveva in mano. Era la scansione digitale di un certificato di nascita sporco e macchiato, intestato a un certo Jordan Broadbent.

«Jordan...» mormorò Stephanie a bassa voce. Non conosceva nessun Jordan Broadbent e non ne aveva mai incontrato uno durante la sua infanzia. Un altro cugino di cui non sapeva nulla? O forse un altro zio, senza dubbio un criminale come i suoi due fratelli.

«Non c'è la data» disse. Nello spazio dove avrebbe dovuto esserci la data di nascita, c'era un grosso strappo, come se qualcuno l'avesse deliberatamente strappata via.

«Lo so. Non sembra che sia stato conservato molto bene.»

Non era una sorpresa, visto lo stato del resto della casa di Elliot.

«Ha trovato qualche altra menzione di Jordan tra gli effetti personali di Elliot?»

Olivia finì la sua sorsata di Diet Coke. «C'erano un paio di cose nelle lettere risalenti a circa dieci anni prima delle visite dell'Uomo Nero, più o meno all'epoca della nascita di Suo cugino Ryan.»

«Cosa dicevano?»

«Che avevano avuto un litigio per qualcosa. Qualcosa di grosso, credo.» Olivia esitò, trattenendo qualsiasi informazione aggiuntiva.

Stephanie la incalzò. «Cosa diceva?»

Olivia iniziò a giocherellare con la linguetta della lattina. «Ha… ha mai avuto l'impressione, parlando con Suo zio, che lui… che lui potesse essere gay?»

Stephanie si sentì come se avesse appena ricevuto uno schiaffo in faccia. Le sfuggì quasi una risatina sarcastica, ma riuscì a trattenerla.

«Gay? No. Non ne avevo idea. Cosa glielo fa pensare?»

Olivia si schiarì la gola. «Beh… c'erano delle lettere tra lui e Jordan, e, insomma… erano un po' intime, diciamo. Un po' spinte in alcuni punti. Ho cercato di non leggerle tutte perché entravano in dettagli piuttosto espliciti, ma non ho potuto farne a meno. Le ho stampate e messe dietro il certificato di nascita, se Le interessa. Ma, sì, credo che Suo zio potesse essere gay. E che potesse avere una storia con Jordan.»

Stephanie si prese un momento per assimilare questa nuova informazione. Era l'ultima cosa che si sarebbe aspettata. Eppure non cambiava ciò che pensava di quell'uomo; era ancora un criminale, ancora qualcuno che meritava di stare dietro le sbarre.

Spiegava anche perché non avesse mai incontrato alcun accenno a una zia in nessun momento della storia della sua famiglia o non ne avesse vista una in nessuna delle foto. Nessuna signora Elliot

Broadbent nei libri di storia. Forse erano stati insieme a un certo punto, era nato il figlio, e poi il segreto di Elliot (uno dei tanti) era venuto a galla, spingendola a fuggire e a lasciare il bambino con suo padre.

«Quindi, cosa pensa, che Elliot abbia chiamato suo figlio Ryan ma poi abbia cambiato idea e lo abbia chiamato Jordan?»

Olivia scosse la testa. «Il contrario. Penso che Elliot abbia dato a suo figlio il nome di questo tizio, Jordan, e che poi lo abbia cambiato in Ryan.»

«Perché?»

Olivia indicò i fogli in mano a Stephanie. «Perché c'è una lettera altrettanto succosa in cui Elliot definisce Jordan uno sporco bugiardo e un imbroglione. Quindi, ho dedotto che quella fosse la fine della loro relazione. La datazione corrisponde a poco dopo la nascita di Ryan.»

Stephanie annuì lentamente. Avrebbe avuto bisogno di tempo per elaborare tutto questo, ma per il momento pensava di aver capito la maggior parte delle cose.

«Grazie» disse distrattamente. «Apprezzo che abbia scavato nel mio albero genealogico.»

«Prego, signora. C'è altro che posso fare per Lei?»

Fissando il nome sul certificato di nascita, Stephanie scosse la testa. Com'era prevedibile, il suo mal di testa era peggiorato. «No, credo che sia tutto.»

Olivia si voltò e si diresse verso la porta. Proprio mentre la apriva, Stephanie la richiamò.

«Veramente, Wellard, c'era un'altra cosa.»

«Sì, signora?»

«Quell'… quell'altra cosa che Le ho chiesto di controllare. A che punto è?»

Olivia le rivolse un sorriso eccitato, come se stesse rivivendo i pettegolezzi delle lettere di suo zio. «Sto per iniziare proprio adesso, signora. Ci penso io.»

CAPITOLO
OTTANTASEI

L'aria all'interno della palestra era calda e umida, pregna dell'odore acre di sudore. Dei tonfi attutiti echeggiavano sul pavimento coperto di materassini mentre i corpi si scontravano, le gambe venivano spazzate e le braccia bloccate. Dall'alto, la musica rimbombava dagli altoparlanti. Stephanie giaceva supina, con il respiro affannoso, e il braccio di una donna di nome Lianne stretto saldamente tra le sue cosce in una leva al braccio da manuale.

«Batti, batti!» abbaiò Lianne, e Stephanie lasciò la presa, ricadendo all'indietro con un gemito di stanchezza.

Si passò un avambraccio sulla fronte e si mise a sedere, con il petto che le si sollevava ansimando. Passò un istante di silenzio prima che il ronzio acuto del suo telefono fendesse l'aria della stanza.

Stephanie lo afferrò dal bordo del materassino. Kimberley.

Il suo primo pensiero fu che Kimberley stesse chiamando per la bambina, che qualcosa non andasse e che avesse bisogno del suo aiuto immediato. Mentre cercava ancora di riprendere fiato, fece un cenno a Lianne con un dito per chiederle un attimo, poi rispose alla chiamata. «Ehi, va tutto bene?»

«Ehi» disse Kimberley, con voce bassa ed esitante.

Stephanie si allontanò dal materassino, serpeggiando tra una fila di sacchi da boxe. Si fermò vicino agli armadietti, premendosi il telefono all'orecchio. «Tutto a posto?»

«Chiamavo solo per chiedere...» Una pausa. Deglutì. «Il funerale. Tu vieni?»

Stephanie appoggiò una spalla contro l'acciaio freddo degli armadietti. Le si serrò la gola. Erano passati un paio di giorni dall'arresto di Connie, ma riusciva a pensare solo a suo zio e a come il male scorresse nella sua famiglia.

«Non lo so» rispose dopo un istante. «Forse.»

«Forse?» La voce di Kimberley si addolcì. «Steph, andiamo. Lo so quanto sia complicata tutta la situazione. Davvero. Ma... è la famiglia. Farebbe bene a te. A noi.»

Stephanie non disse nulla. Una goccia di sudore le scivolò lungo la tempia e le si fermò sulla mascella.

«E come saresti arrivata a questa conclusione?»

«Non intendo per lui» aggiunse Kimberley. «Dio solo sa che non verserò una lacrima per quell'uomo. Ma per noi. Per chiudere il cerchio, in un certo senso. Come se potessimo finalmente mettere una pietra sopra a tutto ciò che riguarda quel lato della nostra famiglia.»

«A meno che non salti fuori un altro zio o cugino a piombare nelle nostre vite.»

Kim ridacchiò goffamente. «Allora, che ne dici?»

Stephanie si strofinò il viso con una mano. Il dojo ronzava debolmente alle sue spalle. Grida, tonfi sordi sui materassini, risate.

«Ci... ci penserò» disse a bassa voce.

«Okay» rispose Kimberley. «Spero che verrai. Credo che farà bene.»

La linea cadde.

Stephanie rimase immobile per un momento, il telefono in mano, il sudore che le si raffreddava sulla pelle.

Poi si voltò e tornò verso il materassino.

CAPITOLO
OTTANTASETTE

Le persiane erano socchiuse e proiettavano strisce oblique di luce solare sul tavolo. Stephanie era seduta a un'estremità, con un'espressione indecifrabile, mentre Devon era seduto scompostamente accanto a lei. Un bicchiere di carta da caffè gli tremava in mano, il liquido all'interno che si agitava a ogni movimento.

La porta si aprì ed entrò a grandi passi il DCI Clive McGowan, fresco di due settimane di ferie. Sembrava ben riposato e, nonostante avesse trascorso tutto il tempo in campagna a metà ottobre, era in qualche modo più abbronzato del solito. Sotto un braccio stringeva una spessa cartella.

«Giorno», disse.

Stephanie e Devon borbottarono un saluto.

McGowan lasciò cadere la cartella sul tavolo con un tonfo sordo. Rimase in piedi, guardandoli entrambi come un preside che ispeziona due studenti disobbedienti.

«Sembra che noi tre abbiamo delle cose di cui dobbiamo discutere», disse.

«Presumo sia per questo che siamo qui», ribatté Devon.

«Okay, allora, sergente. Cominciamo con Lei, che ne dice?»

Accanto a lei, Devon deglutì in modo visibile e udibile.

«La cosa riguarda anche te, Steph, quindi non pensare di essere già fuori pericolo». Clive aprì la cartella ed estrasse le foto di lei che erano state pubblicate online. Aveva perso il conto di quante volte le aveva viste. «A uno di voi due andrebbe di spiegare cosa sta succedendo, o cosa *è successo*, in queste foto?»

«È successo?» ripeté Steph, la voce carica di shock. Lanciò una rapida occhiata a Devon, che sembrava imbarazzato quanto lei. «Non è come pensa. Assolutamente no. Non è successo niente del genere. Stavo solo…»

«Mi stava solo aiutando a riordinare», rispose Devon dopo essersi schiarito la gola. «Quella mattina ero in ritardo per il lavoro, Steph è passata a mettermi fretta e poi mi ha offerto una mano perché dovevo pulire prima di andarmene».

McGowan non sembrava convinto. «E questo?» domandò indicando le bottiglie di alcolici in mano a Stephanie.

Devon si sporse in avanti, come se le stesse ispezionando per la prima volta. «Quella, signore, è la prova che mi sono divertito. Un divertimento di cui non ricordo molto».

«È tutta roba Sua?»

«Sì. Ma è un accumulo di alcolici. La roba di un paio di settimane».

«Capisco». McGowan squadrò Devon con sospetto, questa volta senza lasciar trapelare nulla dalla sua espressione. Dopo un po', si rivolse a Stephanie. «È vero?»

Lei deglutì a fatica. «Sì, signore. Ho riordinato la spazzatura nel suo appartamento».

Non era una bugia bella e buona. Anzi, era del tutto accurato. Aveva solo omesso di menzionare il *contesto* del riordino.

McGowan non rispose subito. Il suo sguardo saettò tra i due, la pelle intorno agli occhi che si tendeva mentre aggrottava la fronte. Alla fine, espirò dal naso. «Anche se fosse vero, e per ora sceglierò di crederlo, non cambia le apparenze. Siete entrambi ufficiali di alto grado. La gente si aspetta da voi una guida, non… qualunque cosa sia questa. Essere paparazzati come se foste degli scarti di *Love Island*».

«Mi sorprende che Lei sappia cos'è *Love Island*, signore», ribatté Devon.

McGowan ignorò il commento e rivolse la sua attenzione a qualcos'altro nella cartella. Estrasse un altro foglio di carta e lo fece scivolare sul tavolo.

«Il nome Perry Watson Le dice qualcosa, Stephanie?»

Un brivido di freddo la percorse. Non disse nulla.

«Perché questa è un'email del suo assistente sociale, che ha contattato il suo ex agente di custodia per notificare loro che una persona di nome ispettrice Stephanie Broadbent gli aveva parlato riguardo al suo periodo con Colin Broadbent».

«Sembra che Lei sappia già tutto», ribatté lei.

«Perché è andata a trovarlo? Anzi, *come* ha ottenuto i suoi dati personali? È una gravissima violazione».

Stephanie stava per rispondere, ma Devon intervenne. «Ho un amico che conosce un amico che mi doveva un favore, e l'ho riscosso. Era importante. Steph pensava che i casi potessero essere collegati, quindi abbiamo fatto quello che andava fatto».

Clive aprì la bocca per rispondere, ma si trattenne. Il legame tra Colin, Elliot e l'Uomo Nero era tangibile, quindi non si poteva negare che lei avesse un motivo valido.

«Avete violato la procedura», disse.

Devon alzò le mani in segno di resa. «E lo accetto, ma se non l'avessimo fatto, forse non avremmo scoperto l'identità dell'Uomo Nero».

Clive grugnì. Diede un'occhiata agli appunti come per cercare una risposta. «Sono mancato per due settimane e, a quanto pare, ve la siete spassata a briglia sciolta».

«Non proprio, signore», disse Stephanie con fermezza. «Non sono d'accordo. Abbiamo portato a termine il lavoro. La squadra è stata eccellente. E abbiamo chiuso due casi, uno dei quali si trascinava nell'ombra da trent'anni. E, già che siamo in argomento di briglia sciolta, il nome Myles Delaware dice qualcosa a *Lei*?»

L'ispettore capo frugò nella memoria. Dopo un po', scosse la testa.

«Lui sembrava ricordarsi di Lei», disse lei. «Ha detto che Lei era un detective ai tempi della vecchia indagine sull'Uomo Nero, e che è riuscito a far sparire qualcosa in cambio di qualcos'altro in cambio».

McGowan si mosse a disagio sulla sedia. Abbassò lo sguardo sul tavolo.

«Quelli erano altri tempi», disse.

«Mmm-hmm».

«Forse dovremmo dimenticare tutto quello che ho detto», disse McGowan.

Stephanie fece un sorrisetto. «Mi piace come suona. Devon?»

Il sergente sogghignò, mentre già si alzava dalla sedia. «Anche a me, Steph. Anche a me».

CAPITOLO
OTTANTOTTO

C'era un'ultima cosa sulla sua lista mentale di cose da fare, qualcosa che non vedeva l'ora di sbrigare da quando aveva incrociato la strada dell'ex ispettore.

Stephanie accostò davanti alla villa dalle colonne bianche; la ghiaia scricchiolò sotto i pneumatici mentre si fermava. I cancelli erano rimasti aperti per un arrivo recente e il sole brillava sul cofano della Aston Martin Vantage argentata, parcheggiata con orgoglio nel vialetto. Scese dall'auto, si lisciò le pieghe del cappotto e si diresse decisa verso la porta d'ingresso. Prima che potesse bussare, questa si aprì di scatto.

Gavin Lockwood era sulla soglia, completamente vestito, con un bicchiere di whisky mezzo pieno in una mano. La sua espressione si inasprì non appena la vide. Con sua sorpresa, non c'era nessun fedele cane da guardia al suo fianco.

«Di nuovo lei», disse lui, con la voce roca per il sonno o per l'alcol, o per entrambi. «Che diavolo vuole adesso?»

Stephanie non batté ciglio. Fece un cenno verso l'auto parcheggiata davanti al garage. «Bella Aston.»

Gavin guardò oltre le sue spalle. «E allora?»

«La sto solo ammirando. Ne ho sempre voluta una. Quanto costano ora? Duecentomila sterline? Forse di più. Deve essere costata una fortuna.» Inclinò la testa. «La cosa strana è che ho controllato la targa nel sistema. È risultata rubata. Millenovecentonovantaquattro. Sparita da un concessionario nel Surrey. Svanita senza lasciare traccia.»

La mascella di Gavin si contrasse. «L'ho comprata onestamente.»

«Davvero?» Stephanie sollevò un sopracciglio. «Perché ho delle prove che suggeriscono il contrario.»

Gavin sbiancò in volto.

Stephanie si avvicinò di un passo, la sua voce calma ma ferma. «Ho fatto qualche ricerca. E a parte essere uno che picchia le donne e l'Uomo Nero, si scopre che mio padre e mio zio erano anche noti nella zona come ladri d'auto. L'altra sera stavo riesaminando alcuni fascicoli relativi ai loro nomi e ho trovato qualcosa su una Aston Martin Vantage scomparsa. E chi era il responsabile delle indagini di quel caso? Esatto, era lei. E quando le cose si sono messe male, ha usato il suo grado per insabbiare il caso. In cambio, ha promesso di far sparire le accuse di aggressione contro Colin. E si è assicurato che l'indagine sull'Uomo Nero perdesse slancio proprio al momento giusto. Tutto per un'auto rubata, Gavin.»

Gavin sbuffò, indietreggiando sulla soglia nel tentativo di mantenere la calma. «È assurdo. Non ha nessuna prova.»

Stephanie infilò una mano nel cappotto e tirò fuori una cartellina. La aprì di scatto e picchiettò sul primo foglio. «Ho delle testimonianze, in particolare, dell'uomo che ha costruito quel garage. Si ricorda di lui? Ci ho parlato l'altro giorno. Ah, e a sostegno di ciò, ho delle lettere, Gavin. Di Colin. Di Elliot. Che confermano tutto. Promettono silenzio, lealtà, obbedienza. E in cambio, lei ha custodito i loro segreti e ha seppellito i loro crimini. Lei ha permesso a dei mostri di agire. Li ha protetti perché era uno di loro.»

Gavin aprì la bocca, ma non ne uscì alcuna parola. Le sue spalle si afflosciarono e, per un secondo, l'uomo che un tempo aveva guidato una squadra di polizia assomigliò più a un pensionato sorpreso a barare a carte.

Stephanie fece un passo indietro ed estrasse il suo tesserino. «Gavin Lockwood, la dichiaro in arresto con l'accusa di associazione a delinquere finalizzata all'intralcio alla giustizia, abuso d'ufficio e favoreggiamento in molteplici atti criminali. Non è obbligato a dire nulla...»

«È una follia», sbottò lui. «Non può farlo...»

«...ma potrebbe nuocere alla sua difesa se non menziona, durante l'interrogatorio, qualcosa che in seguito intende usare in tribunale. Qualsiasi cosa dirà potrà essere usata come prova.»

Allungò una mano verso il braccio di lui. Egli cercò di resistere, ma il whisky gli aveva annebbiato i riflessi. Grugnì quando lei lo voltò e gli ammanettò i polsi.

«Non reggerà», ringhiò lui.

«Forse no», disse Stephanie, guidandolo verso l'auto. «Ma macchierà quel che resta della sua reputazione.»

Mentre il sole calava dietro gli alberi e la Aston Martin rimaneva lì, luccicante e silenziosa nel vialetto, Stephanie non poté fare a meno di sorridere.

Un altro uomo in manette. Un altro segreto trascinato alla luce.

CAPITOLO
OTTANTANOVE

Il funerale fu tetro e desolato come l'uomo che seppellivano.

Stephanie se ne stava in fondo alla chiesa, con le mani sprofondate nelle tasche del cappotto nero, mentre la pioggia picchiettava sul pavimento di pietra appena fuori dalle porte aperte. Una bara di legno chiaro giaceva davanti, circondata da due corone di fiori e file di banchi vuoti. Non sapeva cosa aspettarsi. Qualche lontano parente, una manciata di vicini. Ma non c'era nessuno. Solo lei, Kimberley e il suono di un impianto audio a malapena funzionante che diffondeva a fatica *My Way*.

Stephanie non aveva pianto. Nemmeno una volta.

Se ne stava perfettamente immobile, fissando la bara come se potesse muoversi, come se lui potesse mettersi a sedere e rivelare che si trattava di suo padre, dopotutto.

Il vicario concluse la funzione in meno di quindici minuti.

Mentre uscivano sotto la pioggerellina, Stephanie seguì Kimberley fino alla tomba senza dire una parola. Rimasero sotto un ombrello, a guardare mentre calavano la bara. La terra batté con un tonfo sordo contro il coperchio.

«Tutto bene?» le chiese Kimberley a voce bassa.

Stephanie fece un cenno vago col capo. «Sì. Ho solo freddo.»

Ma Kimberley non la stava più guardando; il suo sguardo era fisso su qualcuno dall'altra parte del cimitero. Un uomo sulla trentina, alto e con indosso un cappotto scuro.

Stephanie strizzò gli occhi. C'era qualcosa di familiare in lui. Il modo in cui si muoveva. Il modo in cui continuava a guardarle.

«Un suo amico?» borbottò.

Il silenzio di Kimberley si protrasse troppo a lungo.

«Kim?»

«Stavo per dirtelo» disse lei alla fine. «Solo che non sapevo quando.»

Stephanie si voltò verso di lei. «Dirmi cosa?»

«Quello… quello è Jordan.» Deglutì. «È nostro fratello.»

Stephanie sbatté le palpebre. «Scusa, come?»

«Fratellastro» si corresse Kimberley in fretta. «Papà ha avuto un altro figlio mentre stava con mamma.»

«Ha avuto una relazione?»

Kimberley annuì. «E quando è nato Jordan, la donna l'ha scaricato sulla soglia di casa di papà e mamma. Ovviamente, mamma non voleva averci niente a che fare, così papà l'ha dato a Elliot per rimpiazzare il figlio che era morto, e da allora si è sempre preso cura di Jordan.»

Stephanie impiegò un istante per assimilare l'informazione. Una relazione. Un fratellastro. Un nuovo figlio per Elliot. Uno per rimpiazzare il vuoto che aveva nel cuore. Il motivo per cui le visite dell'Uomo Nero erano terminate così bruscamente. Era sotto shock.

«Come l'hai scoperto?»

«Quando sono andata a casa l'altra sera, ho trovato il certificato di nascita di Jordan. C'era il nome di papà, e ho pensato che fosse un po' strano. Poi ho chiesto agli avvocati di indagare e mi hanno aiutata a rintracciarlo. L'ho incontrato l'altro giorno e gli ho raccontato cosa stava succedendo. A quanto pare, lui ed Elliot avevano litigato l'anno scorso e avevano perso i contatti.»

I certificati di nascita. Ora tutto aveva un senso. Ecco perché c'erano due nomi.

Stephanie continuò a fissare il vuoto. «È per questo che hai insistito tanto per il funerale?»

Lei sorrise innocentemente.

«Kim, pensavo avessimo detto basta segreti.»

«Questo è l'ultimo, promesso.»

«Io… non so cosa vuoi che ti dica» replicò Steph. La sua mente correva all'impazzata e, in quel momento, tutto ciò a cui riusciva a pensare era suo padre. A come Jordan fosse sua progenie, a come fosse suo padre reincarnato.

«Non è mio fratello» disse infine.

«Sì che lo è. Che tu lo voglia o no.»

In quel momento, Kimberley lo chiamò facendogli un cenno con la mano. Lui attraversò il prato a passo svelto, arrivando un attimo dopo e fermandosi a pochi metri da loro, con le scarpe che affondavano leggermente nella terra umida. Fece un cenno educato col capo, le mani ficcate nelle tasche del cappotto, gli occhi che saettavano tra le due. Ma quando guardò Stephanie, qualcosa dentro di lei si bloccò.

Aveva gli occhi del loro padre. La stessa inclinazione della fronte, la forma della bocca, persino il modo in cui inclinava la testa quando la guardava: era impressionante. Come un fantasma in carne e ossa.

«Sono Jordan» disse, la sua voce calma e profonda. «Io... volevo solo salutare. A quanto pare, siamo fratellastro e sorellastra.»

Stephanie non disse nulla.

Kimberley gli rivolse un sorriso dolce e gli accarezzò un braccio. «Grazie per essere venuto.»

La mascella di Stephanie si contrasse.

Non riusciva più a guardarlo.

Sentiva il petto oppresso, stretto, l'aria umida improvvisamente troppo densa, troppo bagnata. Ogni respiro le si bloccava in gola.

«Devo andare» disse bruscamente, a voce bassa.

«Steph...» cominciò Kim, ma Stephanie si stava già allontanando.

Non attese di sentire cosa avesse da dire Jordan. Non voleva sentirlo.

Spinse il piccolo cancello di ferro, vedendo a malapena dove stava andando.

Raggiunse la sua auto e salì, le mani che stringevano il volante così forte che le nocche le diventarono bianche. Fissò il parabrezza per un istante, la pioggia che ticchettava dolcemente contro il vetro.

Mise in moto. La radio si accese e lei la spense con un colpo secco del dito, restando seduta, a respirare.

Poi, senza voltarsi indietro, partì.

LA FINE

Ma non del tutto. La storia continua in **L'uomo in Fiamme**:

Quando i resti carbonizzati di un corpo vengono ritrovati nelle pittoresche colline del Surrey, il trauma del passato dell'ispettrice Stephanie Broadbent si riaccende.

La vittima è stata bruciata viva. Nessuna traccia. Nessun testimone. Presto ogni pista si riduce in cenere.

Quando viene ritrovato un altro corpo, Stephanie scopre un legame che minaccia di incendiare il mondo e altri corpi.

Se vuole catturare l'assassino, dovrà addentrarsi tra le fiamme e affrontare la sua paura.

Scopri cosa succede in L'uomo in Fiamme, ora disponibile su Amazon!

Clicca QUI per avere la tua copia!

PARTE UNO
L'UOMO IN FIAMME

CAPITOLO
UNO

Quando Nigel Hadlow aprì gli occhi per la prima volta, un'acuta esplosione di dolore detonò dietro il suo cranio, balenando come un temporale e lasciandolo stordito e disorientato. Quando li riaprì e la sua vista cominciò a schiarirsi, esaminò l'ambiente circostante e si rese conto di essere racchiuso tra quattro pareti di legno che sembravano stringersi attorno a lui.

L'aria di metà novembre era fredda e pungente, umida dell'odore di fieno e letame in decomposizione proveniente dall'esterno, presto soverchiato da un sentore chimico che gli si aggrappava in gola come schegge e gli faceva contorcere lo stomaco.

Provò a muoversi.

Non accadde nulla.

Provò di nuovo, sforzando braccia e gambe, e fu allora che si rese conto di avere le mani tese ai fianchi, legate strette ai polsi con quella che sembrava corda, ancorate a qualcosa nel pavimento di cemento. Allungò il collo lungo il corpo e, nella debole luce, vide le caviglie legate insieme, anch'esse avvinte da una corda e fissate a qualcosa di freddo e duro.

Era in un film dell'orrore.

Il panico gli sbocciò nel petto.

Provò a gridare, ma la voce gli uscì debole e rotta, come se avesse urlato per un po' senza rendersene conto.

Che diavolo stava succedendo? Come era finito lì?

Chiuse gli occhi e cercò di ricordare.

Aveva accostato sul ciglio della strada dopo aver sentito uno strano rumore provenire dagli pneumatici. Aveva lasciato il motore acceso ed era sceso, dirigendosi verso la parte anteriore dell'auto per ispezionarli. Poi un'altra macchina aveva accostato, goffamente e di sbieco, con le gomme che stridevano come se il guidatore avesse fretta. Una figura era emersa e si era diretta verso di lui. Era buio – dopo le sette – e quindi la visibilità era scarsa, a parte i fari che avevano illuminato per un istante i lineamenti della figura. Eppure c'era stato qualcosa di familiare in quel volto, no?

Sì.

Solo che non riusciva a collocarlo. Un volto perso molto tempo prima. Perso nel tempo, perso finché non era diventato meno di un ricordo.

E poi il buio.

Non si era accorto del Taser estratto dalla tasca della figura. Il suo cervello si era spento del tutto. E ora era lì, in un luogo freddo e buio, legato al pavimento come se fosse su una croce.

Il suono del Taser gli rimbombò di nuovo nelle orecchie, furioso ed elettrico.

Fu subito sostituito da un altro rumore. Qualcosa di vicino. Più ripetitivo. Più aspro.

Che si avvicinava. Diventava più forte.

Con la coda dell'occhio ne intravide un barlume. Un lampo di arancione, rosso, giallo. Piccolo all'inizio, ma inconfondibile. Una fiamma, che faceva capolino da sotto la parete di legno.

Non appena la registrò nel suo stato delirante, il corpo di Nigel tremò contro le corde. Strattonò con tutte le sue forze, ma i legacci non cedettero. Più si dibatteva, più le fibre gli mordevano la pelle, scavando solchi nei suoi polsi e nelle sue caviglie. Il sangue colò, caldo e inutile.

In pochi secondi, una linea di fuoco strisciò lungo la base di una delle pareti, consumando avidamente paglia e detriti di legno come carta secca, sputando braci ardenti nell'aria. Le travi di legno sopra di lui gemettero e scricchiolarono, le loro strutture che si coprivano di bolle sotto il calore.

Nigel urlò.

Terrore puro, animalesco.

Il fuoco avanzò impetuosamente, strisciando sul pavimento verso di lui. Il fumo denso si infittì, avvolgendogli il viso e riempiendogli i polmoni. Tossì e boccheggiò, la gola che gli si serrava mentre l'ossigeno veniva strappato al suo corpo.

Il suo petto si sollevò, ogni inspirazione un'agonia, come schegge di vetro che gli squarciavano la trachea.

«Aiuto!» gracchiò, con la voce che veniva meno. Era appena più forte di un sussurro.

Le fiamme continuarono ad avvicinarsi, come un predatore che insegue lentamente la sua preda. Poteva sentirne il calore, rovente, bruciante, che gli strinava i peli del corpo. La sua schiena si inarcò istintivamente, nel tentativo di liberarsi dai legacci, ma le corde tennero duro.

Si contorse. La sua pelle rabbrividì. Poi bollì.

Il fuoco gli baciò prima gli stivali, sciogliendone le suole. Le fiamme divamparono intorno alle sue caviglie, poi si arricciarono nell'incavo delle ginocchia, inghiottendo le corde finché non si carbonizzarono e si spaccarono. Il dolore arrivò rapidamente. Vaste ondate di agonia eruppero dentro di lui. Subito dopo, la sua carne si coprì di vesciche, poi scoppiò. L'agonia era incandescente, e gli risaliva le gambe come piombo fuso. Urlò di nuovo, ma il fumo gli rubò il suono dalla gola, proprio mentre stava per rubargli la vita.

Il suo corpo fu scosso da convulsioni.

Poi venne la parte peggiore. La consapevolezza che non sarebbe morto all'istante.

Che sarebbe stata una morte lenta e deliberata, progettata per farlo soffrire, per fargli sentire ogni secondo straziante.

Il fuoco gli risalì lo stomaco, divampando sul petto e arricciandosi sotto le braccia. La sua camicia prese fuoco: una fiammata come un fiammifero su ramoscelli secchi. La sua pelle si scorticò. I suoi occhi si sgranarono. Le sue labbra si separarono, ma non poteva più urlare. Solo il suono del soffocamento. Soffocava nel fumo.

Sopra di lui, la struttura dell'edificio gemette di nuovo.

Girò la testa in un ultimo atto istintivo, tendendosi verso la porta che non si sarebbe mai aperta. Verso l'aria che non avrebbe mai più respirato. Verso la luce che non sarebbe mai arrivata.

E poi il buio, e il dolore cessò.

CAPITOLO
DUE

L'uovo sbatteva violentemente nell'acqua fremente, rimbalzando contro le pareti della nuova padella Tefal che aveva comprato nel fine settimana come se cercasse di scappare. Stephanie si appoggiò al bancone della cucina, a braccia conserte, osservando le bolle scoppiare e saltare come se fossero a un concerto. Rimase ipnotizzata, persa tra le bolle, con gli occhi che faticavano a seguire l'uovo che rimbalzava e danzava. Chinandosi in avanti, avvicinò il viso all'acqua. Il calore era intenso e si ritrasse subito quando delle gocce d'acqua le schizzarono sul braccio. Il dolore le divampò sulla pelle nuda, e se la sciacquò sotto il rubinetto. Pochi istanti dopo, il dolore si placò, sostituito da una sensazione sorda e intorpidita. Chiuse il rubinetto e fissò il piccolo segno rosso che le stava sbocciando sull'avambraccio. Un dolore come una puntura di spillo.

Rimase lì per un momento, appoggiata al lavello, a guardare fuori. Una leggera pioggerellina aveva cominciato a cadere quella mattina, tamburellando contro la finestra.

Poi l'acqua nella padella cominciò a traboccare e a sfrigolare sulla piastra elettrica, distraendola. Scattò in azione, rimuovendo con cautela la pesante padella per il manico con entrambe le mani. Dalla pentola si levarono volute di vapore, che salivano come dita spettrali. Tenendo una mano sul manico, con l'altra spense la piastra. Proprio mentre iniziava a scolare l'acqua nello scolapasta che aveva trovato nascosto in fondo a uno dei mobili, il suo telefono cominciò a squillare, vibrando rabbiosamente sulla superficie. I suoi occhi corsero allo schermo e, in quella frazione di secondo, inclinò l'acqua troppo in fretta, schizzandosene un po' sull'avambraccio.

«Maledizione!»

Lasciò cadere la padella nel lavello con un clangore. Un'ondata di dolore le montò sulla pelle e imprecò più volte a bassa voce, tenendo gli occhi fissi sullo schermo.

Riconobbe subito il numero.

Stava chiamando di nuovo. La ventesima volta nelle ultime cinque settimane. O forse di più? Aveva perso il conto.

Per non parlare dell'interesse.

Non aveva alcun desiderio di parlargli. Era entrato da poco nella sua vita e già le sembrava che cercasse di imporsi, di muoversi al proprio ritmo quando, secondo lei, sarebbe dovuto essere il contrario. Certo, era lui quello a cui era appena morto il padre, e aveva anche appena scoperto di avere due sorellastre di cui non sapeva nulla. Certo, era lui quello che aveva appena scoperto che suo padre era in realtà suo zio e che il suo vero padre lo aveva dato via alla nascita. E sì, lui era cresciuto come figlio unico, mentre Stephanie aveva sua sorella, Kimberley. E allora? Dov'era la considerazione per quello che aveva passato *lei*? Aveva trascorso gli ultimi trent'anni cercando di liberarsi dalla morsa che suo padre aveva su di lei. Era lei quella che era stata abusata e maltrattata da lui. Non Kimberley. E di certo non Jordan. A quanto pare, lui aveva avuto un'infanzia amorevole che si era inasprita solo negli ultimi anni. Eppure, nessuna considerazione per lei.

Finalmente, la chiamata terminò. Serrò la mascella quando la notifica di chiamata persa apparve sullo schermo. Continuò a fissarla, aspettando che comparisse la notifica della segreteria telefonica.

Un momento dopo, apparve.

Un altro messaggio. Senza dubbio simile a tutti gli altri.

Ehi Steph, sono io. Volevo solo sapere se eri libera questo fine settimana per un caffè, magari? So che Kim ha detto che c'è un posto che le

piace, e credo volesse venire anche lei. Sarebbe bello vederti e fare final-
mente due chiacchiere. Comunque, sai dove trovarmi...

Quando lo schermo divenne nero, il suo viso apparve nel riflesso. Fece una smorfia, sentendosi pervadere da un gelo. Era spaventoso quanto Jordan gli assomigliasse, assomigliasse al loro padre. Lo sguardo oscuro e lascivo nei suoi occhi. Il viso affilato e spigoloso. Persino il modo in cui i capelli cominciavano a stempiarsi.

Non riusciva a liberarsi di quella sensazione inquietante che le percorreva il corpo.

Misericordiosamente, il cervello le ricordò che c'era qualcos'altro di cui doveva occuparsi: il dolore al polso che sembrava iniziare a diffondersi alla parte superiore del braccio. Aprì di nuovo il rubinetto dell'acqua fredda, lasciando che il getto gelido le scorresse sull'avambraccio, offrendole un po' di sollievo mentre si riversava sulla sua pelle. Per un momento, chiuse gli occhi e si concentrò unicamente sull'acqua corrente che schizzava contro il lavello d'acciaio inossidabile e sul lontano picchiettio della pioggia contro il vetro.

Una volta che il dolore si attenuò, prese uno strofinaccio e si asciugò delicatamente la scottatura. Sgusciò distrattamente l'uovo, il guscio che si spaccava come corteccia secca sotto le sue dita, e lo gettò su un piatto con una manciata di foglie d'insalata appassite, un filo d'olio d'oliva e un pizzico di sale Maldon.

Non era certo la colazione dei campioni, ma sarebbe bastata per affrontare la sfilza di riunioni che l'attendevano quella mattina.

Si sedette al tavolo, tirò a sé il piatto e infilzò l'uovo con una forchetta. Proprio mentre stava per darne un morso, il suo telefono ricominciò a squillare.

Non era Jordan questa volta.

Control.

Grugnì e si asciugò la bocca con il dorso della mano, il pollice sospeso sull'icona verde prima di scorrere per rispondere.

«Broadbent.»

La voce all'altro capo era professionale, calma.

«Ispettore Capo, mi scusi per il disturbo. Abbiamo ricevuto una chiamata dai Vigili del Fuoco di Guildford. Hanno ricevuto segnalazioni stamattina di un fienile che potrebbe essere stato incendiato durante la notte.»

«Capisco. Le squadre dei vigili del fuoco sono sul posto?»

«Sì, signora.»

«Allora perché sta chiamando la Squadra Grandi Crimini?»

«Perché credono di aver trovato resti umani tra le macerie, signora.»

DELLO STESSO AUTORE JACK PROBYN

La serie dei thriller polizieschi dell'Ispettrice Stephanie Broadbent:

Libro 1: Il Killer Voodoo

Tornò a casa per ricominciare da capo. Invece, risvegliò l'oscurità che pensava di aver sepolto. Prima ancora di essersi sistemata, una studentessa universitaria venne trovata morta nel suo studentato dopo una serata fuori. Quello che all'inizio sembrava un caso di facile soluzione prese una piega più oscura quando vicino al corpo venne trovata una bambola voodoo. Stephanie è costretta ad affrontare i fantasmi del suo passato, mentre lotta contro il tempo per fermare un killer la cui prossima mossa sta già prendendo forma con stoffa e filo.

Leggi Il Killer del Voodoo su Kindle e Kindle Unlimited

Libro 2: L'Uomo Nero

Trent'anni fa, gli abitanti di Guildford erano perseguitati da una figura che si intrufolava nelle camerette dei bambini e li guardava dormire. Quando se ne andava, lasciava un solo palloncino colorato. E poi svanì. Le visite cessarono. Ora sta succedendo di nuovo.

Leggi L'Uomo Nero su Kindle e Kindle Unlimited

Libro 3: L'uomo in Fiamme

Quando i resti carbonizzati di un corpo vengono ritrovati nelle pittoresche Surrey Hills, il trauma del passato dell'Ispettrice Stephanie Broadbent si riaccende. Quando compare un altro cadavere, Stephanie scopre una connessione che minaccia di dare fuoco al mondo, e ad altri corpi.

Leggi L'uomo in Fiamme su Kindle e Kindle Unlimited

ANCHE DI JACK PROBYN

La serie di gialli del DS Tomek Bowen:

LIBRO 1: LA GIUSTIZIA DELLA MORTE

Southend-on-Sea, Essex: Il Detective Sergente Tomek Bowen - determinato, tenace e perseguitato dalla morte del fratello - viene chiamato su una delle scene del crimine più scioccanti che abbia mai visto. Un uomo è stato ucciso secondo un rituale e abbandonato in un orto vicino all'aeroporto locale. Le prime indagini indicano che si trattava di un uomo con un passato. Un passato che gli ha procurato molti nemici.

Scarica La Giustizia della Morte

LIBRO 2: LA MORSA DELLA MORTE

Annabelle Lake pensava di riconoscere la Ford Fiesta che aspettava fuori dalla sua scuola, e l'autista al suo interno. Si sbagliava. Il suo corpo viene scoperto qualche tempo dopo, appeso a un'altalena in un parco giochi locale a Canvey Island.

Scarica La Morsa della Morte

LIBRO 3: IL TOCCO DELLA MORTE

Quando la nebbia si dirada una mattina di dicembre nell'Essex, il corpo di una ragazza adolescente viene scoperto disteso a faccia in giù in un campo. Di conseguenza, il caso finisce rapidamente sulla scrivania del DS Tomek Bowen che, mentre cerca di gestire la sua nuova vita come genitore single di una figlia tredicenne, deve portare alla luce la mortale sequenza di eventi e far emergere la verità.

Scarica Il Tocco della Morte

LIBRO 4: IL BACIO DELLA MORTE

I segreti più oscuri non restano mai segreti a lungo...

Quando il corpo di un senzatetto viene scoperto sul lungomare di Southend, incastrato tra le cabine da spiaggia di Thorpe Bay, la gente dell'Essex non batte ciglio.

Ma quando l'autopsia rivela che l'identità è quella del parlamentare locale, Herbert Tucker, la città inizia a farci caso.

Scarica Il Bacio della Morte

LIBRO 5: IL SAPORE DELLA MORTE

Alcuni segreti non si lavano mai via...

In una mattina ventosa e gelida, Morgana Usyk, proprietaria del Caffè di Morgana, visita il Porto Mulberry a poco più di un miglio in mare. Poco dopo, il suo corpo viene trovato nelle acque basse, galleggiante accanto al porto.

Scarica Il Sapore della Morte

LIBRO 6: L'ANGELO DELLA MORTE

Ogni angelo merita le sue ali...

Quando l'assistente di volo Angelica Whitaker viene data per scomparsa dopo una serata in uno dei locali notturni più popolari di Southend, il caso viene affidato per la prima volta in carriera al DS Tomek Bowen.

Scarica L'Angelo della Morte

LASCIA UNA RECENSIONE

Eccoci qui. La fine.

Beh, dico "noi"... intendo *tu*. Grazie.

Grazie per essere arrivato fin qui e per essere rimasto con me mentre davo vita a queste storie folli e bizzarre nella mia testa, per poi tradurle su carta (o meglio, in file digitali).

Amazon è piena di milioni di libri (letteralmente, e non uso questo termine alla leggera), quindi è spesso difficile trovare la prossima lettura. Vuoi solo sapere in quale libro tuffarti. Ma a volte non hai il tempo di vagliarli tutti, quindi cosa fai?

Guardi le recensioni, naturalmente.

Le usiamo in ogni aspetto della nostra vita. Ristoranti. Film. Il nostro prossimo televisore. Cuffie. Quasi tutto è governato dai pensieri di altre persone.

Pazzesco, vero?

Ma cosa succede quando ti imbatti in un libro senza recensioni? Potresti evitarlo. È difficile fidarsi del libro.

Il tuo tempo è prezioso. Il tuo tempo ha valore. Non vuoi sprecarlo con storie deludenti. Nessuno lo vuole. E non lo voglio nemmeno io per te. A volte temo che la stessa cosa possa accadere a questa storia. Ma c'è una soluzione.

Una recensione fa la differenza. E mi dà la fiducia per continuare a elaborare i pensieri folli nella mia testa - con l'obiettivo di trasformare questo sogno in una carriera a tempo pieno.

Grazie.
Il tuo amichevole autore,
Jack Probyn

INFORMAZIONI SULL'AUTORE

Jack Probyn è uno scrittore britannico di gialli e autore della serie thriller Jake Tanner, ambientata a Londra.

Attualmente vive nel Surrey con la sua compagna e il suo gatto, e sta lavorando a una nuova serie di gialli ambientata nella sua città natale dell'Essex.

Non vuoi iscriverti a un'altra mailing list? Puoi rimanere aggiornato sulle nuove uscite di Jack seguendo uno degli account qui sotto. Sarai informato quando uscirà un mio nuovo libro, senza il fastidio di dover aderire alla mia mailing list.

Pagina autore Amazon "Segui":

1. Clicca il link qui: https://geni.us/AuthorProfile

2. Sotto la mia foto profilo c'è un pulsante che dice "Segui"

3. Cliccaci sopra, e Amazon ti invierà email con nuove uscite e promozioni.

Pagina autore BookBub "Segui":

1. Simile a quello di Amazon sopra, clicca il link qui: https://www.bookbub.com/authors/jack-probyn

2. Accanto alla mia foto profilo c'è un pulsante che dice "Segui"

3. Cliccaci sopra, e BookBub ti avviserà quando avrò una nuova uscita

Se desideri informazioni più aggiornate riguardo le nuove uscite, il mio processo di scrittura e tutto il resto, il posto migliore per essere informato è la mia Pagina Facebook. Abbiamo una piccola comunità che sta crescendo là. Perché non farne parte?